U0083805

古典詩歌研究彙刊

第八輯

龔鵬程 主編

第 19 冊

晚明女詞人研究（下）

蘇菁媛 著

國家圖書館出版品預行編目資料

晚明女詞人研究（下）／蘇菁媛 著 ─ 初版 ─ 台北縣永和市：
花木蘭文化出版社，2010〔民 99〕
目 8+298 面；17×24 公分
（古典詩歌研究彙刊 第八輯；第 19 冊）
ISBN　978-986-254-326-9（精裝）
1. 明代詞　2. 詞論
820.9306　　　　　　　　　　　　　　　　99016403

ISBN - 978-986-2543-26-9

9 789862 543269

古典詩歌研究彙刊
第八輯　第十九冊　　　　　　ISBN：978-986-254-326-9

晚明女詞人研究（下）

作　　　者　蘇菁媛
主　　　編　龔鵬程
總 編 輯　杜潔祥
出　　　版　花木蘭文化出版社
發 行 所　花木蘭文化出版社
發 行 人　高小娟
聯 絡 地 址　台北縣永和市中正路五九五號七樓之三
　　　　　　電話：02-2923-1455／傳眞：02-2923-1452
網　　　址　http://www.huamulan.tw 信箱 sut81518@ms59.hinet.net
印　　　刷　普羅文化出版廣告事業
初　　　版　2010 年 9 月
定　　　價　第八輯 20 冊（精裝）新台幣 28,000 元
版權所有‧請勿翻印

晚明女詞人研究（下）

蘇菁媛 著

目

次

第四章　一般閨秀與閨塾師詞人

　　除吳江「午夢堂」詞人之外，其他活躍於晚明詞壇的閨秀尚有商景蘭、吳綃、徐媛、顧若璞、顧之瓊、歸淑芬、吳山與吳琪等人，其詞作或因內容意義、或因形式技巧、或因時代價值，亦皆有其可觀之處。她們同樣生長於明末清初的亂世，同樣是大家閨秀，但因人生際遇、才學趨向與遭遇橫逆時尋求心靈慰藉與精神寄託方式的不一樣，表現在詞作上，亦各有其不容忽視的意義與價值。其中商景蘭、吳綃與歸淑芬因存詞量較多，故分別立節論述。而吳山與吳琪在國破家亡之後均重視精神自由的追尋，有著相同的生命情調，且存詞量亦較少，故合爲一節論之。另外在明清新舊交替的時代環境中，還有一群知識婦女，憑著自身的才學巡遊各地，以教導世家大族的閨女知識學問來謀生，學者稱之爲「閨塾師」，〔註1〕是現代職業婦女的先驅，其詞作在女性詞史上亦有著代表性的意義，本章擬將其中的佼佼者黃媛介獨立成一節論述之。

第一節　商景蘭

一、商景蘭的生平與詞集

　　商景蘭（1605～1676），〔註2〕字眉生，會稽（今浙江紹興）人。

〔註1〕〔美〕高彥頤著、李志生譯：《閨塾師——明末清初江南的才女文化》，頁126。

〔註2〕關於商景蘭的生年，參考《中國詞學大辭典》與《中國詞史》二書所

崇禎年間吏部尚書商周祚長女，爲越中閨秀。自幼受到良好的家庭教育，其妹商景徽（字嗣音），女孫商采（字雲衣）俱工詩，則商門女性均受到良好的家庭教育，亦均有良好的文學修養。﹝註3﹞商景蘭自小便在較好的文化氛圍中成長，這對其爾後的生活無疑具有相當程度的影響。﹝註4﹞

商景蘭於萬曆48年（1621）適同邑祁彪佳（1602～1645），祁彪佳是晚明著名藏書家祁承㸁之子，祁氏的澹生堂藏書，在當時的浙江與會稽鈕氏的世學樓、寧波范氏的天一閣齊名。﹝註5﹞彪佳自幼在書香中成長，故17歲即中舉人，21歲（天啓2年，1622）中進士，在仕途上可謂早達。﹝註6﹞

從現存《祁彪佳集》的內容看來，祁彪佳不僅文采具相當水準，又重視生活情趣，這對少年夫妻無論身世背景或興趣趨向上，均相當契合。如此的琴瑟和鳴也成爲後世文人歌詠的對象，以「金童玉女」稱之，並認爲此即是心目中理想的婚姻模式。﹝註7﹞

言均以爲是1604年，馬興榮、吳熊和等編：《中國詞學大辭典》，頁178、黃拔荊《中國詞史》下冊，頁145。但筆者據祁彪佳後學杜春生所輯〈祁彪佳遺事〉所言「娶吏部尚書會稽商公祚第三女，名景蘭，生於萬曆33年10月初8日酉時。」斷定應是1605年。〔明〕祁彪佳：《祁彪佳集‧附錄》（北京：中華書局，1960年2月），頁240。

﹝註3﹞ 石旻：〈亂離中的「玉女」——明末才女商景蘭及其婚姻與家庭〉，《中國典籍與文化》38期，頁118。

﹝註4﹞ 有關家庭教育對晚明以來江南才女成群湧現的作用，目前業已形成共識，且有許多討論此一論題的學術著作可供參閱，如〔美〕高彥頤著、李志生譯：《閨塾師——明末清初江南的才女文化》，頁29～71；張仲謀：《明詞史》，頁250；米彥青〈明末江南世族對女性詞學發展影響〉，《呂梁高等專科學校學報》20卷第2期（2004年6月），頁5～7。

﹝註5﹞ 中華書局上海編輯所：《祁彪佳集‧前言》，頁1。

﹝註6﹞ 〔清〕張廷玉：《明史‧卷275》言：「祁彪佳字弘吉，浙江山陰人，祖父世清白吏。彪佳生而英特，丰姿絕人，弱冠第，天啓二年進士，授興化府推官。」《二十五史》（臺北：藝文印書館）冊49，頁3013。

﹝註7﹞ 如〔清〕朱彝尊《靜志居詩話‧卷20》言：「祁公美風采，夫人商亦有令儀，閨門唱隨，鄉黨有金童玉女之目。」；卷23言：「祁商作配，鄉里有金童玉女之目，伉儷相重，未嘗有妾媵也。」周駿富輯：《明

　　弘光乙酉年（1645）清兵攻進杭州，明朝大勢已去，祁彪佳自沉池中，以身殉國；〔註8〕祁商二人25年幸福的婚姻亦因此畫下句點。從人人稱羨的神仙眷屬，頓時變成孤獨無侶的孀婦，堅毅的商景蘭並沒有被命運所擊倒，她帶領兒女在亂世中，以遺民身分求生存。除教導子女要自甘黯澹，不求聞達於異族外，她也持續她原即相當活躍的社團生活，並從事文學創作，希望即使身為女性，亦能因才華而使美名流芳百世。

　　商景蘭現存的文集為《錦囊集》（舊名《香奩集》），收有詩 67 首、詞 56 首、補遺詩 3 首、遺文一篇，附於其夫婿《祁彪佳集》之後。〔註9〕商蘭詞集名曰《錦囊詩餘》，計一卷，存詞 56 首，有《小檀欒室匯刻閨秀詞》本、《明詞彙刊》本、《全清詞》本與新近出版的《全明詞》本。陳維崧《婦人集》評景蘭曰：「會稽商夫人，以名德重一時，論者擬于王氏之茂宏，謝家之有安石。」並引慈谿魏耕曰：「撫軍居恆有謝太傅風，其夫人能行其教，故玉樹金閨，無不能詠，當世題目賢媛，以夫人為冠。」〔註10〕對景蘭的品德及文采推崇備至。今細究《錦囊集》的內容，從生活無虞的閨中女子睿敏心緒的傾訴，清兵入侵時夫君自沉殉國後的悲傷，並感受到君臣夫婦間的矛盾；到帶領子女在亂世中求生存的堅毅母親的獨白，及自我價值的尋覓與肯定——希望能以才華留芳萬世：幾乎是她生命歷程的真實呈現。

　　本節即以商景蘭《錦囊集》中的 56 首詞作為主要的觀察線索，並輔以其餘詩文著作，除試圖分析在明清易代之際，出身上層官宦之家的前朝大臣孀婦的生命軌跡外，並對《錦囊詞》進行形式技巧上的分析探究。

　　代傳記叢刊》冊 10，頁 138；頁 338。〔清〕袁枚《隨園詩話補遺·卷 5》言：「前朝山陰祁忠憫公彪佳，少年美姿容，夫人亦有國色，一時稱為金童玉女。」（臺北：廣文書局，1971 年 6 月），頁 2-a。
〔註8〕〔清〕張廷玉：《明史·卷 275》，《二十五史》冊 49，頁 3014。
〔註9〕商景蘭《錦囊集》，〔明〕祁彪佳：《祁彪佳集·附編》，頁 258～289。
〔註10〕〔清〕陳維崧《婦人集》，《叢書集成新編》冊 101，頁 708。

二、《錦囊》詞的內容以傳統閨怨題材爲主

不脫一般閨秀寫作的範式，商景蘭《錦囊》詞的內容仍以傳統閨怨題材爲主，大致可分爲閨閣生活的敘寫與對紅顏薄命的感傷。

（一）閨閣生活的敘寫

誠如一般對明清時期大家閨秀的認知，優渥富裕的商景蘭並不需要爲生活而煩心，所以她有充足的時間以讀書、彈琴、賞花、聽雨等風雅之事來排遣閨中的生活，《錦囊》詞中有部分詞作，即是商景蘭對其閨閣生活的敘寫。且看下列二詞言：

> 江城雲暗星稀，鳥孤飛，簾外綠殘紅瘦、漏聲催。　　正風雨，淒涼處，燭花微。驚醒夢魂時刻、卷羅幃。（〈上西樓·夜闌閨雨〉）〔註11〕

> 玉漏頻催夜氣清，篆煙深鎖繡幃輕，滿庭明月照殘更。　　雁柱十三空寄恨，關河百二總離情，春風何事巧相侵。

> （〈浣溪紗·初春夜坐〉，頁282）

從這些作品可以看出商景蘭平日在深閨中的消遣。雖是充滿雅趣，瀰漫字面的卻是淡淡的哀愁。這樣的閒愁，普遍見於當時閨秀的作品中。學者以爲這是因爲女性身爲傳統男權統治下，社會結構中的弱勢群體，長期處於有限空間的閨閣環境中，在自卑自抑與柔弱依賴的心理特徵外，對目力所能及的景物變化，均養成了特別敏感細緻的心理體驗能力。〔註12〕

〔註11〕　〔明〕商景蘭《錦囊集》，〔明〕祁彪佳：《祁彪佳集·附編》，頁279。本書是中華書局上海編輯所於1959年11月據道光15年祁彪佳後學山陰杜煦（春輝）、杜春生（禾子）兄弟編輯的刻本《祁忠惠公遺集》所重新整理圈點排印的集子，因考慮到『忠惠』乃乾隆追加的諡號，當非作者所樂受，故更名爲《祁彪佳集》。內容除商景蘭夫婿祁彪佳的十卷作品外，末並附祁氏親屬如夫人商景蘭《錦囊集》、女祁德瓊《未焚集》與子班孫《孫軒集逸稿》等，是研究祁氏家族相當完善的本子。本文所引商景蘭作品均出自該版，爲避免繁瑣，爾後僅在文末註明頁次，不再另註明出處。

〔註12〕　鄧紅梅：《女性詞史·緒論》，頁5。

在春日晚妝時分，瞥見鏡中反映出的暮春景致，也成了女詞人書寫的題材：

> 無意整雲鈿，鏡裏雙鸞去。百舌最無知，慣作深閨語。　梁燕恰雙飛，春色歸何處？妝罷拂羅裳，一陣梨花雨。（〈生查子·春日晚妝〉，頁284）

這樣的詞作表面看來，似乎沒有太深刻的內涵，但仔細體會之，在鏡中所見離去的雙鸞，莫非即是景蘭夫婦已天人永隔的譬喻？則此詞即成了女詞人孤鸞獨舞的感傷之作。收拍處的梨花雨不再僅是春天所下的綿綿細雨，而是女詞人因思夫而悲從中來，無法抑止的傷心之淚。

另外在閨女極度幽閉的生命空間中，閨閣中的庭園因僻處一隅，似乎昭示了女性的邊緣位置及其生活空間的閉鎖性，從而成為具有象徵意義的空間；〔註13〕而花園內隨四季遞嬗與晝夜更迭而變化的景物，也為閨中寂寥的生活注入些許活力。在種種因素交織影響下，「花園」無形中也成為商景蘭抒情的重要背景所在。且看其分別寄調〈更漏子〉與〈海棠春〉的「閨中四景詞」言：

> 豔陽天，流水曲，處處鶯啼柳綠。初睡足，曉妝遲，簾開燕子飛。　桃如火，梅如豆，添得玉顏消瘦。眉淡淡，鬢星星，王孫草正青。（〈更漏子·其一春〉，頁285）

> 湘簾外，池水側，雙燕風前歸急。移玉簟，弄霜紈，黃梅雨正翻。　薰風起，芙蓉亂，葉底鴛鴦尋伴。一隊隊，一雙雙，聯翩宿野塘。（〈更漏子·其二夏〉，頁285）

> 西風蕭瑟梧桐老，聞處處寒砧搗。羅袂拂霜輕，霧鬢侵雲裊。　綠窗聲送孤鴻早，紈扇上離愁多少？月下桂香浮，限殺秋光好。（〈海棠春·其三秋〉，頁286）

> 朔風剪出鵝毛片，柳絮與梅聯相見。木落萬山空，正大江如練。　紅爐撥盡寒猶戰，況夜夜玉壺添箭？耐得歲寒心，又苦桃花面。（〈海棠春·其四冬〉，頁286）

〔註13〕胡曉真：《才女徹夜未眠：近代中國女性敘事文學的興起》，頁180。

這一類的作品，取象輕約，意境優美，精巧的用字如「初睡足，曉妝遲」、「移玉簪，弄霜紈」、「羅袂拂霜輕，霧鬢侵雲裊」、「紅爐撥盡寒猶戰，況夜夜玉壺添箭」，均具體呈現出女詞人敏感細膩的情緒，她的心靈正隨著節序的更替，在鳥語花香與寒梅月影中奔馳。試觀其〈臨江仙‧題牡丹〉言：

> 錦樹一欄無氣力，隨風婀娜枝頭，豔陽卻被夕陽收，春光有恨，待欲控雙鉤。　　香入美人銷不盡，依然別樣嬌羞。
> 太真西子並風流，小窗倚遍，明月更相留。（頁288）

以典雅婉和的文字來敘寫牡丹的嬌媚，並以楊貴妃和西施比之，相當明顯是融合書卷與實際經驗的表述方式，從而營造出不凡的美感印象。

（二）紅顏薄命的感傷

相對於男性而言，女性仍是脆弱、纖細、單薄與感傷的。明清女性雖然擁有較前代女性更為廣闊充實的心靈活動空間，但在男權社會價值體系中卻常感受到自我存在的邊緣性。由於這種邊緣性格的認定，從而構成專屬於女性的飄零、不固定特質，並與傳統中國的傷怨文學接軌。〔註14〕在商景蘭的作品中，也滿是如此紅顏薄命的感傷情調。且看其〈浪淘沙‧秋興〉言：

> 窗外雨聲催，燭盡香微。衾寒不耐五更雞，無限相思夢魂裏，帶緩腰圍。　　隙月到羅幃，孤雁南歸，玉鑪寶篆拂輕衣。花氣參差簾影動，葉落梅肥。（頁276）

上片所敘寫的是閨女難耐秋寒夜雨催寂寥，獨擁孤衾輾轉難眠，以致形容日益憔悴枯瘦的景象。下片雖將視角移至簾外庭院，但隙月、孤雁與玉鑪寶篆、參差花影所構成的卻是有缺難圓的落寞景象與情懷。

一如傳統的閨怨文學，商景蘭亦好以「明月」入筆，細訴她在明月當空的點滴愁緒，且以下列二詞為例說明之：

> 花影圓，月正妍，隔林啼鳥夜聲傳，相看情倍牽。　　整

〔註14〕毛文芳：《物‧性別‧觀看》（臺北：臺灣學生書局，2001年12月），頁366。

翠鈿，拂朱絃，熏盡羅幃未肯眠，庭前霜滿天。(〈長相思‧即事〉其二，頁 278)

玉漏頻催夜氣清，篆煙深鎖繡幃輕，滿庭明月照殘更。

　雁柱十三空寄恨，關河百二總離情，春風何事巧相侵。

(〈浣溪紗‧初春夜坐〉，頁 282)

月亮是陪伴飽受孤寂之苦的閨秀形影不離的最佳精神伴侶，它的常圓常缺，引人愁緒，卻又給人「但願人長久，千里共嬋娟」〔註15〕的期盼與想望，在朦朧月色與清秋霜影的沐浴下，女詞人更顯憔悴與美麗。

　再有二首分別調寄〈醉春風〉與〈思帝鄉〉的閨怨詞，〔註16〕則是典型的閨音原唱：

論愁腸如醉，寫愁顏如睡，銀缸冉冉影隨身，畏畏畏。半簾明月，一庭花氣，時光容易。　　無數衾邊淚，難向天涯會。夜寒故故啓離情，碎碎碎。夢中細語，誰爲分訴，何如不寐。(〈醉春風‧閨怨〉，頁 281)

鴛帳冷，燭光浮，帳冷光浮夢短，思悠悠，添得滿腔憔悴，滿身愁，縱到花間月底意難留。(〈思帝鄉‧閨怨〉，頁 281)

從詞意來看此應爲思夫之作。景蘭夫婿祁彪佳在仕宦期間雖曾多次離家外任，但景蘭常隨行左右，夫婦離分的日子並不長久；〔註17〕但從「無數衾邊淚，難向天涯會。」、「夢中細語，誰爲分訴，何如不寐。」與「帳冷光浮夢短，思悠悠，添得滿腔憔悴，滿身愁。」這樣傷感的文字表述看來，莫非彼時祁彪佳已捨身殉國，昔日思愛夫妻如今已成獨舞孤鸞。午夜夢迴，在淒冷的鴛帳中再也無法成眠；信步來到庭院，雖然依舊是花月掩映，但昔日同賞花月之人，如今已是天人永隔，想

〔註15〕蘇軾〈水調歌頭‧丙辰中秋，歡飲達旦，大醉，作此篇，兼懷子由〉（明月幾時有），唐圭璋編：《全宋詞》冊 1，頁 280。

〔註16〕〈醉春風〉原誤作〈醉花陰〉，《全明詞》編者據《詞譜》改之。饒宗頤初纂、張璋總纂：《全明詞》冊 4，頁 1869。

〔註17〕石旻：〈亂離中的「玉女」──明末才女商景蘭及其婚姻與家庭〉，《中國典籍與文化》38 期，頁 119。

到如此的命運捉弄，教閨女如何不黯然神傷？

　　另外〈海棠春‧贈姪女吳子〉雖名爲寄贈之作，細玩之，亦可視爲詞人感嘆紅顏薄命的自傷：

　　　　綠窗春透垂楊影，更多少、月明風冷。花枝黃鳥聲，繡閣
　　　　酣初醒。　　被底鴛鴦，階前白璧，都是歡時美景。慚愧
　　　　白頭人，空歎時如錦。(頁285)

上片從春透、柳影、月明和風冷等意象中，女主人翁孤獨淒清的情懷已表露無遺，下片以「被底鴛鴦，階前白璧，都是歡時美景。」點明閨中人所以孤寂的原因，而收拍處的「慚愧白頭人，空歎時如錦。」更是直敘年華不再、幸福亦不再的事實。

　　昔人論情景關係之密切時曾有：「情景名爲二，而實不可離。神於詩者，妙會無垠。巧者則有情中景，景中情。」、〔註18〕「詞有淡遠取神，只描取景物，而神致自在言外。」等言，〔註19〕綜觀商景蘭上列諸作，雖然寫作題材不出傳統閨怨題材的範圍，但不論寫景或抒情，總予人細膩自然之感，絲毫不見爲賦新詞強說愁的忸怩之態。或許只有女性天生的睿敏與單純，才能寫出如此眞摯而不假雕飾的閨音原唱。當然，這樣清新的作品，也爲當日崇奢競華的詩壇注入一股嶄新的活力。〔註20〕

三、《錦囊》詞是商景蘭活絡群己關係的反映

　　《錦囊》詞中多代人與寄贈之作，另有遊賞私人林園及與方外之士交往的詞作，這些都是商景蘭活絡群己關係的反映。

〔註18〕〔明〕王夫之《薑齋詩話》卷下，收入〔清〕丁福保編：《清詩話》
　　　　（臺北：西南書局，1979年11月），頁9。
〔註19〕〔清〕況周頤《蕙風詞話續編》卷1評劉招山〈一剪梅〉語，唐圭
　　　　璋：《詞話叢編》冊5，頁4533。
〔註20〕如〔明〕鍾惺在《名媛詩歸‧序》中即言：「詩者，自然之聲也。……
　　　　故凡後日之工詩者，皆前日之不能工詩者也。」即對女性詩歌創作
　　　　給予相當大的肯定。四庫全書存目叢書編纂委員會編：《四庫全書目
　　　　叢書‧集部》冊339，頁2～4。

（一）多代人與寄贈之作

祁彪佳與商景蘭共育有三子四女，其中除長子同孫在丙子（1636）即不幸夭亡外，其餘均賴景蘭撫育成長，朱彝尊《靜志居詩話》卷23 即載有：

> 當公懷沙日，夫人年僅四十有二。教其二子理孫、班孫。三女德淵、德瓊、德茝，及子婦張德蕙、朱德蓉。葡萄之樹、芍藥之花，題詠幾遍。經梅市者，望若十二瑤臺焉。〔註21〕

可見商景蘭除基本生活的供養外，並積極地以家中的藏書和自身的才學教導子女及子媳。在商景蘭積極的帶領，與家族原已具備的優質文化基礎上，祁氏家族形成了以商景蘭為首的家族女性創作團體。美籍華裔學者高彥頤曾為商景蘭的社團作過詳盡的研究，她認為商景蘭詩社含有多重的社會定位在其中，是跨越男/女與家內/公眾領域的。〔註22〕事實上，這樣的結果是有跡可尋的：如前所述，景蘭悉心教導女兒與子媳，景蘭的長媳張德蕙是諭德張文恭孫女，次媳朱德蓉是總督朱襄毅孫女，〔註23〕均為高官之後，本身即受有相當程度的學養；而景蘭的四個女兒自幼即在書香中耳濡目染，長大後又都嫁給本地的家族，〔註24〕所以可以常參與母親與朋友所籌組的各類活動。前所舉朱彝尊《靜志居詩話》卷23 言「過梅市者，望之若十二瑤臺焉。」梅市即紹興祁家聚居之處，而眾多才女所侍奉的西王母則非景蘭莫屬了。

　　筆者曾統計《錦囊》詞中代人與寄贈之作，共有 17 首，佔其全

〔註21〕〔清〕朱彝尊《靜志居詩話》卷23，周駿富輯：《明代傳記叢刊》冊10，頁 389。

〔註22〕〔美〕高彥頤著、李志生譯：《閨塾師——明末清初江南的才女文化》，頁 239。

〔註23〕根據〔明〕祁彪佳：《祁彪佳集·附錄》所搜祁氏家族著作之作者小傳言。頁 293；294。

〔註24〕景蘭長女祁德淵，適同邑姜桐音；次女名未見記載，適同邑朱子升；三女德瓊適同里王顗叔；四女祁德茝適同邑沈子合。據《祁彪佳集·附錄》所搜祁氏家族著作之作者小傳言。〔明〕祁彪佳：《祁彪佳集·附錄》，頁 290。

部詞作的 30.36%（如附表一），可以想見的，景蘭的群己關係是相當
活絡的。試看下列諸詞：

> 楓樹冷，菊花黃，伴行妝。畫舫歸途十里塘，為誰忙？煙
> 水蘋絲荇菜，沙汀鸂鶒鴛鴦。多少離情此際有，待佳章。（〈春
> 光好・代姊別妹〉頁 277）

> 唱罷驪駒神暗傷，欄干小月印虛堂。花枝影度隔簾香。
>
> 　　人去空留千里夢，寒深午夜怯銀床，獨留燈爐照荒涼。
>
> （〈浣溪紗・代人送女歸〉，頁 277）

> 將入黃昏枕倍寒，銀漢指闌干。半輪淡月，一行鳴雁，雲
> 老霜殘。　　憑著飄英風自掃，小院掩雙鐶。離情難鎖，
> 迢迢江水，何關山。（〈眼兒媚・代人懷遠〉，頁 277）

這些詞作或為代姊別妹、或為代人送女歸、或為代人懷念遠行的丈
夫，可以想見的，這些人都是商景蘭的朋友，與其相知甚深，故景蘭
能以代言人的立場寫出當事人內心的深切感受。

　　在商景蘭活絡的社交關係中，還有一個可以討論的現象，即是她
與黃媛介（約 1620～1669）的交往。黃媛介以詩文書畫著名於當世，
與一般閨秀相當不同的地方，是她因丈夫的窮困潦倒，所以她必須設法
通過教書及出售詩、畫、字來維持家庭最基本的生活開銷，是社會上所
謂的中下層階級。〔註25〕商景蘭與黃媛介有著相當密切的接觸，今檢閱
《錦囊》詞中有〈青玉案・即席賦贈友言別〉或許即是景蘭贈別黃媛介
之作：

> 一簾蕭颯梧桐雨，秋色與人歸去。花底雙樽留薄暮，雲深
> 千里。雁來寒度，客有愁無數。　　片帆明日東皋路，送
> 別恨重重煙樹。越山吳山知何處？舞移燈影，箏調絃柱，
> 且盡杯中趣。（頁 287）

從「片帆明日東皋路」、「越山吳山知何處」可知客人將往東行，而
據高彥頤的考證，住江南嘉興並巡游各地的閨塾師黃媛介，曾在清

〔註25〕有關黃媛介的生活與社會流動情形，可參閱：〔美〕高彥頤著、李
　　　 志生譯：《閨塾師——明末清初江南的才女文化》，頁 126～129。

順治 11 年（1654）前後至梅市拜訪商景蘭，並與之建立密切的關係，此從她本人與女兒、子媳均有詩送別黃媛介，或記錄與之交遊可知。〔註 26〕有黃媛介這樣有造詣的作家相伴，商景蘭及其社團成員均感到莫大的鼓舞。〔註 27〕

　　另外值得提出的是商景蘭爲求文學造詣的精進，還主動與男性文人有所接觸，以交流詩藝，其中可以清初著名學者毛奇齡（1623～1716）爲代表。毛其齡在〈徐都講詩集序〉中曾記敘道：

> 　　（余）弱冠時，過梅市東書堂（按即祁彪佳宅），忠敏夫人
> 出己詩與子婦張楚纕、朱趙璧、女湘君四人詩作編摘，請
> 予點定。〔註 28〕

可見商景蘭對文學的追求與執著，是她跨越性別藩籬的原動力，也由於這樣的執著，使她所領導的女性社團文學才華得以提昇，其聲名也在文人間傳播開來。

（二）遊賞私人林園及與方外之士的交往

　　因來自世家大族兼上層官宦之家，商景蘭擁有厚實的經濟與文化基礎，當然亦相對地重視生活情趣的培養。商景蘭較諸一般閨秀幸運的是她的家族能獨力經營面積遼闊的私人林園，以爲家族遊賞休憩之用。

〔註 26〕如商景蘭〈送別黃皆令〉詩言：「微調起驪歌，悲風繞坐發。人生百歲中，強半苦離別。念君客會稽，釜不因人熱，茲唱歸去辭，佩環攜皎月，執觴指河梁，愁腸九迴折。流雲思故島，倦禽屬歸翮。帆檣日以遠，膠漆日以闊，同調自此分，誰當和白雪。交深多遠懷，憂來不可絕，佇立望滄波，相思煙露結。」（《祁彪佳集‧附錄》頁 274）、三女德瓊〈同皆令游寓山〉詩言：「一舟攜遠客，池館白雲過，歸鳥寒棲樹，蒼松暮拂煙。看山高閣上，待月畫樓前；堂構今零落，無心整翠鈿。」（《祁彪佳集‧附錄》，頁 301）、長媳張德蕙〈送別黃皆令〉言：「一曲驪駒送酒卮，離亭斜日影遲遲。王孫芳草歸途見，驛使梅花去後悲。秦望雲深遮客棹，吳江楓冷繫人思；遙知月照孤帆處，正是風吹懸榻時。」〔明〕祁彪佳：《祁彪佳集‧附錄》，頁 293。

〔註 27〕有關商景蘭與黃媛介交往的情形，參閱〔美〕高彥頤著、李志生譯：《閨塾師——明末清初江南的才女文化》，頁 241～242。

〔註 28〕徐昭華《徐都講詩》，〔清〕李良年撰：《秋錦山房集》，四庫全書存目叢書編纂委員會編：《四庫全書目叢書‧集部》冊 251，頁 341。

如此類豐富的遊賞私人林園經驗，不但使她的視野能擴展到閨閣以外，也使她的詞作在寫景上有獨特的造詣。另外在晚明社會崇尚閑適生活情趣，故喜與工詞善畫的雅致僧人共同談禪論道的時代風氣影響下，〔註29〕商景蘭亦有與方外之士往來的詞作。這些遊賞之作及與女僧交往的記錄，亦可作為商景蘭活絡群己關係的證明。且觀下列諸詞道：

> 春色溶溶，兩隄楊柳舒金線。韶光如電，頃刻飛花片。　　金谷依然，景在人難見。閒遊遍，深深庭院，半是蠨蛸冒。（〈點絳唇‧春日遊寓園〉，頁282）

> 春半綠茵齊，處處香風透。滿目青山點翠苔，景色依然秀。　　盡道柳絲黃，不解梅花瘦。回首鶯啼深樹時，正是鞦韆候。（〈卜算子‧初春遊寓山看花〉，頁286）

寓園即寓山，是祁彪佳夫婦自乙亥（1635）至丁丑（1637）以近兩年的時間所修築的私人林園，〔註30〕自卜居至規畫，乃至園中疊石植木，都有商景蘭的協助，這處號為越中第一的林園，〔註31〕正是夫妻二人共同經營的成果。每當春暖花開之日，景蘭總會帶著家中女眷來此踏青吟詠，從而蔚為寓園的一大勝景，有史可以為證：

> 祁氏自先世多藏書梅墅寓園，池館之勝甲於越；夫人從事簡冊，教其三女及子婦張氏、朱氏操翰吟詠，著有《東書堂合稿》。〔註32〕

> 夫人有二媳四女咸工詩，每日登臨，則令媳女輩載筆床硯匣以隨，角韻分題，一時傳為勝事。〔註33〕

〔註29〕有關晚明士人與僧道交往的情況，可參閱徐林：《明代中晚期江南士人社會交往研究》，頁147～160。

〔註30〕有關寓園的修築過程，祁彪佳在《寓山注》中有詳細的說明。〔明〕祁彪佳：《祁彪佳集》，頁150～151。

〔註31〕〔清〕徐鼒《小腆紀傳‧列女》言：「祁氏自先世多藏書梅墅寓園，池館之勝甲於越」見氏著：《小腆紀傳‧列女》（臺北：大通書局，1986年10月）下冊，頁855。

〔註32〕徐鼒：《小腆紀傳‧列女》，頁855。

〔註33〕〔清〕施淑儀《清代閨閣詩人徵略》卷1引《兩浙輶軒錄》，周駿富輯：《清代傳記叢刊》冊25，頁33。。

另外祁彪佳的《寓山注》言及寓園 49 處勝景，其中〈踏香堤〉所述的即是春日仕女聯袂踏歌圖：

> 園之外堤為柳陌，園之內為踏香堤。踏香堤者，呼虹幌所縣
> 以渡浮影臺也。兩池交映，橫互如線。夾道新魂，負日俛仰。
> 春來士女聯袂踏歌，屐痕輕印青苔，香汗微醺花氣，以方西
> 子六橋，則吾豈敢？惟是鑑湖一曲，差與分勝耳。〔註34〕

如此盛況，恰可與景蘭詞作〈長相思·暮歸〉相呼應：

> 過橋西，花滿堤，步印香泥小徑歸，煙籠萬戶低。　　　月
> 初輝，星漸稀，光到窗前知未知？何處夜烏啼。（頁276）

可見祁氏家族生活之富庶與文化氣息之濃厚，實非一般中下階層的寒士與小家碧玉所能望其項背的。

景蘭活絡的群己關係，還可以從她與女僧的交往中窺見一般，其〈訴衷情·雪夜懷女僧谷虛〉言：

> 無端小立瑣窗前，飛絮影連長。蒲團雪，深三尺，參透幾
> 多禪。　　　花欲綻，鳥猶寒，孰相憐？歌翻白雪，笛弄梅
> 花，兩鬢霜添。（頁283）

與方外人士交往，談禪講經，是明代中後期的士人體驗超脫世俗與追求閑適生活的表現方式之一，〔註35〕公安才子袁宏道（1568～1610）即有詩言：「假寐日高春，青山落枕中。水含蒼蘚色，窗滿碧疇風。適性迎花石，書方去烏蟲。酒人多道侶，醉裏也談空。」〔註36〕身為大家閨秀的商景蘭，與女僧的交往情形應不似袁宏道般放曠，但尋求身心安頓的目的應是相同的。在大雪紛飛的夜裏，女詞人獨立瑣窗前，竟覺雪景裏滿是禪意：花兒不畏嚴寒，執意開放；鳥兒卻是畏冷不敢飛翔，眾生百相，皆有其可觀之處。在〈梅花〉與〈白雪〉曲中，詞人希望時光不要白白流逝，她希望谷虛大師能與她共同談經論道，讓心靈更加充實。

在萬物寂寥的雪景中方能彰顯天地的本心，也更觸發詞人求道之

〔註34〕〔明〕祁彪佳：《祁彪佳集·寓山注》，頁 153。
〔註35〕徐林：《明代中晚期江南士人社會交往研究》，頁 154～155。
〔註36〕袁宏道〈柳浪雜詠〉，錢伯誠撰：《袁宏道集箋校》上冊，頁 162。

心。一樣在雨雪中,景蘭與谷盧大師相別,其〈憶秦娥·雪中別谷盧大師〉道:

> 空留戀,楊花裊裊隨風戰。隨風戰,彌天道遠,流光如箭。
>
> 　冰壺夜月凝光殿,朔風剪碎鵝毛片。鵝毛片,飛翔莫定,何時相見。（頁282）

從「空留戀,楊花裊裊隨風戰」與「飛翔莫定,何時相見」可知谷盧大師似是居無定所的遊方僧,在與詞人短暫交會之後,即將遠行,景蘭以詞訴說她對大師離去的不捨,也期待能夠再相逢。

　　經由上述,可知商景蘭的交遊不僅跨過了當時階級分明的界限,也超越了男/女、家內/家外與俗世/方外的藩籬。她活絡的社交生活甚至是她長期的寡居身分與家庭背景所賦予的:擁有充足的財富、子孫滿堂與高壽的知識孀婦,使她能得到家族權力和公眾的尊敬。聰慧的商景蘭恰如其分地充分運用這些被認可的自由,從而在其週圍建構了一個持久的女性社團,並使其成功地越過了原本可能形成的束縛。

四、《錦囊》詞的身世之感

　　商景蘭藉由詞作來抒發她對飄零身世的點滴感懷,其中包含孤鸞獨舞的未亡人之悲與對故國亡子的深切思念。

（一）孤鸞獨舞的悲泣

　　商景蘭與夫婿祁彪佳是才子與佳人的結合,夫妻感情彌篤、鶼鰈情深的情形已如前述。面對夫君的殉國,在天理上景蘭雖感到與有榮焉,但在情感上仍終身無法釋懷,故在其作品中常見別鶴孤鸞的悲泣。且看其〈悼亡〉詩云:

> 公自成千古,吾猶戀一生。君臣原大節,兒女亦人情。折檻生前事,遺碑死後名。存亡雖異路,貞白本相成。（頁260）

她極力頌贊夫婿祁彪佳的堅貞不屈,並以為此將是流芳百世的義舉。但接著言「兒女亦人情」也看出了景蘭之所以隱忍苟活於世,最大的動力就是來自於身為母親的職責未了。其實喪夫之慟一直都是終身伴

隨著景蘭的，觀其〈悼亡‧其二〉詩可知：

> 鳳凰何處散？琴斷楚江聲。自古悲苟息，於今弔屈平；苞
> 囊百歲恨，青簡一朝名。碧血終難化，長號擬墮城。（頁261）

昔日鸞鳳和鳴的神仙眷屬，如今已成獨鳴孤鸞；在青史留得一朝令名
的代價卻是苞囊的百歲之恨，獨自低徊時，商景蘭眞是悲淒至極，巨
大的悲憤直可與孟姜女哭倒長城相比擬。如此的巨大傷痛在〈過河渚
登幻隱樓哭夫子〉詩中有更直接的敘明：

> 久厭煩囂避世榮，一丘恬淡寄餘生。當時同調人何處？今
> 夕傷懷淚獨傾。幾負竹窗清月影，更慚花塢曉鶯聲。豈知
> 共結煙霞志，總付千秋別鶴情。（頁274）

詩題中的幻影樓或即祁彪佳在《寓山注》中所言的浮影臺，〔註37〕
如前所述，寓山是祁彪佳夫婦自乙亥（1635）至丁丑（1637）以近
兩年的時間所修築的私人林園，彼時彪佳適逢官場不快，故引疾南
歸，〔註38〕則此林園的修築目的，恰似景蘭在詩中所言的「久厭煩
囂避世榮」盼能「一丘恬淡寄餘生」，在景蘭的心裏，並不希望什麼
榮華富貴，只盼能與夫君長相廝守，終老於斯。但這分人情倫理的
想望終究隨著丈夫成就君臣大義而落空了，當年同調人如今已不復
存在，徒留無限悲悽相伴以終老。觀其〈如夢令‧寓園有感〉言：

> 此地春光如繡，畫檻名花依舊。獨立悄無言，梅比腰肢還
> 瘦。㑲㑲，㑲㑲，林外鳥聲依舊。（頁275）

此處「㑲㑲」即折磨之意，〔註39〕連用之，雖是詞牌格式，但也突出
了女詞人心中深沉的悲涼——鳥語花香依舊，當年花前月下攜手的同

〔註37〕祁彪佳《寓山注‧浮影臺》言：「從踏香堤望之，迥然有臺，蓋在水
　　　中央也。翠碧澄鮮，空明可溯。每至金蟾麾浪，求嶂迴清，此臺乍
　　　無乍有，上下於煙波雲浪之間，環視千柄芙蓉，又似蓮座莊嚴。」
　　　〔明〕祁彪佳：《祁彪佳集》，頁153。

〔註38〕有關寓園的修築過程，祁彪佳在《寓山注》中有詳細的說明。祁彪
　　　佳：《祁彪佳集》，頁150～151。

〔註39〕如邵雍〈年老逢春〉詩：「東君不奈人嘲戲，㑲㑲花枝惡未休」，北
　　　京大學古文獻研究所編：《全宋詩》冊7，頁4547。

心人，如今卻已天人永隔，眼前美景與心中哀傷形成強烈對比，不是折磨再折磨嗎？

對商景蘭終身所懷抱的天理與情理之間的糾葛有了同情與理解之後，再讀其〈燭影搖紅・詠雛堂憶舊〉當更能明白這位上層知識孀婦究竟爲何而泣、爲何而嘆了：

> 春入華堂，玉階草色重重暗。寒波一片映闌干，望處如銀漢。風動花枝深殘，忽思量、時光如箭，歌聲撩亂，環珮未斷。　　遊賞池臺，滄桑頃刻風雲換。中宵笳角惱人腸，泣向庭闈遠。何處堪留顧眄。更可憐、子規啼遍。滿壁圖書，一枝殘蠟，幾聲長嘆。(頁 288)

「詠雛堂」據祁彪佳《越中亭記之二》所言，乃其岳父商周祚自大司馬告歸後，於第宅之後建立以奉太夫人之地，堂名「詠雛」，乃記念母之深也。此堂「不特欄檻精工，戶牖軒爽。即一花一石，無不妙有位置。」〔註40〕商景蘭在風雲滄桑、國變夫亡後重返故居，見華亭依舊，人事卻已全非。中宵時分，佇立中庭，傳來笳聲，但覺惱人衷腸，不禁傷感而泣。踱回書房，在滿壁圖書中感懷家國之難與飄零身世，只得獨向殘燭長歎。

在商景蘭五十歲生日時，子女爲她舉辦了相當盛大的壽宴，聲歌樂舞之中，她卻是哀傷至極，回想近十年來的孀居生活，她不禁悽然淚下，且看其〈五十初度〉詩所言：

> 張樂開華宴，歌聲啓故哀。孤鶯終獨立，彩鳳幾同來？握髮愁雲鎖，分眉恨月開。十年感慨淚，此日滿粧臺。(頁 272~273)

失去丈夫的扶持，獨自茹苦含辛地扶養子女成長，在子女以壽宴感念寡母恩德的時刻，縈繞景蘭心中的卻是「孤鶯終獨立，彩鳳幾同來？」的沉痛悲傷，或許在她內心深處，曾經有過這樣期待：她願意生在尋常百姓家，與丈夫共同過著男耕女織的和樂生活，管他什麼國難當頭，都與我沒有任何關連——日出而作，日入而息，帝力又與我有何哉！但因身

〔註40〕祁彪佳《越中亭記之二・詠雛堂》，〔明〕祁彪佳：《祁彪佳集》，頁184。

分地位的特殊，讓她的生命不得不與國家的興亡連繫在一起，一場國難，讓天倫夢斷，回顧十年來的點點滴滴，教景蘭如何不感慨萬千？

（二）故國亡子的思念

雖然終生伴隨景蘭的盡是別鶴孤鸞的悲泣，但一如大多數的遺民，景蘭對已逝故國，仍是充滿了無盡的思念，或許是因為她生命中美好的時光均在前朝度過。如下列諸詩詞言：

> 曉來無意整紅粧，獨倚危樓望故鄉。雪氣擁梅初發蕊，幾迴風過暗遺香。（〈九曲寓中作〉，頁 266）

> 城樓吹漏聲長，玉爐寶篆生光。亂紅盡落暗遺香，浴後殘粧。　　畫檻雕樓花鳥，曲屏遠掛瀟湘。窗前漫整衣裳，無限淒涼。（〈畫樓春·其二〉，頁 280）

> 千里河山一望中，無端煙靄幕長空。鳩聲切切鳴聲續，坐對銀缸怨不窮。（〈苦雨〉，頁 264）

在畫檻雕樓中她凝眸遠望，看到千里山河，也看到了曲屏遠掛瀟湘。此刻她所感受到的盡是無限孤獨、哀怨與淒涼的登望之悲，是一種交疊著陳子昂「前不見古人，後不見來者，念天地之悠悠，獨愴然而涕下。」〔註41〕的天地蒼茫，孤獨無侶之悲，與周邦彥「人靜夜久憑欄，愁不歸眠，立殘更箭。嘆年華一瞬，人今千里，夢沉書遠。」〔註42〕的人世滄桑之嘆於一的複雜感懷。在這樣交融著家國之恨與身世之感的情感下，使她很容易認同歷史上的失路英雄，試看以下兩首題為〈虞美人〉的詩作：

> 旌旗影拂五雲車，錦帳傳杯玉漏斜。此夜美人歌舞處，遙看白水漫江沙。（頁 263）

> 劍鋒氣折萬人雄，馬首棲遲不向東；江上愁魂何處老，可憐人尾漢宮中。（頁 263）

〔註41〕陳子昂〈登幽州臺歌〉，〔清〕聖祖御製、王全點校：《全唐詩·卷83》冊 3，頁 902。

〔註42〕周邦彥〈過秦樓·大石〉（水溶清蟾），唐圭璋編：《全宋詞》冊 2，頁 602。

從題目及詩意來看，此二詩所詠的正是項羽和虞姬的事跡。據《史記·項羽本紀》：「項王軍壁垓下，兵少食盡，漢軍及諸侯兵，圍之數重，夜聞漢軍四面皆楚歌。……項王則夜起飲帳中，有美人名虞，常幸從。……自爲詩曰：『力拔山兮氣蓋世，時不利兮騅不逝；騅不逝兮可奈何，虞兮虞兮奈若何？』歌數闋，美人和之。」〔註43〕在旌旗密佈、戰鼓頻催的征場上，項羽知道自己已身陷四面楚歌之中，反攻既已無望，於是與美人同飲錦帳之中，想昔日曾是衝鋒陷陣、威風凜凜的萬人英雄，如今卻只能在重圍中與愛人同飲，爲生命作最後的悲悼。項羽這位失路英雄，終因無顏見江東父老而自刎於烏江，而昔日所寵的紅顏知己，或許將遭受俘虜而在漢宮中當人質。

　　身處動亂時代中，商景蘭目睹許多英雄豪傑，爲挽救衰亡的朱明王朝而不惜拋頭顱、灑熱血，但最後終歸失敗，大好江山已遭異族入主，則在她心靈深處，「劍鋒氣折萬人雄，馬首棲遲不向東」的項羽，莫非即是眾多爲國捐驅的豪傑象徵？而境遇淒楚的虞美人就是在動盪中，與她相同境遇的眾多嬬婦。從這個角度來理解景蘭此二詩，對其中所蘊含的家國之慟，當能有更深入的理解。

　　事實上，祁氏家族一直從事著反清復明的事業。在祁彪佳死後不到一個月的時間，浙東江上義軍即起義，彪佳兄長鳳佳之子鴻孫首先參加江上義師，景蘭之子理孫、班孫也毀家紓難，並在家中收容了大批抗清復國的志士，〔註44〕康熙六年（1662），三子班孫更因涉浙中通海案而遭遠放寧古塔，〔註45〕面對著連接而來的國讎家難，景蘭眞

〔註43〕〔漢〕司馬遷《史記·項羽本紀》，〔日〕瀧川龜太郎：《史記會注考證》（臺北：洪氏出版社，1986 年 9 月），頁 157。

〔註44〕全祖望〈祁六公子墓誌銘〉曰：「祁六公子者，諱班孫，字奕喜，小字季郎，忠敏公第二子也。……忠敏公死未二旬，東江兵起，恩卹諸忠，而忠敏公贈兵部尚書，理孫賜任。祁氏群從之長曰鴻孫者，故嘗與忠敏公同講學於蕺山，至是，將兵江上，思以申忠敏公之志，而公子兄弟罄家餉之。」〔明〕祁彪佳：《祁彪佳集·附編》，頁 319。

〔註45〕此事詳見全祖望〈祁六公子墓誌銘〉，〔明〕祁彪佳：《祁彪佳集·附編》，頁 320。

是感傷莫名，有詞可以爲證：

> 鶯聲咽，柳梢煙雨梅梢月。梅梢月，誰家玉笛，十分淒切。
>
> 　　迢迢子去傷離別，空亭寂寞愁心結。愁心結，梨花飛
> 碎，香飄塵絕。（〈憶秦娥・初春剩國憶子〉，頁 287）

開篇即以花籠淡月下淒切的玉笛與鶯聲，營造出悲涼的場景，下片「迢
迢子去傷離別」應即指班孫流放之事。《楚辭・九歌・少司命》曾謂：「悲
莫悲兮生別離」，〔註46〕三子遭放逐至遙遠的東北荒漠，則何年何月何
日能再相逢？眼前飛碎散落的梨花，不正似慈母傷痛欲絕的寸寸傷心？
此事對商景蘭家族打擊甚大，二子理孫竟因痛愛弟鬱鬱而死。雖然十五
年後，（清康熙 16 年，1677）班孫脫身遯歸並祝髮於吳縣堯峰的馬鞍山
寺，但此時慈母已高壽而終，〔註47〕由此便可知典籍多言蘭女與媳而
不言子，實亦有著爲人母最沉痛的哀戚在其中。則伴隨景蘭終身的，豈
非亡國、喪夫、喪子等人寰絕慘之事？難怪詞人在暮年曾言道：「余七
十二歲嫠婦也，瀕死者數矣。」（〈琴樓遺稿序〉，頁 289）商景蘭的人
生，在富貴優渥與活絡社交的背後，豈非交迭著令人感佩的堅毅韌性？

五、《錦囊》詞的形式技巧：多用小令與常用調

　　檢視商景蘭的 56 首《錦囊》詞，除〈燭影搖紅・詠雛堂憶舊〉1
首是能包含較多寫作能量的長調之外，其餘均是小令與常用調，可據
此判斷女詞人對音律當非專門。

　　筆者將商景蘭《錦囊》詞 56 首詞作所使用的詞調狀況，由多至
少整理如下表：

詞調名稱	闋數	屬性	詞調名稱	闋數	屬性	詞調名稱	闋數	屬性
〈長相思〉	7	小令	〈憶秦娥〉	6	小令	〈搗練子〉	4	小令
〈菩薩蠻〉	3	小令	〈海棠春〉	3	小令	〈春光好〉	2	小令

〔註46〕〔宋〕洪興祖補注：《楚辭補注》，頁 64。
〔註47〕此事詳見全祖望〈祁六公子墓誌銘〉，〔明〕祁彪佳：《祁彪佳集・
　　　附編》，頁 320。

〈如夢令〉	2	小令	〈浣溪紗〉	2	小令	〈點絳唇〉	2	小令
〈臨江仙〉	2	小令	〈更漏子〉	2	小令	〈卜算子〉	2	小令
〈十六字令〉	1	小令	〈浪淘沙〉	1	小令	〈眼兒媚〉	1	小令
〈少年遊〉	1	小令	〈上西樓〉	1	小令	〈畫樓春〉〔註48〕	1	小令
〈探春令〉	1	小令	〈釵頭鳳〉	1	小令	〈醉春風〉	1	小令
〈思帝鄉〉	1	小令	〈漁家傲〉	1	小令	〈憶王孫〉	1	小令
〈醉太平〉	1	小令	〈醉花間〉	1	小令	〈訴衷情〉	1	小令
〈生查子〉	1	小令	〈洞天春〉	1	小令	〈青玉案〉	1	小令
〈燭影搖紅〉	1	長調						

　　發現在此 31 調中，計有〈菩薩蠻〉、〈如夢令〉、〈浣溪紗〉、〈點絳唇〉、〈臨江仙〉、〈卜算子〉、〈浪淘沙〉、〈訴衷情〉等 8 調 15 首是屬於《全宋詞》計算機檢索系統所統計的宋詞使用頻率最高的常用調 38 調，〔註49〕超過其全部詞調與詞作的四分之一。而其餘 22 調雖未列入宋詞常用調，但如〈長相思〉、〈憶秦娥〉、〈搗練子〉、〈眼兒媚〉……等等均是唐宋詞中常見的詞調，並非罕見的僻調，可見商景蘭對音律並非相當精通，故對較冷僻的詞調應無法掌握。不過這樣的現象在詞體已不復興盛，且詞樂已失傳的晚明時代，應是一個普遍的現象，吾人實不應過分苛責這位致力於文墨，並希望能以之傳世的名門閨秀與堅毅女性。〔註50〕

〔註48〕按《詞譜》並未見〈畫樓春〉一調。《全明詞》編者言此調名格律與《詞譜》中〈畫堂春〉一致。饒宗頤初纂、張璋總纂：《全明詞》冊 4，頁 1869。則〈畫樓春〉或爲女詞人誤置。

〔註49〕王兆鵬曾據計算機檢索系統統計宋詞常用調、即使用頻率最高的詞調依次爲〈浣溪沙〉、〈水調歌頭〉、〈鷓鴣天〉……等 38 調。王兆鵬：《唐宋詞史論》，頁 253～254。

〔註50〕此從商景蘭〈琴樓遺稿〉言：「平生性喜柔翰，長婦張氏德蕙，次婦朱氏德蓉，女修嫣、湘君，又俱解讀書。每於女紅之餘，或拈題分韻，推敲風雅；或尚溯古昔，衡論當世，遇才婦淑媛，輒流連不能去，心不啻如屈到之嗜芰。……女之天，不天於天而天於多才，……是蓋有莫之爲而爲者。使槎雲享富貴、壽者頤，而無所稱於後世。……若槎雲固自有其爲不朽者。余豈敢曰能文音，以表槎雲也哉。」可

　　另外值得提出來的是在《錦囊》詞 31 調 56 首作品中，除〈燭影搖紅‧詠雛堂憶舊〉一首是能包容較多情感能量與寫作技巧的長調之外，其餘均是小令，且內容幾乎都是麗情小唱，缺乏波瀾壯闊，氣象弘偉的作品。鄭騫曾言：

> 有了長調，詞這種文體纔得發展的基礎；若是長久因襲唐
> 五代的小令形式，恐怕詞的歷史在北宋就要終了。那樣形
> 式簡短，內容狹窄的小玩藝，如何能卓然樹立，發揚光大。
> 只有長調興起，這纔挽救了詞的危運。詞的波瀾壯闊、氣
> 象恢弘，是長調興起以後的事。〔註 51〕

景蘭詞幾乎均以小令呈現，或許是受同時代同地域，以陳子龍為主的雲間詞派，所力主的標榜南唐北宋的婉約小令之褊狹審美觀所影響，〔註 52〕是時代風氣之所難免。但這樣的一個審美趨向，也限制了她的詞所敘寫的題材內容，致使讀者在閱讀其詞時，若不輔以其他詩、文，實在很難從其中理解《錦囊》詞中所寄寓的深層意蘊。雖說令詞之美就在於具有纖柔婉約之風格，並能引起讀者豐富的聯想，〔註 53〕但以這位至目前為止仍不大知名的女詞人而言，要從其幾乎均是傳統閨怨題材的令詞，來聯想寄寓其中的身世之感，是存在相當大限制的。

　　當然，這樣的形式與題材趨向也限制了商景蘭在詞史上的成就。如專論女性詞發展歷史的鄧紅梅《女性詞史》，〔註 54〕對明、清兩代女詞人與詞作闡述尤詳，但對商景蘭卻無雙字片語的介紹。張仲謀《明詞史》設有專章討論明代女詞人，論及商景蘭時亦言其詞「多小令，又往往代人作，詞中偶有俊語秀句，但大多欠渾成，

知。〔明〕祁彪佳：《祁彪佳集‧附編》，頁 289。
〔註 51〕鄭騫〈柳永蘇軾與詞的發展〉，載氏著：《景午叢編》（臺北：臺灣中
　　　華書局，1972 年 3 月）上冊，頁 121。
〔註 52〕有關陳子龍的詞學理論，可參閱蘇菁媛：《陳子龍詞學理論及其詞研
　　　究》，頁 53～145。
〔註 53〕葉嘉瑩〈論陳子龍詞──從一個新的理論角度談令詞之潛能與陳子
　　　龍詞之成就〉，繆鉞、葉嘉瑩：《詞學古今談》，頁 223。
〔註 54〕鄧紅梅：《女性詞史》

欠老到。」〔註55〕黃拔荊《中國詞史》介紹商景蘭《錦囊詩餘》時亦僅舉三首詞例，以兩、三百字簡單帶過，〔註56〕這些現象均足以說明商景蘭詞作成就的有限。

六、《錦囊》詞的風格：含蓄蘊藉

商景蘭《錦囊》詞圇於形式與題材，自有其成就上的限制，但誠如黃拔荊所言：「商景蘭詞的主要特點是善於描繪景物，畫面一般不靠濃紅深綠妝點，而是注重色澤的調融，顯得一派明秀天然。……她的詞的另一個特點是意境優美，含蓄多情。」〔註57〕張仲謀則言：「商景蘭詞學功力甚淺，然而情與景天然湊泊，妙手偶得，不期而達到此種深靜之境，殊為難得。」〔註58〕可見整體而言，商景蘭詞在寫作技巧上仍有其不容忽視的價值存在。

試觀其〈春光好·其二〉言：

> 山色秀，水紋清，落花輕。沙上鴛鴦泛綠汀，棹歸聲。　　小鳥如啼如話，春光乍雨乍晴。一派霞光催日暮，月東升。（頁284）

全詞寫舟中所見，在山明水秀之中融入「落花」、「鴛鴦」、「鳥語」、「落日」、「明月」等景觀，形象鮮明，清景無限，宛如一幅「晚舟歸棹圖」。〔註59〕昔蘇軾讚美王維詩畫之美曾言：「詩中有畫，畫中有詩」，移之以論景蘭此詞，亦有「詞中有畫」之妙。另一首寫景佳篇是〈臨江仙·坐河邊新樓〉：

> 水映玉樓樓上影，微風飄送蟬鳴。澹雲流月小窗明，夜闌江上槳，遠寺暮鐘聲。　　人倚欄干如畫裏，涼波渺渺堪驚。不知春色為誰增，湖光搖蕩處，突兀眾山橫。（頁284）

本詞寫春日向晚憑樓遠眺，河畔風光盡收眼裏；景物雖多卻不雜亂，畫

〔註55〕張仲謀：《明詞史》，頁 268。
〔註56〕黃拔荊《中國詞史》下冊，頁 145～146。
〔註57〕黃拔荊《中國詞史》下冊，頁 145～146。
〔註58〕張仲謀：《明詞史》，頁 269。
〔註59〕黃拔荊《中國詞史》下冊，頁 146。

面開闊而不空疏，用筆錯落有致，形成遠近相接，疏密相間，聲色相融的和諧整體，雖不著任何情感，意境卻是空靈隱秀，耐人尋味。

再有〈搗練子・留別〉一詞亦令人低迴不已：

> 人去也，情難舍。花枝吹散風瀟灑。霜天宿鳥靜無聲，流蘇錦帳含愁下。（頁288）

開頭二句直而淺，末二句「霜天宿鳥靜無聲，流蘇錦帳含愁下。」卻是靜而深，兩句之間似無任何關聯，所寫之景與別情亦無聯繫，所呈現的是散點式的平列，沒有情感的邏輯在其中，但卻讓人在肅穆中感到刻骨銘心的巨痛，真摯而有古意，恰似詞家所謂：「境至靜矣，而此中有人，如隔蓬山。思之思之，遂由淺而見深。」〔註60〕景蘭此詞的深厚之境，實屬難得。

而占其詞作主體的閨怨之作亦寫得意境優美，含蓄多情，且看其〈生查子・春日晚妝〉言：

> 無意整雲鈿，鏡裏雙鸞去。百舌最無知，慣作深閨語。　　梁燕恰雙飛，春色歸何處？妝罷拂羅裳，一陣梨花語。（頁284）

鸞燕成雙，正襯托佳人的寂寞；「百舌無知」乃因春意繚繞，「一陣梨花雨」恰似伊人憔悴，無意理紅妝，畢竟仍是妝成。短短八句中藏有詞人情感的多重曲折：從自憐、自嘆、自惜到自賞，隱約可見其中的變化，若非女子自寫心緒，恐難達此微妙的境地。

翻閱《錦囊》詞，隨處可見如上述的含蓄多情之作，如「衾寒不耐五更雞，無限相思夢魂裏，帶緩腰圍。」（〈浪淘沙・秋興〉，頁276）、「半輪淡月，一行鳴雁，雲老霜殘。」（〈眼兒媚・代人懷遠〉，頁277）、「空階蕭瑟聲聲葉，霜花點點腸千結。腸千結，雲外翔鴻，夢中蝴蝶。」（〈憶秦娥・其四〉，頁278）……等等。可見商景蘭以真誠的詞筆描繪心中的點滴感受，雖不刻意鋪敘，卻自有其引人入勝之處。此即女性睿敏思緒的自然流露，非男子仿作閨音之

〔註60〕況周頤評韓持國〈搗練子令〉過拍「燕子漸歸春悄，簾幕垂清曉」語，〔清〕況周頤《蕙風詞話》卷2，唐圭璋編：《詞話叢編》冊5，頁4425。

所可比也。尤其是甲申之變後，原是閨中生活點綴的詞作成為真正的抒情載體，商景蘭將身世之感注入其中，超越女性的纖巧，如〈卜算子‧春日寓山看花〉言：「柳外小鶯啼，花鳥聲相鬥，喚起當年萬種愁，淚溼青衫袖。」（頁 287）、〈洞天春‧初春同友坐剩國書屋〉言「閒庭竟日悄悄，無奈佳人去盡，蛺蝶輕飛，風飄花亂，新愁多少。」（頁 187），皆有物是人非的感慨在其中。

商景蘭以前朝大臣孀妻的身分帶領子女、子媳在亂世中以自甘黯澹、不求聞達的遺民態度求生存，並擅用自身所擁有的優勢條件：紮實的文學根基、富裕的家產、豐富的藏書、寬闊的視野、子孫滿堂與年高德劭，帶領家族成員與家鄉親友組成跨越性別與階級藩籬的文學性社團，追求人生的休嘉美善與生命價值的肯定，成功地為自己贏得「賢媛之冠」的社會定位。

細審商景蘭的《錦囊》詞，在內容上雖仍不離傳統的閨怨題材，並以閨閣生活與感傷情調為主。但從其中多代人與贈寄之作，並有遊賞私人林園和與方外之士往來的記載，可以證明景蘭擁有活絡的群己關係。另外在最能抒發幽微心緒的詞作中，還可發現其中寄寓著一代知識孀婦的身世之感：殉國的夫婿、為時所不容的亡子與飄零的社稷，一直是她心中最深沉的傷痛。在天理與情理之間，商景蘭實有著無限的矛盾與掙扎。

在形式技巧上，《錦囊》詞多用小令與常用調，致使其詞作不能包含更多波瀾壯闊的內容與技巧，也限制了商景蘭在詞史上的成就。但這些以寫景為主的小令呈現清新的風貌，且蘊藉多情。這是時代審美風氣之所趨，吾人實不能以此薄責此一致力於推展女性才華，並期能以文學令名傳世的時代賢媛。

雖然《錦囊》詞在內容與形式技巧上皆無法超越當時閨秀詞以敘寫閨怨和以小令表述的既定格局，但筆者輔以史籍記載與《錦囊集》中的詩文印證詞作，發現《錦囊》詞在理解明清之際動盪時代下，上層知識孀婦的生命形態仍具有其不容忽視之處：從睿敏的閨音原唱到

活絡群己關係的反映，與寄寓其中的孤鸞獨舞的悲泣，和對故國亡子的感念等身世之慨，《錦囊》詞提供了具體的觀察線索。這對明清女性文化的理解，無疑具有一定程度的意義與價值。

附表一　商景蘭《錦囊》詞中的代人與寄贈之作

序號	調　名	題　目	首　句	分　類
1	十六字令	代人憶外	瓜，今歲須教早吐花	代人之作
2	菩薩蠻	代人憶外	臘花香動煙中影	代人之作
3	憶秦娥	代人憶外	寒夜冷	代人之作
4	春光好	代姊別妹	楓樹冷	代人之作
5	浣溪紗	代人送女歸	唱罷驪駒神暗傷	代人之作
6	眼兒媚	代人懷遠	將入黃昏枕倍寒	代人之作
7	憶秦娥	代人懷遠	雲將暮	代人之作
8	如夢令	代人懷遠	寂寞寒深孤枕	代人之作
9	憶秦娥	代人懷遠	清秋節	代人之作
10	長相思	代人作春遊	思悠悠	代人之作
11	憶秦娥	雪中別谷虛大師	空留戀	寄贈之作
12	長相思	雪中作寄寶姑娘	梅蕊青	寄贈之作
13	訴衷情	雪夜懷女僧谷虛	無端小立瑣窗前	寄贈之作
14	菩薩蠻	代人作坐河邊新樓	畫樓檻外啼黃鳥	代人之作
15	海棠春	贈姪女吳子	綠窗春透垂楊影	寄贈之作
16	青玉案	即席賦贈友言別	一簾蕭颸梧桐雨	寄贈之作
17	搗練子	留別	人去也	寄贈之作

【說明】1、代人與寄贈之作共 17 首，佔 56 首《錦囊》詞的 30.36%。

　　　　2、代人之作有 11 首，佔此類作品的 64.7%。

　　　　3、贈寄之作有 6 首，佔此類作品的 35.3%。

第二節　吳　綃

一、吳綃的生平與詞集

　　吳綃（1615？～1671），字冰仙，一字片霞，號素公，江蘇長洲

（今蘇州）人。通判吳水蒼之女，巡道許瑤（字文玉、號蘭陵）之妻。吳綃資質明慧，幼年喜讀書，能書畫詩詞以及絲竹。鄒流琦〈吳冰仙集小引〉稱其「裔出延陵，爲吳門名族。蘭心蕙質，雅尚書史。……于一切琴棋絃管之藝，無不精絕。書法直通鍾、王，尤善畫，每經點綴，靈動如生。」〔註61〕李澄〈嘯雪庵詩集小序〉亦稱美其：

> 工詩善屬文，五七言清麗芊綿，匠心獨造，奴睨西崑諸體；長短句韶令雋永，遠勝李易安；敍寄之文，寄情紀事，芭葉裁宗而丰采更異。小楷精細，彷彿王、歐。尤工繪花鳥，其所點染，天葩爛然，徐熙、黃筌以下，不能及也。〔註62〕

李澄稱譽或有過之，但亦說明吳綃工詩文、善書畫，多才多藝的事實。歸嫁許瑤之後，因許瑤浪蕩的生活與多內寵，〔註63〕讓吳綃對婚姻生活相當失望，觀其〈蕩子〉詩可知：

> 蕩子無歸任處迷，空倉常苦吏人妻。海潮有信分明逝，石闕無言枉自題。弱柳宛憐眉樣淺，天桃羞和面脂泥。誰能獨向春光裏，日日空閨聽鳥啼。（《嘯雪庵詩集》，頁69）

在此吳綃毫不掩飾地說明夫婿常徹夜不歸，致使女主人翁日日獨守空閨的事實。因伉儷生活未洽，故吳綃將生活的重心轉向佛道與詩文，《嘯雪庵集》諸家序中多曾言及：

> 雅思避世，金馬逍遙於慈筏蓮舟，夫豈誕哉？古來松喬輩出，亦惟性情之至者爲之。以夫人之貞靜，一旦羽衣葛巾，吾知九嶷三島間，將來增一蒲座矣。（黃中瑄〈嘯雪庵集小引〉，

〔註61〕鄒流琦〈吳冰仙集小引〉，載於〔明〕吳綃：《嘯雪庵詩集》，四庫未收書輯刊編纂委員會編：《四庫未收書輯刊》（北京：北京出版社，2002年）柒輯，冊23，頁67。本書乃現今所見搜集吳綃詩作與相關論述最完整的版本，本文所引吳綃詩均出自該版本，爲免繁瑣，爾後謹在引文後標明書名與頁次，不另外註明出處。

〔註62〕〔明〕吳綃：《嘯雪庵詩集》，頁59～60。

〔註63〕從鄒流琦〈吳冰仙集小引〉：「待蘭陵諸姬侍，內外骨頌關雎之德。」〔明〕吳綃：《嘯雪庵詩集》，頁57與葉襄〈嘯雪庵集引〉：「蘭陵多內寵，夫人撫愛如同生時，稱有鵲巢之德焉。」〔明〕吳綃：《嘯雪庵詩集》，頁114。可知許瑤多內寵。

《嘯雪庵詩集》，頁 66）

> 居身清素，不異道氏釋子，案頭香一爐，茶一盞，書數卷，
> 侍兒日磨墨以供揮灑。（鄒流琦〈吳冰仙集小引〉，《嘯雪庵詩集》，
> 頁 67）

皈依佛道，致力創作，追求心靈的安頓與寄託，是才女吳綃排遣寂寥閨閣生活的重要方式，「為文磊落有俠氣，已而好仙，嘗偶遇異人，示以前因，居恆道服，不為俗世粧梳，泊如也。」〔註 64〕

　　吳綃著作有《嘯雪庵集》，其中詩有詩集、題詠、新集、題詠二集各一卷，共四卷，詞則有一卷。詩的部分 2002 年北京出版社出版《四庫未收書輯刊》，將其輯入柒輯第 23 冊，〔註 65〕詞的部分則有《明詞彙刊》本，收詞 56 首，另散曲 10 首附之。〔註 66〕又有《小檀欒室匯刊閨秀詞》本及《全清詞》本（該本將〈憶王孫‧秋夜〉二首連排作上下片，誤）。〔註 67〕2004 年所出版的《全明詞》本則依《明詞彙刊》本，刪去散曲後輯入。〔註 68〕

　　因作品長期的隱沒不彰，歷來詞評家對吳綃詞作少有述及。但 1930 年代趙尊嶽編《明詞彙刊》，輯入吳綃的《嘯雪庵詩餘》，並以之為明代閨秀詞人的代表，對之多所稱揚：

> 明代訂律拈詞，閨襜彤史，多至數百人。《眾香》一集，甄錄均詳。而笄珈若吳冰仙、徐小淑，煙花若王修微、楊宛之流，所值較豐，又復膾炙人口。視轟勝瓊之僅存片玉，嚴蕊之僅付詼諧，自又奪過之。足資諷籀也。〔註 69〕

> 玉臺之作，在宋李朱曾魏均為大家。明則笄旭若商媚生、

〔註 64〕葉襄〈嘯雪庵集引〉，〔明〕吳綃：《嘯雪庵詩集》，頁 114。
〔註 65〕四庫未收書輯刊編纂委員會編：《四庫未收書輯刊》柒輯，冊 23，頁 49～151。
〔註 66〕趙尊嶽輯：《明詞彙刊》上冊，頁 162～171。
〔註 67〕上述乃據張仲謀：《明詞史》，頁 274 所言。
〔註 68〕饒宗頤初纂、張璋總纂：《全明詞》冊 4，頁 1874～1883。
〔註 69〕趙尊嶽〈惜陰堂彙刻明詞記略〉，收入氏著：《明詞彙刊‧附錄一》下冊，頁 7。

　　吳嘯雪、徐絡緯，閨秀若葉氏午夢堂姊妹，煙花若張紅橋、
　　楊宛淑，珠璣咳唾，鸞鶴噦音，卷帙雖不繁留，稚音廣奪
　　前席。〔註70〕

2002 年張仲謀出版《明詞史》以專章論明代女性詞人，亦以爲「吳
綃詞工力較深，蓋不止以詩詞爲才女之徵或閨閣生活之點綴，而直欲
以此爲生涯。」〔註71〕可見吳綃詞作在明代女詞人中實有其不容忽視
的地位。

　　本節擬從內容、形式技巧與風格等方面來探究吳綃的《嘯雪庵》
詞，除希望能以詞作來爲她並不能稱爲順遂的人生，與心靈的尋覓寄
託進行詮釋外，也能爲這位致力於詞作的晚明閨閣才女析出其作品的
內在光彩，並賦予其詞作客觀的評價。

二、《嘯雪庵》詞的內容

　　吳綃在《嘯雪庵詩集‧自序》中曾言道：「余自稚歲，癖於吟事。
學蔡女之職琴書，借甄家之筆硯。湘素經心，丹黃在手。二十餘年驅
虞愁病，無不於此發之。」〔註72〕所言雖是其詩集的內容，但亦可視
爲對其詞作內容的概述。大體言之，即以詞作寄寓其生活的所悟所感。

（一）季節風光的歌詠

　　誠如一般對傳統女性文學的認知，身爲大家閨秀的吳綃亦將她睿
敏的思緒，表現在對季節風光的關注上。在《嘯雪庵》詞中即分別有
調寄〈憶江南〉與〈憶秦娥〉的組詞，均是敘寫四季所見不同的景色，
且看其中〈憶江南‧四時其二〉言：

　　江南憶，女伴采蓮期。水似玻璃人似玉，薄妝偏稱晚涼時。
　　蘭槳日遲遲。〔註73〕

〔註70〕趙尊嶽〈惜陰堂明詞叢書敘錄〉，收入氏著：《明詞彙刊‧附錄二》
　　　　下冊，頁 6。
〔註71〕張仲謀：《明詞史》，頁 274。
〔註72〕吳綃《嘯雪庵詩集‧自序》，〔明〕吳綃：《嘯雪庵詩集》，頁 68。
〔註73〕趙尊嶽輯：《明詞彙刊》上冊，頁 164。因《明詞彙刊》本之〈嘯雪庵

詞中所敘正是典型的江南夏季好風光，與傳統樂府歌謠：「江南可采
蓮，蓮葉荷田田」〔註74〕及李珣〈南鄉子〉言「沙月靜，水煙輕，芰
荷香裏夜船行。綠鬢紅臉誰家女，遙相顧，緩唱棹歌極浦去。」〔註75〕
恰有異曲同工之妙。再看其〈憶秦娥・春景〉道：

> 花如雪。匆匆又過清明節。清明節。輕寒漸退，好風和悅。
>
> 　　蛺兒粉翅鶯兒舌。曲闌香徑多周折。多周折。踏青人
> 散，一年離別。（頁167～168）

在天暖花開的暮春時節，江南草長，蝶蜂亂飛，眾人多春遊踏青。
但在美好的春景中，多愁善感的詞人所感受到的，卻是曲終人散後
的孤寂。所謂「境由心生」，詞人筆下的物象正是她心理情感的投射，
〔註76〕詞人的閨女之嘆，在她描繪秋景的詞作中有更明顯的呈現：

> 蟲幽咽，星星螢影飛不迭。飛不迭，碧梧風細，夜聲淒切。
>
> 長空雲靜音鴻絕。天公誰解修明月。修明月。嫦娥薄命，
> 不勝圓缺。（頁168）

詞中以蟲聲幽咽、螢影點點、長空雲靜與夜聲淒切等景象，營構出秋
天寂寥的情境。在此情境下的秋月，令詞人聯想到的不是「但願人長
久，千里共嬋娟」〔註77〕的溫馨期待，而是淒冷廣寒宮中，千年空守
的薄命嫦娥。細玩之，嫦娥豈非詞人自比？

　　另外值得注意的是雖然傷怨傷別是閨秀詞的基調，但吳綃筆下所
描繪的風物仍有其熱情活潑的面向，且看其〈漢宮春・夏景〉言：

　　詩餘》乃現今所見最完整的吳綃詞作版本，故以之為本研究之文本依
　　據。為免繁瑣，爾後引文只在詞作之後標明頁碼，不另外註明出處。
〔註74〕〔宋〕郭茂倩編：《樂府詩集・相和歌辭》卷26，頁315。
〔註75〕李珣〈南鄉子〉（沙月靜），曾昭岷、曹濟平等編著：《全唐五代詞》
　　　　上冊，頁601。
〔註76〕此即所謂的「移情作用」，關於此種美感經驗，朱光潛有詳細的論述。
　　　　參見氏著：《文藝心理學》（臺北：臺灣開明書店，1996年7月），頁
　　　　34～53。
〔註77〕「但願人長久，千里共嬋娟」語出蘇軾〈水調歌頭・丙辰中秋，歡
　　　　飲達旦，大醉，作此篇，兼懷子由〉（明月幾時有），唐圭璋編：《全
　　　　宋詞》冊1，頁280。

午夢初回，見滿庭花影，煙罩香階。一架淺紅深綠，蜀纈勻排。纖鉤長帶，亂紛紜、掩映樓臺。豈好似，鄰牆上，笑隱雙腮。　　多是天公有意，怕春光歸去，羯鼓相催。倩他暖風濃露，剩染繁開。闌干那畔，無聊長月，幾遍徘徊。記得我、因貪艷朵，半空抓住金釵。（頁165）

全詞敘寫初夏時節午夜時分，明月掩映下花事繁盛的景象。上片寫花影如煙，花色如蜀纈，花朵如美女笑容。寫實與寫意相融合，滿牆燦爛花朵灼然呈現眼前。其中以「亂紛紜」三字寫花，乍看之下，會覺率意而爲，細玩之，方恍然大悟恰似「紅杏枝頭春意鬧」之「鬧」字，[註78]非如此不足以表現綠葉紅花交疊掩映的繁盛景象。詞的結尾處由花寫到賞花人，「半空抓住金釵」當是登高採花，致使頭上的金釵脫落，然後奮力接住。在繁盛花事的背景下，一個天眞爛漫的少女形象躍然呈現眼前，爲這幅本已繽紛亮麗的夏日夜景圖，平添幾許嫵媚動人的風韻。

再看其〈杏花天〉言：

今年一倍春光早，燕子話、杏園消耗。馬蹄踏遍青青草。惹袖東風偏好。　　賀大廈，羨伊飛繞。對美景、歡情多少？宵來驚蟄雷聲報。滿眼曲江花笑。（頁165）

詞中所述，正是鳥語花香、春滿人間的好時節，尤其末句「宵來驚蟄雷聲報。滿眼曲江花笑」寫春雷敲響沉睡的大地，萬物欣然迎春的歡樂場景，滿是生意盎然，一幅春日百花圖，也躍然呈現眼前。

（二）寂寥閨閣的低吟

如前所述，吳綃因伉儷未洽，致使閨閣生活倍感孤寂，只得借文字以排遣滿腔愁緒。其實初爲人婦時的吳綃，對夫婿亦是濃情蜜意，一往情深，且看其〈蝶戀花・送舉〉言：

陌上槐花人欲去。萬種思量，無計教伊住。枕畔星星和淚

〔註78〕「紅杏枝頭春意鬧」語出宋祁〈玉樓春・春景〉（東城漸覺風光好），唐圭璋編：《全宋詞》冊1，頁116。

語。傷心此夜天將曙。　　旅舍風塵留客處。僕馬紛紜，
千里京華路。月裏一枝君自許。看花好與花爲主。(頁166)

在夫君即將離家赴舉的前夕，女詞人滿懷依戀與不捨，除淚眼送君
外，並且千叮萬囑，千里京華路，務必一切善自珍重。而在聽聞夫婿
金榜題名後，吳綃喜不自勝，連忙提筆記之：

正是紅閨三月暮。鵲喜雙雙，莫道無憑據。拭盡啼痕千點
雨。泥金兩字傳佳語。　　莫問離情愁幾許。壁上屏間，
題遍懷人句。得意馬蹄狂似絮。不知今夜眠何處。(〈蝶戀花‧
聞第〉，頁166)

在暮春三月時分，鎖眉已久的吳綃巧見喜鵲成雙成對的好兆頭，不禁滿
懷期待，果然泥金帖傳來了夫婿進士及第的好消息。〔註79〕想到夫婿即
將衣錦還鄉，再看看閨閣內壁上屏間所題的相思詞句，吳綃的心早已飛
到夫婿身邊，一句「不知今夜眠何處」已道出詞人無限的牽掛。但令人
遺憾的是吳綃的款款深情並未獲得夫君同等的回報，許瑤生性風流，內
寵甚多，在無數的漫漫長夜裏，常是讓吳綃獨守空閨，有詞可以爲證：

遊子天涯音信久。盼到西風瘦。昨夜夢兒圓，只道卻歸，
翠幄熏香透。　　覺來依舊黃昏後。有迢迢更漏。報道睡
來些，好夢難憑，索性天明候。(〈醉花陰‧望遠〉，頁166)

詞題「望遠」已明顯點出是在等待遠遊的良人，開篇的「盼到西風瘦」，
道盡長期以來期盼的落空。究竟要等到何時？詞人沒有任何把握。昨
夜團聚的好夢不過是一場虛幻，雖然聲聲更漏頻催人睡，詞人卻是輾
轉反側，乾脆披衣坐起，枯待至天明。如此寂寞空閨的不堪，在〈疏
簾淡月‧詠懷〉中有更明顯的傾訴：

雲收煙霽。見澹月疏簾，芳心欲碎。聲斷玉簫，鳳遠秦樓如
水。淒淒畫角殘更遲，香篝冷、熏消鴛被。孤鐙昏照，三星
慘烈，闌干倚徙。　　歎寂寞、長門深閉。紅于淚染，黃花

〔註79〕《開元天寶遺事‧喜信》言：「新進士每及第，以泥金書帖子附於家
　　　書中，至鄉曲親戚，例以聲樂相慶，謂之喜信也。」〔五代〕王仁
　　　裕：《開元天寶遺事》卷下，《叢書集成新編》冊81，頁505。

> 憔悴。展掩西風,寒悄歸期垂切。花箋難綴離情味。託行雲、
> 馳神千里。鸞音盼斷,陽臺夢隔,躊躇無寐。(頁166)

在疏雲淡月的美景裏,本應與有情人攜手共渡。但此刻詞人卻是百感交集,一語「芳心欲碎」著實令人震懾,亦說明情意已無回轉餘地。而「聲斷玉簫,鳳遠秦樓如水」乃用《列仙傳》所載,秦穆公以女弄玉妻善吹簫之簫史,並爲之築鳳樓(按即秦樓)之典故,〔註80〕說明夫妻情淡如水的事實。接著「淒淒畫角殘更遲,香篝冷、熏消鴛被。孤鐙昏照,三星慘烈,闌干倚徙」數語,則是客觀環境與內在情緒的融溶交織:一個在空閨中蹙眉不展,時而獨對孤燈掩面長嘆,時而在星月交輝下,倚欄空望的怨婦形象已躍然呈現眼前。下片詞人直抒胸臆,以長門深閉說明自己的失寵,〔註81〕寂寞冷宮生涯,日復一日,年復一年,其中憔悴垂淚的黃花,莫非詞人自謂?縱然憔悴,吳綃一心一意所牽掛的,仍是在外遊蕩的浪子,既然溫柔的文字喚他不回,只得將心意託諸白雲。而現實生活中的自己,只能依舊在陽臺上癡情凝望,繼續無數個孤枕難眠的夜。

在《嘯雪庵》詞中,處處可見吳綃對夫妻情感淡薄的極度失望,如「年年愁過芳菲節,今朝見花如雪。淚珠彈,淚珠彈,拋卻粉箋,不敢開鸞鏡」(〈梅花引〉)、「拜月無心心自焚,憶王孫,深院淒涼獨掩門」(〈憶王孫・秋夜〉之二)、「粉融溼透風前淚,茶飯誰餐,伏枕知何計。王孫不來儂自去,游魂頃刻追千里」(〈蝶花・病懷〉)等,讀之令人不禁爲詞人多情換得無情傷的坎坷際遇,一掬同情之淚。

〔註80〕事見〔漢〕劉向《列仙傳》:「簫史者,秦穆公時人也,善吹簫,能教孔雀白鶴於庭。穆公有女字弄玉,好之,公遂以女妻焉,日教弄玉作鳳鳴,居數年,吹似鳳凰聲,鳳凰來止其屋,公爲作鳳臺,夫婦止其上,不下數年。一旦皆隨鳳凰飛去,故秦人爲作鳳女祠,於雍宮中時有簫聲而已。」《影印文淵閣四庫全書》冊1058,頁497。

〔註81〕漢武帝時陳皇后失寵,別居「長門宮」,使人奉黃金百金於司馬相如,令爲〈長門賦〉以悟帝,復得幸。事見司馬相如〈長門賦・序〉,〔梁〕蕭統編、〔唐〕李善注《文選》卷16,頁227。

（三）離塵出世的嚮慕

正因現實生活的不如意，故吳綃歸心於佛道，為自己的生命尋找出口與寄託。且看其〈何滿子·自題彈琴小像〉言：

> 最愛朱絲聲澹，花前漫撫瑤琴。世上幾人能好古，高山流水空尋。目送飛鴻天外，白雲遠樹悄悄。　　彈到孤鸞別鶴，淒淒還自沾襟。指下宮商多激烈，平生一片冰心。若話無絃妙處，何須更問知音。（頁168）

在花前漫撫瑤琴，希望能遠離塵世羈絆，追求心靈的閒適與自得，是吳綃最大的期盼。從「高山流水空尋」，可知其對知音的嚮往與失望，〔註82〕「目送飛鴻天外」則代表對自由的渴望。縈繞於女詞人心中的雖然滿是「孤鸞別鶴」的激烈情懷，但已在指下盡情彈出，一片「冰心」是詞人對自我的評論，而「無絃妙處」則是她超越有限生命而達無拘無束的精神境界。如此的一幅自繪圖，是吳綃對自我生命的提煉──寄情於塵囂之外，尋求潔淨無瑕的精神空間。恰與李澄〈嘯雪庵詩集小序〉所言「彈琴焚香，翛然一室皆得神仙之上理，將來大藥可成，而蓬萊之水可幾見清淺」的形象不謀而合。〔註83〕

對於自己為何對神仙世界如此嚮往，吳綃在〈滿江紅·述懷〉中有清楚明白的表述：

> 陵谷紛紜，魚龍混、一江春漲。回首□、平生孤介，弱軀多恙。盼望雲霄凡骨重，寸心常鎖雙尖上。閉深閨、棲處似鶼鰜，齊眉餉。　　行樂事，全拋漾。琴書好、休題唱。但夢殘吟罷，閒愁醞釀。癡想蓬萊弱水隔，難求縮地壺公杖。歎風風雨雨度餘年，淒涼狀。（頁164）

因為個性的孤介與身軀的多病，讓她對世間生活幾乎失去興趣，因而癡想著神仙世界的自由之美。細玩開篇所言：「陵谷紛紜，魚龍混、

〔註82〕「高山流水」乃用鍾子期與伯牙的典故：「伯牙鼓琴，鍾子期聽之。……鍾子期死，白牙破琴絕絃，終身不復鼓琴，以為世無足復為鼓琴者。」〔先秦〕呂不韋撰：《呂氏春秋·本味》卷14，收入《百子叢書》（臺北：黎明文化事業公司，1996年12月）冊20，頁6058～6059。

〔註83〕〔明〕吳綃：《嘯雪庵詩集》，頁60。

一江春漲」，這紛紜的陵谷，莫非即是詞人所生活的現實世界？以蛟龍之質卻身受游魚待遇者，豈非詞人自謂？雖然極力想掙脫倍受束縛的現實，從而奔向自由自在的仙境，但詞人很清楚這終將會是一場落空的想望，最後只能在風雨之中度過淒涼的晚年。

如此的一番表述，讓人對吳綃的處境深感不捨，對她有著無限審美魅力的仙境，終究只是在現實極度不適意的情況下，所尋求的精神慰藉，並不曾實際存在。因詞人恆居道服，不為俗世梳粧，故亦與女尼等方外之士往來，共談空寂，其〈千秋歲引·畫梅花扇贈尼〉言道：

> 半夜窗前，一枝墻角。甚處風光到寥廓。東君已許陽和放，笛聲何故翻教落。不禁風，偏宜月，休拋卻。　　笑我半生真命薄，沒事被他閒事縛。暗把梅花自評度。清香此際無多日，明朝再到還蕭索。駕三車，皈三寶，心相約。（頁164）

從「笑我半生真命薄，沒事被他閒事縛」可知女詞人極欲超脫現實人生，而「暗把梅花自評度」則說明己心恰似筆下高潔的梅花，雖不能與方外之友朝夕相處，但求道之心卻是有志一同：皈依「佛、法、僧」三寶，寄託「普願眾生同我願，能於空有善思惟」的美好想望。〔註84〕

再有〈繡帶子〉一詞，亦說明詞人對佛理體會之深刻：

> 秋到海棠紅。珠露滴芳叢。此際禪心如水，階下數聲蛩。　　色色更空空。多少事、暮鼓晨鐘。須教領取，一庭花影，別是宗風。（頁169）

詞人已超脫於紛擾的大千世界之外，深明萬事皆空之理；以如水之禪心觀眾生萬事，盡付暮鼓晨鐘之中。如此的修為，正如陳焯在〈嘯雪庵詩序〉中所言：「夫人靜觀世變，固有不得其平者，紫濛蘇幕之聲，何足煩鼓瑟湘靈之手？」〔註85〕吳綃的仙佛世界，正是時代女子在多讀書識字之後，追求精神愉悅的自覺性具體表現，對女性詞及女性存

〔註84〕王安石（1021～1086）晚年沉溺於佛釋，所引即其〈望江南·皈依三寶〉之四云：「三界裏，有取總災危。普願眾生同我願，能於空有善思惟。三寶共住持。」唐圭璋編：《全宋詞》冊1，頁207。

〔註85〕陳焯〈嘯雪庵詩序〉，〔明〕吳綃：《嘯雪庵詩集》，頁58。

在均具有某一程度的意義與價值。〔註86〕

（四）慧心別具的觀物

正因吳綃致力於精神生活的追尋，故她看待世間萬物，自有其慧心獨具之處。這樣的特質，在她多首詠物詞中均清晰地呈現，試觀其〈卜算子‧詠蓮〉言道：

> 誰種白蓮花，秋到花開處。陶令騰騰醉欲歸，香滿廬山路。
>
> 　莫笑出青泥，心淨還如許。一片琉璃照影空，常向波
>
> 中住。（頁167）

亭亭淨植，出污泥而不染的蓮花，正是身處塵世卻自構精神境界的詞人自我之象徵。吳綃將個人的精神丰采納入所詠之物，且毫無忸怩造作之態，是成功的緣物寄情之作。

再看其〈四犯玲瓏‧海棠〉云：

> 醉紅微折，怕白露階前，曉寒疏滴。如醉如嬌，別是一般標格。嫦娥十分光彩，照娟娟、澹妝顏色。此際那教絡緯報，燕歸消息。　　想畫堂人起珠簾隔。向臺鏡、鬢邊輕摘。看盡嬌嬈態，堪憐堪惜。早來臙脂雨洗，更那勝、伴伊愁寂寞。似杜陵老去，悔當年、不曾題得。（頁164）

全詞寫夜闌人靜時觀看海棠的感懷。上片寫在明月掩映下，海棠素雅卻不失柔媚的姿態，「照娟娟、澹妝顏色」既寫出了海棠的花色，亦寫出其精神。而「怕白露階前，曉寒疏滴」則將詞人愛花惜花之情表露無遺。下片則由花寫到人，畫簾中的人兒似花朵般嬌嬈堪惜，卻是日復一日，年復一年，總在寂寞嘆息中讓光陰老去。想海棠猶有明月相伴，猶有賞花人的愛憐，而自己空有海棠之姿，卻只能在深閨中獨自哀嘆。

張炎《詞源》曾言：「詩難於詠物，詞為尤難。體認稍眞，則拘而不暢；模寫差遠，則晦而不明。要須收縱聯密，用事合題，一段意思，全在結句，斯為絕妙。」〔註87〕本詞寫「海棠」，就做到了若即

〔註86〕鄧紅梅：《女性詞史》，頁225。

〔註87〕〔宋〕張炎《詞源》，唐圭璋編：《詞話叢編》冊1，頁261。

若離，卻不即不離。即不離所詠之物，卻又不粘著於物，絕妙之處就
在於和它保持一段適當的距離。尤其結句「似杜陵老去，悔當年、不
曾題得」既可解爲一代文豪杜甫錯失歌詠海棠的絕妙時機，亦可解讀
爲女詞人以杜陵野老的才情自比，文辭優雅，又含思委婉，用事而不
爲事使，倩女曉窗凝眸，空嘆無奈的鏡頭，宛然如現眼前。

　　以上二詞皆是由物寫到人，再看由人寫到物者，其〈瑞鷓鴣・出
歌姬〉言道：〔註88〕

　　筵前檀板試新聲。嬌喉囀處聽春鶯。短髮齊眉，似束腰肢
　　小，更喜雙眸片月清。　　楊花本是無情物，等閒化作浮
　　萍。當年費盡黃金，辛苦緣歌舞、教初成。雨散雲飛一夢
　　醒。（頁164）

上片寫歌妓短髮、明眸、細腰，聲如黃鶯出谷，煞是嬌美可愛。下片
由人寫到花，並化用蘇軾在〈水龍吟・次韻章質夫花詞〉（似花還似非
花）中對「不恨此花飛盡，恨西園、落紅難綴。曉來雨過，遺蹤何在，
一池萍碎」的自注言：「楊花落水爲浮萍，驗之信然」的典故，〔註89〕
委婉傳達出美人如今已不復存在的事實。如前所述，吳綃夫婿李瑤生
性風流且多內寵，則此歌妓莫非李瑤所蓄？從葉襄〈嘯雪庵集引〉言：
「蘭陵多內寵，夫人撫愛如同生時，稱有鵲巢之德焉。」〔註90〕可知
女詞人在李瑤過世後善待諸內寵。細玩詞意，應是吳綃還給此名歌姬
自由之身。

　　本詞結句云「雨散雲飛一夢醒」，既述明蕩子千金散盡還夢醒
的事實，又切合楊花「似花還似非花」的意象，不但以花喻人，且
貼切傳達詞人「莫流連聲色」的殷殷告誡。再有「相思相守似伊時，

〔註88〕　本詞《嘯雪庵詩集》本與趙尊嶽《明詞彙刊》本詞調處均留白，今據
　　　　　《全明詞》補上調名。饒宗頤初纂、張璋總纂：《全明詞》冊4，頁1876。
〔註89〕　蘇軾〈水龍吟・次韻章質夫花詞〉（似花還似非花），見唐圭璋編：《全
　　　　　宋詞》冊1，頁277。但《全宋詞》並未收入注解，則蘇軾舊注見〔清〕
　　　　　朱祖謀選輯、唐圭璋箋注：《宋詞三百首箋注》（臺北：漢京文化事
　　　　　業公司，1983年6月），頁77。
〔註90〕　〔明〕吳綃：《嘯雪庵詩集》，頁114。

險羞煞、巫山朝暮」(〈鵲橋仙‧七夕〉)既是寫織女的深情與癡情，但又何嘗不是自身景況的寫眞呢？吳綃藉物抒懷的功力，由此可見一斑。

(五)與曹爾堪的酬唱

在《嘯雪庵詩餘》中最引人注目的應是開篇三首與順治年間侍講學士曹爾堪(字子顧，號顧庵，1617～1679)的酬唱之作。曹爾堪是明末清初浙江嘉善地區柳洲詞派最有影響力的代表作家，多次倡導和參與大型唱和活動，對詞作繁榮的促進和詞風演變的推進，均有不容輕估的作用。〔註91〕女詞人與如此重要的大家相唱和，在吳綃之前幾乎是未曾聽聞的，此一事實除說明吳綃詞作在當時的地位外，也代表時代女子社會能見度與社交對象的擴大和提昇，這在整個女性文學史上，無疑具有指標性的意義與價值。

《嘯雪庵》詞開卷首闋即為調寄〈滿江紅〉的「和曹顧庵年伯」：

秋近江南，荷香處、綠波煙漲。消永晝、一觴一詠，葛巾無恙。文讌不須陳玳瑁，淋漓醉墨瑤箋上。繪松陵、新釣四腮鱸，漁家餉。　　小鼎中，輕雲漾。險韻句，頻頻唱。也勝它黃公壚畔，共酌村釀。細雨曾催杜老詩，花開不待三郎杖。看群賢、滿座似神仙，蘭亭狀。(頁163)

細玩詞意，所描繪者乃夏末秋初江南漁樂圖，另外從「文讌不須陳玳瑁，淋漓醉墨瑤箋上」與「看群賢、滿座似神仙，蘭亭狀」可知此刻正是一場群賢共聚的雅會。曹爾堪原詞為〈滿江紅‧題柳村漁樂圖〉：

碧樹清溪，孤亭外、汀沙紆曲。閒家具、筆床茶灶，漁舠如屋。湖上綸竿惟釣月，盤中鱸鱠全堆玉。曉煙深，柳柳蘸晴波，村村綠。　　朝露泣，連畦菊。細雨灑，垂簷竹。有青蓑可著，短衣非辱。縮項鰻肥春水活，長腰米白江村

〔註91〕嚴迪昌：《清詞史》(南京：江蘇古籍出版社，2001年7月)，頁44～45。

足。醉香醪、船繫夕陽斜，眠方熟。〔註92〕

全詞從景、物、人三方面來描述，扣緊「漁樂」二字而發。作者同時將春秋二季，朝夕二時的秀美靜謐景致寫入詞中。從船屋中有筆床茶灶，綸竿惟釣月，盤中有鱸鱠等雅趣，可知此漁人並非尋常的漁夫，而是歸隱的高士。其中「鱸鱠」一詞乃用晉人張翰的典故，時松江張翰在京中作官，「因見秋風起，乃思吳中菰菜、蓴羹、鱸魚鱠。曰：『人生貴得適志，何能羈宦數千里以要名爵乎？』遂命駕而歸。」〔註93〕

另外據《詞苑萃編》卷17「曹爾堪〈滿江紅〉」條云：柳村在恆山之南，梁冶湄使君讀書其中，屬金陵圻畫柳村漁樂圖，曹爾堪則題詞畫上，和者數十家，於是趙郡自雕橋柏棠村而外，無弗知有柳村矣。」〔註94〕柳村在今杭州，是一江畔漁村，因曹爾堪詞作而聞名，真可謂詞壇佳話。而「江村唱和」乃康熙4年（1665）之事，互和者為曹爾堪、宋琬（1614～1673）與王士祿（1626～1673）三人，後南北詞人應聲而和者數以十計。〔註95〕吳綃此詞即是當時數十家和作之一。吳綃另有〈滿江紅‧讀曹太史原詞，再和端之作〉亦是與曹爾堪的唱和之作，詞意與前闋相差無幾，而更強調的是曹爾堪的八斗才華。

從以上二首唱和之作可知吳綃與曹爾堪實屬以文相會的文友。後來吳綃欲將自己的文稿結集出版，即賦〈滿江紅‧乞序〉，請曹爾堪為其文集作序：

> 弄筆塗鴉，愁來似、雲興波漲。許屈指、年華易去，可禁頻恙。靈夢幾番擲過了，半生心事毫端上。檢殘篇、釀酒

〔註92〕本詞未見《全清詞‧順康卷》所收之「曹爾堪《南溪詞》及其佚詞」，《全清詞‧順康卷》（北京：中華書局，2002年5月）冊3，頁1293～1353。而見於〔清〕馮金伯《詞苑萃編‧卷17》，唐圭璋編：《詞話叢編》冊3，頁2121。

〔註93〕〔唐〕房玄齡等撰：《晉書‧張翰傳》，見楊家駱編：《新校本晉書并附編六種》（臺北：鼎文書局，1979年2月）冊3，頁2384。

〔註94〕〔清〕馮金伯《詞苑萃編‧卷17》，唐圭璋編：《詞話叢編》冊3，頁2120～2121。

〔註95〕嚴迪昌：《清詞史》，頁51。

　　若爲消，誰相餉。　　　風景好，春搖漾。題詠處，曾酬唱。
奈尋香摘豔，蜾銜蜂釀。玄晏當今文學老，〔註96〕校書天
祿然藜杖。比無言、桃李卻多言，雨花狀。（頁163）

趁著「江村唱和」的餘溫，吳綃請曹爾堪能爲她的文集題序，但筆者
翻閱現存《嘯雪庵詩集》與《嘯雪庵詩餘》，並未見曹爾堪的序文，
究竟是乞序未成或是湮沒不傳，個中原因，就不得而知了。

　　值得提出的是從酬唱與作序的對象，可看出吳綃在當代文壇的地
位。吳綃除詞與柳洲詞派作手曹爾堪相唱和外，詩亦與當代江左名家
吳偉業（1609～1672）相酬唱，〔註97〕另外大學士錢謙益（1582～1664）
亦在辛丑年（1661）爲其撰就〈許夫人詩序〉，並稱：「茂菀許夫人，
刻鏤菭華，問遺裙布，致詞老人，俾爲其序。」〔註98〕與如此高階的
文士交往，除代表當時女子社會地位的提昇外，女子文才的日益受到
重視，亦是不爭的事實。

三、《嘯雪庵》詞的形式技巧

　　吳綃愛好古風與吟詠，故多詠調名之作；且女詞人有意以詞爲
名，故注重寫作技巧，不但鋪敍縝密，變化多方，且除擅長融合書卷
經驗外，修辭技巧亦相對講究。

（一）多詠調名之作

　　《嘯雪庵》詞中的56首作品，共使用了39調，特別引人注意的
是其中有17調21首是詠調名之作，這些作品分別是：〈憶江南‧四
時〉4首、〈梅花引〉、〈杏花天〉、〈畫堂春〉、〈浣溪沙〉、〈江城子〉、
〈鵲橋仙〉、〈春光好〉、〈憶王孫〉2首、〈疏簾淡月〉、〈賀新郎〉、〈鵲
橋仙〉2首、〈玉樓春〉、〈雙雙燕〉（穿花度柳）、〈鳳凰臺上憶吹簫〉、

〔註96〕原本「當」下衍「年」字，與詞調不合，《全明詞》本據《小檀欒》
　　　　本刪，今從之。《全明詞》冊4，頁1875。
〔註97〕在《嘯雪庵二集》中有〈贈梅村大兄〉詩，〔明〕吳綃：《嘯雪庵詩
　　　　集》，頁140。
〔註98〕錢謙益〈許夫人詩序〉，〔明〕吳綃：《嘯雪庵詩集》，頁50。

〈一叢花〉、〈鬥百花〉等 17 調 21 首。約占使用調數的 43%與全部詞
作的 37%，比例不可謂不高。這樣的情形，在同時代的作品中是不常
見的。茲以〈浣溪沙〉為例說明之：

> 曾見西施出浣紗。一鉤香跡印弓鞋。綠波紅映臉邊花。
>
> 　　重到沒人山寂寂，滿灘銀礫淨無瑕。夜來春雨水痕加。
>
> （頁 165）

詞中所詠乃是西施浣紗之事，是女詞人緣調入題之作。〈浣溪沙〉本
為唐教坊曲，用作詞調，《康熙詞譜》以韓偓之作（宿醉離愁慢髻鬟）
為正體，〔註 99〕此調乃《全宋詞》使用最多之詞調，〔註 100〕因體製
短小，句式簡單，故適於抒寫片斷情懷與點滴感受，〔註 101〕與「西
施浣紗」並無直接關係。

　　但若從詞調的起源言之，詞本即是屬於音樂性文學，張炎《詞源》
曾道：「詞以協音為先，音者何，譜是也。」〔註 102〕基本上，詞調與
標明歌詞音樂形式的曲調仍是有所區別的，詞調乃是以相應的文句、
字聲，與曲調的曲度、音聲相配合，從而形成一定的體段律調而定型
下來，由曲調轉化為詞調，關鍵在於是否有人按譜填詞，把曲調的音
樂形式轉化為詞調的形式，使兩者協調一致，故詞調本身亦是一種重
要的藝術創造。〔註 103〕

　　另外唐末五代及北宋初期的詞作，在調外並無題目，內容則亦多
詠其調名。沈括《夢溪筆談・樂律》即言：「唐人填曲，多詠其曲名，
所以意與聲，常相諧會。」〔註 104〕翻開此期的作品，確實如此，如

〔註99〕〔清〕陳廷敬、王弈清等編：《康熙詞譜》上冊，頁 118。
〔註100〕據統計《全宋詞》使用〈浣溪沙〉為調者共 775 首，居全部詞調之
　　　　冠。馬興榮、吳熊和等編：《中國詞學大辭典》，頁 7。
〔註101〕竺金藏選注：《分調好詞──浣溪沙》，頁 2。
〔註102〕〔宋〕張炎《詞源・卷下》，唐圭璋編：《詞話叢編》冊 1，頁 255。
〔註103〕有關詞調的定義，參見馬興榮、吳熊和等編：《中國詞學大辭典》，
　　　　頁 7。
〔註104〕〔宋〕沈括《夢溪筆談・樂律》，黃杰、林柏壽主編：《中國子學名
　　　　著集成》（臺北：中國子學名著集成編印委員會，1978 年 12 月）冊

〈更漏子〉必詠夜間情景，〈漁父〉則寫煙波釣叟的生活。〔註105〕則女詞人喜詠詞調，除藉此顯其才學之外，其實也是一種復古的風尚，在詞樂已盡失的明清時期，吳綃亦希望能透過詠題的方式，使詞作達到聲情與詞意相諧暢的目的，則其欲以詞爲名的意圖更是昭然若揭。

再看其長調〈雙雙燕〉，所詠的正是暮春庭園中的雙燕：

> 穿花度柳，覓曾來住處，舊時王謝。烏衣巷口，多少珠樓
> 鴛瓦，划地高高下下。都變做、尋常茅舍。這回卻羨鶼鶼，
> 尚有一枝堪借。　　猶喜。盧家富貴。正蘭室香生，莫愁
> 初嫁。珠簾不卷，相得杏梁幽雅。且賀新成大廈。春泥軟、
> 落紅芳藉。看取弄影雙雙，一搦纖身煙惹。(頁167)

〈雙雙燕〉原爲南宋史達祖自度曲，詞詠雙燕，即以此爲名，〔註106〕主要寫春歸雙燕輕盈活潑之狀，一派春情蕩漾，結尾並點出思婦對遠人的懷念。王士禎《花草蒙拾》曾贊之曰：「僕每讀史邦卿詠燕詞……以爲詠物至此，人巧極天工矣。」〔註107〕王國維《人間詞話》亦云：「詠物之詞，以東坡〈水龍吟〉爲最工，邦卿〈雙雙燕〉次之。」〔註108〕對史達祖原作的詠物功力均推崇備至。

細玩吳綃此作亦詠雙燕，上片乃化用劉禹錫〈烏衣巷〉「舊時王謝堂前燕，飛入尋常百姓家」的典故，〔註109〕抒發人事滄桑的慨嘆；

　96，頁87。

〔註105〕 以上關於〈更漏子〉與〈漁父〉的釋名，乃參考張夢機：《詞律探源》（臺北：文史哲出版社，1981年11月），頁349、383。

〔註106〕 史達祖〈雙雙燕・詠燕〉曰：「過春社了，度簾幕中間，去年塵冷。差池欲住，試入舊巢相並。還相雕梁藻井。又軟語、商量不定。飄然快拂花梢，翠羽分開紅影。　　芳徑，芹泥雨潤。愛貼地爭飛，競誇輕俊。紅樓歸晚，看足柳昏花暝。應自棲香正穩，便忘了、天涯芳信。愁損翠黛雙蛾。日日畫闌獨憑。」見唐圭璋編：《全宋詞》冊4，頁2326。

〔註107〕 〔清〕王士禎《花草蒙拾》，唐圭璋編：《詞話叢編》冊1，頁682～683。

〔註108〕 王國維《人間詞話》，唐圭璋編：《詞話叢編》冊5，頁4248。

〔註109〕 劉禹錫〈烏衣巷〉，見〔清〕聖祖御製、王全點校《全唐詩》卷115，冊11，頁4117。

下片筆鋒一轉,將鏡頭轉入閨中初嫁的少婦:在落紅春泥中看取雙燕弄影,雖嘆閨中寂寞,所遇非人,但尚慶幸所嫁之家家道富貴,環境清幽怡人。庭中燕影雙雙,恰與閨中形單影隻的纖影形成強烈對比,則詞中主人翁莫非即是女詞人自謂?吳綃藉詠雙燕來抒發自傷落寞與聊自安慰的情懷,不僅詠物,且寄寓自我身世之感;既寫燕也寫人,詠物而不滯於物,並將一己之情感寄寓於物象,從而使情味雋永深厚;卻又將人與物分別寫足,形象飽滿。恰似清末常州詞派所謂:「以有寄托入,以無寄托出。」﹝註110﹞

《嘯雪庵》詞中其餘詠調之作尚有〈梅花引〉藉詠梅以抒情、〈憶王孫〉寫對遠游夫婿的懷念、〈玉樓春〉寫玉樓內閨女的情懷……等,皆可看出吳綃崇古的風尚和欲使調名與詞意相諧會的用心。

(二)書卷經驗的融合

自幼飽讀詩書的吳綃,除喜詠調名之外,也常將書卷經驗融入詞作之中,如此將實際感懷與書卷經驗融合,也讓其詞作有了更深刻的內涵,令人玩味再三。且看其〈畫堂春‧萱花〉言道:

> 一枝花發北堂幽。無聊長日悠悠。輕風濃日畫蘭頭。綠嫩
> 紅柔。　　粉蜨不知人意,紛紛來往綢繆。雙眉常自曲如
> 鉤。莫說忘憂。(頁165)

此乃詠萱花之作。全詞詞意化自《詩經‧衛風‧伯兮》:「焉得諼(萱)草,言樹之背。願言思伯,使我心痗。」《毛氏傳》:「諼草,令人忘憂。背,北堂也。」﹝註111﹞詩中女主人翁思念在外的丈夫,希望得到使自己忘憂的萱草,種在北堂(主婦所居)。詞人不但化用詩意,且進一步言雖見萱草嬌媚,自己卻依然雙眉如鉤,則其中抑鬱已不言可喻。

再如〈鵲橋仙‧步秦少游韻〉云:

﹝註110﹞　見〔清〕譚獻《復堂詞話》評馮延巳詞語,唐圭璋編:《詞話叢編》
　　　　　冊4,頁3990。
﹝註111﹞　《毛詩正義》,《十三經注疏》(臺北:藝文印書館,1973年5月),
　　　　　頁140。

花針穿月，蜘絲織巧，河畔鵲橋催渡。相逢謾道足新歡，反惹起、舊懷無數。　　沉沉鳳幄，依依鴛夢，愁煞曉歸路。羲和若肯做人情，成就它、雲朝雨暮。（頁165～166）

牛郎織女二星為夫婦，被銀河所阻，每年七月七日，有烏鵲飛來為其填河搭橋，使二星相聚，這本即是古老中國的美麗傳說。唐代韓諤《歲華紀麗》引《風俗通》曰：「織女七夕當渡河，使鵲為橋。」〔註112〕「鵲橋」與「七夕」遂成歷代文人喜愛歌詠的對象，最有名者即是秦觀〈鵲橋仙〉：「纖雲弄巧，飛星傳恨，銀漢迢迢暗渡。金風玉露一相逢，便勝卻人間無數。　　柔情似水，佳期如夢，忍顧鵲橋歸路。兩情若是久長時，又豈在朝朝暮暮。」一詞。〔註113〕吳綃此詞題為「步秦少游韻」顯然是有意仿效秦觀之作。細玩全詞，除用韻與秦作相同之外，詞意亦立足在秦作與古老神話傳說上而加以發明：上片寫鵲橋上兩星相遇的情景與點滴情懷，下片寫佳期相會倏忽即逝的依依惜別，並懇請太陽神能成就人情。就詞品的高度而言，吳綃此詞實比不上秦觀原作，但從「羲和若肯做人情，成就它、雲朝雨暮」亦可看出詞人想像力的豐沛、為人的溫柔敦厚與對愛情的殷切期盼。

　　在百花寥落的秋天裏，多愁善感的詞人亦覺滿心憂戚，且看她寄調〈一叢花〉的詞作言道：

天空露爽火西流。籬下一叢秋。翠消香澹黃花早，聽絡緯啾啾。隴水悲涼，衡鴻淒惻，種種助人憂。　　風清月冷旅窗幽。何處弄箜篌。如思似怨聲忉怛，卻難怪宋玉多愁。腸斷王孫，魂銷蝶夢，百憾在心頭。（頁168）

起篇即化用《詩經》「七月流火」，〔註114〕與陶淵明〈飲酒〉詩「採菊東籬下，悠然見南山」之句，〔註115〕點明時序已至秋初；續以「黃

〔註112〕　〔唐〕韓諤《歲華紀麗》卷3，《叢書集成新編》冊7，頁206。
〔註113〕　秦觀〈鵲橋仙〉（纖雲弄巧），唐圭璋編：《全宋詞》冊1，頁459。
〔註114〕　《詩經‧豳風‧七月》，《毛詩正義》，《十三經注疏》本，頁276～288。
〔註115〕　陶淵明〈飲酒〉詩之五，〔晉〕陶淵明撰，〔宋〕李公煥箋註《箋註陶淵明集》，頁117。

花」、「絡緯」、「隴水」與「衡鴻」等意象，營造出秋日蕭瑟的氛圍。
其中「隴水悲涼」乃取自漢代民歌〈隴頭水〉：「隴頭流水，鳴聲幽咽。
遙望秦川，心肝斷絕」之典故。〔註116〕下片則聚焦在羈旅愁思的敘
寫，融合《楚辭》中宋玉〈九辯〉：「悲哉秋之爲氣也，蕭瑟兮草木搖
落而變衰。……貧士失職而志不平，廓落兮羈旅而無友，生惘悵兮而
私自憐。」與淮南小山〈招隱士〉：「王孫游兮不歸，春草生兮萋萋，
歲暮兮不自聊，螻蛄鳴兮啾啾。」之典故，〔註117〕強化秋景淒瑟與
身世的悲涼，並結以「魂銷蝶夢，百憾在心頭」，悽楚之情，著實令
人震撼。則詞中「宋玉」與「王孫」，豈非詞人自謂？

如此書卷經驗與身世感懷的融合，不但提高詞作的境界，也突出
詞作含蓄不露，反覆纏綿的特質，恰如陳廷焯所言：「感慨時事，發爲
詩歌便已力據上游，特不宜說破，只可用比興體，即比興中，亦須含
蓄不露，斯爲沉鬱，斯爲忠厚。」〔註118〕吳綃詞雖自傷落寞，自嘆身
世，但因善於融合書卷經驗，故乍讀之下但覺溫厚平和，細細玩之，
方能體會滿紙的惆悵與抑鬱。吳綃詞意涵內蘊之深刻，於此可見一斑。

（三）鋪敘縝密，變化多方

吳綃詞作與同時代女詞人相較，相對突出的一點即是致力於長調
的創作。〔註119〕《嘯雪庵》詞中長調有 18 首，幾佔全部詞作的三分

〔註116〕 〔宋〕郭茂倩《樂府詩集·橫吹曲》即收有〈隴頭水〉20 首，內
容均與征人思鄉有關。詳參〔宋〕郭茂倩：《樂府詩集》，頁 262
～265。

〔註117〕 宋玉〈九辯〉與淮南小山〈招隱士〉分見〔宋〕洪興祖：《楚辭補
注》頁 161～174；頁 208～210。

〔註118〕 〔清〕陳廷焯《白雨齋詞話》卷 2 評「白石詞中寄慨」語，唐圭璋
編：《詞話叢編》冊 4，頁 3797。

〔註119〕 筆者曾比較過晚明女詞人長調的寫作情形：沈宜修（1950～1635）
《鸝吹》詞長調比例爲 11.57%；葉紈紈（1610～1632）《愁言》詞
長調比例爲 27.08%；葉小鸞（1616～1632）《返生香》詞長調比例
爲 6.67%；商景蘭（1605～1676）《錦囊》詞中長調僅有一首；柳
如是（1618～1664）詞之長調亦僅一首，故相較而言，吳綃詞中的
長調比例即相當突出。

之一，此亦是女詞人有意以詞爲名，而非僅藉之作爲閨閣生活裝飾的有力證明。

　　鋪敘本即是詞傳統的創作方法之一，自來最爲詞論家所贊賞的鋪敘高手非周邦彥莫屬，如周濟云：「勾勒之妙，無如清眞。他人一勾勒便薄，清眞愈勾勒愈渾厚。」〔註120〕袁行霈亦言：「周詞的鋪陳增加了角度和層次，他善於把一絲感觸、一點契機，向四面八方展開，一層又一層地鋪陳開來，達到毫髮畢見、淋漓盡致的地步。」〔註121〕今試從勾勒與鋪陳的角度來檢視吳綃《嘯雪庵》詞中長調的鋪敘功力。

　　先看其描摹暮春池畔芳草的〈雙雙燕〉言道：

> 樓臺日暖，倒影池塘，動搖金碧。闌干愁倚，垂楊無力。
> 門外青青草滿，薶沒盡、當時行跡。爭堪白晝遲遲，光射
> 紗窗塵隙。　　陌上金鞍繡轂。恨薄倖無端，五陵狂客。
> 撩花惹柳，誤煞錦屏琴瑟。轉眼匆匆過九十。又紅雨、桃
> 蹊狼藉。愁眠雨過黃昏，一夢等閒拋擲。（頁169）

上闋開頭三句所描繪的是春日庭園池上金碧輝煌的倒影。接著主人翁出現了，愁倚闌干，伴隨的是垂楊無力與芳草埋沒行跡的景象。而不堪白日漫長，光射紗窗，更敘明了如此的盼望不過是「萋萋芳草憶王孫，柳外樓高空斷魂」〔註122〕的傷春傷別。隨著句意的演進，情感的分量也愈來愈深，將念遠思切的怨婦心緒表現得眞切、生動又曲折。下闋詞人則直接痛快淋漓地傾吐內心的積鬱，「恨薄倖無端，五陵狂客。撩花惹柳，誤煞錦屏琴瑟」，青春豈容如此爲蕩子而虛耗？落花猶有閨中人憐惜，而閨女呢？人既不如花，故只有聊自安慰，自我憐惜，詞人以「愁眠雨過黃昏，一夢等閒拋擲」的殷殷囑咐作結。可見此詞非單詠芳草，更寄寓有女詞人伉儷未洽，獨守寂寥空閨的深層慨嘆在其中。

　　意深筆曲本即是詞體的創作原則，清代詞論家劉熙載在其《藝

〔註120〕　〔清〕周濟《介存齋詞雜著》，唐圭璋編：《詞話叢編》冊2，頁1632。

〔註121〕　袁行霈：《中國詩歌藝術研究》（臺北：五南圖書出版公司，1889年5月），頁347。

〔註122〕　李重元〈憶王孫・春詞〉，唐圭璋編：《全宋詞》冊2，頁1039。

概‧詞概》中曾云：「一轉一深，一深一妙，此騷人三昧，倚聲家得之，便自超出常境。」〔註123〕沈祥龍《論詞隨筆》更直言：「詞之妙，在透過，在翻轉，在折進，……三者不外用意，而用筆曲。」〔註124〕以此來檢視吳綃《嘯雪庵》詞，會發現本是極爲平常的題材，在女詞人的鋪陳下，便將芳草萋萋，蕩子無情，自傷孤獨的主題不斷深化，而藝術形象也愈益飽滿。

再如〈聲聲慢‧夏景〉言：

> 鶯啼柳外，燕到簾閒，雨歇晚涼堪惜。永日迢迢，惟見石榴紅折。閒思簡人千里，馬蹄何處塵陌。新籜解，向數竿青玉，金釵愁畫。　　塘上荷錢澂露，還似我、相思淚珠常滴。怕點紅妝，只寫遠山雙碧。怎生紗廚象簟，清光借、素秋消息。有如雪挂長空，此夜皓魄。（頁165）

這是一首夏日念遠之詞。首先以鶯啼燕到，白日漫長，石榴成熟揭示夏天已至。接著轉寫懷人，此二層意。訴以此情惟有新籜能解，故以金釵畫之，此三層意。下闋勾勒相思之苦，以荷葉上的露珠狀寫相思之淚，並以怕點紅妝，只輕掃蛾眉，生動地傳達幽微的思婦心態。結以皓魂如雪掛長空，除表明自身的貞潔外，並給予自我以堅定支持的力量。

全詞以「夏景」爲題，從不同的角度與層次描摹之，卻不膠著於所寫的對象，恰似張炎所言：「詞要清空，不要質實；清空則古雅峭拔，質實則凝澀晦昧。」〔註125〕在吳綃層層鋪敘，筆筆勾勒下，不但深曲婉轉，且女詞人深情而堅毅的品格亦在此形神俱現，實是以雅健之筆寫柔情的高格之作。

（四）修辭技巧的運用

吳綃既有意以詞爲名，又工於長調的鋪敘與勾勒，則其修辭技巧

〔註123〕〔清〕劉熙載《藝概‧詞概》，唐圭璋編：《詞話叢編》冊4，頁3699。
〔註124〕〔清〕沈祥龍《論詞隨筆》，唐圭璋編：《詞話叢編》冊5，頁4057。
〔註125〕〔宋〕張炎《詞源》，唐圭璋編：《詞話叢編》冊1，頁259。

必有可觀之處。在許多情景交融的詞句中，多情的詞人常以擬人化的方式，將自我的情感投射到所描述的景物上，從而使客觀的景物蒙上主觀的色彩。試看下列諸詞句：

> 百舌黃鸝交語，一聲一囀堪憐。（〈春光好〉，頁166）

> 闌干愁倚，垂楊無力。（〈雙雙燕〉，頁169）

> 遊子天涯音信久。盼到西風瘦。（〈醉花陰・望遠〉，頁166）

> 託行雲、馳神千里。（〈疏簾淡月・詠懷〉，頁166）

> 一片琉璃照影空，常向波中住。（〈卜算子・詠蓮〉，頁167）

前兩首將黃鸝與楊柳比擬為人，以為黃鸝尚且可以與同伴相互交語，而自己卻是空閨獨守，倚闌空盼，在身心飽受煎熬的情況下，連楊柳亦是毫無生氣。而第三首以「盼到西風瘦」述明蕩子久游不歸，詞人依然深情守候，並以「託行雲、馳神千里」表明自己的關懷。在多年失望的打擊下，詞人只得皈依佛道，並以「一片琉璃照影空，常向波中住」的蓮花來說明自身的貞潔。

除擬人手法外，吳綃也常用譬喻法，使句子更加生動鮮明，如：

> 年年愁過芳菲節。今朝又見花如雪。（〈梅花引〉，頁164）

> 塘上荷錢潑露，還似我、相思淚珠常滴。（〈聲聲慢・夏景〉，頁165）

> 澄波如練漾殘霞。日光斜。照平沙。（〈江城子〉，頁165）

> 畫眉郎、春情似海，屏開金雀。（〈賀新郎〉，頁166～167）

以上均是明喻，作者之用心清晰可見：〈梅花引〉中作者以如雪的繁花與自己的愁容形成鮮明的對比；〈聲聲慢・夏景〉中以荷葉滾珠狀寫自己的相思之淚；〈賀新郎〉則以似海春情生動地傳達新郎的喜悅之情。

詞人亦擅用回環反覆的疊句或疊詞來加深語意動人的力量，如：

> 廿年靈夢將人促。殘棋剛半局。殘棋剛半局。（〈東坡引・聽絃〉，頁164）

> 纔過寒食羅衫薄。羅衫薄。（〈憶秦娥〉，頁167）

> 鐙與前宵一樣。月與前宵一樣。斗帳繡羅衾，也與前宵一
> 樣。兩樣。兩樣。不見五更天亮。(〈如夢令〉，頁169)

當人於事物有熱烈深切的感觸時，往往不免一而再，再而三地反復申說。〔註126〕〈東坡引‧聽絃〉中詞人重複「殘棋剛半局」，凸顯她對廿年來寂寥生活的極度失望。而〈憶秦娥〉中「羅衫薄」的疊句，使一個身著薄衫的閨女形象宛然如現眼前。〈如夢令〉則重複「一樣」詞，強調閨房內外擺設和景物均與前宵相同，但轉接以疊句「兩樣」，著實令人震撼，原來所要強調的是今宵的輾轉反側，與昨夜的一夜好夢恰成鮮明的對比。短短33字的小令，卻將獨守空閨的淒怨之情表露無遺，詞人駕馭文字的技巧，令人不得不懾服。

在閱讀吳綃《嘯雪庵》詞時，發現詞人喜融合各種修辭方式來強化所欲表達的情感，如前述的〈如夢令〉(鐙與前宵一樣)，先用類疊法敘明客觀景致的相同，卻連以「兩樣，兩樣」，使今宵與昨夜的心情形成強烈對比，即所謂的「映襯法」，從而強化今宵的孤寂。再看其〈青玉案〉言：

> 姑蘇舊是繁華處。歎寂寞、閒來住。轉眼年光三月暮。幾
> 朝晴暖，幾番風雨。容易春來去。　　簾前隱隱門前路。
> 腸斷梁邊燕飛去。但是情來惟獨語。花間詩酒，塘邊簫鼓。
> 煙景漫空絮。(頁168)

開篇即以繁華姑蘇與己身的寂寞形成鮮明的對比，接著以「轉眼年光」誇述時光流逝的迅速。「幾朝晴暖，幾番風雨」既是類疊，亦是映襯，除狀寫天候變化的陰晴不定外，其中「晴暖」與「風雨」又何嘗不是女詞人對坎坷人生際遇的描述呢？下闋先以門前路的隱約不明，委婉述明居處的孤獨與少人來訪，再以「斷腸梁邊」如此強烈的字眼，強化屋中人的傷心，則一個身處鬧市卻與世隔絕，哀怨至極的獨居婦女形象，已鮮明地呈現眼前。但令人欣慰的是女詞人並不自怨自艾，她仍能以賞花、賞景與寫作等樂事來為生活增添情趣：「花間詩酒，塘

〔註126〕黃慶萱：《修辭學》（臺北：三民書局，1988年3月），頁445。

邊簫鼓」是相當整齊的對偶句，言簡意賅，具體說明詞人如何排遣時光，而結以「煙景漫空絮」則是以譬喻法具象化了令人沉醉的美景。

　　全詞以寂寞哀嘆起始，中間經過斷腸無語的傷痛，卻結以雲淡風輕的悠閒自得。層層翻轉，哀怨中不見激烈，且更顯詞人高潔貞靜的品格，正符合所謂「溫柔敦厚」的詩教。吳綃善用各種修辭法以提昇詞作的內蘊意涵，在此又獲得證明。

四、《嘯雪庵》詞的風格：清麗婉約

　　來自吳門名族的吳綃，自小即身受良好的家庭教育；但空有傲人才華，卻飽受伉儷未諧之苦，於是她歸心佛道，並將生活所感寄寓於文字。鄒流綺〈吳冰仙詩集小引〉言其詩歌之風格即道：「其為詩清新圓淨，不著一塵，如花香、如月光、如水波、如雲態。務貴自然，尤善深入，極才人之能事。」〔註127〕而吳綃在《嘯雪庵詩集‧自序》中亦言：「茂苑繁華，紅閨風月，一日一夕，一言一笑，顯顯然在胸中，無遺忘，夙習未能盡遣，聊寫之。」〔註128〕因所抒所感均是經過慧心獨具的體悟，故亦有著不落塵世的清麗特質。

　　且看其在風光綺麗的春日，望著滿園美景所抒發的閨怨之情：

> 畫梁春畫燕來時。桃李一枝枝。愁腸似柳千絲亂，只幾日、瘦了腰肢。午夢乍回，湘簾不卷，一晌是誰知。　　蘭膏紅豆記相思。拈著皺雙眉。鵲聲報盡都無準，妒粉蜨、對舞遲遲。鸞鏡塵生，鴛衾香冷，紅淚滴臙脂。（〈一叢花‧又一體〉，頁168）

雙燕翔集，群花爭豔，蝶亂蜂喧的春景，並未為獨守寂寞空閨的詞人帶來任何歡愉。園外粉蝶對舞與房內鸞鏡塵生、鴛衾香冷恰成鮮明的對比，難怪詞人要心生嫉妒。不直接說出心中的怨懟，而以記相思、妒粉蜨道之，含蓄曲折的表達方式，除顯出吳綃大家閨秀寬厚的風範外，也讓讀者對女詞人的處境，有更多同情理解的空間。恰符合「婉

〔註127〕　鄒流琦〈吳冰仙詩集小引〉，〔明〕吳綃：《嘯雪庵詩集》，頁67。
〔註128〕　〔明〕吳綃：《嘯雪庵詩集》，頁68。

約」不直接說出原意，而是經過許多轉折，使意義更加深入，讓人讀來有悠遊不盡，韻味無窮的特質。〔註129〕

再看其〈菩薩蠻・閨情〉言道：

開到薔薇花事了。雙蛾翠疊愁難掃。樓外是天涯。紅塵去
路賒。　　不禁春夢亂。消息經年斷。繡帶幾圍寬。薰鑪
愁夜闌。（頁165）

從詞意看，此亦是吳綃早年的作品，蕩子經年不歸，閨女滿腹辛酸無處傾訴，只好藉小詞以遣懷。花間事終有了結時，眉上愁卻無法掃盡，兩者相互衝突激盪，從而轉入憔悴憂愁的怨女形象，層層轉深，令人咀嚼再三。

吳綃善畫，故其詞作中亦有部分如〈減字木蘭花・題畫梨花白燕〉、〈何滿子・自題彈琴小像〉等題畫詞，所呈現的亦是一貫的清麗婉約之風。試以〈減字木蘭花・題畫梨花白燕〉為例說明之：

綺窗春淺。香熟梨雲深小院。斜軃東風，零亂殘妝粉半融。
　　差池並語，剪剪飛來雙玉羽。靜掩重門，人與花枝總
斷魂。（頁167）

在雙燕的對比下，遭東風侵襲的梨花顯得更加脆弱。一句「零亂殘妝粉半融」既寫花，亦寫人；而末句以「人與花枝總斷魂」作結，戛然而止，不但情感層層轉進，且客觀畫面與人的內在情緒融溶交織，成功刻畫出一個真實感人的藝術形象。

再看其長調〈鬥百花〉云：

一片韶光明媚。當日吳王醉處。園林萬點臙脂，人面紛紛
相覷。滿眼繁華，共看閬苑千年，莫有武陵人住。蜂蝶爭
來去。　　香徑花洲，聞道謳歌盈路。行春五馬，悠悠隼
旗沾絮。戟戶森嚴，幾枝乍折紅芳，最喜連朝甘雨。（頁169）

這是一首詠吳宮花草的詞。上片所鋪陳的是明媚的吳宮景致，滿園美女紅花相招迎，結句「莫有武陵人住，蜂蝶爭來去」，表面似寫蝶亂

〔註129〕關於婉約的定義，參見黃文吉：《宋南渡詞人》（臺北：臺灣學生書局，1985年5月），頁135。

蜂喧的繁華景象，但實暗寓此地並非武陵人長住的桃源樂土，爲情感的轉折預作伏筆。果然下片在描述王宮之春後隨即以「幾枝乍折紅芳，最喜連朝甘雨」一語作結，除令人有「吳宮花草埋幽徑，晉代衣冠成古丘」〔註130〕的人事滄桑之慨外，亦有著「弱水三千，只取一瓢」的哲理體悟。

孔子曾言：「《詩》三百，一言以蔽之，曰：『思無邪』。」〔註131〕將內容極爲博大豐富的《詩經》，以「思無邪」一語充分肯定之，肯定抒情的合理性，與詩人表現情感的正當性。清代詞論家劉熙載言詞之妙亦曾言：「詞之妙，莫妙於以不言言之，非不言也，寄言也。如寄深於淺，寄厚於輕，寄勁於婉，寄直於曲，寄實於虛，寄正於餘，皆是。」〔註132〕細玩吳綃此詞，不僅表現感官聲色的感受，且有所超越與昇華，所傳達的是詞人心靈深刻的體驗與淨化了的情感，委婉蘊藉，深得雅正之高妙。

如前所述，《嘯雪庵》詞中有三首吳綃與柳州詞派作手曹爾堪的酬唱之作。關於柳洲詞派，鄒祇謨《遠志齋詞衷》曾有專條述評曰：

> 詞至柳洲諸子，幾二百餘家，可謂極盛。無論袁錢戈支諸
> 先輩，吐納風流；如爾斐、子顧、子更、子存、卜臣、古
> 喤諸家，先後振藻，飆流節會，實有倡導之功。要之阮亭
> 所云：「不纖不詭，一往熨貼」則柳洲詞派盡矣。〔註133〕

可見以婉約之詞寄寓懷抱憂思，從而達到「不纖不詭，一往熨貼」之境，正是柳洲詞派的主要風格。移之以論在時代風氣影響下的吳綃《嘯雪庵》詞，雖不中亦不遠矣。

晚明以來由於經濟的繁榮、文化的發展與社會的相對穩定，女子教育也相對地受到重視，於是出現了才女文化與「女性敘事」的興盛，

〔註130〕 李白〈登金陵鳳凰臺〉，〔清〕聖祖御製，王全點校：《全唐詩》卷180，冊6，頁1836。

〔註131〕 《論語・爲政》，〔宋〕朱熹：《四書集註》，頁133。

〔註132〕 〔清〕劉熙載《藝概・詞概》，唐圭璋編：《詞話叢編》冊4，頁3707。

〔註133〕 〔清〕鄒祇謨《遠志齋詞衷》，唐圭璋編：《詞話叢編》冊1，頁657。

大量閨秀詩詞結集出版。吳綃有幸生於這樣的一個時代，又何其不幸地身受舊式婚姻的桎梏，身為淑媛才女（按即知識女性），她藉由大量的詩詞創作，為自己的情緒與精神尋找出口和寄託。她以要眇宜修的詞體，細細傾訴她在生活中的所悟所感。雖然整體而言，其詞作內容主要仍不離傳統閨秀敘寫「閨怨」的範疇，但在理想精神境界的追求上，無疑是時代女子在多讀書識字之後，偏重精神愉悅的具體表現。另外與當代詞壇作手曹爾堪的唱和，亦可視為女子社會地位提昇的證明。而在時代氛圍的激盪與欲以詞為名的自期下，吳綃在形式技巧上亦取得了使調名與詞意相諧會、融合書卷經驗、鋪敘縝密多變、重視修辭技巧等重大的成就，從而形成其詞清麗婉約的特質。可以斷言的是，在女性詞史上，無論就內容或形式技巧，吳綃詞均有其不容忽視的意義與價值。

第三節　歸淑芬

一、歸淑芬的生平與詞作

　　歸淑芬，字素英，浙江嘉興人，生卒年不詳，從其詞作中有和黃月輝（黃媛介從姊，名德貞）、和徐燦（字湘蘋，1619？～1678 以後）與訪黃媛介（字皆令，約 1620～1669）等作品，可判定其年代應在明末清初。《全明詞》載其為高葵庵室，〔註 134〕《全清詞‧順康卷》及《全清詞‧順康卷補編》均言其為高陽繼室，〔註 135〕《明詞綜》則言其為許某室，〔註 136〕關於其生平，目前所能看到的資料僅如前述諸書中的作者小傳，且均只寥寥數語，實在不易判定究竟何者所言為是，但從其詞作中的紀錄與所表現的文采，可知歸淑芬當是受過相

〔註 134〕　饒宗頤初纂、張璋總纂：《全明詞》冊 3，頁 1499。
〔註 135〕　南京大學中國語文學系《全清詞》編纂研究室編：《全清詞‧順康卷》（北京：中華書局，2002 年 5 月）冊 11，頁 57；張宏生主編、馮乾、沙先一副主編：《全清詞‧順康卷補編》（南京：南京大學出版社，2008 年 5 月）冊 1，頁 55。
〔註 136〕　〔清〕王昶：《明詞綜》卷 11，頁 7。

當程度的閨閣教育，且生活尚屬殷實的大家閨秀。

　　關於歸淑芬的詞作，《全清詞・順康卷》、《全清詞・順康卷補編》與《全明詞》均言有《靜齋詩餘》，《明詞綜》則言爲《雲和閣靜齋詩餘》，二者想當是同一本，但今已不見流傳。《明詞綜》中收有〈東坡引・泛舟訪皆令閨友〉（櫻桃紅已足）1 詞，〔註137〕《全清詞・順康卷》則從《眾香詞》、《眾香詞・樂集》黃德貞詞後附、《林下詞選》與《秀水縣志》輯得 14 首，〔註138〕並以小字將本載於《秀水縣志》的〈東坡引・南湖初夏〉（梅肥紅已足）置於原本載於《眾香詞》的〈東坡引・泛舟訪皆令閨友〉（櫻桃紅已足）之後，檢視二詞相差無幾，或《全清詞・順康卷》編者以爲此當是同一詞的前後稿，故不分爲二。《全明詞》所輯之詞作與《全清詞・順康卷》相同，但《眾香詞》部分則標明爲《眾香詞》射集，亦刪除〈東坡引・南湖初夏〉（梅肥紅已足）1 詞；2008 年出版的《全清詞・順康卷補編》由副主編馮乾從《古今名媛百花詩餘》中輯得詠花詞 64 首，則歸淑芬現存詞作即有 78 首之多。從數量而言，在晚明女性詞壇上僅次於午夢堂詞人中的沈宜修 190 首與葉小鸞 91 首，從內容而言，如此爲數眾多的詠花詞，在詞史上亦是罕見的奇觀。

　　但或因文本的罕見與晚出，對於歸淑芬的詞才，幾乎未見於現代各類詞史專書的討論，〔註139〕爲使歸淑芬的詞才不至於淹沒在歷史的塵埃中，本文擬以目前所能見蒐集歸淑芬詞作最完整的詞集，即《全清詞・順康卷》冊 11 與《全清詞・順康卷補編》冊 1 中的 78 首詞作爲文本依據，分別就其詞作內容、形式技巧及風格加以討論，希望能爲彰顯這位直是百花仙子轉世的明清閨秀之詞才略盡棉薄之力，並爲了解明清才女文化，開啓另一個較不爲人所知的個案。爲免繁瑣，僅

〔註137〕〔清〕王昶：《明詞綜》卷 11，頁 7。

〔註138〕南京大學中國語文學系《全清詞》編纂研究室編：《全清詞・順康卷》冊 11，頁 57～59。

〔註139〕如黃拔荊：《中國詞史》、鄧紅梅：《女性詞史》、張仲謀：《明詞史》、嚴迪昌：《清詞史》）等書對歸淑芬之詞均無隻字片語提及。

在引文後標明《全清詞·順康卷》或《全清詞·順康卷補編》的書名、冊次與頁次，不另外註明出處。

二、歸淑芬詞是其閨閣生活的紀錄

讀歸淑芬詞，會發現其實就是女詞人閨閣生活的紀錄，其中當然有一般閨秀詞常見的閨怨與閒情，另外還有社交與出遊。從這些紀錄中，可以看出歸淑芬的閨閣生活是相當充實的。

（一）閨怨與閒情

一如一般的閨秀詞作，歸淑芬亦以詞來抒發自己在閨閣中的睿敏感受，其開篇首闋即為調寄〈深院月〉的「閨怨」之作：

> 黛眉蹙，減容光。歷盡風霜苦未央。斛剩餘愁動斗量。還須車載付滄浪。(《全清詞·順康卷》冊 11，頁 57)

從「歷盡風霜苦未央」可知女詞人此時應已歷經生活的磨難，不再是未識愁滋味的閨女，憂愁需動斗量、用車載，可想見其內心的悲苦。雖不能判定此詞是否為其晚年作品，但事實上，在歸淑芬的詞作中，僅有少數可看出生活的艱辛，更多的是對悠閒生活情景的著墨，且看其〈點絳唇·晨粧〉如此描繪晨粧時的情景：

> 漫展香奩，鏡前巧畫青山遠。綠鬢粉面。寶鸚珠細。　繡袂紅綃，玉臂雙金釧。輕羅扇。花羞難見。落雁低聲囀。(《全清詞·順康卷》冊 11，頁 59)

一個在清晨穿著華麗衣飾，漫展香奩，對鏡梳妝打扮的閨女形象已栩栩然如現眼前，而收拍處「花羞難見。落雁低聲囀」則巧用沈魚落雁之典，〔註 140〕強化粧成閨女的明豔動人。再看她〈如夢令·春閨〉筆下的春閨風貌：

> 數日珠簾慵捲。檻外新燕。繡袂倚朱欄，春暖風吹人倦。人倦。人倦。且向海棠消遣。(《全清詞·順康卷》冊 11，頁 58)

〔註140〕 「沈魚落雁」語出《莊子·齊物論》：「毛嬙、麗姬，人之所美也；魚見之深入，鳥見之高飛，麋鹿見之決驟。」郭慶藩輯：《莊子集釋》，頁 93。

從「珠簾」、「朱欄」等建築與身著「繡袂」，可以想見女詞人家庭的寬裕。而在鳥語花香、暖風吹送的春日裏，原本盛裝倚欄賞景的淑芬已倦了，所以有請春風且留在庭園裏與海棠共同消遣，她要回繡閣休息了。這樣的生活，無寧是清幽無塵且無憂無慮的。而其筆下的季節風光分別是如此呈現：

> 暖風和，柔情悄。一瞬春光易老。綠陰花瘦紅香少。拂柳絲飛絮早。　　倚欄看，荷錢小。碧水盈盈波渺。荼蘼架上爭開繞。又是採桑時了。(〈滿宮花・初夏〉，《全清詞・順康卷》，冊 11，頁 58)

> 湖光萬頃澄如鏡。白蘋蕩漾菱花盛。一色映長天。峰青江上煙。　　鴛鴦相對浴。魚躍溪邊曲。不礙木蘭舟。楓飄萬點秋。(〈菩薩蠻・秋水〉，《全清詞・順康卷》冊 11，頁 57)

前詞敘寫初夏之景，後詞則是對秋日的江湖之景加以著墨，雖無深刻內涵，卻可從以精鍊文字呈現優美畫面，看出女詞人突出的寫作技巧。

另有〈東坡引・瓶山〉一詞，則是女詞人別樣閨閣生活的一個側面呈現：

> 只因愁稅重。杜康避何處。酒帘曾化輕雲去。甕頭空疊起。甕頭空疊起。　　春衣漫典，花神莫祭。徒遠聽黃鸝語。行人若到孤城裏。餘香聞亦醉。餘香聞亦醉。(《全清詞・順康卷》冊 11，頁 59)

在此看不到富貴人家的奢華，有的盡是對生活的無奈。首句「只因愁稅重」，已道出家中經濟情況的窘迫，續以「杜康避何處」更委婉說明藏酒已盡。而「甕頭空疊起」的疊句，不但有點題的作用，更強化家道中落的事實。下片的「春衣漫典，花神莫祭」則再度說明女詞人已無昔日的爛漫，而一語「孤城」頗令人心驚，是否此時已是戰火連天，故在兵荒馬亂中僅剩孤城？而「餘香聞亦醉」既是苦中作樂，亦是淑芬對往昔閒適生活的無限感懷。

酒文化一直是中國傳統文化的歷史積澱之一，自杜康造酒以來，人們或以酒會友、餞別、慶功、祝壽、賦詩、澆愁，酒幾乎是國人日

常生活中不可或缺的必需品之一。〔註 141〕若從這個層面來看歸淑芬
的前述之作，空甕已堆疊成山，只能漫聞酒香，又何嘗不是明清動盪
時代下，庶民生活日益窮困的證明呢？則此時的閨怨，已不再是為賦
新詞的嬌嗔，而是歷盡風霜的眞言。

（二）社交與出遊

除了閨怨與閒情，在歸淑芬的詞作中還可以觀察到她的社交生活
與出遊的紀錄。先看下列兩首和黃月輝與徐燦的詞作：

> 睡起捲疏簾，春帚還停掃。細細蒼苔片片紅，燕覓香泥繞。
>
> 　　新綠滿枝頭，蜂蝶無端鬧。有意隨流卻送春，風雨摧殘
> 早。（〈卜算子・惜花和黃月輝韻〉，《全清詞・順康卷》冊 11，頁 57）
>
> 病起惜花殘，雲向何邊住。會遠繁華拙政園，道韞幽吟處。
>
> 　　倩夢訪瑤臺，雨阻猶難去。似隔雲淵莫問奇，惆悵空
> 無據。（〈卜算子・和湘蘋徐夫人〉，《全清詞・順康卷》冊 11，頁 57）

黃月輝名德貞，嘉興人，明瓊州司理黃守正孫女，孫曾楠室。二女與
兒媳俱能詩詞。有《雪椒草》、《名閨詩選》、《彤奩詞選》。〔註 142〕以
一介女子不但有著作，且能進行女性詩選與詞選的編輯，可以想見黃
貞德的文才與在當時閨秀間的地位。而徐燦字湘蘋，江蘇吳縣人，陳
之遴（1605～1666）繼室，〔註 143〕曾買宅拙政園，吟詠其中，著有
《拙政園詩餘》三卷，〔註 144〕身為高官之婦，購買私人林園以供吟
詠，可以想見其文學興趣之趨向與生活之富厚，自來清初閨秀詞即以

〔註141〕 蔡鎮楚、龍宿莽：《唐詩宋詞文化解讀》（北京：北京圖書館出版社，
　　　　 2004 年 9 月），頁 270～271。

〔註142〕 饒宗頤初纂、張璋總纂：《全明詞・黃德貞小傳》冊 6，頁 3010。

〔註143〕 陳之遴（1605～1666），字彥昇，號素庵，浙江海寧人。明崇禎十
　　　　 年（1637）進士，授編修，遷中允。以父陳祖苞巡撫順天失事，牽
　　　　 連革職，永不敘用。入清，官至戶部尚書，弘文院大學士。後以賄
　　　　 結內監，革職籍沒，全家遷徙至盛京，歿於戍所。馬興榮、吳熊和、
　　　　 曹濟平等編：《中國詞學大辭典・陳之遴小傳》，頁 182。

〔註144〕 以上關於徐燦的生平敘述，乃參閱馬興榮、吳熊和、曹濟平等編：
　　　　 《中國詞學大辭典・徐燦小傳》，頁 192。

徐燦為第一。〔註 145〕筆者檢閱《全清詞・順康卷》所收之《拙政園
詩餘》，確有〈卜算子・春愁〉一詞：

　　　　小雨做春愁，愁到眉邊住。道是愁心春帶來，春又來何處。
　　　　　　屈指算花期，轉眼花歸去。也擬花前學惜春，春去花
　　　無據。〔註 146〕

另外《全明詞》則收有黃德貞和歸淑芬的作品〈卜算子・惜花，和歸
素英韻〉：

　　　　憑欄嗔曉風，堆徑休教掃。幾日傷心怨落紅，小燕飛繚繞。
　　　　　　謝豹不勞呼，急管何須鬧。煙波畫舫最關情，只是黃
　　　昏早。〔註 147〕

細玩上述詞作，均以閨女惜春為主題，從徐作的「小雨做春愁」、歸
作的「有意隨流卻送春」與黃作的「急管何須鬧。煙波畫舫最關情」，
可以想見此時當為江南煙雨濛濛的暮春時節，游船上的一次閨女文
會。事實上，據高彥頤以時代稍後的杭州女詩人——蕉園七子為考察
對象，得出蕉園女性最喜愛的消遣，即是在景色優美的西湖游船上舉
行詩會。〔註 148〕則合理推論，在相距不遠的時空背景下，由同屬江
南閨秀才女的黃貞德、歸淑芬、徐燦等人共同組成詩會，在落英繽紛
的江上游船，從事吟詩填詞的文會等社交活動是很有可能的。

　　除了與閨中好友在舟上舉行詩文之會，相互唱和外，歸淑芬亦泛
舟出訪親友：

　　　　櫻桃紅已足。日覷苔痕綠。綸竿釣罷清溪曲。一村桑落熟。

〔註145〕　如〔清〕馮金伯《詞苑萃編》卷 8 引陳維崧《婦人集》言：「徐湘
　　　　蘋才鋒遒麗，生平著小詞絕佳。蓋南宋以來，閨房之秀，一人而已。」
　　　　〔清〕陳廷焯《白雨齋詞話・卷 5》言：「國朝閨秀工詞者，自以徐
　　　　湘蘋為第一。李紉蘭、吳蘋香等相去甚遠。……閨秀工詞者，前則
　　　　李易安，後則徐湘蘋。」分見唐圭璋編：《詞話叢編》冊 2，頁 1956；
　　　　冊 4，頁 3895。
〔註146〕　南京大學中國語言文學系編：《全清詞・順康卷》冊 1，頁 441。
〔註147〕　饒宗頤初纂、張璋總纂：《全明詞》冊 6，頁 3011。
〔註148〕　〔美〕高彥頤著、李志生譯：《閨塾師——明末清初江南的才女文
　　　　化》，頁 247。

一村桑落熟。　　閒愁莫展，翠蛾屢蹙。強抱琴箏去修竹。池邊有侶堪聯續。山兒畫半幅。山兒畫半幅。（〈東坡引・泛舟訪皆令閨友〉，《全清詞・順康卷》冊11，頁58）

不算尋芳，非遊南浦。行舟只把津梁數。御河風景尚依然，園林宛似柴桑裏。　　水畔鷗迎，鶯呼啟戶。草堂相聚殷勤語。傾心正訴隔年愁，柳條怎綰斜陽暮。（〈踏莎行・春日永豐村莊訪女〉，《全清詞・順康卷》冊11，頁58）

從詞題可知前詞為訪閨中友黃媛介（約1620～1669，字皆令）。黃媛介本即明清時期嘉興地區以自身書畫才華，輾轉於江南各城鎮，出入於各種社交場合，與擔任名門閨秀的塾師，爭取各種被資助與販字鬻畫的機會，以維持家庭最基本生活的時代新女性，[註149] 又是黃貞德的從妹，則與歸淑芬友好的關係應是可想而知。從詞中的敘述，可以想見此時黃媛介或正僦居於西湖畔，鬻畫以自活。[註150] 身為閨中好友的歸淑芬則泛舟訪之，本詞調寄〈東坡引〉，並以「一村桑落熟」與「山兒畫半幅」的疊句形式表現，則黃媛介恆以輕舟載書筆巡遊，賣詩畫以自活的新時代女性形象，已栩栩然如現眼前。後詞則是記錄行舟至他村訪問出嫁的女兒，不論寫景或抒情均是詞真意切。

另有〈繞佛閣・喜參同菴新建大悲樓〉一詞，則是女詞人至新落成的佛寺禮佛參禪的記載：

法雲普覆，雙溪水遠，新築璀璨。高閣孤聳，一燈遠映梵音到花畔。桂香又遍。招隱作伴。深塢幽境，時臥遊玩，夢魂繚繞鴻飛少芳翰。　　病客最疏懶，暮喚蓮蓮滌古硯。還是檢書咿唔常目眩。待臘盡春來，重赴禪院。此時登殿。緩步女叢林，積懷頗展。綠陰堪、聽黃鶯囀。（《全清詞・順

〔註149〕　有關黃媛介的生平與行止，可詳參〔美〕高彥頤著、李志生譯：《閨塾師——明末清初江南的才女文化》，頁125～131。

〔註150〕　〔清〕陳維崧嘗言：「嘉興黃皆令（名媛介）詩名噪甚，恆以輕航載筆格詣吳越間，余嘗見其僦居西泠段橋頭，憑一小閣。賣詩畫自活，稍給，便不肯作。」見氏著：《婦人集》，《叢書集成新編》冊101，頁709。

康卷》冊 11，頁 59）

上片狀新落成大悲樓的宏偉建築與清幽環境，從「桂香又遍」可知此時正是秋天。而「時臥遊玩，夢魂繚繞鴻飛少芳翰」已道出女詞人的嚮往之至。下片筆鋒一轉，狀寫寫女詞人己況。從「病客」、「目眩」等詞語可知女詞人此刻正是玉體違和，故此次的參訪未能盡興，她亦期待臘盡春來時能重赴禪院，漫步在佛陀之境，舒展身心。

從上述詞作可以窺見，隨著時代風氣的開放與閨閣教育的重視，晚明以來女性的生活空間與生活方式已在逐步改變之中，不但上層知識婦女的文會已由家族式的結社跨展到社交性與公眾性的社團，〔註 151〕女性尋求心靈寄託的方式也從在閨房內竟日研讀佛經，〔註 152〕轉為走向佛寺祈福祝願。歸淑芬的詞作雖然是她閨閣生活的隨筆紀錄，但在無意之間，卻也成為提供後人了解當時知識婦女生活趨向的珍貴資料。

三、歸淑芬詞以詠花為主要內容

如前所述，歸淑芬的詞作是她閨閣生活的忠實紀錄，相當突出的特點是在目前所見的 78 首詞作中，即有 64 首詠花詞，超過其全部詞作的 80%。除了可依此看出女詞人因愛花而詠花之外，也發現這些詠花詞幾乎均以花意象來進行詮釋。

（一）百花爭妍譜群芳

經筆者統計，歸淑芬共以 60 調來詠 57 種（含亞種）花卉，其中

〔註 151〕有關明末清初女性從家居式的結社到交際式與公眾性的結社，高彥頤曾以沈宜修、商景蘭與「蕉園詩人」等為例進行詳盡的說明。詳參氏著、李志生譯：《閨塾師——明末清初江南的才女文化》，頁 191～256。

〔註 152〕如飽受婚姻不諧之苦的晚明女詞人葉紈紈與吳綃均選擇皈依佛法來安頓身心。葉紈紈日誦《金剛》、《楞嚴》諸經，〈大悲神咒〉幾千萬遍。吳綃則「居身清素，不異道氏釋子，案頭香一爐，茶一盞，書數卷，侍兒日磨墨以供揮灑。」分見葉紹袁〈祭長女昭齊文〉，葉紹袁原編、冀勤輯校：《午夢堂集》上冊，頁 281；鄔流琦〈吳冰仙集小引〉，《嘯雪庵詩集》，四庫未收書輯刊編纂委員會編：《四庫未收書輯刊》柒輯，冊 23，頁 67。

雖有多種花卉是較少見的，但從女詞人的歌詠中亦可略知該花之特性，茲依《全清詞‧順康卷》補編之次序，將 64 首詠花詞依花名、詞調、首句、與詞中所顯示之花卉特性列表說明如下：

項次	花　名	詞　調	首　句	花卉特性
1	梅花	〈青玉案〉	太眞國色還存否。	嬌姿妍秀，滿庭香透
2	蘭花	〈木蘭花〉	隱芳蹤，	避塵瀟灑自悠然
3	諸葛菜花	〈鳳凰閣〉	草廬邊偶出。	細細青蔬堪摘
4	長春花	〈小桃紅〉	未值元宵節，	耐經風雨
5	一斛珠	〈杏花〉	飛燕難定。	沿十里紅映
6	玉蘭花	〈應天長〉	芳容矯矯離塵俗。	如捧玉杯迎皜日
7	梨花	〈鷓鴣天〉	何羨梅花品第高。	冰姿月下更添嬌
8	寶珠山茶	〈杏花天〉	春來占得飛霞色。	日映朱衣艷絕
9	海棠花	〈後庭花〉	無端離卻錦官路。	嬌姿力怯向誰訴
10	紫荊花	〈滴滴金〉	田家婦毀庭前樹，	奇葩也能施仁義
11	桃花	〈黃鶯兒〉	香被嶺梅多占了。	嬌媚宛如仙子笑
12	李花	〈訴衷情近〉	自慚並列。	笑殺夭桃灼灼
13	繡毬花	〈望梅花〉	非雪非瓊非繡。	疏老冰姿先綻。
14	牡丹花	〈鳳來朝〉	冉冉殷紅燦。	富貴花王
15	金燈花	〈蝴蝶兒〉	花也鮮。	正如初月照九天
16	杜鵑花	〈摘得新〉	各待時。	難飛暗暗悲紅淚
17	迎夏花	〈如夢令〉	蝶送東君回駕。	色倩鵝黃清雅
18	松花	〈傳言玉女〉	泰岱盤根，	勢舞凌空奇絕
19	玫瑰花	〈女冠子〉	問花誰說。	艷壓群芳味馨香
20	朱藤花	〈巫山一段雲〉	慣附喬柯上，	半含半吐鬥春妍
21	佛見笑	〈憶秦娥〉	春歸杳。	清和滿架柔軟枝
22	虞美人花	〈夜遊宮〉	獨重綱常殉節。	露泣頻嗟懷楚國
23	娑羅花	〈西江月〉	千頃山邊異卉，	風十里淡香浮
24	鶯粟花	〈謁金門〉	新試葶。	嫩綠芳菲濃艷絕
25	木蘭花	〈剔銀燈〉	仗劍邊關代父。	香同九畹更清麗
26	梧桐花	〈鵲橋仙〉	清高雅況，	穠陰深邃

27	錦帶花	〈洞天春〉	天孫織得靈巧。	如金如玉炫耀
28	珍珠珮	〈如夢令〉	百種花開誰及。	自號夜光無及
29	石榴花	〈天仙子〉	歲歲適伭端午節。	可助驅邪避惡
30	西施夢	〈天仙子〉	或夢浣紗溪水畔。	懨懨雅淡懶爭妍
31	茉莉花	〈萬斯年〉	離卻越裳來兩浙。	香韻清潔
32	金絲桃	〈生查子〉	柔怯只垂絲，	黃金花瓣
33	珠蘭	〈搗練子〉	名且貴，	蕊香名貴
34	金銀花	〈洞仙歌〉	石家空谷，	清香可釀酒
35	金絲梅	〈點絳唇〉	遠隔關山，	金黃色且有香氣
36	荷花	〈臨江仙〉	憔悴百花春已旋。	不畏炎夏，嬌豔鮮妍
37	蘭花	〈醉紅妝〉	娟娟綠蕚抱丹衷。	自甘寂寞隱山中
38	菱花	〈風捲雲〉	全賴根深，	生長水鄉，白花似雪
39	雞冠花	〈歸自謠〉	濃豔好。	秋天開花
40	鳳仙花	〈感恩多〉	與青鸞並號。	在深秋更顯嬌媚
41	素馨花	〈如夢令〉	長袖宮娥杏。	原生於宮娥素馨墓
42	玉簪花	〈海棠春〉	姮娥何事茫茫走。	瓣瓣玉無瑕
43	秋海棠	〈踏莎行〉	玉井桐飄，	秋天開花，婷婷裊裊
44	金錢花	〈伊川令〉	花開也變孔方了。	花似銅錢
45	向日葵	〈思帝鄉〉	含曉露，	金黃色，含露向陽
46	桂花	〈秋蕊香〉	到中秋時候。	中秋開花，可釀酒
47	剪秋紗	〈洛陽春〉	花也憐予清瘦。	輕盈奪秋華
48	萱花	〈鳳凰閣〉	詠千篇日久，	又名忘憂草，睹花思母
49	金鐘花	〈百尺樓〉	景陽宮，	秋天開花，狀似金鐘
50	菊花	〈畫屏秋色〉	慣向霜華鬥，	自愛輕寒，不與群花爭妍
51	菊花・二喬	〈隔浦蓮〉	銅雀臺空久已。	移影宛如迎月姊
52	芙蓉花	〈丹鳳吟〉	百種芳菲都避，	婀娜臨水，不怕霜妒
53	蘆花	〈東坡引〉	山邊無剩土。	生長水畔，紛紛花似絮
54	千日紅	〈金蕉葉〉	群葩占盡春秋色。	花期長，素性偏甘岑寂

55	瓊花	〈一剪梅〉	開說仙葩占盡香。	俏如美玉豈尋常
56	水仙花	〈鷓鴣天〉	非在蓬山只在川。	生長水中，瓊枝迎瑞雪
57	款冬花	〈長相思〉	秋不生。	耐冷，花開水結冰
58	四季桂花	〈滿園花〉	是廣寒仙種，	冷不變色，獨標甲第
59	鬥雪花	〈法駕導引〉	含冰放，	不畏霜雪，日照獨悠長
60	臘梅花	〈千秋歲〉	上林蕭索。	樸實不畏霜雪
61	楊妃山茶	〈醉紅妝〉	俏如扶腋淡紅妝。	衝寒肥態壓群芳
62	八仙花	〈漁家傲〉	閒看廣陵潮幾渡。	銀枝玉幹迎寒露
63	梅花	〈萬年歡〉	喬木蕭條，	居深山雪裏，傲霜常翠
64	迎春花	〈鷓鴣天〉	破臘何須待早梅。	為接東君帶雪開

從上表可知女詞人對花卉的知識相當豐富，其中雖然大部份是屬常見的植物，如梅花、蘭花、杏花、梨花、桃花、李花、菊花、繡毬花、玫瑰花、……等，但亦有少部分如諸葛菜花、金燈花、迎夏花、佛見笑、虞美人花、西施夢……等是於較少見的花卉。雖然不能從此判定這近 60 種花卉均是女詞人花園中的植栽，但從歸淑芬對每一種植物的特性均能加以掌握並清楚敘明，可以知道她必定相當喜愛花卉，對它們亦曾有過深入的研究或觀察，故能以適當的詞調，或從外形特色、或從生長季節、或從文史典故，款款道出花卉的特質。讀這64 首詠花詞，彷彿就像百花仙子引領讀者進入她的花園，然後津津樂道地介紹各種奇珍異卉，從而帶給讀者在心靈上愉悅的饗宴。就筆者的觀察，發現歸淑芬在介紹花卉時大多以花意象來進行詮釋，而從詮釋中亦可知曉女詞人對文史典故是相當熟稔的。

（二）多以花意象進行詮釋

閱讀歸淑芬的詠花詞，會發現女詞人大多從花意象來進行詮釋，先以調寄〈鳳凰閣〉的「諸葛菜花」為例說明之：

草廬邊偶出。芊芊翠色。禦寒怎顧那霜雪。細細青蔬堪摘。

幸遇提拔，竟足供餐滋味絕。　　蘭芬飄拂。也讓他先試
菩。傍高賢、品重誰及。人去杳，至今名喚無休歇。看萬
紫千紅競接。（《全清詞‧順康卷補編》冊 1，頁 56）

細讀之，會覺得諸葛菜花即是東漢末年劉備「三顧茅廬」以請之的諸
葛亮之化身，〔註 153〕上片言「幸遇提拔，竟足供餐滋味絕」，令人聯
想到諸葛亮一生爲蜀漢兩代「盡股肱之力，死而後已」的高尙節操，
而下片的「人去杳，至今名喚無休歇」，不但將諸葛亮「出師未捷身
先死」的悲劇形象具體化，〔註 154〕也寫進了後人對諸葛亮的無限感
佩。寫諸葛菜花，其實就是寫諸葛亮。

　　再看歸淑芬筆下的「金燈花」與「錦帶花」：

花也鮮。豈容攀。那柔枝、好似空懸。分明照九天。　　風
拂光難滅，池邊亮轉清。正如初月映南山。莫愁行路難。（〈蝴
蝶兒‧金燈花〉，《全清詞‧順康卷補編》冊 1，頁 58）

天孫織得巧。錦帶風吹縹緲，落向空中莫尋討。怎知在林
表。　　如金如玉炫耀。影化芬菲絕妙。裊娜柔枝，曉含
清露，花開多少。（〈洞天春‧錦帶花〉，《全清詞‧順康卷補編》
冊 1，頁 60）

雖然金燈花與錦帶花都不是常見的花卉，但從女詞人的描述中，似金
燈般光亮耀眼的金燈花，與如錦帶在林表裊娜飄逸的錦帶花，已繽紛
呈現眼前，雖未能親眼見之，但從傳神的摹寫中，已足以讓人爲此絢
麗的景象而如癡如醉。

　　就算是常見的花卉，女詞人亦擅長運用深植人心的花意象來爲此
花進行詮釋，且以〈木蘭花‧蘭花〉爲例說明之：

〔註 153〕　「三顧茅廬」典故語出諸葛亮〈前出師表〉：「先帝不以臣卑鄙，猥
自枉屈，三顧臣於草廬之中，諮臣以當世之事。」〔晉〕陳壽《三
國志‧蜀書‧諸葛亮傳》，楊家駱主編：《新校本三國志注附索引》
（臺北：鼎文書局，1978 年 11 月）冊 2，頁 920。

〔註 154〕　杜甫〈蜀相〉言：「三顧頻煩天下計，兩朝開濟老臣心。出師未捷
身先死，長使英雄淚滿襟。」〔清〕聖祖御製、王全點校：《全唐
詩》卷 226，冊 7，頁 2431。

隱芳蹤，深谷裏。碧玉幽香疇敢比。未入夢，且援琴，也
堪紉佩傳千祀。　　名高不患無知己。占盡清標居品第。
避塵瀟灑自悠然，早春聊與芝相契。（《全清詞・順康卷補編》
冊 1，頁 56）

蘭花生長在山谷中，植株外型似草，但花朵卻芳潔馨香，自來即是品德
高潔君子的象徵，〔註155〕並與梅、竹、菊合稱植物中的「四君子」。而
琴譜亦有〈幽蘭曲〉，將蘭花「生長深山叢薄之中，不爲無人而不芳，
含香體潔，平居與蕭艾同生而不殊。清風過之，其香藹然，在室滿室，
在堂滿堂，所謂含章以時發者也。」〔註156〕之特質以音符細細譜出。
細玩歸淑芬詠蘭之作，即結合前述蘭花之傳統意象以寫成。

　　再看女詞人筆下的「梨花」與「杜鵑花」：

何羨梅花品第高。自憐雨清標。洗妝不覺春將半，粉蝶輕
飛伴寂寥。　　風翦翦，影飄飄。冰姿月下更添嬌。含情
懶入繁華隊，深院相依作淡交。（〈鷓鴣天・梨花〉，《全清詞・
順康卷補編》冊 1，頁 57）

各待時。休教怨恨遲。恐啼驚午夢，影空移。難飛暗暗悲
紅淚，染花枝。（〈摘得新・杜鵑花〉，《全清詞・順康卷補編》冊 1，
頁 58）

梨花因常見於中國各地，於百花寥落的三月開花，故自來即是詩人筆
下常出現的暮春意象，〔註157〕更因其嬌媚可憐的模樣，故亦是美女
的代稱。〔註158〕歸淑芬前詞即是融合此二種傳統意象，細細描繪出

〔註155〕如王逸序〈離騷〉即言：「〈離騷〉之文，依《詩》取興，引類譬喻，
　　　　故善鳥香草，以配忠貞。」〔宋〕洪興祖補注：《楚辭補注》，頁 2。

〔註156〕〔宋〕洪興祖補注〈離騷〉引黃庭堅（字魯直）〈蘭説〉，見氏著：
　　　　《楚辭補注》，頁 5。

〔註157〕如崔顥〈渭城少年行〉云「洛陽三月梨花飛，秦地行人春憶歸」、
　　　　韓愈〈梨花下贈劉師命〉言「洛陽城外清明節，百花寥落梨花發」。
　　　　分見〔清〕聖祖御製、王全點校：《全唐詩》卷 130，冊 4，頁 1324；
　　　　卷 343，冊 10，頁 3842。

〔註158〕如白居易〈長恨歌〉云「玉容寂寞淚闌干，梨花一枝春帶雨」；李
　　　　涉〈寄荊娘寫眞〉言：「青樓瞳瞳曙光蚤，梨花滿巷鶯新啼」分見

梨花不與群芳爭豔的楚楚可憐形象。而「杜鵑」意象在經過「望帝春心托杜鵑」﹝註 159﹞的世代相傳神話之後，已含寓著民族共同的心理體驗與文化積澱，每當人們漂泊在外，對故鄉、故國魂牽夢繞時，即常借助它來表達難以撫平的愁思。﹝註 160﹞細玩女詞人對杜鵑花「難飛暗暗悲紅淚，染花枝」的描述，不正是民族共同的傳說嗎？

其餘如以「蝶送東君回駕。百種芳菲將謝」狀「迎夏花」，以「柳種花開誰及。自號夜光無敵」狀「珍珠珮」、以「濃豔好。含露咽聲難報曉」狀「雞冠花」，……等，均是歸淑芬以花意象來對植株進行吟詠的證明。

四、歸淑芬詞的形式技巧

雖然在歸淑芬目前所見的詞作中有超過八成是詠花詞，但因女詞人擁有紮實的文學素養，故其詞作在形式技巧上亦有善御各類詞調、活用修辭技巧與熟稔文史典故等可觀之處。

（一）善御各類詞調

筆者統計歸淑芬現存 78 首詞，共使用 63 種詞調，其中除了〈鷓鴣天〉、〈菩薩蠻〉、〈西江月〉、〈臨江仙〉、〈點絳唇〉、〈虞美人〉、〈謁金門〉、〈踏莎行〉、〈卜算子〉、〈柳梢青〉、〈鵲橋仙〉、〈如夢令〉、〈青玉案〉、〈洞仙歌〉等 14 調是屬於宋詞常用調外，﹝註 161﹞其餘均是較少見的罕用調。且其中除了〈卜算子〉（2 首）、〈東坡引〉（3 首）、〈如夢令〉（5 首）、〈點絳唇〉（2 首）、〈憶秦娥〉（3 首）、〈鷓鴣天〉（3 首）、

﹝清﹞聖祖御製、王全點校：《全唐詩》卷 435，冊 13，頁 4820；卷 477，冊 14，頁 5425。

﹝註 159﹞李商隱〈錦瑟〉云：「莊生曉夢迷蝴蝶，望帝春心托杜鵑」，﹝清﹞聖祖御製、王全點校：《全唐詩》卷 539，冊 16，頁 6144。

﹝註 160﹞有關「杜鵑」的意象說明，可詳參嚴雲受：《詩詞意象的魅力》，頁 38～41。

﹝註 161﹞此處所言宋詞常用調乃依王兆鵬統計唐圭璋編《全宋詞》與孔凡禮輯補《全宋詞補輯》，使用該詞調創作之篇數超過 100 首以上者而言。詳參氏著：《唐宋詞史稿》，頁 104～106。

〈醉紅妝〉（2 首）、〈剔銀燈〉（2 首）、〈天仙子〉（2 首）、〈踏莎行〉
（2 首）、〈鳳凰閣〉（2 首）等調是填有 1 首以上的重複使用調外，其
餘各調均僅填 1 首。這樣的情況說明了歸淑芬在詞調使用上是多方嘗
試，儘量避免重複使用，更可見女詞人對詞調的探索有著極大的興
趣。雖然在這些詞調中僅有〈隔浦蓮〉、〈畫屏秋色〉、〈丹鳳吟〉、〈佛
繞閣〉、〈萬年歡〉5 調是屬於能包含較多寫作能量的長調，但女詞人
能以如此數量龐大的詞調來填詞，在詞樂盡失，按譜填詞已成為歷史
想像的晚明時期，當是明代中後期始有編者製作以字聲格律為主要內
容的「詞譜」，為填詞設立規範的時代學術之佐證。〔註 162〕當然，亦
是歸淑芬戮力創作的成果。茲以〈錦帳春‧元夕觀燈〉為例說明之：

> 火樹紅搖，高堂燈熠。捲簾看、畫屏灑墨。暗塵來；明月
> 滿，好句良宵得。雁書勤識。　　百和香消，九天雲碧。
> 金鼓雜、笙歌滿陌。鵲成巢，風拂座，願清閒靜息。逍遙
> 今夕。（《全清詞‧順康卷》冊 11，頁 58）

從詞意來看本詞應是女詞人在元宵節觀燈的紀實，首句「火樹紅搖，
高堂燈熠」已讓元宵節火樹銀花、燈籠高掛的絢爛場景如現眼前。而
「明月滿，好句良宵得。雁書勤識。」也具體捕捉了女詞人苦心覓句
的側影。檢視《康熙詞譜》，〈錦帳春〉調共雙調，60 字。前段 7 句，4
仄韻；後段 7 句，5 仄韻。以辛棄疾（春色難留）一詞為正格，〔註 163〕
歸淑芬此詞完全符合格律，細細道出元夕觀燈之情景，亦稱清麗流暢。

再看其〈女冠子‧玫瑰花〉言：

> 問花誰說。魏紫分他豔絕。壓群芳。爭摘妝雲鬢，渾如琥
> 珀光。　　膽瓶多插滿，還喜貯紗囊。剩卻堪為餅，味馨
> 香。（《全清詞‧順康卷補編》冊 1，頁 59）

〈女冠子〉原為唐教坊曲名，雙調 41 字。前段 5 句 2 仄韻，2 平韻；
後段 4 句，2 平韻。〔註 164〕本多緣題而賦，詠女道士，體製短小。

〔註 162〕 江合友：《明清詞譜史‧前言》，頁 2。
〔註 163〕 〔清〕陳廷敬、王奕清等編：《康熙詞譜》上冊，頁 403。
〔註 164〕 〔清〕陳廷敬敬、王弈清等編：《康熙詞譜》上冊，頁 106～107。

〔註165〕淑芬藉之以詠玫瑰花，除符合寫作範式外，亦完全掌握玫瑰花的豔冠群芳與可以入餅，使之味美馨香的實用特質。

另有〈醉紅妝〉一調，是在宋詞中只有張先（瓊林玉樹不相饒）一闋的極罕用調，〔註166〕在女詞人詞作中卻可見到藉之以詠蘭花與楊妃山茶的二詞：

> 娟娟綠萼抱丹衷。饒清韻，淡芳容。只迎玉露占秋風。生楚國，不聞鴻。　　自甘寂寞隱山中，金粟茂，伴幽蹤。屈子相遺誰敢佩，香第一，古今同。（〈醉紅妝·蘭花〉，《全清詞·順康卷補編》冊1，頁62）

> 俏如扶腋淡紅妝。傾國色，遠秋陽。衝寒肥態壓群芳。空對月，憶恩光。　　今無寵眷是明皇。花影凍，上林荒。綽約依先名貴重，偏傲雪，受蒼涼。（〈醉紅妝·楊妃山茶〉，《全清詞·順康卷補編》冊1，頁67）

《康熙詞譜》言此調「雙調，52字。前段6句，4平韻；後段6句，3平韻。」〔註167〕以之檢視歸淑芬上述詠蘭與楊妃山茶之作，完全符合調式格律與押韻之要求。在女詞人細細的描繪中，前詞淡雅清香，不與繁花爭豔的空谷幽蘭已亭亭如現眼前，再輔以《楚辭》「善鳥香草，以佩忠貞」〔註168〕的傳統意象，已將蘭花的特質從外而內表露無遺。後詞則以雍容華貴卻寥落荒林來狀寫楊妃山茶花，巧用楊貴妃有傾城國色，雖集唐明皇三千寵愛在一身，最後卻慘遭賜死馬嵬坡，不得善終的歷史典故，〔註169〕除符合女詞人以花意象來進行詮釋的寫作慣例外，以如此罕用的詞調填寫二詞，更可見女詞人有意為詞的用心。

〔註165〕馬興榮、吳熊和等編：《中國詞學大辭典》，頁484。

〔註166〕《詞譜》卷9言：「此調近〈雙雁兒〉，惟後段第四句不押韻異，宋詞中亦無別首可校。」〔清〕陳廷敬、王奕清等編：《康熙詞譜》上冊，頁280。

〔註167〕〔清〕陳廷敬、王奕清等編：《康熙詞譜》上冊，頁280。

〔註168〕王逸《離騷經章句·序》，〔宋〕洪興祖補注：《楚辭補注》，頁2。

〔註169〕有關楊貴妃與唐明皇的愛情悲劇，白居易在〈長恨歌〉（含序）中有詳細的敘明。〔清〕聖祖御製、王全點校：《全唐詩》435，冊13，頁4816〜4820。

　　雖然歸淑芬的長調僅有 6 首，占其全部詞作的 7.69%，但亦可從中看出女詞人駕御長調的能力，且看其藉〈丹鳳吟〉以詠芙蓉花云：

　　　　百種芳菲都避，只剩芙蓉，何愁霜妒。端的嬌媚，婀娜一枝臨水。猶如西子，浣紗飄拂，不礙游鱗，難留白帝。獨與蘆花作侶，約近湘江，聽鼓琴，娉婷倚。　　那管雁飛南浦。任低首、爲含玉露。借小春和暖，款餘霞紅映，蜂蝶原舞。冰輪來往，但影動無心顧。笑卻菱歌空返棹，菊殘誰相契。自憐少助，還恐添夜雨。（《全清詞‧順康卷補編》冊 1，頁 65）

此調爲周邦彥所創，〔註170〕周邦彥本即妙解音律，《宋史‧文苑傳》言：「邦彥好音樂，能自度曲，製樂府長短句，詞韻清蔚，傳於世。」〔註171〕沈義父《樂府指迷》亦言：「凡作詞，當以清眞爲主，蓋清眞最爲知音，且無一點市井氣。」〔註172〕強調周邦彥詞作的音樂性與可學習性。細玩歸淑芬此首詠芙蓉之作，除上段後兩句「聽鼓琴，娉婷倚。」恐應合成一句外，其餘在句式與押韻上均與周詞原作相符合。隨著抑揚頓挫的音韻與格律，婀娜嬌媚的出水芙蓉已娉婷如現眼前。雖然在歸淑芬的時代裏，由詞調所譜出的悠揚樂音已消失殆盡，但隨著詠花詞所使用的琳瑯滿目詞調，吾人似能從其中窺得女詞人吟哦詞譜，努力爲每一種花兒覓得最適合其風格與節奏之詞調的美麗倩影。

（二）活用修辭技巧

　　歸淑芬的詞作是她閨閣生活的紀錄，從這些詞作中可以看出女詞人對於花卉曾有過相當深入的觀察，且能活用各種修辭技巧，從而使百花生意盎然如現眼前。且看其〈畫屛秋色‧菊花〉云：

　　　　慣向霜華鬥。傲九秋，獨與淵明相厚。全不爭妍，芙蓉休

〔註170〕　《詞譜》卷 9 言：「調見《清眞樂府》。」〔清〕陳廷敬敬、王弈清等編：《康熙詞譜》下冊，頁 1111。

〔註171〕　〔元〕脫脫《宋史‧文苑傳六》卷 444，楊家駱主編：《新校本宋史并附編三種》（臺北：鼎文書局，1978 年 9 月）冊 16，頁 13126。

〔註172〕　〔宋〕沈義父《樂府指迷》，唐圭璋編：《詞話叢編》冊 1，頁 277。

妒，偏耐心守。過幾度重陽，東籬邊、那箇送酒。這等炎
涼時候。只自愛輕寒，晚容開遍，瓣瓣盡黃金簇，數枝翹
首。　　依舊。小春還有。只嫌丹桂巳飄驟。楓林將醉，
蛩螿低奏。婆娑葉茂。珠露灑、悠然淡韻，品格分先後。
且最久。近軒牖。緩步探新英，飢飧還可增壽。休使余同
菊瘦。（《全清詞‧順康卷補編》冊1，頁64）

全篇主要是用擬人法，將菊花寫成不與群芳爭豔的謙謙君子，獨自在
楓紅螿奏的涼秋時節展現芳容，除使滿城盡帶黃金甲外，也寫出了菊
花花期長久，且食之可令人延年益壽的特質。開篇先化用陶淵明〈飲
酒詩〉中「採菊東籬下，悠然見南山」的典故，〔註173〕強化菊花的
文學性與超凡出塵的特質。下片「楓林將醉，蛩螿低奏」不但是整齊
的對句，且均用擬人法，將秋天妝點得有聲有色。

　　因為女詞人的多情與對大自然的喜愛，常使客觀景物因移情作用
而蒙上主觀的色彩，〔註174〕故擬人化的詞句俯拾皆是：

芳容矯矯離塵俗。鶴氅同披偏馥鬱。逞高懷，誇素質。（〈應
天長‧玉蘭花〉）

自誇富態襟懷足。日映朱衣豔絕。（〈杏花天‧寶珠山茶〉）

垂默想渾甘寢。睡容將足。嬌姿力怯向誰訴。（〈後庭花‧海
棠花〉）

經年屢聽風鶴。飛蝶魂消，處處難依托。（〈訴衷情近‧李花〉）

心巧何憂懷恁事，未老冰姿先縐。（〈望梅花‧繡毬花〉）

在這些詠花詞作中，女詞人將花兒當作像人一樣地有思想與情感，所
以玉蘭花能身披鶴氅，逞高懷，誇素質；寶珠山茶身著豔絕的朱衣，
海棠花則是嬌姿力怯惹人憐愛，李花側耳傾聽風鳴，繡毬花則是滿懷
憂傷。因擬人化的運用，使得萬物皆有情味，歸淑芬的百花世界，亦

〔註173〕陶淵明〈飲酒詩〉，〔晉〕陶淵明撰、〔宋〕李公煥箋注：《陶淵明
集》，頁117。
〔註174〕關於移情作用，朱光潛有深入的分析，詳參氏著：《文藝心理學》，
頁34～53。

因此而多彩多姿。

除擬人法外，譬喻法也是女詞人常用的修辭，能使詞句生動活潑，如：

> 久伴韶光，熠熠如金，恍如黃衣女。(〈小桃紅・長春花〉)
>
> 柔枝裊，娉娉開了，似楊妃貌。(〈憶秦娥・佛見笑〉)
>
> 粉萼愛新涼，點點似雪，秋分溪繞滿。(〈風捲雲・菱花〉)
>
> 葉翠還如旄節，耐蒼涼。(〈思帝鄉・向日葵〉)
>
> 行殿維揚。俏如美玉豈尋常。獨冠群芳。怎便枯黃。(〈一剪梅・瓊花〉)

以上都是明喻，相當容易看出作者的用心。在這些巧妙貼切的譬喻下，閃耀如金的黃金花、富態孃娜的佛見笑、雪白的菱花、高挺的向日葵與俏如美玉卻稍縱即逝的瓊花，已栩栩然如現眼前。雖因時空的阻隔，有些花種在本地是不易見到的，但在女詞人悉心的譬喻描繪下，讀者已能大致掌握其外形與特性。

另外因歸淑芬擅長將對事物的各種感受，生動地加以形容描述，故其摹寫修辭亦有突出的表現，〔註 175〕且看她如何描寫登樓所見的情景：

> 秋水澄澄清淼淼。蕩漾出、綠蘋紅蓼。幾朵芙蓉，風飄露滴，獨逞葉嬌姿嫩。千迴波遠。最可惜、是霜天曉。　　寂寂棲遲雙鳥。幸有桑榆堪照。歲寒志堅，松筠建標，睹影悽惶常驚。鵁鶄聲小。此時落日瑩皎。(〈剔銀燈・秋日登煙雨樓〉，《全清詞・順康卷》冊 11，頁 59)

本詞分別從不同的層面，將她登樓所見所聞的山水，進行淋漓盡致的描繪。隨著細膩的詞筆，遠方清澄開闊的秋水與江畔的綠蘋紅蓼、水面迎風搖曳的芙蓉已依序鋪展眼前。接著女詞人再將視角拉近，畫中景物已換成山上的桑樹、榆樹、松樹與樹上棲鳥；一句「鵁鶄聲小」，更從聽覺摹寫點綴了這幅秋日山水的寧靜。從上片的「霜天曉」到下

〔註 175〕 關於摹寫的定義，乃參閱黃慶萱：《修辭學》，頁 51。

片的「落日瑩皎」，敘明女詞人登樓是從清晨到黃昏，故畫面亦隨時間的更迭遞嬗而有不同的呈現。

　　再看歸淑芬筆下所呈現的松樹之花：

> 泰岱盤根，古幹更飛鱗甲。虬枝疊翠，竟亭然似鐵。歲寒勁節，勢舞淩空奇絕。久親猿鶴，耐經霜雪。　　孰比孤標，蘊幽香、細粉屑。淡黃舒屑，伴千年皓月。時聞紫笙，覺早晚驚濤落。清高不受，大夫之職。（〈傳言玉女・松花〉，《全清詞・順康卷補編》冊1，頁59）

上片女詞人依例以松樹耐冷常青，傲骨堅貞的意象入詞，但著重於視覺的表現，從盤根、古幹、枝葉到整體形象，均有貼切的形容。下片則加入聽覺與嗅覺的摹寫，不但以幽香、皓月來形容松花，更以紫笙來狀寫松濤，最後以高潔隱士，不受大夫之職來強化松花遠離凡塵的清高形象。這樣詞作，融合各種感受來描述所詠之物，除突顯主題外，對讀者而言，亦是閱聽上的清新洗禮。

（三）熟稔文史典故

　　歸淑芬多以花意象進行詮釋，在詮釋的過程中，可以發現女詞人對文史典故是相當熟稔的，茲以〈黃鶯兒・桃花〉為例說明之：

> 香被嶺梅多占了。鮮妍怎讓棠梨俏。嬌媚宛如仙子笑。劉阮杳。天台分外春光好。　　隔岸但弄鶯語巧。蜂喧不許崔郎到。只恐再題花也惱。紅豔繞。年年猶勝河陽道。（《全清詞・順康卷補編》冊1，頁58）

本詞主要是描寫春天桃花盛開，光彩奪目的景象。上片先以「劉阮杳」，說明當時的詠花人如今雖已不復存在，[註176]但桃花依然繽紛絢麗。下片「蜂喧不許崔郎到。只恐再題花也惱。」則化用崔護名篇

〔註176〕劉希夷〈代悲白頭翁〉曰：「洛陽城東桃李花，飛來飛去落誰家？洛陽女兒好顏色，坐見落花常嘆息。」〔清〕聖祖御製、王全點校：《全唐詩》卷82，冊3，頁886；阮籍〈詠懷・其三〉曰：「嘉樹下成蹊，東園桃與李。秋風吹飛葉，零落從此始。」〔梁〕蕭統編、〔唐〕李善注：《文選》卷23，頁323。

「去年今日此門中，人面桃花相映紅；人面不知何處去，桃花依舊笑春風」〔註177〕的典故，強化桃花的燦爛與人的自作多情。彷彿歸淑芬此刻已化身為桃花仙子，告訴人類不必太過費心為桃花題詩填詞，只要時間一到，豔紅的桃花必是春天最引人注目的焦點。

再看她如何描述「牡丹花」與「虞美人花」：

> 冉冉殷紅燦。玉人傾國環珮斷。至今惟剩，沉香亭畔。誰賞玩。鳥空喚。　　昔日綸音雖譴。洛陽千古名不換。那敢占。花王殿。只富貴、尚堪羨。（〈鳳來朝・牡丹花・殷紅〉，《全清詞・順康卷補編》冊1，頁58）

> 獨重綱常殉節。斷魂俠骨直奇絕。化人芬菲竟並列。美人名，任呼年年不歇。　　窈窕猶堪惜。傷心懶向秦時月。露泣頻嗟懷楚國。更憐春盡空妍，嬌瘦弱。（〈夜遊宮・虞美人花〉，《全清詞・順康卷補編》冊1，頁59）

前詞從「玉人傾國環珮斷」與「沉香亭畔」等語碼可以知道女詞人正藉白居易〈長恨歌〉與李白〈清平調〉所共同歌詠的唐代美女——楊貴妃，來狀寫殷紅牡丹的雍容華貴。如今這位曾在沉香亭畔與牡丹花互競丰采，與唐玄宗在長生殿立下生生世世願結白首，甚至因恃寵貴幸而導致安史之亂，終遭賜死馬嵬坡的一代佳人已不復存在，徒留牡丹花在人間繼續展現她的傲人芳華。

而後詞則清楚提示此花乃項羽遭劉邦圍困垓下，窮途末路之時為其刎頸自盡的虞姬之化身，〔註178〕從開篇道以「獨重綱常殉節。斷魂俠骨直奇絕」，並結以「露泣頻嗟懷楚國。更憐春盡空妍，嬌瘦弱」，均可以看出女詞人對守節殉國的虞姬，有著相當程度的不捨與敬意，

〔註177〕 崔護〈題都城南莊〉，〔清〕聖祖御製、王全點校：《全唐詩》卷368，冊11，頁4148。

〔註178〕 《史記・項羽本記》言：「項王則夜起飲帳中。美人名虞，常幸從；駿馬名騅，常騎之。於是項王乃悲歌慷慨，自為詩曰：「力拔山兮氣蓋世，時不利兮騅不逝。騅不逝可奈何，虞兮虞兮奈若何！」歌數闋，美人和之。項王泣數行下，左右皆泣，莫能仰視。」〔日〕瀧川龜太郎著：《史記會注考證》，頁157。

和前詞言楊貴妃「只富貴、尙堪羨」的不以爲然之語氣相比較，孰高孰低，立見分曉。

　　細玩此二詞，將花與人合而言之，既是詠花，亦是詠史，句句切「花」，卻儘量不露「花」字，從此亦可看出女詞人含蓄巧妙的用心。宋代詞論家張炎論詠物詞曾言：「詩難於詠物，詞爲尤難。體認稍眞，則拘而不暢；模寫差遠，則晦而不明。要須收縱聯密，用事合題，一段意思，全在結句，斯爲絕妙。」〔註179〕歸淑芬此二詞一寫牡丹花，一寫虞美人花，就做到了不即不離，卻又若即若離。既不脫所詠之物，卻又不黏於物，「用事而不爲事使」，〔註180〕更可見女詞人對文史典故之熟稔。

　　巧用文史典故，以爲所詠之花進行詮釋的例子，在歸淑芬的詠花詞中俯拾即是，茲再以〈一斛珠‧杏花〉爲例說明之：

　　　燕飛難定。憶王謝、舊堂尋訪。穿林只見花鋪徑。盡是仙葩，沿十里紅映。　　酒帘村外風飄颺。金鞭玉勒春遊望。羨他嬌媚時流讓。千載標名，香閣堪酬唱。（《全清詞‧順康卷補編》冊1，頁56～57）

開篇女詞人即化用劉禹錫〈烏衣巷〉中「舊時王謝堂前燕，飛入尋常百姓家」〔註181〕的名句，將讀者帶入王謝舊堂所在的江南美景中。接著更融合杜牧名句「千里鶯啼綠映紅，水村山郭酒旗風」〔註182〕與「借問酒家何處有，牧童遙指杏花村」〔註183〕，強化暮春時節杏

〔註179〕〔宋〕張炎《詞源》，唐圭璋編：《詞話叢編》冊1，頁261。
〔註180〕〔宋〕張炎《詞源》言「用事」：「詞用事最難，要體認著題，融化不澀。……此皆用事，不爲事所使。」收入唐圭璋編：《詞話叢編》冊1，頁261。
〔註181〕劉禹錫〈烏衣巷〉，〔清〕聖祖御製、王全點校：《全唐詩》卷365，冊11，頁4117。
〔註182〕杜牧〈江南春絕句〉，〔清〕聖祖御製、王全點校：《全唐詩》卷522，冊16，頁5964
〔註183〕杜牧〈清明〉，按本詩《全唐詩》與杜牧《樊川文集》、《樊川詩集注》（含外集、別集、補遺、補錄）均未載，最早見於〔宋〕謝枋得編：《千家詩》。今引自歐麗娟：《唐詩選注》（臺北：里仁書局，

花紅遍江南的美麗景色。而「金鞭玉勒春遊望」則化自馮延巳〈蝶戀花〉（庭院深深深幾許）中的「玉勒雕鞍游冶處，樓高不見章臺路」，〔註184〕但與馮詞中只能在雨狂風急三月暮中想像良人玉勒雕鞍，在舞榭歌臺中流連的深閨怨婦相較，能持金鞭玉勒策馬春遊、穿越落英繽紛的林間小徑，欣賞杏花沿途綻放的女詞人，顯然是幸福自在多了。不但飽讀經史詩詞，且可跨出閨閣，接受大自然美景的洗滌。雖然至目前為止，學界對歸淑芬的生平所知仍相當有限，但從這些化用文史典故與觀察入微的詠花詞合理推斷，歸淑芬必是明清社會風氣較為開放以來，受有良好閨閣教育，且家庭生活富裕的上層知識婦女。

五、歸淑芬詞的風格：清新自然

雖然歸淑芬熟稔文史典故且善用修辭技巧，但讀她的詞作，所感受到的卻是清新自然，不假雕琢的風格。清初詞論家彭孫遹在其《金粟詞話》開篇即言：「詞以自然為宗，但自然不從追琢中來，便率易無味。如所云絢爛之極，乃造平澹耳。若使語意澹遠者，稍加刻畫，鏤金錯繡者，漸近天然，則駸駸乎絕唱矣。」〔註185〕強調所謂「自然」乃是由「絢麗」復歸平淡式的清新，移之以論歸淑芬詞，雖不中亦不遠矣。且以〈臨江仙·荷花〉為例說明之：

> 憔悴百花春已旋。芳容怎怕炎天。這般嬌豔獨鮮妍。洛妃羞澀，巫女愧稱仙。　　妒殺鴛鴦分彩色，魚梭倩藕絲穿。

〔註184〕馮延巳〈蝶戀花〉（庭院深深深幾許），曾昭岷、曹濟平等編：《全唐五代詞》上冊，頁656。按本詞原注云：「別作歐陽修。」又見歐陽修《近體樂府》卷2。《草堂詩餘》前集卷上歐陽永叔〈蝶戀花〉詞注引李清照詞序亦云：「歐陽公作〈蝶戀花〉有『庭院深深深幾許』之句，余酷愛之，用其語作『庭院深深』數闋，其聲即舊〈臨江仙〉也。」但朱彝尊《詞苑叢談》卷1、張惠言《詞選》卷1、陳廷焯《白雨齋詞話》卷1和唐圭璋編《全宋詞》均以為當是馮延巳之作，並非歐陽修作品。詳細考辨參閱曾昭岷、曹濟平等編：《全唐五代詞》上冊，頁656～657。

〔註185〕〔清〕彭孫遹《金粟詞話》，唐圭璋編：《詞話叢編》冊1，頁721。

如來端坐喜嫣然。雖非解語，能結並頭蓮。(《全清詞‧順康
卷補編》冊1，頁62)

詞詠「荷花」。上片云亭亭淨植的荷花在炎炎夏日一枝獨秀，並以洛神
宓妃與巫山神女均爲之羞澀，來凸顯荷花的嬌豔。下片則從鴛鴦戲水
與魚穿藕花，來表現荷塘的活潑樣態，再以如來佛端坐其上與象徵同
心的並頭蓮作結。幾乎寫遍了荷花從外到內的特質與在文學、宗教、
民間傳說中所賦予的各種角色。全詞讀來明白如話，淺顯易懂，但在
看似尋常的敘述裏，「翩若驚鴻，宛若游龍」〔註186〕的宓妃、與楚襄
王邂逅的巫山神女、〔註187〕「魚戲蓮葉間」〔註188〕的江南荷田景象、
與佛座前的喜樂蓮花等意象，卻一一浮現眼前，此即女詞人寫作的功
力所在。

　　再看以下這首閨怨常見的題材：

　　春光驟。惜花憔悴蛾眉縐。蛾眉縐。碧天依舊，翠筠新茂。
　　　　草茵花落鮮如繡。鴛鴦蹴水荷錢逗。荷錢逗。柳絲分線，
　　鶯梭織就。(〈憶秦娥‧暮春〉，《全清詞‧順康卷》冊11，頁59)

本詞敘寫閨女傷春的情懷。以閨中人因惜花致使憔悴蛾眉縐，對比窗外
光鮮如繡的暮春景象，更顯惜花人的枉自多情。隨著女詞人清新明快的
詞筆，躍然呈現眼前的即是碧草如茵、鴛鴦戲水、黃鶯啼柳的江南暮春
美景圖。如此的傷春詞，亦是女詞人富貴閒雅的閨閣生活之寫照。

　　如前所述，歸淑芬的詞作以詠花爲主要內容，在這些詠花詞中，
亦可感受到她清新自然的寫作風格，且看下列二首詞作：

　　石家空谷，怎比花長久。難買韶光不衰朽。又堪爲佳釀，這
　　樣清香，天獨授。點石今還變否。　　只聞沙裏有。在土中

〔註186〕　曹植〈洛神賦〉，〔梁〕蕭統編、〔唐〕李善注《文選》卷19，頁
　　　　　270。
〔註187〕　宋玉〈神女賦〉，〔梁〕蕭統編、〔唐〕李善注《文選》卷19，頁
　　　　　267。
〔註188〕　〈江南〉詩言：「江南可採蓮，蓮葉何田田。魚戲蓮葉間，魚戲蓮
　　　　　葉東，魚戲蓮葉西，魚戲蓮葉南，魚戲蓮葉北。」見〔宋〕郭茂倩
　　　　　編《樂府詩集》卷26，頁315。

生，虛了當年煉丹手。近來惟黃白，壓倒群英，誰與豪華，
一般兒爭豔。箇箇那如他，擅芳名，或遠滿疏籬，或依山岫。
（〈洞仙歌・金銀花〉，《全清詞，順康卷補編》冊1，頁61）

群葩占盡春秋色。穠香豔麗由他奪。種種飄殘，羨卿長久
真難得。素性偏甘岑寂。　　朱顏傲雪慵妝飾。因無接續
容擔閣。屢問花神，花神獨許紅千日。凡花之易落者，亦
犯造物所忌。那怕蒼涼時節。（〈金蕉葉・千日紅〉，《全清詞，
順康卷補編》冊1，頁65）

前詞詠金銀花。顧名思義，金銀花必與金銀相似。女詞人開篇先引東
晉石崇雖富極一時，終成過眼雲煙之例，〔註189〕再輔以眾所週知的
「千金難買寸光陰」之理，敘明金錢並非萬能。但大自然所孕育出閃
閃發亮，開滿疏籬或山岫的金銀花，實遠勝過人類費盡思量，想獲得
卻又轉眼成空的金銀財寶來得真實。後詞則敘明千日紅因自甘岑寂，
不與群花爭豔，故獨獲花神青睞，能從春天開到秋天。二詞文字均稱
淺白，且不脫女詞人從花意象進行詮釋的寫作慣例，但在不假雕琢的
字句中，卻寄寓著女詞人對人生哲理的深刻體悟。尤其後詞歸淑芬特
別以自注的方式說明「凡花之易落者，亦犯造物所忌」，則女詞人自
甘黯淡，寧靜致遠的人生智慧已是不言可喻。

再看下列二首化用典故為清新文字的詠花詞：

田家婦毀庭前樹，樹傷根、使人淚。痛感枯枝重複茂，返
生為棠棣。　　奇葩也能施仁義。化頑愚、盡和氣。箇箇
依花共相聚，紫荊真知己。（〈滴滴金・紫荊花〉，《全清詞，順康
卷補編》冊1，頁57）

仗劍邊關代父。踏雪沙場勝男子。萬里從征，濟川舟渡。

〔註189〕〔唐〕房玄齡《晉書・石崇傳》言其：「財產豐積，室宇宏麗。後
房百數，皆曳紈繡，珥金翠。絲竹盡當時之選，庖膳窮水陸之珍……
及車載詣東市，崇乃歎曰：『奴輩利吾家財。』收者答曰：『知財致
害，何不早散之？』崇不能答。崇母兄妻子無少長皆被害，死者十
五人，崇時年五十二。」《晉書斠注》卷33，《二十五史本》（臺北：
藝文印書館）冊8，頁706～707。

偏砥柱、中流水。風渡難起。俠氣竟懷松筠志。　　那個
知他貞女。孝感蒼蒼玉帝。分付花神，春來留意。應列在、
奇葩裏。名垂千古。香同九畹更清麗。(〈剔銀燈‧木蘭花〉，《全
清詞‧順康卷補編》冊1，頁60)

上述二詞分詠紫荊花與木蘭花。雖然女詞人仍援用其以花意象進行詮
釋的寫作慣例，但關於紫荊花使田眞兄弟分產復合〔註190〕與木蘭代
父從軍的感人傳說，〔註191〕已在女詞人不假雕琢的敘述中清楚完整
地交待。能將典故傳說化爲淺顯易懂的文字，且配合詞調加以陳述，
女詞人的文史根柢與文字駕御能力，已是不言可喻。

　　在歸淑芬的詠花詞中，隨處可以看到如此從花意象著筆，並以清
新自然的文字寄寓深刻道理，或化用典故的表述。如「託根此園非故越。
送春纔許折」(〈謁金門‧鶯粟花〉)、「歲歲適逢端午節。正助卻、驅邪
避惡。」(〈天仙子‧石榴花〉)、「或夢浣沙溪水畔。或夢姑蘇宮與院。
或時香夢吳王，難相見。羞嬌面。睡醒便知傾國怨。」(〈天仙子‧西施
夢〉)、「銅雀臺空已久。窈窕還連理。玉貌朱顏並，眞合璧，同心意。
不入繁華地。江東隔，待素風，勝卻柴裏。」(〈隔浦蓮‧菊花‧二喬〉)……
等等。如此的寫作風格，與前述歸淑芬以詞記錄閨閣生活，愛花惜花且
熟稔文史典故，與卓越文字駕御能力的說明，恰是不謀而合的。

　　因文本的晚出與生平相關資料的不足，致使歸淑芬迄今仍是學界
不甚知名的小家。但經由本節的論述，可知她是相當有意爲詞的，不
僅以詞作來紀錄她閨閣生活的點滴，令讀者可以從其中窺得明清上層
閨秀已走出閨閣，而有文人化結社的傾向。因女詞人受有良好的養成

〔註190〕　關於紫荊花的傳說見〔梁〕吳均《續齊諧記》言：「京兆田眞兄弟
　　　　三人共議分財生貲，皆平均，惟堂前一株紫荊樹，共議欲破三片。
　　　　明日，就截之，其樹即枯死、狀如火然。眞往見之，大驚，謂諸弟
　　　　曰：『樹本同株，問將分斫，所以憔悴。是人不如木也。』因悲不
　　　　自勝，不復解樹，樹應聲榮茂。兄弟相感，合財寶，遂爲孝門。眞
　　　　仕至太中大夫。」，《影印文淵閣四庫全書》冊1042，頁554～555。
〔註191〕　「木蘭從軍」事則見〔宋〕郭茂倩《樂府詩集‧橫吹曲辭五‧木蘭
　　　　詩》卷25，頁307～308。

教育，故具有深厚的文史素養，不但善御各類詞調，且能活用各種修辭技巧，以清新自然的詞筆娓娓道出所思所感。尤其超過其全部詞作八成的詠花詞，從花的各類意象進行詮釋，讓讀者如隨百花仙子的導引，除認識各種奇花異卉外，也因女詞人流暢的詞筆，從而在視覺或聽覺上獲得極爲愉悅的享受。這樣的嘗試，在同時代的女詞人中幾乎是獨一無二的，除可藉此說明女詞人戮力爲詞與喜愛花卉的興趣趨向外，亦是時代女子在社會風氣開放下能多讀書識字，自我充實，並擁有活絡社交生活，以求心靈安適與增廣見聞的最佳註腳。

第四節　吳山與吳琪

一、吳山、吳琪的生平與詞集

　　吳山（生卒年不詳），字岩子，明清之際安徽當塗人，太平縣丞卜寧（字楚玉，江寧人）的妻子，工書善畫，詩詞尤其膾炙人口。當明清易代之際，卜寧遭家難而致中道離世，吳山頓失所依，攜二女夢鈺與德基輾轉流離於江淮之間，流徙期間所至必有集，有《西湖》、《梁谿》、《虎丘》、《廣陵》等集，可見其生活之漂泊，後編成《青山集》（因吳山本爲青山人）。〔註192〕吳山教其長女習詩詞，次女習畫，二女在文藝上均有相當的成就，先後都嫁江都孝廉舉人劉峻度爲繼室，峻度迎吳山歸，事之如母。吳山晚年好道，築室靜修，後倚峻度以終老。

　　吳山以詩文著稱於明清文壇近四十年，曾寓居西湖三年，錢塘縣令張譙明因仰望她的詩名，以至分俸予她度日。她的詩文集曰《青山集》，惜今已罕傳。鄧漢儀曾爲之題序曰：「江湖萍梗亂離身，破硯單衫相對貧。今日一燈花雨外，青山自署女遺民。」除了表現對她詩文

〔註192〕　〔清〕施淑儀《清代閨閣詩人徵略》卷 1 引《杭郡詩輯》言：「魏禧《青山集》云：『卜君楚玉夫人吳岩子，家青山，既轉徙江淮，有常地，有《西湖》、《梁谿》、《虎丘》、《廣陵》諸集，最後類次之，以《青山》名。』」收入周駿富輯：《清代傳記叢刊》冊 25，頁 43。

中故國黍離的身世之感，與濃烈遺民悲情的深度同情外，吾人亦可藉此略知《青山集》的內容概要。〔註193〕

　　吳琪，字蕊仙，明清之際長州（今江蘇蘇州）人，生卒年不詳，舉人吳康侯之女，舉人管勛（字宇嘉）之妻，吳琪在詩文書畫上均有良好的造詣，更難得的是她亦能通曉兵略之道。清兵入侵時，管勛從洪承疇抗敵，後不幸死於官。丈夫中道崩殂，讓吳琪生活陷入困境，但堅毅的詞人並未被命運所擊倒，她將自己寄託在秀麗的錢塘山水間，極力追求心靈的安適自得。〔註194〕同時她也善用自己在書畫文藝方面的專長，設帳授徒以自養。〔註195〕和她同游的才女周瓊（字羽步，一字飛卿）曾贈詩給她言：「嶺上白雲朝入畫，尊前紅燭夜談兵。」論者以為這是她生活情況的紀實。〔註196〕

　　吳琪晚年薙髮歸於空門，法名「上鑒」，自此與青燈木魚為伴，不問世事。她的詞集為《鎖香庵詞》，另與同游的女子周瓊合著有《比玉新聲集》，〔註197〕但兩者今皆罕傳，故無法窺得其詞作全貌。鄧紅梅《女性詞史》稱吳山、吳綃與吳琪為「吳中三吳」，並合為一小節加以論述。除了她們三人皆活躍於吳中地區且皆姓吳之外，鄧紅梅認為她們皆經歷明清易代的時代巨變，且能從女性感受的角度加以抒

〔註193〕　以上關於吳山的生平，乃參閱施淑儀《清代閨閣詩人徵略》卷1，
　　　　　收入周駿富輯：《清代傳記叢刊》冊25，頁42～43。〔清〕鄧漢儀
　　　　　《青山集》題序亦見於同書所引之《杭郡詩輯》；馬興榮、吳熊和
　　　　　等編：《中國詞學大詞典》，頁181。

〔註194〕　〔清〕施淑儀《清代閨閣詩人徵略》卷1引《西泠閨詠》言「蕊仙
　　　　　以一女子支離困頓於豺虎之交，不作兒女態。慕錢塘山水之勝，乃
　　　　　與才女周羽步為六橋三竺之遊。」周駿富輯：《清代傳記叢刊》冊
　　　　　25，頁69。

〔註195〕　鄧紅梅：《女性詞史》，頁221。

〔註196〕　〔清〕施淑儀《清代閨閣詩人徵略》卷1引《西泠閨詠》之語。周
　　　　　駿富輯：《清代傳記叢刊》冊25，頁70。

〔註197〕　以上關於吳琪的生平乃參閱《清代閨閣詩人徵略》卷1引《林下詞
　　　　　選》、《昭代詞選》、《婦人集》、《西泠閨詠》，周駿富輯：《清代傳記
　　　　　叢刊》冊25，頁69～70；鄧紅梅：《女性詞史》頁221～222。

發，能夠反映出女性詞史因時代的變化而出現的新元素，是晚明女性詞壇上介於抒寫女子被理學規範束縛時所感到的生命痛苦，與淡化性別關懷而強化政治關懷時所感到的生命痛苦之間的抒情範式代表，如此獨樹一幟的抒情特點，在晚明女性詞壇自有其不容忽視的地位。〔註198〕但鄧紅梅對「吳中三吳」的詞作皆僅各舉 2 首為例，作重點式的概略評介，欠缺整體深入的探討，〔註199〕而其他詞學相關著作對「吳中三吳」的詞作亦僅著墨於吳綃詞的簡要評論，〔註201〕對吳山與吳琪詞作的評論幾付之闕如，於是筆者興起欲一窺「吳中三吳」詞作全貌之意念，欲以之印證鄧氏所言是否真確。

吳山詞作附於《青山集》內，因《青山集》的罕傳，故無法窺得全貌，《眾香詞》射集錄其中 15 首，《全明詞》亦採錄之。〔註201〕至於吳琪的詞作，《全明詞》編者則從《眾香詞》御集、《林下詞選》與《黃皆令詩選》輯得 10 首，〔註202〕數量雖少但仍不失為參考依據。本節即以《全明詞》冊 3 所收之吳山詞作、冊 4 所收之吳琪詞為研究範圍，並仍稱吳山詞為《青山》詞，分別從內容、形式技巧與風格來探討吳山

〔註198〕 鄧紅梅：《女性詞史》，頁 219～220。
〔註199〕 鄧紅梅：《女性詞史》，頁 219～225。
〔註201〕 如趙尊嶽編《明詞彙刊》輯入吳綃（字冰仙）的《嘯雪庵詩餘》，趙尊嶽輯：《明詞彙刊》上冊，頁 162～171。並以之為明代閨秀詞人的代表，對之多所稱揚：「明代訂律拈詞，閨幃形史，多至數百人。《眾香》一集，甄錄均詳。而筆珈若吳冰仙、徐小淑，煙花若王修微、楊宛之流，所值較豐，又復膾炙人口。」、玉臺之作，在宋李朱曾魏均為大家。明則筆旭若商媚生、吳嘯雪、徐絡緯，閨秀若葉氏午夢堂姊妹，煙花若張紅橋、楊宛淑，珠璣咳唾，鸞鶴嘅音，卷帙雖不繁留，稚音廣奪前席。分別見於趙尊嶽〈惜陰堂彙刻明詞記略〉與〈惜陰堂明詞叢書敘錄〉，收入氏著：《明詞彙刊·附錄一》下冊，頁 7；與《明詞彙刊·附錄二》下冊，頁 6。另外張仲謀《明詞史》以專章論明代女性詞人，亦以為「吳綃詞工力較深，蓋不止以詩詞為才女之徵或閨閣生活之點綴，而直欲以此為生涯。」為吳綃詞作之評論。見氏著：《明詞史》，頁 274。
〔註201〕 饒宗頤初纂、張璋總纂：《全明詞》冊 3，頁 1503～1505。
〔註202〕 饒宗頤初纂、張璋總纂：《全明詞》冊 4，頁 1884～1885。

與吳琪的詞作，試圖以存量不多的詞作來詮釋女詞人身歷國破家亡的坎坷人生，並希望能藉此看出其詞作的意義與價值。為免繁瑣，直接在所引詞作後面標出《全明詞》之頁碼，不另外註明出處。

二、《青山》詞的內容與吳琪詞的內容

誠如鄧漢儀在《青山集》題序中稱吳山為女遺民，融合黍離之悲與身世之感的寄寓，在現僅存的 15 首《青山》詞中是相當突出的內容。另外一如一般的女性詞作，睿敏的女詞人對節令風物總有其特別的感受，故吳山詞作中亦見對節令風物的吟詠。而對多才多藝的吳山而言，詞的作用當不僅是單一抒感，故其詞作中亦見評介畫作的題畫詞與表現才情的迴文詞。吳琪詞則因生命歷程的不同，而呈現前後期不同的內容情調。

（一）《青山》詞中融合黍離之悲的感傷身世之作

吳山因明清易代而遭逢家難，致使人生發生巨大的變化，甚至飄零無依。讀吳山詞作，會明顯感受到她將個人命運與故國命運結合在一起的表述方式，如其〈鵲橋仙・戊子廣陵七夕有感〉言：

> 思量舊歲，秣陵此夕。正水閣、風清天碧。六朝佳處舊繁華，細草陌、燈紅月白。　　今年萍寄，隋宮咫尺。歎異代、煙花寥寂。情同旅燕起歸思，何處是謝庭王宅。（頁 1504）

戊子年（1648）為清順治 5 年（南明永曆 2 年），詞人流寓至廣陵（即揚州），此處乃山明水秀、人文薈萃的繁華勝地，不僅青樓商旅雲集，且騷人墨客群聚。隋煬帝南幸至此，即為江南美景所吸引，在此築成隋宮，欲長居揚州：「紫泉宮殿鎖煙霞，欲取蕪城作帝家。」〔註203〕晚唐詩人杜牧亦曾迷失在揚州畫閣珠簾的溫柔之鄉，而有「十年一覺揚州夢，贏得青樓薄倖名」〔註204〕的悔恨之言。吳山在國家淪亡 5

〔註203〕 李商隱〈隋宮〉，〔清〕聖祖御製、王全點校：《全唐詩》卷 539，冊 16，頁 6161。

〔註204〕 杜牧〈遣懷〉，〔清〕聖祖御製、王全點校：《全唐詩》卷 524，冊 16，頁 5998。

年後的七夕重臨此地,想從前是與有情人清心遊賞水閣風清天碧,細草陌燈紅月白的歡樂時刻,今日卻是萍寄隋宮咫尺處,寂寞寥落。

下片的「歎異代、煙花寥寂」令人有「寥落古行宮,宮花寂寞紅。白頭宮女在,閒坐說玄宗。」〔註205〕的滄海桑田之慨,而「情同旅燕起歸思,何處是謝庭王宅。」則明顯化用劉禹錫的名句「舊時王堂前燕,飛入尋常百姓家」,〔註206〕其中主語顯然是詞人自謂,但這起歸思的旅燕,再也找不著昔日的謝庭王宅,只能無盡的飄泊。這樣的感慨相當沉重,是借前代興亡衰落的往事,來傳達自己悲涼人生的無奈,自我的人生境遇,與國家的興亡,竟是合而為一的。

再看其在秋日調寄〈滿庭芳〉所抒發的感懷云:

歸鳥休枝,夜蟲鳴砌,小軒風過吹涼。雨晴天朗,詩思入瀟湘。秋染重林瑟瑟,更何處,疏遠清香。曲池畔,綠紅層疊,依約瘦蓮房。　　攜樽閑弔月,支離病骨,潦倒貧鄉。歎人生有幾,況遇滄桑。且把雙眉解放、領略些、水色山光。衷腸事,思親憂世,別作一囊裝。(〈滿庭芳‧秋遣〉,頁1505)

上片所描繪的是令人心曠神怡的清秋夜景:雨晴天朗、歸鳥、蟲鳴、風吹小軒引詩思、曲池瘦蓮清香。如此的景物,似乎只是隨著五官所觸所感而任意抓取,彼此間沒有特別的關聯,亦無法從其中看出詞人是否別有深意在其中。但當下片「且把雙眉解放、領略些、水色山光。」的主題語一出現,才恍然大悟原來這些山光水色都是詞人消解支離病骨,潦倒淒涼之痛的心靈藥方。雖然對貧病交迫的詞人來說,這樣的紓解只是暫時性的,但已是難得的享受。通過如此的自解之道,吾人更能領會她「別作一囊裝」的思親憂世之悲,對她的生命所造成的無情斷傷。

在漂泊的歲月裏,詞人不免有思親憶舊的情緒,在這些抒感之作中,也可以感受到詞人將自己的遭遇與社會時代因素相結合的意識。

〔註205〕 元稹〈行宮〉,〔清〕聖祖御製、王全點校:《全唐詩》卷410,冊12,頁4552。

〔註206〕 劉禹錫〈烏衣巷〉,〔清〕聖祖御製、王全點校:《全唐詩》卷365,冊11,頁4117。

茲以其〈減字木蘭花‧思母〉爲例說明之：

> 連宵風雨。黃葉林間秋幾許。大地清涼。游子驚心憶故鄉。
>
> 人生如寄。對景頻彈思母淚。何日歸期。回首青霜點
>
> 鬢絲。（頁 1503）

在連宵風雨、林間黃葉紛飛的冷秋時節，羈留在外，孤苦伶仃的詞人猛然憶起了故鄉的老母。回顧自己飄零如寄的人生，再對照眼前淒風苦雨的場景，吳山不覺悲從中來。一場國難，讓她家破人亡，她不能預知在她有生之年，是否還能與家鄉老母再共同聚首？經歷人世的滄桑與磨難，離鄉時雙鬢如雲的詞人如今已是青霜點點，她很難想像，家鄉景物人事是否依然無恙？

再看其〈玉樓春‧晚眺，懷閨秀王辰若〉云：

> 暮雲碧際知何處。四山之外疑天住。一片丹霞斷竹來，兩
>
> 行白鳥分煙去。　　極目寸心縈萬縷，憑樓默誦《蒹葭》
>
> 句。有懷常引夢天涯，猶然不識天涯路。（頁 1504）

千里暮雲、一片丹霞與兩行白鳥是詞人遠眺所得，但如此的美景當前，縈繞詞人心頭的卻是不言可喻的萬縷愁緒。這不識天涯路的斷腸人，豈非詞人自謂？總之，融黍離之悲與身世之感爲一的遺民心緒，是《青山》詞中的情感基調。

（二）《青山》詞中對節令風物的吟詠

正如一般的女性詞作，在《青山》詞中亦見心思睿敏的詞人細細刻畫她對節令風物的別樣感受。在吳山現存的 15 首詞作中，計有詠月、詠閒情、詠西湖雨霽、詠荷與詠七夕等 7 首，[註207] 將近一半，比例不可謂不高，且在這些吟詠節令風物的詞作中，亦有部分詞作可以感受出詞人悲涼的遺民情懷。

先看其調寄〈羅敷令〉，寫「夏日西湖雨霽」的詞作言道：

〔註207〕此七首詞分別爲：〈菩薩蠻‧詠月〉、〈菩薩蠻‧閒詠〉、〈羅敷令‧夏日西湖雨霽〉、〈羅敷令‧夏夜湖中訪荷〉、〈鵲橋仙‧丁亥七夕〉、〈青玉案‧西湖七夕，用賀方回韻〉、〈法曲獻仙音‧梁谿雨中七夕〉等。收入饒宗頤初纂、張璋總纂：《全明詞》冊 3，頁 1053～1055。

> 雨餘虛閣涼陰滿，風細窗南。夢破邯鄲。一枕清芬未可貪。
>
> 　　遙山壁立高雲漢，不許雲函。此境誰諳。羨他飛鳥遠
> 能探。（頁 1053～1054）

雨霽乃雨停，天氣放晴之意。在夏日乍雨初收，虛閣風涼的美好時刻裏，一句「夢破邯鄲」點出原本沉醉在悠悠午夢中的詞人，忽因憶起山河已破，無處為家而驚醒，對飄零的詞人來說，想要有一枕清芬的好眠，直是癡人說夢。下片詞人筆鋒一轉，寫湖畔高聳入雲的山巒，能穿越千重雲嶂而怡然自得，不必受任何外在環境的影響。她也羨慕飛鳥有翅能飛，可以親臨這無憂無塵的高山仙境。雖然題為「夏日西湖雨霽」，但所抒寫的卻是詞人在國破家亡的流浪生涯中，欲得一枕好眠的深切期盼。

再看其一樣調寄〈羅敷令〉的「夏夜湖中訪荷」言道：

> 湖蓮十里清人魄，香汎衣羅。棹破煙波。碧漢迢迢淡玉河。
>
> 　　清涼人在雙峰底，翠景婆娑。風月如何。夜色平分月
> 較多。（頁 1504）

此詞是單純地寫在月色如水的夏夜裏，為荷香所吸引，故至湖中訪荷的情景，並為翠景婆娑中的風與月下一定評。雖是以平實的手法如實描繪，但一幅明月高掛，清風徐來，乘彩舫，過蓮塘的夏夜訪荷圖已躍然呈現眼前。詞人詠景的功力，亦可見一斑。

另外多情的吳山對夏秋之際的節日——七夕，似乎有著特別的情感，除了前述所引的〈鵲橋仙·戊子廣陵七夕有感〉外，題目標為七夕的尚有〈鵲橋仙·丁亥七夕〉、〈青玉案·西湖七夕，用賀方回韻〉、〈法曲獻仙音·梁谿雨中七夕〉等 3 首，在她存量僅 15 首的詞作中顯得相當突出。七夕是指農曆七月七日夜晚，相傳此夕牛郎織女二星藉喜鵲所搭成的鵲橋在銀河相會，吳山的〈鵲橋仙·丁亥七夕〉即是描述牛郎織女七夕的鵲橋相會：

> 將秋尚夏，月娟雲巧。更沈碧、星河清渺。女牛相別動經年，
> 第未識、離蹤多少。　　憑欄擬聽，驚笙韻杳。想又為、明
> 朝秋早。他時有分到瑤池，記問取、橋邊烏鳥。（頁 1504）

從詞題丁亥年（1647）可知詞人已漂泊三個春秋，因為夫君已逝，再加上生活的轉徙不安，讓她在這牛郎織女相會的日子裏，關注的不是傳統七夕的抒情主題——「會少別多」之恨，〔註 208〕而是他們分別的距離究竟有多長？當然這是個無解的答案，故詞人自我解嘲——爾後若有機會到瑤池，一定要記得問搭橋的喜鵲。下片的「憑欄擬聽，鸞笙韻杳。想又為、明朝秋早。」寫出了為生活奔波的詞人，已不復再有編織夢幻的權利。為了明日的體力，她還是得及早休息，心中無關生計的疑惑，就有機會再問吧。

　　但吳山終究是性情中人，想到生活的艱難與恩愛伉儷的天人永隔，讓她在七夕的動人傳說中也很容易以「纖纖擢素手，札札弄機杼。終日不成章，泣涕零如雨。」〔註 209〕的織女來自我比喻，有詞可以為證，其〈青玉案・西湖七夕，用賀方回韻〉言道：

> 彩霞不續長河路。一水泬然流去。晼彼清光何以度。隔年離恨，千秋情緒。都在雲深處。　　龍輿倏轉藍橋暮。惜別應留秋月句。試問人間愁幾許。兩行清淚，滿天秋露。疑是巫山雨。（頁 1504）

從詞題可知吳山熟讀賀鑄（字方回，1052～1125）同調名作，〔註 210〕但賀鑄原作所抒發的是退居蘇州後對驚鴻女子的傾慕之意，〔註 211〕吳山此詞所抒發的卻是在美麗的七夕裏，對情郎不盡的思念。織女在天上，她在人間，這天上人間，有的盡是與有情人不得相見的離懷愁緒。人間有情人流下兩行清淚，而滿天的秋露，莫非即是織女在天上所滴

〔註 208〕　楊海明：《唐宋詞主題探索》（高雄：麗文文化事業公司，1995 年 10 月），頁 223。

〔註 209〕　〈古詩十九首・迢迢牽牛星〉，收入〔梁〕　蕭統編、〔唐〕李善注：《文選》，頁 411。

〔註 210〕　賀鑄〈青玉案〉云：「凌波不過橫塘路，但目送、芳塵去。錦瑟華年誰與度？月橋花院，瑣窗朱戶，祇有春知處。　　飛雲冉冉蘅皋暮。彩筆新題斷腸句。若問閒情都幾許？一川煙草，滿城風絮，梅子黃時雨。」唐圭璋編：《全宋詞》冊 1，頁 513。

〔註 211〕　周汝昌〈賀鑄〈青玉案〉（凌波不過橫塘路）〉賞析，收入唐圭璋等編：《唐宋詞鑑賞集成》上冊，頁 1062～1064。

下的點點相思之淚？織女與牛郎一年尚且能夠相會一次，而自己呢？天人永隔，何年何日能夠再重逢？則詞人的人間之愁，豈非較織女的滿天秋露更加沉重？細玩之，吳山此作誠不若賀鑄原作傳誦久遠，但其中所傾訴的，卻是較賀作一時傾慕的遊戲之作，更爲令人感動的──一對夫婿的真摯懷念。吳山爲何對七夕情有獨鍾，亦是不言可喻了。

（三）《青山》詞中的題畫詞與迴文詞

在吳山的詞作中，另有評介畫作的題畫詞 3 首，與表現才情的迴文詞 2 首。除表現吳山工詩善畫的才華之外，也可以作爲史籍言其「吐詞溫文，出入經史，相對如士大夫」的註腳，〔註 212〕先舉〈減字木蘭花‧題畫屏梅妃〉爲例說明之：

> 宮闈落葉。金風團扇悲時節。玉漏遲遲。翠輦遙傳太液池。
> 　　君恩浩蕩。瘦影寒香如妾樣。明月丹除。誰奏新聲一斛珠。（頁 1503）

此處的梅妃應是傳奇小說〈梅妃傳〉中所述的主角江采蘋，梅妃敏慧能作詩文，爲玄宗所寵愛，但爲楊貴妃所妒而失寵，最後死於安祿山之亂。〔註 213〕雖未能確知此畫是否爲吳山所畫，但題畫詞的主要目的是作爲畫面的點綴或附屬物，以讓賞畫的人一看就明白，故清淺易懂往往是其主要的風格。〔註 214〕讀吳山此詞，一個在落葉紛飛的冷宮中，嚴妝苦候君王幸臨的淒苦梅妃形象已宛然呈現眼前，雖不見畫作原貌，但讀者已能藉由此題畫詞掌握畫作的主要內涵。

另一首與此類似的題畫詞爲〈畫堂春‧題畫屏雪兒〉：

> 昨宵解珮夢江濱。朝來翠掩歌屏。黃鸝花底語星星。風度重扃。　　蟬翼雲鬟新碧，綺紈沈水餘馨。慢歌金縷薦佳

〔註212〕〔清〕施淑儀《清代閨閣詩人徵略》卷 1 引《魏淑子文集》之言。收入周駿富輯：《清代傳記叢刊》冊 25，頁 42。

〔註213〕以上〈梅妃傳〉，出於《說郛》卷 38，亦見於〔明〕顧元慶編：《文房小說》。

〔註214〕以上關於題畫詞的說明乃參閱張仲謀：《明詞史》，頁 164 對沈周題畫詞〈浪淘沙‧題畫白牡丹〉之評析。

醺。遙憶峰青。（頁1503）

從詞中所述亦可清楚知道畫屏上的雪兒應是貌美如花，衣著華麗的前朝歌女。從開篇的「昨宵解珮夢江濱」與「遙憶峰青」等提示，可知畫中情境已是前塵往事，莫非詞人亦欲藉畫中人以喻自我境況？

再看其〈鷓鴣天，題釣鼇圖，用黃魯直韻〉言：

風細澄江浪不飛。一竿應不羨鱸肥。青山久對成良友，白
鳥頻來送好詩。　　瓊作骨，芰為衣。柳底磯邊立幾時。
靜待一圓秋兔滿，絲綸收拾載鼇歸。（頁1504）

從題為用黃庭堅韻，可知在詞意上與黃詞原作多少有所相承，〔註215〕黃詞的目的是為喚回樂在風波閒釣間的玄真子，〔註216〕吳山此詞卻是著墨於垂釣畫面的平靜和諧。經由詞作的介紹，可以想見在幽靜的向晚江面上，有青山、石磯與垂楊。而自在飛翔的白鳥點出靜中之動，與悠然自得的釣鼇者相映成趣。能如此完全呈現人與大自然和諧共處的江南晚釣圖，自是與詞人精於繪畫的修養有密切的相關。

在吳山詞作中尚有 2 首表現其才情的迴文詞。迴文詞的寫作乃承迴文詩而來，由蘇軾引入詞體領域，他曾以〈菩薩蠻〉為調填製七首迴文詞。〔註217〕以兩句為一組，先由上而下，再由下而上，讀皆可通。雖然歷來詞評家對迴文詞的評價並不甚高，〔註218〕但吾人

〔註215〕黃庭堅原作為：「西塞山邊白鷺飛。桃花流水鱖魚肥。朝廷尚覓玄真子，何處如今更有詩。　　青箬笠，綠蓑衣。斜風細雨不須歸。人間底是無波處，一日風波十二時。」唐圭璋編：《全宋詞》冊 1，頁 395。

〔註216〕此從黃詞前之序可知，序曰：「表弟李如箎云：『玄真子漁父語，以〈鷓鴣天〉歌之，極入律，但少數句耳。』因以玄真子遺事足之。憲宗時，畫玄真子像，訪之江湖，不可得，因令集其歌詩上之。玄真之兄松齡，懼玄真放浪而不返也，和答其漁父云：『樂在風波釣是閒。草堂松桂已勝攀。太湖水，洞庭山。狂風浪起且須還。』此余續成之意也。」唐圭璋編：《全宋詞》冊 1，頁 395。

〔註217〕黃文吉：《北宋十大詞家研究》，頁 182。

〔註218〕如〔明〕謝章鋌《賭棋山莊詞話》卷 11 即云：「詞之回文體，有一句者，有通闋者，有一調回作兩調者，雖極巧思，終鮮美制。魏善伯祥曰：『詩之有回文，猶梅之有臘梅，種類不入品格。』（《伯子文集》）詩猶然已，而況詞乎。」唐圭璋編：《詞話叢編》冊 4，頁

亦可從迴文詞的產生，瞭解到文人從詞的音樂聽覺之美到文字視覺之美的追求。因〈菩薩蠻〉雙調上下片各四句的句式特別適合迴文詞的寫作，吳山的迴文詞亦以〈菩薩蠻〉爲調，分別詠月與詠閒情：

> 薄雲冰淨光簾幙。幙簾光淨冰雲薄。清逼夢鳥驚。驚鳥夢逼清。　靜階流素影。影素流階靜。時露濯花移。移花濯露時。（〈菩薩蠻・迴文，詠月〉，頁 1503）
>
> 鶴鷗閒共人游樂。樂游人共閒鷗鶴。松落露高峰。峰高露落松。　隔谿煙水白。白水煙谿隔。非是遠忘機。機忘遠是非。（〈菩薩蠻・迴文，閒詠〉，頁 1503）

如詞題所示，前詞所寫的是月出驚棲鳥，素影濯夜花的月夜美景；下詞所詠則是遠離塵囂，與高山青松，白水鷗鶴同遊共樂的悠閒情趣。兩句一組，或由上而下，或由下而上，不但讀皆可通，且符合詞旨與調式的要求，更可見詞人駕御文字功力的不凡。由此可知《魏叔子文集》言「天下稱夫人詩垂四十年」〔註 219〕之語應非過譽，只是吳山現存詞作實在太少，否則必能有更充分的證明。

（四）吳琪前期詞作表現清閑無憂的閨閣生活

吳琪的父祖與夫婿皆爲地方士紳，〔註 220〕可以想見的她的閨閣生活在國變之前，不論婚前婚後皆是清閑無憂的，而此時期的詞作即是她閑適閨閣生活的點綴，所述不外是春風秋月等良辰美景與大家閨秀的睿敏心緒，試舉例以明之，如其〈夢江南・暮景〉言：

> 深院靜，漠漠晚雲青。遠樹星低螢火亂，畫簾風淡燕飛輕。樓外坐調箏。（頁 1885）

隨詞作呈現眼前的是一幅畫面優美清麗的江南春夏之際暮景圖。在幽

3456。

〔註219〕〔清〕施淑儀《清代閨閣詩人徵略》卷 1 引《魏叔子文集》之言。收入周駿富輯：《清代傳記叢刊》冊 25，頁 42。

〔註220〕此從〔清〕施淑儀《清代閨閣詩人徵略》卷 1 引《林下詞選》言「琪字蕊仙，長洲人，挺庵方伯孫女，舉人康侯女，舉人管勳室，有《鎖香庵詞》。」之論述可知。周駿富輯：《清代傳記叢刊》冊 25，頁 69。

靜的暮色中，詞人相當用心地爲畫面布下不同層次的景象：有樹影迷離、星雲點點的遠景，近處是畫簾樓閣，更有隨風輕靈飛舞的螢火蟲與巧燕點綴其中，而充塞於此美景中的是悅耳悠揚的樂音。在此清麗畫面中的主人是悠閒自適的彈箏人，而她所享受的正是閨閣生活中最清閑無憂的時光。如此的生活，必是吳琪前期安閒自適生活的寫照，而隨詞作所呈現的如畫景象，正是詞人精於繪畫的功力展現。

另有〈搗練子・閨夜〉一詞，所呈現的亦是優雅恬靜的深閨靜夜圖：

> 星耿耿，石悠悠。小夢依依鸚鵡洲。菡萏冰荷通繡帳，玲瓏碧月下金鉤。（頁 1885）

可以想見的，在星月交輝的靜夜裏，繡帳裏的佳人必得一夜好夢，「小夢依依」與「菡萏冰荷」不但寫出閨中生活的安適，也表現了閨房陳設的典麗。

再看她敘寫睿敏心緒的〈少年遊・春恨〉言：

> 一階新草碧痕輕。紫幔怯風鈴。粉妝玉靨，爲誰銷減，空自撥秦箏。　幾回夢裏尋芳訊，花底憶生平。半醒梨雲，朱簾靜悄，獨聽畫眉聲。（頁 1884～1885）

開篇兩句即是以滿階芳草碧痕輕與怯風鈴的紫幔來暗示閨閣的寂靜，接著由景物寫到人物，寫閨女粉妝玉靨漸銷，空自彈撥秦箏的景象。點明閨女因寂寥難耐而生春恨之主題。況周頤《蕙風詞話續編》曾言：「詞有淡遠取神，只描取景物，而神致自在言外，此爲高手。」〔註221〕而沈祥龍《論詞隨筆》亦言：「寫景貴淡遠有神，勿墮而奇險。」〔註222〕兩人不約而同地指出寫景本身並非目的，重點是隱寓在其中的人物情感。細究本詞上片所鋪陳的景物，已透露出些許不平靜的氣息。

〔註221〕〔清〕況周頤《蕙風詞話續編》卷 1，唐圭璋編：《詞話叢編》冊 5，頁 4533。
〔註222〕〔清〕沈祥龍《論詞隨筆》，唐圭璋編：《詞話叢編》冊 4，頁 4057。

　　果然下片詞人直述自己為情所苦的心緒，幾回想在夢中追尋愛情的芳蹤，並期待美夢能夠成真。卻在半夢半醒之間，只見朱簾依然靜悄，為伊銷滅粉妝玉軀的情郎，始終不見歸來，只好獨自傾聽畫眉的啼聲。詞人所敘所感，頗有金昌緒名作〈春怨〉所言「打起黃鶯兒，莫教枝上啼。啼時驚妾夢，不得到遼西。」〔註223〕的思婦風味，但情感卻較為細密綿長，表現詞體「言婉思深」的文類特質。這是典型的閨女傷春之作，且有流麗婉轉的寫作技巧在其中。

　　另外〈夢江南・晚妝〉亦是寫清閑閨閣生活的婉媚小詞：

　　　　垂雲幕，柳外玉波明。紈扇初停看燕語，犀梳緩掠聽蟬鳴。
　　　　纖手摘花鈴。（頁1885）

在夜幕低垂，月華初昇的向晚時分，正為自己妝點晚妝的女詞人，在顧盼間不覺為窗外的景色所吸引，於是停下手邊的妝點工作，靜聽燕語與蟬鳴，並用纖纖素手摘下嬌美的花兒，想別在如雲鬢髮上，作為自己今夕最怡人的裝飾。

　　以上所舉詞作，無論是寫景、抒情或記事，所敘寫的幾乎都是女性生活空間裏，最為閑暇和無憂的時光，也說明了女詞人前期閨閣生活的閑適與自得。

（五）吳琪後期詞作表現人世的滄桑與對精神自由的追尋

　　在經歷國破家亡與現實生活的磨難後，吳琪遁入空門。而隨著人生閱歷的增長，表現在詞作上，不再是閨女的清憂無塵與睿敏閑愁，取而代之的，是對滄桑人世的點滴感受，與欲超脫現實，對精神自由之追尋。且看其〈惜分飛・惜別〉言道：

　　　　簾捲東風寒月小。吹落殘紅多少。露濕三更草。夢魂驚斷
　　　　漁陽道。　　重剔銀燈天又曉。對鏡愁蛾難掃。莫恨雲山
　　　　渺。聲聲杜宇催歸早。（頁1884）

這是一首交織身世之感與亡國之恨的作品。起調兩句寫的是暮春乍暖還寒，寒月映天、風吹落紅的景象，如此的取景，令人感受到詞

〔註223〕　〔清〕聖祖御製、王全點校：《全唐詩》卷768，冊22，頁8724。

人內心的哀傷。誠如王國維《人間詞話》所言:「以我觀物,故物皆著我之色彩。」〔註224〕在經歷巨變的詞人心裏,夜夜都是令人反側難安的夢魘。就人事而言,「三更草」莫非即是流落異鄉的詞人自謂?而「夢魂驚斷漁陽道」令人聯想到白居易〈長恨歌〉中的「漁陽鼙鼓動地來,驚破霓裳羽衣曲」。〔註225〕這一切的際遇,均從這場驚天動地的國難開始。下片詞人直抒胸臆,亦點明「惜別」的主題:欲剔銀燈,天已破曉,想到要離鄉背井,淪落天涯,詞人已是愁眉深鎖。結以「莫恨雲山渺。聲聲杜宇催歸早。」是詞人國破家亡,無可容身的深層悲嘆:言「莫恨」豈能不恨?言「催歸早」則歸鄉豈是有望?寄寓其中的,不僅是吳琪個人的人生遭遇,更是一頁沉重的國族滄桑史。

吳琪以一介女流閨秀,單身在亂離中漂泊,必是備嘗艱辛。但堅毅的詞人並沒有因此而氣餒,她不斷地追求精神上的超越,縱使促居在山間小樓,她亦仍可與松林明月、白鷗輕燕為伴,有詞可以為證,其〈玉樓春·山樓〉言道:

> 山影入樓剛尺許。堤柳陰濃吹作雨。簾低不礙野雲飛,窗小只容憨燕舞。　　又看明月松梢住。漁夢江邊無覓處。白鷗期我且休歸。故園自有鶯花主。(頁1885)

雖然所居的山樓簾低窗小,比不上昔日的深宅大院豪華舒適,但詞人以為並不妨礙她觀賞自然美景的雅趣,最後甚至以白鷗期我且休歸來自我解嘲。言「故園自有鶯花主」表面看似輕鬆,實際上卻是承載了故園早已是人事皆非的深刻體認。在此吾人所見的是女詞人在顛沛流離中,努力適應環境的堅韌生命力,與國難之前的清憂無塵和閨怨情愁相比較,明顯多了歷經滄桑之後的圓融與通達。

在經歷跌宕的人生之後,吳琪選擇皈依佛門。隨著對佛理的參

〔註224〕 王國維《人間詞話》,唐圭璋編:《詞話叢編》冊5,頁4239。
〔註225〕 白居易〈長恨歌〉,〔清〕聖祖御製、王全點校:《全唐詩》卷435,冊13,頁4820。

悟，她對自己的人生做一定論，請看她遁入佛門之後所抒發的體悟：

> 不願爲鶯，何須似燕。也休派作鴛鴦伴。空山松雪半生宜，蒲團夢影隨雲便。　　鶴舞閒庭，香飛畫卷。《楞嚴》讀罷桐陰轉。蓮冠未解道人妝，羽衣新樣梨花片。(〈踏莎行·詠懷〉，頁1885)

她不願如鶯鶯燕燕（即藝伎）般以娛人爲業，也放棄了一般女子對愛情的執著（即鴛鴦伴）；她將自己置身在空山松雪般的清幽之地，雖然終日坐在蒲團上禮佛參禪，但心境卻是如白雲般悠然自得。看著白鶴在庭院閒舞，滿室畫卷彌漫著檀香，她心滿意足地讀著《楞嚴》經，十卷佛經讀畢，白晝時光已匆匆流逝，但覺人生確實如《楞嚴》經所啓悟的，是夢幻一場。〔註226〕而在我佛慈悲的導引下，詞人終於得以超越過往的渾沌，而重新獲得新生。末句的「羽衣新樣梨花片」道出了詞人得道後的喜悅與自足。

　　雖然前期詞作中的彈箏人所表現出來的一樣是怡然自得，但兩者相較，會發現達致恬靜的途徑並不相同：前期的吳琪是備受呵護的閨中少女與少婦，而歷經國破家亡之後的吳琪，則是經由自身不斷地學習與成長，才能看破紅塵，將自我提昇到寧靜澹泊的精神境界。

三、《青山》詞與吳琪詞的形式技巧

　　從形式技巧而言，吳山《青山》詞乃直抒胸臆，吳琪詞則全爲小令。

（一）《青山》詞直抒胸臆

　　整體而言，讀吳山的《青山》詞，不論是融入時代社會因素的感傷身世之作，或是歌詠節令風物的詠物詞，或是展現其繪畫修養的題畫詞與表現寫作才能的迴文詞，均可發現詞人是以直抒胸臆的方式來填詞，其中偶爾或有用到典故，亦是大家耳熟能詳之典，讓人很容易

〔註226〕關於《楞嚴》經的教義精神，乃參閱蔡鎮楚、龍宿莽：《唐宋詩詞的文化解讀》，頁131。

理解詞中所要傳達的意義究竟為何。茲以其長調〈百字令·戊子春暮，寓西湖坐有感〉為例說明之：

> 綠肥紅瘦，正東風，欲轉燕鶯聲碎。煙鎖長堤芳草醉，無那兩峰如髻。濕醉粘天，斷雲貼巘，此際多新態。倚欄憑眺，三徑故園荒未。　　堪憐美景辰，沒來由、只與愁相對。何事天涯蝴蝶夢，留連客舍難退。啼鳥多情，落紅不管，領略無滋味。暮春也，動歸思來詩內。（頁 1505）

從詞題可知此乃國破家亡後之戊子年（清順治 5 年，1648）暮春，詞人流寓至西湖所作。開篇所極力鋪陳的是暮春三月，芳草鮮美，落英繽紛，鳥語花香，煙雨濛濛鎖長堤的西湖美景，頗令人有目不暇給之嘆。接著詞人筆鋒一轉，一句「倚欄憑眺，三徑故園荒未」令人聯想到陶淵明〈歸去來辭〉中所言「三徑就荒，松菊猶存」。〔註227〕但與不願為五斗米折腰，尚能復歸故園，引壺觴以自酌，眄庭柯以怡顏的陶淵明相較，女詞人已是家破人亡的天涯淪落人，她何能瀟灑地高詠「田園將蕪胡不歸」？她只能侷促一隅，憑欄遠眺，默禱故園一切安然無恙。而在國難當頭之日，這樣的祝禱能有多大的實現機會呢？想到這裏，儘管西湖美景當前，詞人卻再也無心欣賞。

　　果然下片詞人所述，盡是流落他鄉的無限哀愁。留連在客舍中，她幾乎不知該何去何從？雖然眼前斑斕的彩蝶翩翩飛舞，但心情沉重的詞人豈能隨之起舞？啼鳥雖亦殷勤獻媚，但心如槁灰的詞人已如不堪春風肆虐的遍地落紅，再也無法領略任何春天的滋味。在如此百般無奈，意興闌珊的情況下，詞人只能提筆賦詩，將點點思鄉情懷化為文字盡情傾訴。故其結句言「暮春也，動歸思來詩內」。

　　這樣的文字，可說是信筆拈來，將心中所感所悟，隨意而發。隨詞作呈現眼前的是一個歷盡滄桑的老婦，盡情傾訴她一生坎坷的遭遇，與傳統詞學以為「唱歌須是，玉人檀口，皓齒冰肌。意傳心事，

〔註227〕陶淵明〈歸去來辭〉，收入〔梁〕蕭統編、〔唐〕 李善注：《文選》，頁 636～637。

語嬌聲顫，字如貫珠。」〔註 228〕與「必低徊要眇以出之，委婉以形容之」〔註229〕的認知有很大的差別。

再看其〈法曲獻仙音・梁谿雨中七夕〉言：

> 情以秋兼，事因時會，古說雙星今度。淡月含煙，輕雲披漢，河際貝宮瓊戶。悵淺碧搖空處。淒風又吹雨。　　悄無語。歎紅塵、妒人青鬢、幽賞事，多被風驚雨阻。疏落是襟懷，最難消、月明花臉。倚遍危欄，望天河、緲緲飛素。漫賡歌達曙，莫放此宵潛去。（頁 1504～1505）

如前所述，七夕是吳山感念最為深刻的節日，由詞題可知此時詞人轉徙至梁谿，且正逢天雨。一如詞人在詞作中所經常流露的身世之感，在淒風苦雨中，詞人感嘆一場無情雨，破壞了她欲欣賞雙星度銀河的雅興。下片詞人盡情宣洩自我此刻的心緒，以「歎紅塵、妒人青鬢、幽賞事，多被風驚雨阻。」兩句說明自己日益衰老、生活困窘的現況。而在乍雨初霽、花好月明的七夕裏，她不願再錯失「望天河、緲緲飛素」的美景，她要倚危欄，漫歌到天明。

這樣的詞作，自是作者主體情志的充分發揮，但在詞體能委婉形容詩文所不能傳達的藝術美感體驗上，〔註 230〕總覺得過於生硬與顯露，如〈百字令・戊子春暮，寓西湖坐有感〉結以「暮春也，動歸思來詩內」、本詞結以「漫賡歌達曙，莫放此宵潛去」，均是一語道破詞中主人翁的情感紓解之道，欠缺耐人品味思量的含蓄之美，類似詞中

〔註228〕　〔宋〕王灼《碧雞漫志》卷 1 言「政和間，李方叔在陽翟，有攜善謳老翁過之者。方叔戲作品令云：『唱歌須是，玉人檀口，皓齒冰肌。意傳心事，語嬌聲顫，字如貫珠。老翁雖是解歌，無奈雪鬢霜鬚。大家且道，是伊模樣，怎如念奴。』見唐圭璋編：《詞話叢編》冊 1，頁 79。

〔註229〕　王國維《人間詞話・刪稿》比較詞體與詩體之不同曾言道：「詞之為體，要眇宜修。能言詩之所不能言，而不能盡言詩之所能言。詩之境闊，詞之言長。」見唐圭璋編：《詞話叢編》冊 5，頁 4258。

〔註230〕　〔清〕查禮《銅鼓書堂詞話》言：「情有文不能達，詩能道者，而於短句中，可以委婉形容之。」見唐圭璋編：《詞話叢編》冊 2，頁 1481。

之散文。〔註231〕

（二）吳琪詞皆為小令

　　與吳山直抒胸臆，致使悖離詞體獨特美感的詞作相較，會發現吳琪現存的 10 首詞作，雖然均是以常用調所填寫的小令，欠缺涵蓋寫作技巧的長調。但細細品味這些詞作，會發現不論前後期的作品均符合詞體「言婉思深」的審美特質。〔註232〕試舉例說明之：

　　　　珊瑚枕畔寒光小，搖蕩輕魂愁未了。淚濺紅裳夢落花，風飄翠袖疑芳草。　　城頭遠角黃昏早。歷亂聲傳驚宿鳥。

　　　　夜長何處是相思，影滿秦樓明月皎。（〈玉樓春・病夜〉，頁 1885）

從詞題可知，本詞是吳琪在身體不適的病夜裏的抒感之作，但詞人究竟為何而愁？是為深閨寂寞抑或為山河淪落？珊瑚玉枕、紅裳翠袖、城頭遠角黃昏與歷亂宿鳥，交織成引發人深微感受的亂世佳人意象，結以「夜長何處是相思，影滿秦樓明月皎」，融情入景，尤其有綿延不盡的餘味在其中，讓人咀嚼再三。

　　為求詞體符合含蓄蘊藉，言短情長的審美特質，歷來詞論家均特重詞的結尾，如李之儀〈跋吳思道小詞〉曾言道：「其妙見於卒章，語盡而意不盡，意盡而情不盡，豈平平可得彷彿哉。」〔註233〕張炎亦言：「一段意思，全在結句，斯為絕妙。」、「詞之難於令曲，如詩之難於絕句，不過十數句，一句一字閒不得。末句最當留意，有有餘不盡之意始佳。」〔註234〕細玩吳琪此作，表面看似寫兒女之情，卻

〔註231〕　關於對吳山詞作類似詞中散文的說法，乃參閱鄧紅梅對吳山詞之評論。見氏著：《女性詞史》，頁 221。

〔註232〕　關於詞體「言婉思深」的特質，張惠民有如此的精要論述：「『思深言婉』的『深』『婉』二字卻是揭示了詞體的美學品質，『深』者幽深，『婉』者委婉，情感內蘊之深長與藝術表現之委婉含蓄，正是詞體藝術特徵。」參閱氏著：《宋詞的審美理想》，頁 106。

〔註233〕　李之儀〈跋吳思道小詞〉，收入金啟華、張惠民等編：《唐宋詞集序跋匯編》，頁 36。

〔註234〕　〔宋〕張炎《詞源》卷下，分見於唐圭璋編：《詞話叢編》冊 1，頁 261；頁 265。

寓有身世之感在其中，在藝術表現上又能做到「一切景語皆情語」、
〔註235〕語盡而情不盡，雖不能明確斷言究竟為前期或後期作品，但
卻完全符合詞體清新婉麗，語淡情深的抒情特質。

再看以下兩首小令：

煙景蕪蕪鎖夕陽。宿鴉啼斷暮鐘長。夜深輕捲玉鉤涼。

月上梨枝猧睡暖、風吹蘭幄燕飛忙。不禁花底畫衣香。

（〈浣溪沙·夜愁〉，頁1884）

澹月溶溶花映綠。琴底離愁，葉落相思曲。頻整羅裳檀紐
束。碧紗明滅紅膏燭。　　玉漏聲聲催夜促。絳帳細鉤，
半掛鶯綃幅。倚枕夢成風曉觸。翠屏斜影窗前竹。（〈蝶戀花·
懷春〉，頁1885）

前詞起拍不論疊字形容詞「蕪蕪」或動詞「鎖」，均是下得既巧且工，
讓向晚煙霧繚繞、暮色蒼茫的景象躍然呈現眼前，接著以「烏啼」與
「暮鐘」來為畫面點綴聲音，以「夜深輕捲玉鉤涼」描摹夜漸深沉，
月牙高掛，天候轉涼的情景。上片所表述的是一個從黃昏到深夜的連
續進程，並融視覺、聽覺與觸覺的摹寫於一爐。下片以沉睡的猧狗、
忙碌的燕子，與花前月下獨自欣賞夜景的女主人翁相對照，更顯空負
大好時光的落寞。「不禁」一詞，已深刻表現出詞人內心的惆悵。

後詞亦是以輕靈的筆觸來敘寫女子最為敏感的傷春情懷，閨房
內的琴箏、羅裳、玉漏、碧紗、紅燭、絳帳，室外的淡月、落葉、
綠竹與間隔內外又溝通內外的翠屏與窗扉，這些閨閣中常見的景物
被審美心理細膩的女詞人悉心營造，便成了與男性詞風味截然不同
的閨音原唱。

四、《青山》詞與吳琪詞的風格

從風格特色言，會發現吳山《青山》詞因直抒臆，故顯得於顯露，
與詞體的蘊藉之美相悖離；吳琪詞現存10首作雖全為小令，卻相對

〔註235〕王國維《人間詞話·刪稿》，唐圭璋編：《詞話叢編》冊5，頁4257。

符合詞體言婉思深之美。

（一）《青山》詞過於顯露

司馬光《溫公續詩話》曾言：「古人爲詩，貴於意在言外，使人思而得之。」〔註 236〕認爲詩的文類之美，就在於言盡而意不盡，令人咀嚼再三。細究大家耳熟能詳的詩，如李白〈靜夜思〉、賀知章〈回鄉偶書〉與孟浩然〈春曉〉等，雖是平白如話，但均有無窮的餘韻在其中，才能流傳到現在，更何況本即較詩情味更爲深長的「要眇宜修」之詞體呢？請看馮延巳〈鵲踏枝〉（庭院深深深幾許）言「淚眼問花不語，亂紅飛過鞦韆去」與李清照〈如夢令〉（昨夜雨疏風驟）言「知否。知否。應是綠肥紅瘦。」雖是家常語，但卻道出耐人尋味的深刻內涵，故能成爲傳誦千古的佳篇。

清人沈謙《塡詞雜說》亦言：「詞不在大小淺深，貴於移情。『曉風殘月』、『大江東去』，體制雖殊，讀之若身歷其境，惝恍迷離，不能自主，文之至也。」〔註 237〕認爲詞不論婉約或豪放，其重要的精髓就在於藝術感染力。以此意在言外與動人的感染力二項標準來檢視吳山的詞，會發現過於顯露與欠缺新奇的抒情意境，正是《青山》詞的不足之處。雖然《青山》詞湮沒不彰與時代的亂離有密切關係，但細究之，與作者未能充分發揮詞體含蓄蘊藉的特質，致使詞作悖離詞體獨特的美感，又何嘗沒有間接的關連呢？

平心而論，在晚明眾多詞藝精湛的女詞人中，吳山的詞不論質或量均不能稱爲突出。但在她現僅存的 15 首詞作中，卻能包含多種不同層次的內容，顯示她在詞體應用上的用心。另外她直抒胸臆的寫作方式，致使其詞展現近乎散文的風貌，悖離了傳統詞學的美感經驗，也顯示她未能充分掌握與調和詞體的特質。但吳山自覺地將自我遭遇與時代社會因素進行結合，並從女性感受的角度表現了對滄桑世變的關

〔註 236〕　〔宋〕司馬光《溫公續詩話》，〔清〕何文煥輯：《歷代詩話》上冊，頁 277。
〔註 237〕　〔清〕沈謙《塡詞雜說》，唐圭璋編：《詞話叢編》冊 1，頁 629。

懷，在擴大女性詞的寫作題材上，仍是有其相當程度的貢獻。否則，女詞人總是以纖敏的感受與觀察來表現閨閣常態生活，在詞史發展上，終必走向意義的單薄與美感的傾斜。以此觀點來品評吳山《青山》詞，則在整體成就上容或有其不足之處，但在反映時代風貌與豐富女性詞的內涵上，仍是有其不容磨滅的意義與價值存在。

（二）吳琪詞言婉思深

王國維《人間詞話》論及詩人對宇宙人生的看法時，曾言：「須入乎其內，又須出乎其外。入乎其內，故能寫之。出乎其外，故能觀之。入乎其內，故有生氣。出乎其外，故有高致。」〔註238〕吳照衡稱美溫庭筠小令的物象紛呈、色彩豔麗則言：「作小令不似此著色取致，便覺寡味。」〔註239〕移之以論吳琪詞作，因能進入身之所歷，目之所感的境地，故能有細膩深刻的感受；又因能出乎其外，所以能以巧筆捕捉景物在瞬息間的變化，從而以極強的表現力觸及審美感知，爲本無生命的物體添著光色，增加情味。

細細品味吳琪的詞作，雖然都是容量較少的小令，且存量只有10 首，卻仍可從其中發現女詞人用字遣詞的功力，不但是其繪畫造詣的展現，更是女詞人具備寫作靈性與悟性的證明。

吳琪克服現實的種種限制，努力追求精神上的自由與超越，在晚明才女界並非唯一的特例，從吳江午夢堂母親沈宜修、葉氏諸女到吳綃、吳山、吳琪等吳中三吳，都是以心靈的修養來調適現實生活的不如意，爲自己的情緒與生命尋覓發洩與昇華的途徑，這也是時代女子在讀書識字之後，偏重精神愉悅的證明。如此的發展對女性存在意義而言，當然有其一定程度的意義與價值。

吳琪身逢亂世，且因朝代的更迭而遭受巨大的打擊。因現實的侷限，她無法如商景蘭般以豐厚的家產來維持家庭生活的正常，但她仍

〔註238〕 王國維《人間詞話》，唐圭璋編：《詞話叢編》冊 5，頁 4253。
〔註239〕 〔清〕吳照衡《蓮子居詞話》卷 1，唐圭璋編：《詞話叢編》冊 2，頁 2401。

能以豐富的學養，提昇自己的精神境界，並將這分提昇訴諸詞作。雖然存詞量寥寥可數，且風格偏向單一，但可以明顯地看出國變前清憂無塵的閨閣生活，與國變後歷經滄桑人世，與致力精神境界提昇的差異。雖然現存詞作均是以小令表現言婉思深的風格，但達致此一風格的途徑卻是截然不同。

正如鄧紅梅在《女性詞史》所言，吳琪將時代變化的因素與提昇生命的方式寫入詞中，在開拓女性詞的敘寫範圍與抒感樣式上，確實有其值得珍視的意義與價值。〔註240〕

第五節　黃媛介

一、黃媛介的生平與詞作

黃媛介（約1620～1669）字皆令，浙江嘉興人，士人楊世功妻。據施淑儀《清代閨閣詩人徵略》言，其作品有《離隱詞》、《湖上草》等，〔註241〕但今已罕傳。

黃媛介出身於沒落的世族，自小受兄姐的文學薰陶，故有才名於當世。《詩觀初集‧黃媛介小傳》即言：「媛介字皆令，浙江嘉興人，楊世功之配也，產自清門，兄姊皆好文墨，皆令遂嫻詩詞且工書畫。」〔註242〕《嘉禾徵獻錄》亦言：「媛介字皆令。亦善詩文，工書法。少許楊氏，楊貧，以鬻畚為業，父母欲寒盟。介不可，卒歸楊。」〔註243〕可知黃媛介才華之高。但自小婚配之對象是「以鬻

〔註240〕　鄧紅梅：《女性詞史》，頁219。
〔註241〕　〔清〕施淑儀《清代閨閣詩人徵略‧卷1》，周駿富輯：《清代傳記叢刊‧學林類》冊25，頁49。
〔註242〕　〔清〕鄧漢儀《詩觀初集‧卷12‧黃媛介小傳》，四庫禁燬書叢刊編纂委員會編：《四庫禁燬書叢刊‧集1》（北京：北京出版社，2000年1月），頁643。
〔註243〕　〔清〕盛楓撰：《嘉禾徵獻錄‧卷52‧黃媛介條》，四庫存目叢書編纂委員會編：《四庫存目叢書‧史部125》，頁636。

畚爲業」的貧儒,則媛介家之貧苦必相去不遠。王士禎《池北偶談》曾言:「少時,太倉張西銘溥聞其名,往求之。皆令時已許字楊氏,久客不歸,父兄屢勸之改字,不可。」﹝註244﹞除可作爲前述的補充說明外,黃媛介從一而終,寧貧而信守承諾的堅毅志節亦在此展露無遺。婚後的黃媛介爲養家餬口,不得不靠自身的書畫才華,輾轉漫游於江南各城鎮,在各種社交場合中尋求被雇用與資助的機會。﹝註245﹞身處明清這個新舊交替的時代,黃媛介的一生和職業均違背了傳統婦女「三從四德」的各項規範,但也表現了新時代女性所能達到的最大限度。

對於黃媛介的才華,史籍多所記載,除前述之外,另外尚有:

黃媛介,字皆令,嘉禾黃葵陽先生族女也。髫齡即嫻翰墨,好吟詠,工書畫,楷書仿《黃庭經》,畫似吳仲圭,而簡遠過之。其詩初從《選》體入,後師杜少陵,清麗高潔,絕去閨閣畦徑。﹝註246﹞

皆令,文學象三之妹,與姊媛貞俱擅麗才,而媛介尤有聲色香奩間。書法鍾王,人以衛夫人目之。畫亦點染有致。﹝註247﹞

黃媛介以寒門才女適貧士,不以爲苦,甘心以自身的才學向外尋求謀生的機會,甚至顛倒了傳統的夫妻關係,這樣的行止與抉擇,在女性生活史上,無疑具有某種程度的時代意義。

靠自身才華離家出外謀生的媛介,不但與當時的社交界有著密切的往來,且「吳中閨閣爭延爲師,常有公卿內子假其詩以達宮禁,名

﹝註244﹞ 〔清〕王士禎《池北偶談・卷12》,《影印文淵閣四庫全書》冊870,頁174～145。

﹝註245﹞ 〔美〕高彥頤著、李志生譯:《閨塾師——明末清初的才女文化》,頁126。

﹝註246﹞ 〔清〕施淑儀《清代閨閣詩人徵略》卷1,周駿富輯:《清代傳記叢刊・學林類》冊25,頁49～50。

﹝註247﹞ 《全浙詩話》卷51,收入〔明〕葉紹袁原編、冀勤輯錄:《午夢堂補遺・續輯》下冊,頁1124。

重天下。」〔註248〕甚至男性學者如錢謙益、王士禎（1634～1711）、吳偉業（1609～1672）等人與媛介亦多有交往，並對之讚譽有加。錢謙益與吳偉業均以「儒家女」稱美媛介的出身，〔註249〕錢謙益更以為媛介不僅以才華彌補容貌上的不足，且其品德之高潔，直如白蓮南嶽之遺響。〔註250〕

　　由於黃媛介的著作今已罕傳，冀勤從《眾香詞》樂集、《閨秀詞鈔》與《香豔叢書》中輯得詩（含口占）3 首、詞 13 首，編入《午夢堂集・續輯》，〔註251〕《全明詞》編者則從《眾香詞》樂集與《黃皆令詩選》中共輯得其詞作 16 首，〔註252〕但其中《午夢堂集・續輯》本所收的〈長相思・春暮〉一詞是《全明詞》所漏收的，後《全明詞補編》亦從《林下詞選》卷 11 輯入，但題為「暮春」，〔註253〕則黃媛介現存詞作至少有 17 首。本節即以《全明詞》所收之黃媛介詞，加上目前所能見的一首佚詞作為主要的文本依據，並輔以其他詩文與史料，希望能藉以詮釋這位與時代風氣相違的明清才女，如轉蓬般飄泊不定的人生，與其所反映的時代意義，並為其詞作的審美傾向進行說明，希望能為明清女性文化的研究提供另一種探討的視角。

二、黃媛介詞是她轉蓬人生的記錄

　　如前所述，來自寒門的黃媛介適楊世功後生活清苦，甚至無以為繼。權宜之下，她毅然以自身的才華肩負起養家的重任，流離於江南

〔註248〕〔明〕葉紹袁原編、冀勤輯錄冀勤輯校：《午夢堂集・續輯》，〈黃媛介小傳〉，下冊，頁795。
〔註249〕以上論述分見於錢謙益〈女士黃皆令集序〉，收入氏著《牧齋初學集》卷 33《四部叢刊初編・集部》冊 87，頁 367 與吳偉業《梅村詩話》，《清詩話》，頁 65。
〔註250〕〔清〕錢謙益〈女士黃皆令集序〉，收入氏著《牧齋初學集》卷 33《四部叢刊初編・集部》冊 87，頁 367。
〔註251〕〔明〕葉紹袁原編、冀勤輯校：《午夢堂集・續輯》下冊，頁 795～800。
〔註252〕饒宗頤初纂、張璋總纂：《全明詞》冊 6，頁 3013～3016。
〔註253〕周明初、葉曄：《全明詞補編》下冊，頁 1075。

各城鎮，以尋求被雇用與資助的機會。這樣的境遇與抉擇，即使在當時女才已較受重視的明清社會中亦幾乎是前所未聞的。堅毅的才女勇於挑戰命運，隻身在外的媛介對家庭始終保持著一貫的忠誠；但婦女獨自在外謀生著實不易，除常見的天然災害外，乙酉年（1645）清兵南下攻取江浙，在兵馬倥傯中，媛介竟橫遭清兵挾持，對自己坎坷的際遇，女詞人當然是不勝欷歔。

（一）對家鄉親友的思念

　　黃媛介曾有〈紀貧口占〉言：「欲買本機三疋布，難尋阿堵半千錢」傳神地描繪家中清貧的情況。〔註254〕另外從楊世功的一段紀錄中，可以看出黃媛介是如何地爲家計而奔波：

> 皆令渡江時西陵雨來，沙流漲汾，顧之不見，斜領乃踟躕
> 於驛亭之間，書奩繡帙半棄之傍舍中，當斯時，雖欲效扶
> 風橐筆撰述〈東征〉，不可得矣。〔註255〕

這是黃媛介獨自橫渡江南水道，前往其他城鎮謀生的一次。此時正下著傾盆大雨，楊世功在岸邊爲她送行。因雨勢太大了，河道泛濫，頓時之間，媛介的小船消失在丈夫的眼中。世功努力地尋覓，終於看見蜷伏在對岸驛亭中的妻子，書箱與行李散落滿地。在此可看出楊世功對妻子在外奔波的歉意與不捨，傳統男外女內的夫妻關係被徹底顛覆，爲了家庭生計，媛介毅然地航向旅程。其中「扶風橐筆撰述〈東征〉」乃用東漢才女班昭的典故，「扶風」是班昭的故鄉，東漢和帝永初7年（113），在她與其子從都城洛陽到任處陳留的途中，寫了一首〈東征〉賦，〔註256〕則世功在不捨之餘，對妻子可媲美班昭的才華，亦是感念之至。

〔註254〕《眾香詞‧樂集》黃媛介小傳引，收入〔明〕葉紹袁原編、冀勤輯錄：《午夢堂補遺‧續輯》下冊，頁795。。

〔註255〕〔清〕毛奇齡〈黃媛介越游草〉題詞引，收入氏著：《西河集》卷59，《影印文淵閣四庫全書》冊1320，頁523。

〔註256〕班昭〈東征〉賦，收入〔梁〕蕭統編、〔唐〕李善注：《文選》卷9，頁144～146。

　　對於媛介的抉擇，親友均感相當不捨，尤其是同為女性的親屬們，更能將心比心地體會到媛介不得不然的苦衷與尷尬。如從姊黃德貞（字月輝，明瓊州司理黃守正孫女，孫曾楠室），〔註257〕即有多首詞作，叮嚀媛介務必一切善自珍重：

> 飛絮縈香閣、橫波畫簾。都將煩惱意，付與別離船。白雪
> 長安聲。價重盼瑤天。（〈踏歌辭·送皆令北游〉）

> 芳草纖，前谿去路迷。絲絲柳，難繫片帆西。（〈花嬌女·送
> 皆令妹之西冷〉）〔註258〕

從詞意可以印證前述媛介以扁舟載書遨遊於江南各市鎮中，以尋求被雇用與資助的事實。身為與時代風氣相違的早行者，隻身在外的媛介其實是相當孤寂與無奈，尤其是在月寒風細的秋夜裏，她對家鄉的親友更是充滿了思念：

> 秋寂寂。月寒風細涼無力。涼無力。今宵情怨，舊時離隔。
> 　　黃昏門擲秋天碧。寒江縹紗聞吹笛。聞吹笛。樓高夢
> 遠，夜長聲急。（〈憶秦娥·秋夜，憶姊月輝〉）〔註259〕

想起舊時在家鄉姊妹情深，在秋夜裏或是同賞月色，或是秉燭夜話，均是溫馨感人。如今獨自離家在外謀生，其中的艱辛，豈是旁人所能體會？同樣在秋夜裏，縈繞詞人心頭的盡是無邊的孤寂。對媛介的背景有所理解之後，則詞中悲涼而無力的，又豈非詞人對生活重擔深沉的低吟？而逐漸遠離的，莫非是與家人同歡共樂的天倫之夢？

　　另外尚有二首送姊皆德的詞作云：

> 心耿耿，葉颭颭。水靜山橫斂一樓。燕子已傳歸去信，柳
> 邊應放別來舟。

> 人楚楚，草青青。坐出墻東月半亭。紙帳梅花香入夢，滿
> 窗風露數殘星。（〈攤練子·送姊皆德兩首〉，頁3013～3014）

〔註257〕饒宗頤初纂、張璋總纂：《全明詞·黃德貞小傳》冊6，頁3010。
〔註258〕饒宗頤初纂、張璋總纂：《全明詞》冊6，頁3011、3013。
〔註259〕饒宗頤初纂、張璋總纂：《全明詞》冊6，頁3014。本文所引黃媛
　　　　介詞作除〈長相思·暮春〉1詞外，均引自《全明詞》冊6，為免
　　　　繁瑣，爾後僅在引文後標明頁數，不再另外註明出處。

雖然不能確定此是否爲媛介漂泊在外時所寫，但可以確定的是姊妹間深厚的情誼。媛介姊名黃媛貞，字皆德，亦有才名。〔註260〕曾爲〈丁卯冬十二月留別妹皆令〉詩言：

> 北風悽以栗，不忍吹羅襟。高雲語征鳥，離思兩難沉。今我遠庭闈，與子芬芳衾。寧忘攜手好，所以傷我心。一言一回顧，別淚垂不禁。但得頻寄書，毋使相望深。〔註261〕

丁卯年乃天啓7年（1627），當時媛介年僅8歲，從詩意看來此詩或爲媛貞出閣時的別妹之作，寫得情深意摯，除可看出手足情深之外，亦可作爲姊妹均有文才的證明。

黃媛介在江南各城鎮中尋求各種機會，當時人文薈萃的杭州西湖，自是擅長書畫的黃媛介最佳的客居地，〔註262〕她甚至在此得到朋友柳如是（1618～1664）和富商汪汝謙（字明然，1577～1655）等人的資助，在湖畔暫住，賣詩鬻畫，使漂泊的人生暫時得到喘息。陳維崧《婦人集》即言道：

> 嘉興黃皆令（名媛介）詩名噪甚，恆以輕航載筆格詣吳越間，余嘗見其僑居西泠段橋頭，憑一小閣。賣詩畫自活，稍給，便不肯作。〔註263〕

可見媛介眞是爲生活才在外賣藝，否則怎會「稍給，便不肯作」？獨自在西湖美景中討生活的媛介，心情其實是沉重的，她掛念家鄉的丈夫和孩子，尤其是在月圓人應團圓的中秋時節，她思鄉益切，於是調寄〈一剪梅〉，細訴對家人的深深思念：

〔註260〕《明詩綜·黃媛貞小傳》言「亡友黃鼎平立二妹，一字皆德，一字皆令，均爲才名。皆德爲貴陽朱太守房老，深自韜晦。世徒盛傳皆令之詩畫，然皆令青綾步障，時時載筆朱門，微嫌近風塵之色，不若皆德之冰雪聰明也。」〔清〕朱彝尊《明詩綜·閨門》卷86，《影印文淵閣四庫全書》冊1460，頁789。

〔註261〕〔明〕葉紹袁原編、冀勤輯校：《午夢堂集·附錄》下冊，頁1115。

〔註262〕有關明清時期西湖繁華的女性社團活動情形，可參閱〔美〕高彥頤著、李志生譯：《閨塾師——明末清初的才女文化》，頁298～301。

〔註263〕陳維崧《婦人集》，《叢書集成新編》冊101，頁709。

無故輕爲百里游，不住桃源，卻棹漁舟，故園桐子正堪收。歸似雲浮，住似萍流。 繞過乞巧又中秋，境也悠悠，夢也悠悠。思親憶子忽登樓，山是離愁，水是離愁。(〈一剪梅・書懷〉，頁 3014～3015)

分明是不得已才爲百里之游，女詞人卻言「無故」，故里生活明明是無以爲繼，卻言「桃源」，可見媛介思家戀家之深，她也渴望能與常人一樣在家中安居樂業，與家人共享天倫，不再過如浮萍般漂泊不定的生活。但礙於現實環境，她只得孤身在外，以自身的才藝爲家人的生計而勞苦奔波。

（二）對坎坷際遇的感懷

獨自在外謀生的黃媛介，際遇並非一帆風順，除前述偶遇的天然災害外，人謀不臧更是單身遠遊的媛介可怕的遭遇。乙酉年（1645）清兵南下攻取江浙，黃媛介心繫家人安危，於是從好友柳如是（晚明名伎，後爲禮部尚書錢謙益愛妾）夫婿的官署中歸返嘉興：

南宗伯署中，閒園數畝，老梅盤挐，李子花如雪屋。烽煙旁午，訣別倉皇，皆令擬河梁之作，河東抒雲雨之章。分手前期，暫游小別。(錢謙益〈贈黃皆令序〉)〔註264〕

在兵馬倥傯之中，媛介卻橫遭清兵挾持，此事在其〈離隱歌序〉中曾有記載：

予產自清門，歸於素士，兄姊（原注：「名媛貞」）雅好文墨，自少慕之。乃自乙酉逢亂被劫，轉徙吳閶，邅遞白下，後入金沙，閉跡牆東（原注：「琴張居士名園」）。衣食取資於翰墨，而聲影未出於衡門。古有朝隱，市隱，漁隱。予殆以離索之懷，成其肥遯之志焉。將還省母，爰作長歌，題曰「離隱」。歸示家兄，或者無曹妹續史之才，庶幾免蔡琰居身之玷云爾。〔註265〕

〔註264〕〔清〕錢謙益《有學集》卷 20，《四部叢刊初編・集部》冊 88，頁 199。

〔註265〕〔清〕施淑儀《清代閨閣詩人徵略》卷 1 引《林下詞選》，周駿富

此序當可視為媛介對身世的獨白。被劫之後的她,輾轉至蘇州(吳閶),後又至江寧(金沙),最後閉跡在琴張居士的別業「牆東園」,琴張居士即張明弼(字公亮,又字無放,丁丑年進士,授揭陽知縣),〔註266〕受到張明弼夫婦的資助。鄧漢儀《詩觀初集‧黃媛介小傳》曾記載媛介在乙酉遭亂時:

> 張無量及夫人于氏資給之,時時往來虞山與柳夫人為文字交,其兄開平不善也。然皆令實貧甚,時鬻詩畫以自給。……後僦居西陵,地主汪然明時招至不繫園與閨人輩飲集,每周急焉。〔註267〕

此段文字可與黃媛介〈離隱歌序〉相互參看。既已遭劫,則自身清白易遭質疑,為免鄉里謠傳致使家人難堪,故媛介選擇離家遠遁。幸得張明弼夫婦資助,再度往來西湖間以鬻詩畫自給。「衣食取資於翰墨,而聲影未出於衡門」正是媛介對自己生活來源與態度的紀實,其兄或因其常與名伎之社交圈往來而不悅,但媛介以「或者無曹妹續史之才,庶幾免蔡琰居身之玷」來明志,希望家兄能相信自己的清白。

乙酉之亂媛介歸家遇劫復脫,清白之身見疑於兄長及鄉里,〔註268〕致使媛介作〈離隱歌〉言「歸示家兄……,庶幾免蔡琰居身之玷」以自明。為不使家人難堪,媛介再度離家,夫婿楊世功特向名士李武曾索詩以送行:

> 曾因廡下棲吳市,忽憶藏書過若耶。愁殺鴛鴦湖口月,年年相對是天涯。　　盛名恐多負清閒,此去蘭陵好閉關。柳絮滿園香茗坼,侍兒添墨寫青山。〔註279〕

輯:《清代傳記叢刊‧學林類》冊25,頁50～51。

〔註266〕 有關張明弼的傳略,可參考〔清〕乾隆修《金壇縣志八‧人物志‧文學門‧張明弼傳略》(臺北:成文出版社,1960年8月)冊2,頁605～606。

〔註267〕 〔清〕鄧漢儀《詩觀初集‧黃媛介小傳》卷12,四庫禁燬書叢刊編纂委員會編:《四庫禁燬書叢刊‧集1》,頁643。

〔註268〕 當清兵南下時,婦女若遇劫,清白之身多遭玷辱。詳參陳寅恪:《柳如是別傳》中冊,485～486。

〔註279〕 陳寅恪:《柳如是別傳》中冊,頁487。

從「愁殺鴛鴦湖口月，年年相對是天涯」可看出楊氏夫妻對貧苦的無奈與彼此間情感的深厚。而「盛名恐多負清閒，此去蘭陵好閉關」也說明了媛介不得不離去的原因。「柳絮滿園香茗坏，侍兒添墨寫青山」表面看似悠閒，實際卻是美化了媛介浪跡天涯，賣藝以謀生的漂泊歲月。

另外黃媛介〈金菊對芙蓉・答姊月輝見懷〉詞，亦可看出她對坎坷際遇的感懷：

> 五易星霜，兩遷村墅，思君幾許魂消。看燕來應去，夢斷音遙。兵戈路絕空相念，唯虛卻、月夕花朝。還家一載，城隅隔、似阻江潮。　　感伊投我瓊瑤，羨珠光溜彩，玉韻含韶。恨未能攜手，愁寄纖毫。君家梅竹猶堪賞，待相逢、斗酒重澆。春光未老，花香正美，離思空勞。(頁 3015)

在流離遷徙的歲月中，縱使媛介對從姊月輝有滿腹思念，但在兵慌馬亂中卻無法相會。雖然其間媛介曾還家一年，但仍是相會不易。儘管彼此以文字往來，但何如親自相晤，互訴衷曲，以慰相思。為著現實生活的壓力，媛介勇敢而堅毅地單身遠游，但在心靈深處，她所心繫的，仍是至親的家人。

三、黃媛介詞所反映的時代意義

黃媛介雖出身清貧，卻受著良好的教育，是典型的閨秀才女。但為生活而在外賣藝，或充任閨塾師，並與當時的社交界多所往來，這樣的生活方式，又與具廣泛社會性的名伎有一定的相似之處，並使其對名伎的理解更加深刻。黃媛介與當時的閨秀才女與名伎均保持著密切的友好關係，甚至擔任原來似乎是對立的閨秀與名伎兩大才女陣營之間溝通的橋梁。即使身處在交際流動的社會環境中，媛介依然保持自身的獨立性，對家庭一貫忠誠，是良家身分與交際流動的結合。〔註270〕也因媛介不依恃家庭體系的生活方式，顛覆傳統「女子無才便是德」與「三從四德」的觀念，她正是女德與女性社會地位被重新定義的實踐者。

〔註270〕此乃採用〔美〕高彥頤之說法。詳參氏著、李志生譯：《閨塾師——明末清初的才女文化》，頁 130。

（一）名伎文化與閨秀文化溝通的橋梁

　　黃媛介曾在人文薈萃的西湖畔居住，並參與富商汪汝謙所主持的西湖雅會，結識許多活躍於當時社交圈的名士與才女，〔註271〕其中最著名的應是柳如是。柳如是於崇禎 13 年（1640）嫁與大學士錢謙益，錢謙益為愛妾柳如是在西湖畔築成絳雲樓，二人成天在樓內閱覽群書，吟詩作賦，日夕對晤。〔註272〕黃媛介即是柳如是夫婦在絳雲樓舉案齊眉、論文著書時的嘉賓，錢謙益〈贈黃皆令序〉言道：

> 絳雲樓新成，吾家河東邀皆令至止。硯匣筆床，清琴柔翰，挹西山之翠微，坐東山之畫障。丹鉛粉繪，篇什流傳。中吳閭閻，侈為盛事。〔註273〕

媛介與柳如是在坐擁山清水秀的絳雲樓內共賞清慧，在江南名流高士間一時傳為美談。而媛介本身亦有詞作，言及與柳如是的情誼，其〈眼兒媚‧謝別柳河東夫人〉二首云：

> 黃金不為惜幽人。種種慇懃語。竹開三徑，圖存四壁，便足千春。　　匆匆欲去尚因循，幾處暗傷神。曾陪對鏡，也同待月，常伴彈箏。
>
> 剪燈絮語夢難成，分手更多情。欄前花瘦，衣中香暖，就裏言深。　　月兒殘了又重明，後會豈如今。半帆微雨，滿船歸況，萬種離心。（頁 3014）

此二詞乃媛介謝別柳如是之作。首闋言「黃金不為惜幽人」應是媛介感念柳如是之資助。而前詞下闋言「曾陪對鏡，也同待月，常伴彈箏」與後詞言「欄前花瘦，衣中香暖，就裏言深」更說明兩人是閨中密友。

〔註271〕　有關汪汝謙的西湖雅會，可參考曹淑娟：〈《春星堂詩集》中的才女群象〉，《臺灣學術新視野——中國文學之部（一）》（臺北：五南圖書公司，2007 年 6 月），頁 421～425。

〔註272〕　〔清〕鈕琇《觚賸‧卷 3‧河東君》載有：「每於畫眉之餘，臨文有所討論，柳輒上樓翻閱。雖縹緗浮棟，而某書某卷，拈示尖纖，百不失一。或用微有舛訛，隨亦辨正。宗伯悅其慧解，益加敬重。」見四庫存目叢書編纂委員會編：《四庫存目叢書‧子部250》，頁 30。

〔註273〕　〔清〕錢謙益《有學集‧卷 20》，《四部叢刊初編‧集部》冊 88，頁 199。

後詞言「月兒殘了又重明，後會豈如今」恰可與前述錢謙益〈贈黃皆令序〉之「烽煙旁午，訣別倉皇，皆令擬河梁之作，河東抒雲雨之章。」相應和。而柳如是則在黃媛介的扇面（按扇面鈐有「甲申夏日寫於東山閣。皆令」字）題上舊愛陳子龍於崇禎八年（1635）夏天送別如是之〈滿庭芳‧送別〉（紫燕翻飛）一詞，〔註274〕並言「留別無瑕詞史，我聞居士。」〔註275〕

除柳如是外，因當時名伎如王微（1596～1647 或 1648）、林天素（活躍期爲 1620～1642）等人亦是汪汝謙西湖雅會的座上客，〔註276〕王微有〈汪夫人以不繫園詩見示賦此寄之〉詩、黃媛介亦有〈汪夫人招集湖舫即席和韻〉詩，可以推知黃媛介與當時的名伎圈關係匪淺。〔註277〕

黃媛介的女性交際網絡，除名伎外，還有當時的名媛閨秀。媛介雖出身於沒落世家，但因學養豐厚，許多閨秀均與之有往來，甚至邀請她在家中長住，擔任閨女們的塾師。在眾多與媛介往來的閨秀中，最著名者當屬浙江紹興，由明末志士祁彪佳遺孀商景蘭所帶領的梅市女性社團。商景蘭對黃媛介的才華推崇備至，曾爲詩云：

> 門鎖蓬萊十載居，何期千里覲雲裙？才華直接班姬後，風雅平欺左氏餘。八體臨池爭幼婦，千言作賦擬相如。今朝

〔註274〕陳子龍〈滿庭芳‧送別〉曰：「紫燕翻飛，青梅帶雨，共尋芳草啼痕。明知此會，不得久殷勤。約略別離時候，綠楊外，多少銷魂。纔提起，淚盈紅袖，未說兩三分。　　紛紛，從去後，瘦憎玉鏡，寬損羅裙。念飄零何處，煙水相聞。欲夢故人憔悴，依稀只隔楚山雲。無過是，怨花楊柳，一樣怕黃昏。」〔明〕　陳子龍著、施蟄存、馬祖熙標注：《陳子龍詩集》（上海：上海古籍出版社，1983年 7 月）下冊，頁 617。

〔註275〕扇面不署受者之款可知此扇爲媛介所畫且自用，而「東山閣」當在絳雲樓內，無瑕詞史即黃媛介之別號。有關此事之本末，陳寅恪有詳盡的考證。詳參氏著：《柳如是別傳》上冊，頁 292。

〔註276〕〔美〕高彥頤著、李志生譯：《閨塾師——明末清初的才女文化》，頁 298～301。

〔註277〕宋清秀：〈黃媛介——名妓文化與閨秀文化融合的橋梁〉，《中國典籍與文化》，2006 年（總第 59 期），頁 113～117。

把臂憐同調，始信當年女校書。〔註278〕

商景蘭認為黃媛介的才華直接班昭與左芬，可與司馬相如及薛濤相提並論。值得注意的是商景蘭在詩中的暗示：身為巡游的作家兼閨塾師，黃媛介享有男性般出入公共領域的自由，同時其社會定位是流動性的：她既身處在如班昭一樣有教養的家庭中，但也如唐代名伎薛濤一樣，擁有開闊的社會交際，與當時一般的閨秀生活有很大的不同。

因傾慕黃媛介的才華，故梅市祁家大家長商景蘭便在順治 11 年（1654）前後邀請黃媛介到梅市長住約一年，〔註279〕與女兒、子媳們相互切磋詩藝，在現存的祁氏家族女性著作中，即載有送別黃媛介的詩作，〔註280〕事實上，有黃媛介如此有造詣的閨塾師到訪，對這群家族式集體創作的女詩人而言，是莫大的鼓舞，除了相互切磋詩藝外，她們更常從事的活動是走出戶外，在祁氏家族的私人林園——寓園中遊賞，〔註281〕一如黃媛介所參與的西湖雅會。只是在此參與對象均為祁氏家族的女性，且地點改為私人的林園，祁氏女與媛介本人均有相關的記錄：

> 朔氣精開萬戶煙，寒林落日點紅泉。十年亂事悲星散，千里交情喜月圓。松徑猶能邀令客，桃源應信有群仙。寒芳踏盡池塘路，泥印蓮花步步妍。（祁德瓊〈和黃皆令游寓園〉）

〔註278〕 商景蘭〈贈閨塾師黃媛介〉，戴氏著《錦囊集》，收入〔明〕祁彪佳：《祁彪佳‧附編》，頁 274。

〔註279〕 〔美〕高彥頤著、李志生譯：《閨塾師——明末清初的才女文化》，頁 243。

〔註280〕 如長女祁德淵〈送黃皆令歸鴛湖〉詩言：「西湖江上雁初鳴，水落寒塘一棹輕。繞徑黃花歸故里，滿堤紅葉送秋聲。片帆南浦離愁結，古道河梁別思生。此去長途霜露肅，何時雙鯉報柴荊。」、子媳張德蕙〈送別黃皆令〉詩言：「一曲驪駒送酒卮，離亭斜日影遲遲。王孫芳草歸途見，驛使梅花去後悲。秦望雲深遮客棹，吳江楓冷繫人思。遙知月照孤帆處，正是風吹懸榻時。」分見祁彪佳：《祁彪佳‧附編》，頁 290、293。

〔註281〕 有關寓園的修築過程，祁彪佳在《寓山注》中有詳細的說明。參閱〔明〕祁彪佳：《祁彪佳集》，頁 150～151。

〔註282〕

> 花影紅分袂，桐陰綠映杯。新荷憑曲木，密園隱流鶯。野
> 望莎煙遠，簷飛雨點驚。平堤看嶂氣，歸屐好連行。（黃媛
> 介〈同谷虛、修嫣、趙璧遊密園雨集韻牌〉）〔註283〕

在湖光山色的陶冶下，閨秀們自能擴展其識見，「十年亂事悲星散，千
里交情喜月圓」道出祁德瓊對在時衰世亂中，媛介不遠千里來訪的欣
喜，從黃媛介的詩作中，則看出諸女同遊密園的賞心樂事。除了祁氏
家族外，黃媛介與當時許多閨秀均有往來，如沈紉蘭（字閑靚，嘉興
人，秀水黃履素夫人）、吳山（字岩子，號青山，江寧卞琳妻）、胡應
佳（字季貞，山陰人，太僕少卿琳公孫女，侍御張汝懋妻）……等人，
〔註284〕有詞可以為證：

> 花影寒。月影寒。人醉言歸情未闌。都來相見難。　　倚
> 欄干。對欄干。隨在雲山日一竿。離心江上看。（〈長相思‧
> 春日，黃夫人、沈閑靚招飲〉，頁3014）

> 嫩綠離煙，微紅吐秀。幽香時拂佳人袖。石涼風細碧天遙，
> 雲虛月遠芳枝瘦。　　靜可依人，鴉宜文繡。亭亭獨立東
> 風後。任他春去又春來，奇葩素影還依舊。（〈踏莎行‧為閨
> 人題文俶扇頭〉，頁3015）

從其中可以看出媛介與閨秀們交情的深厚，及她們之間交往的模式：
或對飲共談詩文、或為之題詩作畫，媛介帶給閨秀們的，應是精神及
視野上的充實與滿足。

　　閨秀文化原本內斂保守，社會交往與關注均較少；而名伎交往的
對象是當時的名流俊彥，其社會關注自然較閨秀開放與積極。此二陣
營原是互不交流的。在如黃媛介這樣同時與兩大陣營文化交往的才女

〔註282〕　祁德瓊乃商景蘭之次女，此詩收入祁彪佳：《祁彪佳‧附編》，頁
　　　　　305。
〔註283〕　〔清〕鄧漢儀《詩觀初集》卷12，四庫禁燬書叢刊編纂委員會編：
　　　　　《四庫禁燬書叢刊‧集1》，頁643。
〔註284〕　宋清秀〈黃媛介——名妓文化與閨秀文化融合的橋梁〉，《中國典籍
　　　　　與文化》，頁115。

的推動與媒介下，名伎與閨秀們的才學、品格與生活方式不斷地融合，最後形成了一種新型的女性文化：既有名伎廣泛的社會性，同時也兼具閨秀的德行，使才女愈益受到社會的接受與認可，並進一步推動才女的文化。〔註285〕故在明清才女文化的形成過程中，如媛介般扮演名伎與閨秀文化融合橋梁的閨塾師，實存在有不容忽視的意義與價值。

（二）女德與女性社會地位被重新定義的實踐者

　　媛介自小身受良好的家庭教育，且在詩歌與繪畫上皆極有成就，婚後並以自身的才藝肩負起養家糊口的重責，公然違反當時所界定的女性體制。不僅名門閨秀、名伎對她均殷勤相待，就連男性學者亦因欣賞媛介才華而與其多所往來。除前舉錢謙益因柳如是而與之有多首贈詩外，葉紹袁、王士禛、吳偉業等當時名士與媛介亦多所往來，如葉紹袁《甲行日注》即言「26日己丑，茂遠寄黃皆令〈離隱歌〉」。〔註286〕文人間彼此會傳誦其詩作，可見媛介詩名在當時之顯著。而媛介與當時文壇袖王士禛和吳偉業的交情更是匪淺。媛介曾為王士禛畫山水小幅並題詩於其上，此事在《池北偶談》有記載：

> 禾中閨秀黃媛介，字皆令，負詩名數十年。近為予畫一小幅，自題詩云：「懶登高閣望青山，愧我年來學閉關。淡墨遙傳縹緲意，孤峰只在有無間。」皆令作小賦，頗有魏晉風致。〔註287〕

一代大儒尚以能得媛介詩畫為榮，並加以記錄，則媛介詩畫在當時文壇之盛名，自是不言可喻。雖然媛介畫作今已不可復見，但從詩中的描述，卻可想見雲霧繚繞峻峭孤峰的縹緲畫面，栩栩然如現眼前，真可謂「詩中有畫，畫中有詩」。而從「懶登高閣望青山，愧我年來學

〔註285〕　宋清秀〈黃媛介──名妓文化與閨秀文化融合的橋梁〉，《中國典籍與文化》，頁113。

〔註286〕　葉紹袁《甲行日注》，載於〔明〕葉紹袁原編、冀勤輯校：《午夢堂集‧附錄一》下冊，頁1029。

〔註287〕　〔清〕王士禛《池北偶談》卷12，《影印文淵閣四庫全書》冊870，頁174。

閉關」可知媛介用心之專，不是愛青山，而是爲了繪出心中奇妙空靈的「孤峰」，故年來閉關苦練以成就此藝術珍品。

另外媛介與當時東南詩壇巨擘吳偉業亦有詩相往來，《梅村詩話》曾言之：

> 媛介和余詩曰：「月移明鏡照新妝，閨閣清吟已雁行。花裏雙雙巢翡翠，池中六六列鴛鴦，黃粱熟後遲仙夢，白雪傳來促和章。一自蓬飛求避地，詩成何處寄蕭娘？」……「往來何處是仙壇？飄忽回風降紫鸞。句落錦雲驚韻險，思縈彩筆惜才難。花飛滿徑春情淡，水漲平隄夜雨寒。憶昔金閨曾比調，莫愁城外小江干。」此詩出後，屬和者眾，妝點閨閣，過於綺靡。黃觀只獨爲詩非之，以爲媛介德勝於貌，有阿承醜女之名，何得言其實？此言最爲雅正云。〔註288〕

偉業在此共舉媛介和詩四首，並言媛介和詩出後，屬和者之閨女頗多，但成就均不能與媛介之詩相提並論，只能視爲妝點閨閣的綺靡之作。值得提出的是吳偉業在此言「媛介德勝於貌，有阿承醜女之名」，〔註289〕具體地說明媛介貌醜的事實。但媛介憑著出眾的才華，克服容貌上的不足，並且以自身的才藝爲家庭付出，靈活自在地穿梭往來於名伎、名媛與上層文人等不同的社交圈中，卻又保持自身的獨立性，無論身處何處，始終保持對家庭的一貫忠誠。也因爲這樣的一份執著，讓媛介能恰如其分地維持良家身分與交際流動的結合。

離家在外的媛介，交友雖然廣闊，但始終保持著對家庭的忠誠。

〔註288〕〔清〕吳偉業《梅村詩話》，《清詩話》，頁65。

〔註289〕關於諸葛亮娶黃承彥醜女之事，不見於《三國志‧諸葛亮傳》，僅見於〔宋〕裴松之注引《襄陽記》言：「黃承彥者，高爽開列，爲沔南名士。謂諸葛孔明曰：『聞君擇婦，身有醜女，黃頭黑色，而才堪相配。』孔明許，即載送之。時人以爲笑樂，鄰里爲之諺曰：『莫作孔明擇婦，正得阿承醜女。』」〔晉〕陳壽撰、〔宋〕裴松之傳：《三國志‧蜀書‧諸葛亮傳》，楊家駱主編：《新校本三國志》（臺北：鼎文書局，1978年11月）冊2，頁929。

尤其在繁華過後的午夜時分，媛介特別感受到強烈的孤獨，其〈蝶戀花‧西湖即事〉言道：

> 蕩漾湖波千頃雪，金管聲微，遠聽哀弦接。童子戲流心手徹，凝看轉覺煙波活。　岸阻山連商買絕，去四來三，游舫輕於葉。放鶴栽梅諸勝歇，我來唯共湖頭月。（頁3015）

這接在漸微的金管聲後的哀弦，莫非即是女詞人思鄉的心曲？當放鶴栽梅等諸勝皆已歇息時，陪伴媛介的也只有湖上的明月。這樣的場景，無疑是淒涼難耐的，日復一日，思鄉之情，益發心切。且看其〈菩薩蠻‧秋思〉道：

> 芙蓉花發垂百露，白雲慘淡關山暮。愁思惹秋衣，滿庭黃葉飛。　繡簾風乍捲，夢在離人遠。秋雨又如煙，魂消似去年。（頁3014）

全詞所寫的是繡窗中的女子，對寥落秋景的遠眺和懷人的幽夢。女詞人所思念的當然是她那遠在家鄉的丈夫，但在生活的壓力下，她沒有寫自己的纏綿的愛情，充塞詞中的卻是無奈睽離的慘淡與銷魂。做為一個與時代風氣相違，以女子而肩負家庭生計的早行者，媛介內心其實是相當孤獨與無助的，此從〈臨江仙〉或可窺知一二：

> 庭竹蕭蕭常對影，捲簾幽草初分。羅衣香褪懶重薰，有愁憎語燕，無事數歸雲。　秋雨欲來風未起，芭蕉深掩重門。海棠無語伴消魂，碧山生夢遠，新水漲平村。（頁3015）

在此媛介敘寫自己鬱悶與倦怠的情緒：獨對庭竹，懶薰衣香，對窗外燕語呢喃竟起憎恨之心，索性任芭蕉掩門，讓海棠無語伴魂消。但孤寂的詞人又忍不住眺望遠處的碧山流雲，希望能在夢中寄託自己的情懷，從而自不如意的現實生活中得到解脫。

從積極處看當時文人對黃媛介的評論，即可知道媛介的新身分——職業作家、畫家與閨塾師，並肩負養家糊口之責，已被認為與其傳統家內的職責是可以和諧共存的，正如女才可以為女德增色一樣。對受教育的知識女性而言，生活的範圍與所包含的內容已愈來愈廣泛，女性的社會地位已在被重新定義之中。

　　一代才女黃媛介的生活經歷，充分說明閨秀生活不應只局限在米鹽瑣屑與女紅織繡，女子不僅有接受教育的資質，且更能以自身的才能追求生活的獨立，而非一定要依恃於男性或家庭。黃媛介有令人心折的竹林風韻，悠游於名門閨秀與青樓名伎之間，不但擔任兩者間的橋梁，且更以自身經歷與形象，具體說明兩者間確實有著逐漸融合的趨勢；而從前以爲對立的「婦德」與「婦才」之間亦已積極統合，女性的社會地位已被重新定義，新的「婦德」傳統已正式開展。

四、黃媛介詞的風格：黯淡悲涼

　　雖然黃媛介以自身才藝肩挑家庭生計重擔，自由地出入閨閣與交際場合，以尋求各種謀生的機會，甚而擔任二者之間溝通的橋梁，進而以親身經歷說明女德與女性的社會地位應被重新定義。如此的人生表面看似瀟灑，但畢竟是與時代風氣相違背的早行者，面對不善治生的丈夫與沉重的家庭經濟負擔，她不免尷尬而孤獨。如此的人生際遇，也影響了她詞作的內容與風格。〔註290〕在她現存的 17 首詞作中，僅有〈長相思・春暮〉、〈臨江仙・秋日〉等少數詞作可以與傳統閨怨題材聯繫在一起。其中〈長相思・春暮〉即如此言道：

> 風滿樓，雨滿樓。風雨年年了無休。餘香冷似秋。　　賣
> 花聲，賣花舟。萬紫千紅總是愁。春流難斷頭。〔註291〕

雖然詞中所述仍是傷春情緒，但細細玩之，所思所感均與一般女子大相逕庭。從「賣花聲」與「賣花舟」的背景來看，此詞應是詞人流寓西湖時所作，在細雨紛飛的暮春裏，媛介看到的不是常見「落英繽紛，蝶亂蜂喧」的江南美景，她所感受到的盡是「餘香冷似秋」的風風雨雨，即使眼前所見所聞的是燦爛的鮮花與熱鬧的人聲，但她亦只有「萬紫千紅總是愁」的感受，而且她覺得這樣的煩憂恰似面前的滔滔春

〔註290〕　鄧紅梅：《女性詞史》，頁 208。

〔註291〕　本詞分見〔明〕葉紹袁原編、冀勤輯校：《午夢堂集・附錄》下冊，頁 799 與周明初、葉曄：《全明詞補編》下冊，頁 1075，但後者題名爲「暮春」。

水，將永無歇止地貫串她的一生。

同樣的感受，還可見於〈西江月‧歲暮〉：

> 獨坐愁思渺渺，雙扉春意盈盈。繡絲慵約夢將成。鴉噪夕陽西影。　　滿戶竹風梅雨，沿溪鵝語人聲。歲華搖落最驚心。又是一番清冷。（頁3015）

在送舊迎新的歲暮時分，詞人沒有任何喜悅，一句「歲華搖落最驚心」道盡所有的疲憊與抑鬱——終於又熬過了一年；而結以「又是一番清冷」，一個「又」字，足以說明長久以來內心的孤寂與自閉。

因為長年在外奔波，與生計相搏，所以在黃媛介的詞作中，幾乎看不到一般女性詞常見的愛情期待，瀰漫詞面的，盡是對人生的無奈與幽怨，這亦使其詞作呈現黯淡悲涼的審美傾向，茲以另一首看似敘寫傳統閨怨題材的〈臨江仙‧春思〉為例說明之：

> 紅雨菲菲新燕至，佳人彩筆慵拈。香寒衣怯懶重添。無端尋往事，春恨鎖眉尖。　　小閣無風窗四啟，怪他桃李盈軒。愁消未已酒懨懨。落紅粘碧草，飛絮滿清潭。（頁3016）

表面上看來，似是古典詩詞中常見的「春病與春愁，何事年年有？半為枕前人，半為花間酒。」〔註292〕的佳人傷春情懷，但與媛介的身世遭遇相聯繫，當能理解在紅雨菲菲新燕至、乍暖還寒的暮春時節裏，佳人何以慵拈彩筆與怯添寒衣？孤舟載書、踽踽獨行，甚而為人所爭議的往事歷歷重現眼前，女詞人真的累了。生活的重擔讓她幾乎沒有喘息的機會，深鎖眉尖的，莫不是她對自我人生幽怨的感懷？她不知滿腹的委屈該向誰訴說。

果然在下片裏看到詞人為自己的情緒尋找發洩的出口，她怪盈軒的桃李遮住了春風，讓她無法消除心中的愁緒，想藉酒澆愁，亦是懨然無力。茫然的詞人只得將目光移向窗外，只見「落紅粘碧草，飛絮滿清潭。」細細玩之，這粘在碧草上的落紅與清潭上的飛絮，莫非詞

〔註292〕 孫光憲〈生查子〉（春病與春酒），曾昭岷、曹濟平等編：《全唐五代詞》上冊，頁642。

人對自我飄零人生的隱喻？孤立無援的佳人，飄零在萬紫千紅的春天，這樣的詞境，無疑是黯淡悲涼的。

同樣的色調，依然可見於媛介筆下的秋景：

> 高樹鳴蟬秋已至，晝長人靜香清。徑花難記舊時名。閒蕉分綠影，幽竹起秋聲。　　獨坐無言空悄悄，碧山何處初晴。隔枝猶是轉殘鶯。望中春柳斷，水上夏雲輕。（〈臨江仙・秋日〉，頁 3015）

明明是高樹蟬鳴，金風送爽的清秋佳節，詞人卻覺得一切美好的事物已離她遠去。此刻的她所感受到的，是隔枝的殘鶯所傳來的怨情。她衷心期盼碧山放晴，但傳送希望的春柳既已中斷，在四顧蒼茫中，她甚至覺得自己就如同水上的夏雲，隨時可能消失在風波之中。直接面對生計的壓力，媛介在生活中幾乎失去了安全的憑藉，在最能表現心曲的詞作中，我們也看到了看似前衛的時代女子，在堅毅瀟灑表面下的寂寞淒涼悲歌。

流離失所的生活經歷，也為黃媛介帶來很大的影響。因輾轉遷徙，又身遭劫難，黃媛介的視野不斷擴大，眼光不再局限於家庭，且更加關注國家、社會。且看其〈丙戌清明〉詩云：

> 倚柱空懷漆室憂，人家依舊有紅樓。思將細雨應同發，淚與飛花總不收。折柳已成新伏臘，禁煙原是古春秋。白雲親舍常凝望，一寸心當萬斛愁。〔註293〕

丙戌年即 1646 年，時朱明已覆亡，則在慎終追遠的清明時節，媛介倚柱所懷的漆室之憂，當不僅是個人的遭遇，更寓有深刻的家國之悲。「人家依舊有紅樓」，紅即是朱，則媛介期望朱明復興的心情已不言可喻。再對照其〈菩薩蠻・春夜〉言：

> 青燈悄悄門重閉，一聲笛裏春迢遞。往事結眉心，無言弄綺琴。　　花飛香霧重，自解宵來夢。寂寞畫樓西，子規帶血啼。（頁 3014）

〔註293〕　本詩引自梁乙真《清代婦女文學史》（臺北：臺灣商務印書館，1968 年 2 月），頁 11。

在夜深人靜中，媛介輾轉難眠，不堪的往事一一浮上心頭，只得弄琴解悶，「無言弄綺琴」實含有許多無奈的傷感在其中。而在花飛香霧重的暮春夜色中獨自登樓，所感受到的竟是無限的悲涼，充盈耳際的亦只有帶血子規「不如歸去，不如歸去」的哀怨啼聲。這「不如歸去」，除了是漂泊的詞人對故鄉的思念外，又何嘗不是對已逝故國深情的表述呢？細究與媛介往來的社交名流與大家閨秀，如柳如是親身參與復明運動，〔註294〕商景蘭是朱明節臣烈士祁彪佳之嫡妻，對亡國均有深刻的體會，則與她們密切交往，且身處同一時空下的媛介，在目睹甚至親遭禍害後，懷抱家國之憂，當然是可以同情理解的。將身世之感與家國之憂融入其中，本詞的詞境依然是黯淡悲涼的。

　　細審黃媛介的一生，她在社會的流動性與其越出家內/外的各種身分，均可視為追求自我人生與家庭安頓的一種不得不然的抉擇。在失意的生活中保持達觀的態度，勇敢迎接人生的挑戰；出入閨秀世族與名士名伎之間，與之維持友好密切的關係，卻又保持自身的獨立性，對家庭的忠誠，使良家身分與交際流動得以結合。如此堅強的適應性，善於與所處環境保持平衡，並努力追求自我實現，從而以自身經歷證明女才的確可以為女德增色，女性的社會地位確實應被重新定義。但在表面看似灑脫的生活模式中，實隱藏著她內心深處，身為女性卻肩負家庭重擔的莫大悲哀。黃媛介的人生，的確可為繁複的明清女性文化，提供具體的觀察視角。

　　而黃媛介的詞作，其實就是她如轉蓬般坎坷的人生紀實。身經家愁與國難，媛介在苦難與飄零中成長，她以才女所特稟的高度敏睿感受力，深刻地體會和把握了人生的「悲涼」。在對憂患人生的感傷情緒中，交織著詞人對生活無法安定的畏懼、對命運無法掌握的困惑、及對社會政治危機可能造成傷害的憂慮，站在歷史的高點看媛介的心

〔註294〕　有關柳如是的復明運動，可詳參陳寅恪：《柳如是別傳》下冊，頁843～1250。

境，其實就是千百年來「失意者」共同的文化心態。〔註295〕在如此的情況下所譜出的首首心曲，當然沒有一般生活無虞的閨秀對愛情的纏綿憧憬，或對景物的細膩描繪，坎坷飄零的人生對媛介詞作的影響，恰如《文心雕龍·辨騷》所言：「其敘情怨，則鬱伊而易感；述離居，則愴怏而難懷。」〔註296〕矛盾、抑鬱與淒涼的心境自然外化為悲涼黯淡的風格。

〔註295〕 有關歷史上「失意者」文化心態的解讀，乃參閱張惠民：《宋代詞學審美理想》，頁 193。

〔註296〕 〔梁〕劉勰著、〔清〕黃叔琳校注：《文心雕龍校注》，頁 27。

第五章　青樓、寵妾與女俠詞人

　　晚明女詞人的出身，除了前述的名門閨秀外，尚有為數不少的名伎、寵妾在詞作上亦有可觀的成績。雖然這些名伎與寵妾的出身背景未必華貴，但大都聰穎過人，資質不凡。因在舊社會城市高等伎院所接待的對象，大多是風流的文人，若不通文墨，即使相貌絕佳，也是難以成為名伎。故既是名伎，必定受過某一程度的文學訓練，方能與文人雅士相唱和，況且與文士的交往過程，本身也是一種文藝上的學習。雖然這些藝伎所接受的教育未必如名門閨秀般的嚴謹，但也因此使她們的詞作少了陳腐的學究之氣，而多了幾分清新的真摯與浪漫，並可從其中窺得晚明獨樹一幟的名伎文化，與因士伎相親，從而使名伎受名士影響，而有著崇高國家民族意識的時代風氣。

　　本章即以當時蜚聲江南的秦淮名伎王微、楊宛、柳如是與李因等人為討論對象。另外致力於反清復明的女英雄劉淑，筆力深透，詞風別樹一格，有巾幗不讓鬚眉之勢，故別立一節以突顯之。

第一節　王　微

一、王微的生平與詞作

　　王微（1596～1647 或 1648），字修微，別號草衣道人，廣陵（今江蘇揚州）人。年方七歲即遭父喪，故流落煙花巷陌。長而才情出眾，

常扁舟載書，往來於吳（江蘇）會（浙江）之間。與之游者，如雲間陳繼儒（號眉公，1558～1639）、竟陵譚元春（字友夏，1586～1651）與華亭施紹莘（字子野，1581～約 1640）等皆一時名士。已而忽有警悟，於是皈心釋氏，布衣竹杖，游歷江楚。

王微性雅好游，嘗載詩書往來於五湖間，登大別山，眺黃鶴樓、鸚鵡洲諸勝。謁玄嶽，登天柱峰，上廬山訪白居易草堂，參拜憨山大師於五乳峰，歸即造生墓於武林（今浙江杭州），自號草衣道人，有終焉之志。偶過吳門，爲俗子所嬲，於是先歸歸安（今浙江吳興）茅元儀（字止生，世代甲第，乃著名文學家茅坤之孫），後歸華亭（今上海松江）東林名士許譽卿（字霞城，萬曆四十年進士，後任門下省給事中）。許譽卿時官給諫，當政亂國危之日，譽卿極諫敢言，抗節罷免，多得王微之助。甲申、乙酉之亂後，譽卿與王微相依於兵刃之間，輾轉播遷，誓死相殉，後三載而卒。〔註1〕

關於王微的詞作，據周銘《林下詞選》所言有《期山草》行世，〔註2〕而馬祖熙亦言華東師範大學施蟄存教授曾積五十年之旁搜筆錄，於所見的明末清初別集、總集及有關筆記札記中輯得王微詞作共51首，仍稱《期山草詞》，並由上海古籍出版社出版。〔註3〕但遍訪海內藏書，並未發現馬教授所言的本子，而大陸學者張仲謀與鄧紅梅均言王微詞今未見其集，賴諸選本以存。〔註4〕《全明詞》本從《女子絕

〔註1〕 以上關於王微的生平，乃參考〔清〕錢謙益《列朝詩集小傳》下冊，頁760～761。〔清〕王昶：《明詞綜》卷12，頁5。〔清〕周銘：《林下詞選・王微小傳》，趙尊嶽編：《明詞彙刊》下冊，頁1619。〔清〕姚旅《露書・王微小傳》，四庫全書存目叢書編纂委員會編：《四庫全書存目叢書・子部》冊 111，頁 628～629。馬興榮、吳熊和、曹濟平等編：《中國詞學大辭典》，頁178。饒宗頤初纂、張璋總纂：《全明詞・王微小傳》冊4，頁1775。馬祖熙：〈女詞人王微及其《期山草詞》〉，《中國國學》第22期，1994年10月，頁43。

〔註2〕 〔清〕周銘《林下詞選》，趙尊嶽編：《明詞彙刊》下冊，頁1619。

〔註3〕 馬祖熙：〈女詞人王微及其《期山草詞》〉，《中國國學》第22期，1994年10月，頁41～47。

〔註4〕 張仲謀言：「《名媛詩緯初編》選一首，《林下詞選》選十七首，《蘭

妙好詞選》、《明詞綜》卷 12、《眾香詞》書集、《古今詞統》與《歷代
閨秀詩餘》下冊共輯得 25 首，〔註5〕2005 年東吳大學王秋文碩士論文
《明代女詞人群體關係研究》「附錄五」即按馬祖熙在〈女詞人王微及
其《期山草詞》〉一文中所提供的訊息，分別從《全明詞》〔註6〕及明
代潘游龍所編的《精選古今詩餘醉》輯出，〔註7〕汰其重複者，再加上
馬祖熙在文章中所引用到的二首與殘編二詞，編成〈王微詞補輯〉，計
得王微詞 48 首與叢殘斷句 2，〔註8〕雖仍不及馬祖熙所言，但已相去
不遠；另外檢閱《明詞彙刊》所附之王端淑編《名媛詩緯初編・詩餘
集》，發現其中的〈搗練子・青夜送遠〉一詞是王秋文作〈王微詞補輯〉
所漏收的。2007 年《全明詞補編》問世，從《蘭皋明詞彙選》卷 2 中
補入〈西江月・湖上〉1 首〔註9〕（按本詞原爲王秋文本所輯之斷句）。
本文在探討王微詞作時即以王秋文補輯所收之詞和漏收的 1 首與《全
明詞補編》補入者爲研究範圍，並在詞末註明出處。

　　王微的詞作，歷來評論者所給予的評價並不一致，如錢謙益即有
詩論其詞作：

　　　　不服丈夫勝婦人，昭容一語是天眞，王微、楊宛爲詞客，
　　　　肯與鍾譚作後塵。　　　草衣家住斷橋東，好句清如湖上風，

　　　　皋明詞彙選》選七首，《明詞綜》選三首，去其重複，共得十九首。」
　　　　張仲謀：《明詞史》，頁 276。鄧紅梅言：「修微之作頗多，除詩文之
　　　　外，周之標在《女中七才子蘭咳集》中收錄了近二十首。」鄧紅梅：
　　　　《女性詞史》，頁 226。
〔註5〕饒宗頤初纂、張璋總纂：《全明詞》。
〔註6〕饒宗頤初纂、張璋總纂：《全明詞》，本文所引輯自該書之詞作内容，
　　　　包含斷句、標點、頁碼，悉依此版本，謹在詞作後標註書名、冊次
　　　　與頁次，不另附註。
〔註7〕〔明〕潘游龍輯、梁穎校點：《精選古今詩餘醉》（瀋陽：遼寧教育
　　　　出版社，2003 年 3 月），總 446 頁。本文所引輯自該書之詞作内容，
　　　　包含斷句、標點、頁碼，悉依此版本，謹在詞作後標註書名與頁次，
　　　　不另附註。
〔註8〕王秋文：《明代女詞人群體關係研究・附錄五　王微詞補輯》（臺北：
　　　　東吳大學中國文學系碩士論文，2005 年 7 月），頁 169～174。
〔註9〕周明初、葉曄：《全明詞補編》下冊，頁 1086。

近日西陵誇柳隱，桃花得氣美人中。〔註10〕

對王微、楊宛等女詞人極為讚賞，以為可繼當時文壇作手鍾惺、譚元春之後；而王微佳句之清麗更如湖上怡人之清風。陳繼儒（1558～1639）亦稱「修微挑燈吟自若，其詞娟秀幽妍，與李清照、朱淑真相上下」，〔註11〕以為王微詞作可與詞史上最著名的女詞人李清照、朱淑真相媲美。而1930年代趙尊嶽編《明詞彙刊》，有〈惜陰堂彙刻明詞記略〉一文，其中言及明詞特色之一即是女詞人眾多，並以王微為代表。〔註12〕但清代王奕清在《歷代詞話》卷10引《竹窗詞選》言「王修微初為青樓，後為黃冠，詞集甚富，皆言情之作，多有俳調。」〔註13〕僅給予泛泛的評價，張仲謀在《明詞史》甚而言「初覽諸家贊語，令人想見王微冰清玉潔、凜然不可犯之姿，既讀其詞，乃多俳調，全失其矜莊清雅之印象」。〔註14〕

　　究竟王微詞的內涵為何？何以諸家的評價有如此大的差異？本節擬分別從內容與形式技巧兩面來探討王微詞，期能以詞作來說明王微情歸許譽卿前的漂泊人生，〔註15〕並賦予王微詞客觀的評價。

二、王微詞的內容

　　細究王微詞的內容，大致可分為心緒睿敏的女詞人觸物興感之低唱，單身遠游遇不順情況時羈旅憶舊的惆悵，而王微亦以詞作表現她對茅元儀的深深愛戀，但這樣的深情，竟換得傷離怨別的沉吟。情歸

〔註10〕〔清〕錢謙益〈姚叔祥過明發堂共論近代詞人戲作絕句16首〉其11、12，《牧齋初學集‧卷17》，《四部叢刊初編‧集部》（上海：商務印書館縮編崇禎癸未刻本），頁185。

〔註11〕陳繼儒〈微道人生壙記〉，〔明〕陳繼儒著、施蟄存點校：《晚香堂小品》（上海：貝葉山房，1936年2月），頁350。

〔註12〕趙尊嶽：《明詞彙刊‧附錄一》下冊，頁7。

〔註13〕〔清〕王奕清等撰《歷代詞話》，唐圭璋編：《詞話叢編》冊2，頁1321。

〔註14〕張仲謀：《明詞史》，頁276。

〔註15〕據馬祖熙的考證，王微的詩文詞皆作於三十歲以前，情歸許譽卿之後，即不再墮入綺語障中。馬祖熙：〈女詞人王微及其《期山草詞》〉，《中國國學》第22期，1994年10月，頁43～45。

許譽卿之後，有堅定情感支持的女詞人即與夫君共同戮力於國事，而不再有綺語麗詞之作。

（一）觸物興感的低唱

作爲一個才情兼備的女子，王微本即有著睿敏的思緒。在流寓吳、會期間，來到西湖，看到美麗的水色山光，佳人不免與自身境況相聯繫，而有多首觸物興感之作。就筆者所見的資料中，即有 10 首以〈望江南〉爲調，分詠湖上月、水、柳、花、女、草、雨、雪、舫與酒的作品，王奕清《歷代詞話》與張仲謀《明詞史》言其詞多俳調，或即此之謂。細玩之，雖非首首皆佳，但亦有可觀之處，如其中「詠湖上水」言：

> 湖上水，月寒生靜光。采蓮歌斷人歸去，蘆荻風輕澹映霜，雙槳下橫塘。　　峰數點，草色界垂楊。秋去不傳紅葉怨，春來偏喜浴鴛鴦，花落浪紋香。（〈望江南・湖水上〉《精選古今詩餘醉》，頁 346）

描寫西湖秋水，除盡收湖上風光外，其中「秋去不傳紅葉怨，春來偏喜浴鴛鴦」，不也寄寓著此刻詞人心中的怡然自得與對未來的期待？

載書悠遊湖上，遇到淫雨霏霏的時節，王微亦有其特別的情懷，其詠湖上雨曰：

> 湖上雨，如縷復如塵。半落青山半花上，一回冷落一回新，似淚不曾晴。　　聲乍急，點斷水中紋。別浦已歸魚父棹，遠山幻出米家神，偏只惱佳人。（〈望江南・湖上雨〉《精選古今詩餘醉》，頁 347）

詞中佳人當然是詞人自謂，雖不曾明言所惱者爲何，但從「一回冷落一回新，似淚不曾晴」的描述中，已可看出女主人翁的多愁善感。再看其〈搗練子〉云：

> 心縷縷，愁踽踽。紅顏可逐春歸去。夢中猶姗惜花心，醒來又聽催花雨。（《全明詞》冊 4，頁 1777）

看到滿地落紅堆積，不禁想到自己逝去的年華，夢中猶憐惜花落，醒來卻又聽到陣陣催花雨；回首來時踽踽獨行路，詞人已陷入不絕如縷

的惘然之中。

在孤單的寒夜裏，看到簾外月光掩映下凍瘦的梅影，王微又是感觸良多，於是她再以〈如夢令〉賦下自己在靜夜的感懷：

> 簾外月消煙冷，凍瘦一枝梅影。空館不勝情，此際知誰管領。夢醒，夢醒，又把閒愁思整。（《全明詞》冊4，頁1775）

寂寞空館，教人不勝感懷，輾轉反側之餘，終於能幽幽睡去，待夢醒時分，再將這許多閒愁整理一番。情感內蘊的深長與藝術表現的委婉含蓄，正是詞體的特質所在，宋代李之儀在〈跋吳思道小詞〉中即言：「長短句於遣詞最爲難工，自有一種風格，稍不如格，便覺齟齬。」〔註16〕王國維《人間詞話》亦言：「詞之爲體，要眇宜修。能言詩之所不能言，而不能盡詩之所能言。詩之境闊，詞之言長。」〔註17〕細究王微詞，在娟秀的詞面下或融情入景，或情由境生，而使言外之意寄於情景交融的意境之中，令人反覆吟詠而餘韻不絕。如其〈憶秦娥・月夜代偶〉言：

> 清光冷，梧桐一葉飛金井。飛金井，相思此際，倩誰管領。
> 有夢一生何必醒，離愁只憑依花影。依花影，猶記堤邊，風迴小艇。（《全明詞》冊4，頁1776）

多情且飄泊無依的王微，又何嘗不想擁有志在四方的灑脫，無奈生爲女兒身，不能掃除天下。在參誦之餘，只能散懷花雨，或箋志水山，喟然而興，寄意而止。〔註18〕在明月映空的秋夜裏，女詞人輾轉反側，憂思難眠，所以漫步閒庭。瞥見飛入金井的梧桐落葉，恰似自己無法安定的人生。在這裏，我們看到了王微的深情與無奈，她情願時光永遠停留在與有情人共渡的美夢中，也不願醒來面對孤單的人生，故言「有夢一生何必醒，離愁只憑依花影。依花影，猶記堤邊，風迴小艇。」

〔註16〕金啓華、張惠民等編：《唐宋詞集序跋匯編》，頁36。

〔註17〕王國維《人間詞話・刪稿》，唐圭璋編：《詞話叢編》冊5，頁4258。

〔註18〕〔清〕錢謙益《列朝詩集小傳・王微小傳》言：「修微《樾館詩》數卷，自爲敍曰：『生非丈夫，不能掃除天下，猶事一室，參誦之餘，一言生成，無非詩也。詩如是可言乎，不可言乎？』」參閱氏著：《列朝詩集小傳》下冊，頁760～761。

將滿腹離愁與相思託予花影和風中小艇，更令人感受到詞人的款款深情與玉潔冰清。

又如〈浣溪沙・啄瓶內荷花〉亦表現了詞人的善感與多情：

> 但聽清歌不學舞，生來曾住鴛鴦浦。有時月底雙雙語。
>
> 　偶因雙槳載歸來，不復成蓮心自苦。藕絲斷作相思縷。

（《精選古今詩餘醉》，頁 116）

表面上看來是詠荷花，細玩之，不正是詞人對自我身世的表述嗎？再看在端陽佳節裏，漂泊詞人的點滴感受，其〈滿庭芳・五日〉曰：

> 艾節菖鬚，榴花葵樹，夢中還是端陽。病懷離緒，客久厭吳閶，難倩朱絲續命，和腸斷流水春光。閒凝望，晴窗遠岫，慚愧白雲忙。　　幾年逢此日，符挑玉股，香襯羅囊，又誰信心情物候參商。行吟澤畔，看滿眼，惟有雌黃。閒人道，游龍舞燕，煙景勝錢塘。（《精選古今詩餘醉》，頁 72）

上片所述的是詞人在病榻中百般的無奈，但覺命薄難續，似有久病厭世之慨；下片詞人回顧數年來的端陽景況，「又誰信心情物候參商」讓人感受到生命似乎已到了谷底，但末句的「聞人道，游龍舞燕，煙景勝錢塘。」又重見活力：詞人要勇敢地走下病榻，欣賞勝過錢塘景致的端陽游龍與燕舞。在此再次展現了王微不向命運低頭的堅毅品格。

（二）羈旅憶舊的惆悵

隨年紀漸長，王微厭倦了青樓生活，心中的求道之心愈益明顯，除皈依釋氏之外，她無視於摯友們的勸說，執意單身遠游，〔註19〕載

〔註19〕朋友們對王微正值綺年而單身遠游雖然欣賞，卻多有疑慮，如以書畫名垂青史的董其昌與晚明才士陳繼儒均曾爲文對王微的遠行提出規誡。（1）董其昌〈題王修微詩卷送行序〉言：「修微才並左芬，禪參月上。枇杷花下，鄙之而不居；慈珠宮中，招之而不往。沾泥柳絮，無復隨風；淨土蓮臺。時常入定。今將遠尋廬阜，問法憨師。笑雲何依，明月獨舉。雖多求友之情，寧無懷璧之慮哉！惟此行卷，作護身符。星河在望，猶重機杼之文；弱水難航，遙出步虛之響。但使異鶴反走，即知黃鵠雄飛。上官之秤，豈有神鎚，夫人之城，屹焉天險。暫遊萬里，其在斯乎。」趙郡西園老人口授；蔣烈編：《南吳舊話錄・卷二十四》（臺北：廣文書局，1971 年 8 月）冊 4，頁 1041。

詩書往來五湖間,並登大別山、眺黃鶴樓、鸚鵡洲諸勝。王微巧扮爲男性,徜徉在青山綠水間,對於這樣的日子,她極爲滿意,可以詞爲證,其〈竹枝〉曰:

> 幽蹤誰識女郎身,銀浦前頭好問津。朝罷玉晨無一事,壇邊願作掃花人。(《全明詞》冊 4,頁 1778)

「壇邊願作掃花人」是自在且愜意的。但落花掃久了,詞人驚覺芳華終是短暫。在踽踽獨行的歲月裏難免遇到挫折,尤其在身體不適時,詞人更渴望能有閨中密友相互照應,其〈憶秦娥·月夜臥病懷宛叔〉即言:

> 因無策,夜夜涼心似摘。心似摘,想他此際,閒窗如昔。
>
> 　煙散月消香徑窄,影兒相伴人兒隔。夢又不來,醒疑在側。(《全明詞》冊 4,頁 1776)

詞題中的宛叔即王微女兄弟楊宛,[註20] 詞人因病而坐困愁城,苦無良策的落寞形象,躍然紙上,尤其末句「夢又不來,醒疑在側」的迷離惝怳,令人頓生我見猶憐的同情之感,也覺得王微如此單身遠行求道,是否太折磨自己了?

另外〈水龍吟·除夜〉亦是王微細訴在孤寂的除夕夜裏,對好友不盡的思念:

> 歲去矣,花燭紅爐,難送卻閒惆悵。芳根似夢,香心未醒,千般愁釀。記起秋眸,各含清淚,欲開離舫。更回車佇苦停車,卻又匆匆,去添悽愴。　　兩地牽思一樣,不隨緣

---

(2) 陳繼儒〈答王修微書〉云:「空山中,自修道人飛至,便成洞府。何必處處鸞鶴,雁嚴霜,峭帆之下,幸爾無恙,昨夢秋月如規,游氣散盡,曉謂侍山山蕙蘭,乃稱世外也。別時黯慘,使人不能返視。黃蘆白蒂,孤兒曰:『此夢可祥』。已得手書,追呼二三韻士視之,驚嘆其奇絕。天女散花,昔聞其語,今見其人矣。梅花爛漫,度在二月初旬,能舞棹諧此清諾否?先期一報,煮雪相待衡門之下也。」〔明〕陳繼儒原著、施蟄存點校:《晚香堂小品》(上海:貝葉山房,1936 年 2 月),頁 401。

〔註20〕〔清〕錢謙益《列朝詩集小傳·楊宛小傳》言:「宛與草衣道人爲女兄弟。」見氏著:《列朝詩集小傳》下冊,頁 774。

那聲楚榜。還堪暫住，何妨徐解，偏生早放。人遠如天，
別長於死，幾時重訪。悔并刀剪得，穠雲朵朵，飛來眉上。
（《精選古今詩餘醉》，頁 72）

只有花燭紅爐伴佳人，實在難以送歲。女詞人憶起昔日與好友依依難
捨的情景，卻是更添淒愴。明知兩地相思，卻不知何時能重訪？只盼
能以并刀剪下朵朵穠雲，送知己前來相會。

　　無人相伴，心情又不開朗，病情怎會好轉呢？秋去冬來，窗外群
雁已南飛，窗內人兒卻仍孤單地空守客舍。想到自己如浮萍般的命
運，王微輾轉反側，再也無法入眠。於是她擁被握管，在寒冷的冬夜
賦下〈生查子‧冬日懷韓夫人〉，盼能藉由思念與回憶，來填補內
心的空虛和寂寞：

雁過紙窗寒，月到空階冷。病已不堪愁，夢去人初醒。　　猶
憶少年時，寄跡如萍梗。一幅落梅巾，相攜問花影。（《全明
詞》冊 4，頁 1778）

久病未癒，詞人只好苦中作樂，在夢中以一幅沾滿朵朵落梅的頭巾，
聊慰故人，並相約共賞月下花影。不論久病或寒冬，人人都期盼能有
摯友相伴，而在月圓天冷的清秋時節，詞人更渴望能與知己重逢，於
是她以罕用的長調，哀怨地賦下〈賀新郎‧對月有懷〉，細訴覊旅的
孤寂：

醉裏眉難熨。正秋宵、半簾霜影，滿林楓葉。攪亂閑愁無
歇處，況是酒醒更絕。猛拍闌干歌一闋。轉調未成聲已咽。
想那人、此際同蕭瑟。山水遠，夢飛越。　　別來積念從
誰說。喜相逢、伊邇屈指，尚須十日。見了定應先問取，
曾覺幾番耳熱。又恐怕、見時倉卒。待寫相思爭得似，不
如六字都拈出。隔千里，共明月。（《全明詞》冊 4，頁 1777）

女詞人因宿醉難眠，透過簾幕，看見明月映照滿林楓葉，吸引她走向
戶外，借以醒酒。沒想到酒醒後更覺滿腹閑愁無處宣洩，想高歌一闋，
卻是轉調不成而聲已哽咽。想到摯友此刻與自己同處蕭瑟之中，又想
能儘速入夢，讓彼此魂魄飛越千山萬水，前來夢中相會。下片詞人即

鋪述了十日後相逢的喜悅，要先問問好友是否曾感受到自己的思念，但又恐怕見面時太匆促，無法細訴滿腹相思，不如將此情愫盡付明月之中。最後兩句「隔千里，共明月」，乃化自蘇軾名篇〈水調歌頭〉（明月幾時有）中的名句——「但願人長久，千里共嬋娟」，〔註 21〕充滿誠摯的慰問與祝願。

　　細玩全篇，從相思無奈到隨緣自處，深刻地表現王微的孑然遠行是由孤單寂寞與果敢堅忍交織而成的，也印證了好友董其昌「雖多求友之心，豈無懷璧之慮。」（〈題王修微詩卷送行序〉）的勸誡，與陳繼儒「黃蘆白茆，孤雁寒霜，峭帆之下，幸爾無恙。」（〈答王修微書〉）的慶幸都是其來有自的。〔註 22〕

　　另外〈西江月・湖上〉一詞亦是王微以真摯的詞筆，細訴旅途中孤寂與病苦交織的心緒：

> 有約故人何處，無情湖水偏流。山也弗管人愁。一點白雲斜透。　　寒雨已來枕畔，孤鴻又過樓頭。欲拚沉醉不知休。病又不堪中酒。（《全明詞補編》下冊，頁 1086）

來到山清水秀的湖畔，女詞人所感受到的不是美景的震懾，而是無限孤寂的襲擊，王微想借酒澆愁，無奈因生病而不堪中酒，只好將此心緒化為文字，借小詞以表之。

　　王微皈心禪悅，忍受孤獨，往來五湖，並在五乳峰參拜憨山大師後，心思更加澄澈，明白了色藝、綺語與聰慧均不足恃，於是旅程結束後即在杭州造生墓，並自號草衣道人，準備終老於斯。〔註 23〕王微

〔註 21〕唐圭璋編：《全宋詞》冊 1，頁 280。

〔註 22〕董其昌與陳繼儒之文見前註。

〔註 23〕陳繼儒曾為王微作〈微道人生壙記〉，其中敘述王微的身世、遭遇頗詳，其文曰：「修微姓王，廣陵人。自幼有潔癖、書癖、山癖。自傷七歲父見背，致飄落無所依，眉嫵間常有恨色。……微飯蔬衣布，絀約類藐仙姑；筆床茶灶，短棹逍遙，類天隨子。謁玉樞於太和，參憨公於廬阜。登高臨深，飄忽數千里，智能衛足，膽可包身。獨往獨來，布帆無恙。既歸，出楚游稿示余，冰雪淨其聰明，雲霞汰其粉澤，抑名山大川之助乎？修微曰：『自今伊始，請懺從前綺語障，買山湖上，穿容

本以爲此生即可如此平淡度過，不幸在一次路過蘇州途中，卻爲俗子所欺騙、玩弄，〔註24〕萬般無奈下，她只好告別生墓，與一般女人相同，選擇良人以庇終身，於是情歸歸安茅元儀，做了茅元儀的家姬。

（三）情愛相思的纏綿

在王微的詞中，有相當多的篇幅是敘述男女情愛的纏綿，其中的男主角，應是茅元儀。〔註25〕茅元儀本即豪傑之士，曾長期參與孫承宗軍務，效命東北邊陲，有志彌補時艱，〔註26〕故常無暇念及家中姬人的情況。王微雖出身煙花，但卻是冰清玉潔，對元儀一往情深。且看她曾以〈竹枝〉爲調，愉悅地道出與茅元儀對弈的歡欣：

> 不信仙家也不聞，白雲春亂碧桃關。棋亭偶向茅君弈，一
> 局未終花已殘。(《全明詞》冊 4，頁 1778)

在春暖花開之時與情郎一起下棋，共賞春光，讓詞人覺得快活勝過神仙，且看「一局未終花已殘」，即可得知寄寓其中的意猶未盡之感。但因茅元儀長期戍守在外，大部分的日子裏，王微仍是寂寞空自守。

王微日夜期盼，良人卻遲遲未歸，春去多來，聽雁聲斷續低吟，

棺之墟，茆屋藤床，長伴老母，豈復問王孫草、劉郎桃、蘇小小同心松柏哉！』予曰：『今君才貌兩豔，人間所殫，出世之盟，將無太早？』修微曰：『嘻，是何言！孔雀金翠，始春而生，四月而凋，與花萼相衰榮。每欲山棲，必先擇置尾之地，然後止焉。然禁中緻之以爲帛，蠻中採之以爲翣，甚至有烹而爲脯爲腊者，色可常保乎？鸚鵡馴擾慧利，洞曉言詞，官家奇愛之，或教詩文，或授佛號，而未免閉於金籠，搏於鷙鳥，則韻語又可常恃乎！』予歎曰：『常情仕諱歸，年諱老，而修微少不諱死，死不諱墓。昔者淵明自祭，樂天自銘，司空圖引平時故交，痛飲生壙中，三君子以後，鮮有嗣續高風者，修微達視死生，如畫夜寒暑之序，女史乎？女俠乎？一變至道矣。』〔明〕陳繼儒原著、施蟄存點校：《晚香堂小品》，頁 350～351。

〔註24〕〔清〕錢謙益《列朝詩集小傳》，下冊，頁 760。

〔註25〕據馬祖熙的考證，王微的詩文詞皆作於三十歲以前，情歸許譽卿之後，即不再墮入綺語障中。故詞中的主角，應即是茅元儀。馬祖熙：〈女詞人王微及其《期山草詞》〉，《中國國學》第 22 期，1994 年 10 月，頁 43～45。

〔註26〕〔清〕錢謙益：《列朝詩集小傳‧丁集下‧茅待詔元儀》，下冊，頁 591～592。

詞人只覺自己因思念情郎而形貌漸損，且看其〈如夢令・冬夜〉言：

> 早自不禁悽惋，那更雁聲續斷。近日瘦腰圍，想比別時更緩。夜半，夜半，夢去似他低喚。（《精選古今詩餘醉》，頁 72）

為伊消得人憔悴，詞人午夜夢迴，似乎聽到情人的呼喚，猛然驚醒，方知是好夢一場。她再也無法入眠，乾脆披衣而起，但見回廊悄寂，簾外正是新月朦朧，早梅方唾的初冬佳景，卻無法與情人共賞，王微自是惱恨，其〈鵲橋仙・冬夜偶成〉即言道：

> 新月朦朧，回廊悄寂，簾外早梅初唾。香漸不溫燈漸施，相思無夢知何處？　病也綿綿，愁偏瑣瑣，此際誰堪說與？假饒中夜倩離魂，斷橋流水無情阻。（《精選古今詩餘醉》，頁 218）

相思成病，又堪說與誰知道？只盼情人的魂魄能飛越萬水千山，再入夢中與詞人相會。王微想將自己滿腹的思念化為文字，寄給情郎，卻不大敢在人前書寫，或恐是怕引起其他家姬的嫉妒；想將思念的容顏寄給情郎，卻也擔心他會驚訝自己的愁眉不展。還是希望情郎能早日歸來，共賞冬梅吐豔。試看其〈生查子・冬夜〉言道：

> 欲寄別時心，怯在人前寫。欲寄別時容，愁郎展時訝。　驚雁自尋群，那管魂逢乍。直箇幾時歸？並影梅花下。（《精選古今詩餘醉》，頁 218）

全詞充滿對情郎歸期的殷殷期盼。而看著窗外畫梁雙飛燕，再對鏡凝視自己日漸憔悴的容顏，王微有感而發，其〈風中柳・代賦〉云：

> 憔悴花容，衹被那人擔擱。為愁忙、何曾寂寞。殘膏垂淚，亦自傷離索。剪頻頻、不知花落。　欲寄封題，又怕雁兒難託。恨春光、鶯花送卻。畫梁歸燕，更雙穿簾幙，這心情，好生難著。（《全明詞》冊 4，頁 1777）

一個為情而迷離惝恍的寂寞少婦形象躍然紙上，想託雁兒傳訊，又怕音書難達。只盼孤單的日子快快過去，卻又恨鶯花送走春光，而讓自己益加衰老。這樣矛盾的心情，正是王微期盼夫君早日歸來，不讓自己紅顏虛度的眞實寫照。

　　深情的王微，怎堪兩地相思的折磨？她病了，在病榻上，她心中所牽掛的，依然是摯愛的情人，其〈生查子‧春夜〉言：

　　久病怯憑欄，況憶人同倚。月寒花影篩，愁至歡難替。　　離魂未得飛，擔帶愁同去。芳草在天涯，綠到無迴避。（《全明詞》冊 4，頁 1776）

秋去春來，長年臥病的王微，再也不敢憑欄遠望，只怕萋萋芳草，徒增無限的離愁別恨。在此詞人巧妙運用了「芳草」這一象徵離情的典型意象，宕開一筆，以景作結，一碧如茵的芳草，本是麗景，但傷心人別有懷抱，以「綠到無迴避」來表現對伊人的深情懷念，情感更為含蓄深邃，更顯餘韻悠然，讀之令人低迴不已。

　　好不容易盼到夫君回來了，但會面時的溫存都還來不及填補兩地相思的空虛，情郎卻又即將遠行。落寞的王微在無奈中送行，其〈搗練子‧送遠〉言：

　　雨初收，花淚簌。歌送行人不成曲。花落花開俄頃間，歸期合將花卜。（《全明詞》冊 4，頁 1775）

在細雨紛飛的暮春時節送行，臉上滿是不捨之淚的詞人正似帶雨的落花。看著花開花謝只在俄頃之間，而何年何日能再與夫君相逢？在百般無奈之中，王微只得細數花瓣，預卜情郎的歸期。從理智上說來，聰慧的王微當然知道數花瓣卜歸期的不足信，但為了安慰自己，使心情稍微平復，她只好這樣做。透過卜花這樣單調又反覆的動作，更見王微對茅元儀的一往情深。

　　而其餘如〈長相思〉的「為伊愁，怕伊愁，愁得相逢愁始休。」（《全明詞》冊 4，頁 1776）、〈錦堂春‧用該韻〉的「夢裏幽期雖訂，未卜幾時真個」（《全明詞》冊 4，頁 1778）與〈憶秦娥‧月夜代偶〉的「有夢一生何必醒，離愁只恁依花影」（《全明詞》冊 4，頁 1775）等均明白表現王微對愛情的真誠與專一。

（四）傷離怨別的沉吟

　　然而王微的愛並沒有得到茅元儀同等的回報，她對茅元儀的愛終

究處在被遺棄的結局中。接獲茅元儀欲分手的尺牘，王微眞是不願相
信，她不明白，自己的深情爲何換得此一無言的結局？其〈醉春風‧
怨思〉曰：

> 心似當時醉。眼到何時睡。燈花落盡影疑冰，悔。悔。悔。
> 輾轉相思，是誰催促。別時偏易。　　無限天涯淚。難定
> 天涯會。接君尺素表離情，啐。啐。啐。一半模糊，不如
> 夢裏，問他眞僞。（《全明詞》冊 4，頁 1777）

從「接君尺素表離情」可知此詞應是作於王微與茅元儀分手之初。詞
人不解自己的款款深情怎會換得一紙休書？她不能接受自己的愛竟
遭受如此對待，她想問清楚，卻又不得其道。她憂思難眠，輾轉反側，
想細尋個中原由，卻又無處得知。在感傷落寞之餘，只好藉酒澆愁，
也期盼情郎能入夢中，讓詞人問個明白。全詞不假任何雕飾，卻寫盡
了失愛女子的迷離與恍惚，讓人對王微乖舛的命運，不禁一掬同情之
淚。無論眞相如何，既然已知對方有分手之意，個性堅強的王微，毅
然收拾行囊，離開了茅家。

再度走上漂泊之路，在月色朦朧的夜裏，昔日是與情郎攜手共
賞，今夜卻是孤枕難眠；輾轉反側之餘，多情又多心的詞人甚至夢到
情郎送來代表決絕的玉玦，其〈卜算子〉傷心地吟道：

> 燈盡正無聊，忽夢郎遺玦。永夜深江月似煙，清恨寒如雪。
> 　　心斷路沉沉，暗枕空凝血。莫怨郎心似玦離，曾有圓
> 時節。（《全明詞》冊 4，頁 1778）

由詞意來看，此詞應作於王微初離茅家之後。據姚旅《露書》云王微：
「以止生視姬人楊宛厚於己，遂逸去。」〔註27〕由此亦可窺得女詞人尖
銳的性格。在去留之間，王微心靈本已充滿矛盾，此刻在旅寓中，卻在
夢中經歷了婦女最爲傷痛的「金寒玦離」，眞是悲哀之至。上片寫夢玦
之清恨，如眞似幻；下片寫離去之情，似怨而哀。但最後詞人所道「莫

〔註27〕〔清〕姚旅《露書》卷 4，四庫全書存目叢書編纂委員會編：《四庫
　　　全書存目叢書‧子部》冊 111，頁 628。

怨郎心似玦離，曾有圓時節」的寬容之語，更見王微對茅元儀的深情。

　　在決心離開茅家之後，幾欲斷腸的王微不知何去何從，既不能灑脫地登山臨水，吟詠抒懷；也不敢幽幽睡去，深怕在夢中與朝思暮想的情郎相逢，平添醒後分手的落寞與感傷，於是她以〈生查子〉爲調，賦下自己滿腔的愁怨：

> 已知無見期，隻影誰賡和。山水怯登臨，拈韻何曾做？
> 　偏是薄情郎，夢也如眞個。睡去怕相逢，夜夜挑燈坐。
>
> （《全明詞》冊4，頁1778）

短短數語，寫盡了失愛女子的迷離惝怳，如此形單影隻，失魂落魄地獨與寒燈相對，任誰看了都會心生我見猶憐的不捨。

　　幸好上天對王微沒有過多的折磨，在離開茅元儀數月之後，王微終於遇到眞心疼愛她的許譽卿（字霞城，華亭人，萬曆四十年（1612）進士），譽卿當時擔任諫官，在政亂國危之時，譽卿多所建言，甚至抗節罷免。而王微的支持與鼓勵，正是譽卿最大的動力；王微在遇許譽卿之後，即全心助夫奔波國事，自此不再留連於綺語之中。甲申、乙酉亂後，兩人相互扶持，誓死相殉，不料在三年後王微卻因病亡故，譽卿哀痛欲絕，在將王微葬於她所鍾情的西湖後，即出家爲僧。〔註28〕可見王微雖出身煙花，但其情深與義重，足令名士折服。

　　細究王微詞處處所流露出的深情和其助夫共赴國難的義舉，更令人堅信周銓在〈英雄氣短說〉所言：「天下一情所聚也，情之所在，一往輒深。移之以事君，事君忠。以交友，交友信。以處世，處世深。」〔註29〕而曾經淹沒在歷史浪潮中的揚州才伎王微，正是其中的佼佼者。

三、王微詞的形式技巧

　　王微詞作的形式技巧，大致上以白描口語的鋪敘爲主軸，其中亦

〔註28〕關於許譽卿的生平，詳參《明史·許譽卿傳》。〔清〕張廷玉等撰《明史·列傳第146》，楊家駱主編：《新校本明史并附編六種》冊12，頁6645～6648。

〔註29〕致新主編：《歷代小品·性靈》（漢口：崇文書局，2004年1月），頁124。

有部分詞作，在白描口語中亦見明慧委婉的筆致與層層轉深的議論。

（一）白描口語的鋪敍

因爲出身與養成教育的關係，王微詞與當代閨秀詞有著明顯的差別，她較少借用書卷經驗，而是忠於自我感受，以白描口語的方式來鋪敍，如其〈醉春風·代怨嘲〉言：

> 誰勸郎先醉。窗冷燈兒背。拋琴抱婢倚香幃，睡。睡。睡。
> 忘卻溫柔，一心只戀。醉鄉滋味。　　慚愧鞋兒謎，耽閣
> 鴛鴦被。問郎曾否脫衣，未。未。未。想是高唐，美人惜
> 別。不容分袂。（《全明詞》冊4，頁1777）

此詞純寫閨情，而無比興寄託，在眞率直露的淺語中卻不失其婉轉，有情態、有動作，更有內心的獨白。詞人的心情，由猜疑、嬌嗔、失望到坦然釋懷，並溫柔體貼地爲情郎褪去外衣，讓他在宿醉後得以安歇，甚至爲情郎只戀醉鄉的行徑編織理由。其間感情的變化錯落有致，一個多情寬厚的少婦形象，栩栩如生地呈現眼前。來自民間的詞之所以能膾炙人口的最大因素，就在於其曲盡人意與肆意暢情的抒情特質，[註30]王微以明白如話的家常口語，忠實地陳述自己的情思，不假任何雕飾，反而更貼近詞的原始風貌，並展現出迥異於閨秀詞的特色。

再如其〈玉樓春·寒夜〉言：

> 影兒無端向我說，隨爾飄流何日歇。年將三十不回思，猶作
> 東西南北客。　　我聞此言心始怯。強倩梅花更相質，梅影
> 含情亦怨梅，梅花無語寒心咽。（《精選古今詩餘醉》，頁219）

雖然王微個性相當堅強，但對於自己類似自我放逐式的遠游，在窮愁寂寞孤苦之時，詞人不免仍會捫心自問：如此作爲究竟是爲何？如此的浪擲青春，直至年近三十仍是居無定所，眞是無怨無悔嗎？詞人以和影子平白如話的對談，來細訴心中的惶恐，雖然不假任何雕飾，卻眞切地傳達了心中對芳華虛度的感傷。尤其末句以寒梅自喻，更可明白詞人雖欲自己如梅花般冰清玉潔，但美人遲暮的哀悽仍是如此的刻

〔註30〕張惠民：《宋代詞學審美理想》，頁53。

骨銘心。從此也可以印證當代女子雖已有某種程度的自覺，但在某一層面上，她們仍然無法跳脫兔絲須依附高松，才能兩全雙美的傳統觀念。

再如其〈浣溪紗·春日〉所描繪的春日風光言：

> 春濃陌上飛，個個情癡似蝶忙，梨花初嫩不勝妝。飛簇海棠雲外月，趁風輕漾捕鴛鴦，小灣曲曲足行觴。（《精選古今詩餘醉》，頁116）

白描口語的鋪述，使得一幅仕女戲春圖盎然呈現眼前。而其餘如〈望江南·湖上月〉所言「花間游女醒還醉，水面笙歌散復留，夜半自悠悠。」、〈望江南·湖上柳〉的「無語似傳離別恨，有愁時入笛中吹。」、〈西江月·湖上〉的「有約故人何處，無情江水長流，青山也不管人愁，一點白雲斜透。」……等或融情入景，或以景寓情，均是以淺近之語真誠地描摹所見所感。王灼曾批評李清照曰：「作長短句，能曲折盡人意，輕巧尖新，姿態百出，閭巷荒淫之語，肆意落筆，自古搢紳之家能文婦女，未見如此無顧忌也。」〔註31〕當然王灼對李清照的批評不是我們所能同意的，但王灼也指出了李清照詞之所以特出處，就在於其淋漓酣暢以盡情，不但曲盡人意，且姿態百出。細究王微詞，雖然遣詞用字不若李清照的精巧獨到，但其忠於自我感受的真實傳達，卻也自然生動，從而別有一番引人入勝的韻味在其中。

讀王微詞，雖是明白如話，但在白描口語的鋪敘中，卻有反覆纏綿且耐人尋味的綿長情意在其中。此種含蓄不盡，意在言外之境，恰似司空圖在《二十四詩品·含蓄》所言：「不著一字，盡得風流。語不涉己，若不堪憂。是有真宰，與之沉浮。」〔註32〕茲以〈憶秦娥·戲留譚友夏〉為例來說明：

> 閒思遍，留君不住惟君便。惟君便，石尤風急，去心或倦。

〔註31〕〔宋〕王灼《碧雞漫志·卷二》，唐圭璋編：《詞話叢編》冊1，頁88。

〔註32〕〔唐〕司空圖《二十四詩品》，〔清〕何文煥輯：《歷代詩話》上冊，頁40。

　　　未見煙空帆一片，已掛離魂隨夢斷。隨夢斷，翻怨天
　涯，這番重見。(《全明詞》冊4，頁1776)

上片寫詞人本欲挽留友人，卻是留君不住。既然相留不住，故只有惟
君之便，此中已見無限幽思，而下文又轉出「石尤風急，去心或倦。」
石尤風即逆風，不直接說出自己想留，而託意於逆風難行，以企盼其
留，亦不說應緩此行，而言「去心或倦」以盼其自留，語妙情長，耐
人咀嚼。下片諸語，深表惜別之情，在水天江闊之中，至友還是揚帆
遠行，徒留詞人獨自佇立茫茫江畔，更有相見不如不見的感傷。全詞
雖是寫留友，卻隱約透露出詞人孤單漂泊的人生，與渴望有人相伴的
心意。如此巧妙融合詞面藝術形象與詞人主觀深層情思的蘊藉之作，
若非王微有著刻骨銘心的經歷與體悟，否則是很難寫就的。

（二）明慧委婉的筆致

　　鄒祇謨《遠志齋詞衷》載王士禎言詩人之詞與詞人之詞的分別
云：「有詩人之詞，有詞人之詞。詩人之詞，自然引勝，託寄高曠，……
詞人之詞，纏綿蕩往，窮纖極隱。」〔註33〕近人繆鉞亦言：「詞為中
國文學體裁中之最精美者，幽約怨悱之思，非此不能達。」〔註34〕王
微本即為明慧多感的女子，在付出誠摯的真愛之後卻遭捐棄，心中的
悲苦著實不可言喻；但她的勇敢與堅強也是眾人所欽佩的，種種幽曲
的情愫交織在一起，發而為詞，便形成明慧委婉的風格，耐人細細品
味。如其〈憶秦娥・湖上有感〉云：

　　　多情月，偷雲出照無情別。無情別，只似清輝，暫圓常缺。
　　　　傷心好對西湖說，湖光如夢湖流咽。湖流咽，又似離
　愁，半明不滅。(《全明詞》冊4，頁1776)

王微流寓至西湖，看到明月偷出雲端，映照湖面，詞人想到自己悲涼
的身世：七歲即因孤苦無依而淪為煙花，好不容易遇著有情人，卻又
因故而黯然離別。滿腹辛酸無處訴說，於是詞人以偷雲出照的多情月

〔註33〕〔清〕鄒祇謨《遠志齋詞衷》，唐圭璋編：《詞話叢編》冊1，頁656。
〔註34〕方智范、方笑一選編：《詞林屐步》，頁387。

爲喻，著一「偷」字，表明月從雲縫中偷露而出，正似自己的不辭而別，而「只似清輝，暫圓常缺」正是詞人自身的實況。多情之人卻以無情相別，怎不令人黯然消魂？且將滿腹傷心盡訴幽幽西湖水，而眼前湖光朦朧，竟似爲伊流咽。月照離愁，致使「半明不滅」，而惝恍惆悵，何嘗不是王微此刻的心境？如此明慧委婉，含蓄蘊藉的筆致，讓當時風流倜儻的詞曲名家施紹莘譽爲「風流蘊藉，不減李清照。」〔註35〕在擊節歎賞之餘，亦以同調來相和，題之曰「懷王修微」：

> 聞人說，風標詩句皆奇絕。眞奇絕，墨香詞藻，鬢雲肌雪。
>
> 　　多情偏詠多情月，儂今豈是無情別？多情別，雁飛如字，暮江空闊。〔註36〕

上片的「墨香詞藻，鬢雲肌雪」寫出王微的的色藝雙絕，而下片則說明王微的不告而別正是多情所致。在此施紹莘也巧妙地以眼前景「雁飛如字，暮江空闊」來叮囑王微，不要再爲多情所苦，蒼茫暮色之中，雁飛如字，恰似天地一沙鷗，寂寥蕭瑟，承載滿懷惆悵。愛才憐才之意，滿溢詞心。

　　踽踽獨行的王微，自有其堅毅的處世哲學。心情愁悶時，她也會藉酒澆愁，且看其〈望江南·湖上酒〉言：

> 湖上酒，有價也難酬。濕盡六橋春一片，梨花消瘦杏花羞，痛飲莫空留。　　堪清賞，月下聽箜篌。數斗不消花底恨，一番提起枕邊愁，風雪強登樓。（《精選古今詩餘醉》，頁218）

花前月下痛飲且聽箜篌，詞人所感慨的，莫非是如流水的花樣年華？而詞中消瘦的梨花與杏花，豈非詞人自喻？在風雪之中，強登上樓的突出形象，正寄寓詞人獨特的堅持。再如其〈如夢令·夢到舊居〉言：

〔註35〕施紹莘〈戀秦娥·懷王修微〉序曰：「修微，籍中名士也。色藝雙絕，尤長於詩詞。適從性鳳齋，聞其人，見其〈憶秦娥〉一章，有「多情月，偷雲初照無情別」之句，風流蘊藉，不減李清照。明日入東佘，見修微於眉公山莊之喜庵，方據案作字，逸韻可掬。相與談笑者久之，日西別去。此情依依。因用其調，填詞記之。他時相見，拈出作一話頭耳。」饒宗頤初纂、張璋總纂：《全明詞》冊3，頁1447。
〔註36〕饒宗頤初纂、張璋總纂：《全明詞》冊3，頁1447。

月到閒庭如畫，修竹曲闌依舊。相向黯無言，忽道別來消
瘦。迤豆，迤豆，風底落紅偏恁。(《全明詞》冊四，頁 1775)

午夜夢迴，詞人回到故居，趁著皎潔的月色，在庭院漫步。看著修竹
與曲闌依舊，彼此無言對望，詞人本已寬心。驀然而至的一句問候，
卻牽惹了詞人無限的感傷，看到滿地飽受摧殘的落紅，竟似自己孤零
的身影，哀怨驚醒，方知是空夢一場。從「相向黯無言」到「忽道別
來消瘦」，再到「風底落紅偏恁」，言淺意深，全無刻畫之痕，詞人自
傷之情，卻是不言而喻。

再看其〈巫山一段雲・初夏〉言

小榭籠輕雨，孤衾留嫩涼。楊花不解春歸去，猶自學人狂。
　　遠眺愁偏近，閒行晝自長。何須羨煞雙飛燕，秋來空
玳梁。(《精選古今詩餘醉》，頁 218)

雖然好夢不再，孤衾留涼，但詞人以隱身枝頭，不為人注目卻韌性堅
強的楊花自比，她不羨慕雙飛燕，因為秋天來時，仍是徒留玳梁。如
此明慧委婉的筆致，蘊含深刻的意涵，令人再三低迴品味。南宋張炎
《詞源》卷下論「令曲」之技巧時曾言道：「詞之難於令曲，如詩之
難於絕句。不過十數句，一句一字閒不得。末句最當留意，有有餘不
盡之意始佳。」〔註37〕細玩王微詞作，不但融情入景，更寓身世之感
於其中；言語雖然淺近，卻饒富韻致，品久方能知味。

再如其〈錦堂春・用該韻〉言：

柳弱花嬌堪賦，誰與儂兒賡和？那得春愁也學郎，不憶人
閒坐。　　夢裏幽期雖訂，未卜幾時真個？孤幃寂寂漏聲
殘，靜看燈花做。(《全明詞》冊 4，頁 1778)

從內容而言，雖是常見的閨怨傷春之作，但細玩詞意，其中所憐惜的
弱柳與嬌花，豈非詞人自比？而吹亂紅花綠柳的無情春風，豈非詞人
對久違情郎的嬌嗔？詞人對愛情相當忠貞，屢屢在夢中與情郎相約，
醒時卻深怕落空。夜裏漏壺斷斷續續的殘聲，讓獨守空閨的詞人更是

〔註37〕〔宋〕張炎《詞源》卷下，唐圭璋編：《詞話叢編》冊 1，頁 265。

孤枕難眠，於是披衣而起，靜看燈心結成花形，衷心期盼此一吉祥的
徵兆能夠實現。全詞巧妙地使傷春、惜花與自悼三層情感互相滲透交
融，尤其末句「孤幃寂寂漏聲殘，靜看燈花做」表現嬌弱女子在徬徨
無助中的執著深情，予讀者豐富的想像空間，而有餘音繞梁之感。這
樣的寫作技巧，正是劉熙載在《藝概・詞概》中所言：「一轉一深，
一深一妙，此騷人三昧，倚聲家得之，便自超出常境。」〔註38〕

（三）層層轉深的議論

　　王微詞作還有一個相當大的特色，即好在詞中議論，且是層層轉
深的論述，充分傳達出個人的想法。且看其〈鵲橋仙・七夕〉言道：

> 菡萏開霞，輜軿蔽月，曾赴書生密約。人間較得合歡頻，
> 又何事、凌波盼鵲。　　一隻鳴雞，千年舊樣，也合從新
> 換卻。織成綃素不裁襦，愛鄰近、霓裳袖綽。（《全明詞》冊4，
> 頁1776～1777）

才情出眾，色藝雙絕的王微，與楊宛、柳如是並列天下風流佳麗之鼎
足，〔註39〕自有許多仰慕者。在牛郎織女相會的七夕裏，詞人當然也
有過美麗的邂逅：首先以「菡萏開霞，輜軿蔽月」這樣美好的場景，
為金風玉露的相逢營造動人的氛圍。接著女詞人毫不掩飾身份，大膽
點出曾赴書生密約之事，這麼清楚的告白，在閨秀詞中是見不到的。
這真是個綺旎的約會，合歡之至。仰望星空，看著日日月月年年隔水
守望的織女，王微覺得還是人間比較美滿，不必凌波盼鵲，也不必擔
心破曉的雞鳴。她甚至認為以雞鳴來結束相逢的千年神話要更新替
換，而織女辛苦織成的素綃，也不必為眾人裁製短襦，要製成綽約的
霓裳羽衣，為自己的美麗加分。

　　這首詞呈現了王微詞作中少見的歡愉氣氛，從「人間較得合歡
頻，又何事、凌波盼鵲」，經「一隻鳴雞，千年舊樣，也合從新換卻。」
到「織成綃素不裁襦，愛鄰近、霓裳袖綽。」這樣層層翻轉的論述中，

〔註38〕〔清〕劉熙載《藝概・詞概》，唐圭璋編：《詞話叢編》冊4，頁3699。
〔註39〕陳寅恪：《柳如是別傳》上冊，頁4。

表現了一代名伎丰姿綽約，勝卻天上坎坷織女的自豪。

就算是短短數語的小令，在寫景摹情的同時，亦可見王微以議論式的文字入詞，且以〈搗練子・青夜送遠〉說明之：

> 雨初收，風乍暖。閑愁一霎生虛館。梅花歷亂不勝妝，春盡何如春夢斷。（王端淑編《名媛詩緯初編詩餘》卷下，收入趙尊嶽編：《明詞彙刊》下冊，頁 1918）

此詞見於王端叔所編的《名媛詩緯初編詩餘》卷下，王端叔評之曰：

> 落想空靈，吐句慧遠。他人說盡千行紙，不若修微寥寥數語，絕非溫、李，誰說蘇、辛，詞家勝地，已爲修微佔盡，胸中若無萬卷書，眼中若無五嶽瀟湘，不能夢想到。〔註40〕

端淑爲晚明才女，對同時代的王微此詞分別從一、天資絕高，故能落想空靈，吐句慧遠；二、能自鑄清詞，不爲前代詞家所限；三、胸中有書卷，眼中有名山大川，故能才情兼備，超逸凡俗等三方面來說明王微詞品藻的高卓，對王微可說是推崇備至；但今人張仲謀卻以爲「此處評點語大而空，頗帶有晚明人浮泛不切之病。這首小詞不過看得過去而已，如此張皇吹噓，乃令人有不著邊際之感。」〔註41〕

持平而論，此詞以雨收風暖的美景來反襯離愁的空虛，以飄零滿地的落梅來寄寓對遠行友人的不捨，融情入景，令人沉吟。較諸溫、李、蘇、辛等詞家勝境，或許仍是略遜一籌，但亦非全無可觀之處。尤其末句以「梅花歷亂不勝妝，春盡何如春夢斷」的議論手法，來表現詞人不忍離分的心情，則獨立江畔，凝眸遠望，滿懷悲傷的堅毅女子形象，已栩栩然如現眼前。端淑之評論確有其浮誇處，但其中佳處亦不致於如張仲謀所言僅是看得過去而已。

再看其〈望江南・湖上草〉言道：

> 湖上草，未解憶王孫。煙外雨中青不了，水光襯貼更分明，鋪勻翡翠茵。　才堪門，一捻指痕新。到手認眞爭勝負，

〔註40〕〔清〕王端淑《名媛詩緯初編詩餘集》卷下，趙尊嶽編：《明詞彙刊》下冊，頁 1918。
〔註41〕張仲謀：《明詞史》，頁 277。

霎時拋擲路旁塵，誰種這愁恨？（《精選古今詩餘醉》，頁 347）
詞人以西湖畔煙水迷濛中的青青綠草為喻，敘寫世人為名為利而汲汲營營，到最後卻只是一場空的用意相當明顯，或許如此的理解即是詞人在求道遠游中的深切體認。其餘如〈長相思・春夜送止生東歸〉中的「月落江潭煙水寒，離恨欲無端」、〔註 42〕〈望江南・湖上女〉言「想得游人魂斷矣，翻將紈扇指流鶯，去也不留名。」（《精選古今詩餘醉》，頁 346）、「有約故人何處，無情江水長流，青山也不管人愁，一點白雲斜透。」〔註 43〕……等等均可看出王微在詞中以議論手法所展現的自我情志。

黃庭堅〈小山詞序〉曾讚美晏幾道善作詞曰：「乃獨嬉弄於樂府之餘，而寓以詩人之句法，清壯頓挫，能動搖人心，士大夫傳之，以為有臨淄之風耳。」〔註 44〕認為小山詞作之所以能感動人的原因，就在於抒情寓志，表現了創作主體的思想。

另外陳廷焯《白雨齋詞話》對於以詞寄寓作者的真性情，則有更為精采的論述：

> 情有所感，不能無所寄。意有所鬱，不能無所洩。古之為詞者，自抒其性情，所以悅己也。今之為詞者，多為粉飾，務以悅人，而不恤其喪己。而卒不值有識者一噱。是亦不可已乎。〔註 45〕

以為真誠地抒發創作者自我心中所感所悟的詞作方是佳篇。移之以論王微詞，會發現王微詞即是她載書單身遠遊、〔註 46〕對愛執著與不向

〔註 42〕此乃馬祖熙在其〈女詞人王微及其《期山草詞》〉所舉的例子，未見完整詞篇。

〔註 43〕此乃馬祖熙在其〈女詞人王微及其《期山草詞》〉所舉的例子，未見完整詞篇。

〔註 44〕金啟華、張惠民等編：《唐宋詞集序跋》，頁 25。

〔註 45〕〔清〕陳廷焯《白雨齋詞話》卷 8，唐圭璋編：《詞話叢編》冊 4，頁 3969。

〔註 46〕雖然在晚明江南名伎生活中，經常性的旅行與旅居已是常態，如柳如是（1618～1664）、林天素（活躍期為 1620～1642）等亦經常駕舟遠遊，但王微更是其中的佼佼者。關於這方面的論述，可詳參〔美〕

命運低頭的實錄，恰似晏幾道在其〈小山詞自序〉中曾言道：「考其篇中所記悲歡合離之事，如幻、如電、如昨夢前塵，但能掩卷憮然，感光陰之易遷，嘆境緣之無實也。」〔註47〕而其中多以議論筆法入詞者，更是她表現所感所寄的最直接方式。

四、王微詞的風格：恣意暢情

讀王微詞，會令人感受到相當恣意暢情的風格，而如此強烈的情緒與明白如話的表達，不但凸顯了王微尖銳的個性，也表現了與同時代閨秀詞截然不同的青樓詞特有風味。且看其〈蝶戀花〉曰：

> 今夜三更春去矣，湛綠嫣紅，總是傷心底。明日曉來何忍起，黃鶯催殺無人理。　　惟有酒杯消得此，酒到醒時，春去千千里。捱過這番，除去死，年年一度難消你。（《全明詞》冊4，頁1778）

雖然王微是個相當堅毅自主的女子，但想到神女生涯終是夢，韶光易逝，年華終會老去；暮春三更時分，閣館空蕩，看著窗外滿地落紅堆積，想到自己恰似風中殘紅，詞人不禁悲從中來，但願時光永遠駐足，讓她不必面對青春逝去的悲傷。

詞中所流露的雖是一般詞作中常見的傷春意識，但其傷心程度與用字遣詞之強烈，著實教人震驚：千杯買醉只能暫解愁緒，除非到死，否則永遠無法排遣年華老去的悲傷。在此詞人用「捱過這番，除是死，年年一度難消你。」這樣淺白強烈的字眼來惋惜春光的流逝，何嘗不也是慨嘆自己已不復再有的青春呢？

再看其〈望江南·湖上月〉言道：

> 湖上月，生小便風流。花間游女醒還醉，水面笙歌散復流，夜半自悠悠。　　難描處，一點遠山浮。不共芙蓉憔悴死，西冷渡口冷如秋，相伴是閒鷗。（《精選古今詩餘醉》，頁218）

高彥頤著、李志生譯：《閨塾師——明末清初江南的才女文化》，頁294～306。

〔註47〕金啓華、張惠民等編：《唐宋詞集序跋匯編》，頁25。

細玩之，詞中所詠之月豈非詞人自我的寫照？在初秋時節，不願與芙
蓉共同憔悴，正代表詞人堅毅的遠游之心。再度以心驚動魄的「死」
字來強調，著實引人側目；而末句以「西冷渡口冷如秋，相伴是閒鷗。」
作結，又表現出詞人在單身遠游中的自適與歡快。王微有稜有角又堅
忍不屈的性格，在此又能窺知一二。

　　王微能克服各種險阻，載書遨遊於五湖四海，並訪名山大川以遂
其平生之志，靠的就是堅強的意志與灑脫的情懷，且看其〈如夢令‧
臨別似譚友夏〉言：

　　只合喚他如夢，前後空拈新詠。風便欲懸帆，一片離雲生
　　棟。休送。休送。今夜月寒珍重。（《全明詞》冊 4，頁 1775）

以「前後空拈新詠」來記錄與文友的相逢，以「風便」和「離雲」來
鋪陳送別時離情依依的場景，卻道以「休送。休送。今夜月寒珍重。」
連續二句「休送。休送」，簡短而有力的詞句，讓王微堅毅的形象生
動地躍然紙上。

　　再看其表達對茅元儀無盡相思的〈天仙子‧別懷〉云：

　　煙水蘆花愁一片，簡中消息難分辨，舉杯邀月不成三。君
　　不見，儂不見，伊人獨與寒燈面。　　欲寄封箋情有限，
　　除非做本《相思傳》，幾回擲筆費成吟。君也念，儂也念，
　　霜韉曉路雞聲店。（《全明詞》冊 4，頁 1777）

在不能與有情人歡聚，共賞明月的秋夜裏，王微獨自漫步至昔日送情郎
遠行的江畔，心中只感受到濃烈的離愁，恰似眼前的煙水蘆花。想邀明
月共飲，卻無法像李白那樣瀟灑豪放地對影成三人，那個滿懷相思的倩
影，只得孤單地獨自與寒燈相對，故言「舉杯邀月不成三」。下片詞人
盡情地表露對情郎的相思，這樣濃烈的情感根本無法在信箋中傳達，除
非以厚墨大紙，細細地為這份情感鋪敘成《相思傳》。直到天明雞啼破
曉時分，女詞人仍然期盼情郎能騎著霜韉，答答歸來。

　　在風吹楊柳的暮春夜半，王微獨守空閨，輾轉反側之餘，難奈兩
地相思，只覺窗外細雨似乎在為自己哭泣。看著燈油燒盡又增添，詞

人索性起身，捲起鴛鴦被，以〈菩薩蠻〉爲調，賦下自己對情郎滿腹的思念：

> 風吹楊柳春波急，桃花雨細蒼苔泣。此際若爲情，殘膏滅復明。　　幾回鴛被裏，染就相思淚。捲起待君歸，歸看架上衣。（《全明詞》冊4，頁1776）

鴛鴦被裏，本應是合歡共枕，無奈茅元儀遠守邊塞，只留王微在鴛鴦被裏暗自悲泣。爲免觸景生情，王微乾脆收起象徵兩情繾綣的鴛鴦被，等待良人的來歸。而「幾回鴛被裏，染就相思淚」正是詞人毫無掩飾地傾訴她對情郎的相思之情。

　　總而言之，王微詞作不論所欲表達之情爲何，總是以強烈的字眼來盡情抒發，所以恣意暢情的表述正是王微詞作的基調。

　　細究王微詞，除了〈滿庭芳·五日〉、〈水龍吟·除夜〉與〈賀新郎·對月有懷〉三首是能包容較多寫作技巧的長調之外，其餘全是隨手抒情的小令，而且就內容而言，所寫的均是個人的遭遇，少見與時代脈動相結合的深刻感受在其中。王弈清《歷代詞選》評王微詞多言情與俳調，張仲謀《全明詞》評王微詞不過爾爾之言，亦反映出相當程度的事實。

　　的確，出身卑微的才伎王微，並沒有在歷史的扉頁中留下濃墨重彩。但她以不假雕飾的平白如話言語，和明慧的筆致，眞情地傾訴她在睿敏思緒下的點滴感受。雖然沒有繁複的寫作技巧，但也達到了情景交融的構思，與充分表現自我情志的詞境，且有與閨秀詞截然不同的恣意暢情特質在其中。

　　審視王微的一生，雖然眞心傾注全部的情感，卻換得茅元儀無情的捐棄，但她始終潔身自愛，堅持人格的完美；最後終遇眞心相待的許譽卿，在政亂國危之時助夫成業並共赴國難。一如她在詞中隨處可見的執著與深情，絲毫不見一般伎女選富擇安而棲的短視與近利，恰似亭亭青蓮，自拔於淤泥之中。〔註48〕

〔註48〕〔清〕錢謙益《列朝詩集小傳·王微小傳》言：「修微，青蓮亭亭，

　　經由以上的討論，希望在眾人熱烈探討柳如是之時，〔註49〕吾人能對同爲秦淮才伎，且同樣爲反清復明貢獻過心力的王微，尋回一份本即應是屬於她的肯定與光采。

第二節　楊　宛

一、楊宛的生平與詞集

　　楊宛（約 1612～1644），字宛叔，晚明金陵（今江蘇南京）伎，書畫詩詞均能，與杭州名伎王微爲女兄弟。16 歲嫁武將茅元儀爲待詔，茅元儀愛其才，以殊禮遇之，曾言「家傳傲骨爲迂叟，帝賚詞人作細君」，〔註50〕以爲能得女詞人爲妾，是相當得意之事。

　　但楊宛卻不能忠於與茅元儀的情感，「宛多外遇，心叛止生，止生以豪傑自命，知之而弗禁也。」〔註51〕茅元儀過世後，楊宛又歸國戚田弘遇，但田氏僅以老婢子待之，命其教田氏女琴書之藝。甲申（1644）之難田弘遇已死，楊宛又謀奔劉東平。因當時金陵城已陷而未能成行，只能化爲丐婦藏於鄉野間伺機而行，盜賊突入其室欲玷污田氏女，楊宛從旁力衛之，後終遭盜賊殺害。〔註52〕雖然錢謙益《列

　　　　自拔淤泥，崑岡白璧，不罹劫火，斯可爲全歸，幸也！」參閱氏著：
　　　　《列朝詩集小傳》下冊，頁 760。
〔註49〕由於史學大師陳寅恪在其暮年以病殘之軀，耗盡十年的心血完成八
　　　　十餘萬言的巨著——《柳如是別傳》，不但使這位身處明、清之際的
　　　　才伎兼俠客的身世能夠大白於天下，也爲柳如是的詩詞開闢了新的
　　　　天地，故近年來學者對柳如是的詩、詞有較深入的探討。舉其犖犖
　　　　大者，如李栩鈺：《河東君與《柳如是別傳》——「接受觀點的考察」》
　　　　（桃園：國立中央大學中國文學研究所博士論文，2002 年 6 月）、高
　　　　月娟：《柳如是及其《戊寅草》研究》（臺中：私立東海大學中國文
　　　　學系碩士論文，2000 年 6 月）、劉燕起：《柳如是詩詞評注》等。
〔註50〕《明詞彙刊》所收《鍾山獻詩餘》趙尊嶽跋語。趙尊嶽輯：《明詞彙
　　　　刊》上冊，頁 299。
〔註51〕〔清〕錢謙益《列朝詩集小傳・楊宛小傳》下冊，頁 773～774。
〔註52〕以上有關楊宛的生平，乃參閱錢謙益《列朝詩集小傳・閏集・楊宛
　　　　小傳》下冊，頁 773～774；趙尊嶽輯：《明詞彙刊・楊宛小傳》上冊，

朝詩集小傳》將楊宛與其女兄弟王微相比，以爲「道人（按即王微）皎潔如青蓮花亭亭出塵，而宛終墮落淤泥爲人所姍笑，不亦傷乎！」〔註53〕對其人格多所貶抑，但趙尊嶽則以其力衛楊氏女而稱其「雖檢蕩踰閑，而急人之急，授命其間，亦有不可厚非者。」〔註54〕以爲楊宛行爲雖放蕩不檢，但實乃能急人之急的性情中人。

關於楊宛的著作，據趙尊嶽所言爲《鍾山獻》四卷本與正續集本，前者爲天啓丁卯（1627）歸茅元儀時所刊行，後者則有金陵缽山藏書之祖本，〔註55〕但二者現均已罕傳。趙尊嶽《明詞彙刊》本在正續集本的基礎上將詞作析出，並補入原續溪汪詩圃所補之〈太平時〉與〈浪淘沙·海棠〉2首，題爲《鍾山獻詩餘》，共58首。〔註56〕但據檢視發現〈太平時〉與正續集本的〈楊柳·本意〉係同一首，而〈浪淘沙·海棠〉與前本的〈浪淘沙·茉莉〉僅字句小異，當是同一首詞的前後稿。另外《全明詞》本之楊宛詞則在《明詞彙刊》本《鍾山獻詩餘》的基礎上加入《歷代詩餘》卷22的〈滿宮花·暑夜與諸女郎外家宴〉和《歷代閨秀詩餘》下冊的〈江城子〉（晚雲收盡四天清）2首成60首，〔註57〕但比對後發現前者與《鍾山獻詩餘》本的〈滿宮花·暑夜與諸女郎外家宴〉大同小異，應係同一首詞的前後稿；而後者則與《鍾山獻詩餘》本的〈江城子·夏閨〉相差無幾，則現存楊宛詞應爲 56

頁 292。

〔註53〕〔清〕錢謙益《列朝詩集小傳·閏集·楊宛小傳》，周俊富輯：《明代傳記叢刊》冊 11，頁 813。

〔註54〕趙尊嶽輯：《明詞彙刊·楊宛小傳》上冊，頁 292。

〔註55〕關於楊宛傳集《鍾山獻》成書、版本與流傳的始末，趙尊嶽跋語有詳細的說明。趙尊嶽輯：《明詞彙刊》上冊，頁 299。

〔註56〕楊宛《鍾山獻詩餘》，趙尊嶽輯：《明詞彙刊》上冊，頁 293～299。

〔註57〕饒宗頤初纂、張璋總纂：《全明詞》冊 4，頁 1779-01786。按：雖然學界已指出《全明詞》存在如斷代不嚴、編排失序、直僞互見失考、誤收詩曲爲詞、詞集版本取校不廣、文獻失範、許多缺失，參考書目錯誤迭見及詞人生平欠缺考訂等諸多缺失。（參見王兆鵬、吳麗娜：〈《全明詞》的缺失訂補〉（《中國文化研究》2005 年春之卷，頁 123～130），但仍不失爲研究明詞的重要依據。

首。

　　楊宛是晚明眾多才色兼備的江南名伎中唯一留下完整詞集的人，且因生活境遇的關係，詞作風味與情感內容均帶有濃厚的北里氣息，可視爲同時代歌伎詞的代表。〔註58〕本節擬從內容、社會意義與審美風格等方面來探討楊宛的詞作，並以現輯楊宛詞作最完整的《明詞彙刊》本《鍾山獻詩餘》汰其重出者爲研究範圍。爲免繁瑣，僅在引用詞作後註明頁次，不再另外標明出處。希望能析出楊宛詞作的內在意蘊、所反映的文化現象與美感特質，並藉此對理解晚明江南獨樹一幟的名伎文化，開啓一扇具體的觀察視窗。

二、《鍾山獻》詞以愛情爲主要內容

　　讀楊宛《鍾山獻》詞，所感受到的盡是女詞人對自身情感多種向度不同的刻畫：時而是對兩性相悅的企求，時而滿是情愛相思的纏綿，時而又是傷離傷別的惆悵，「愛情」幾乎是她詞作的主要內容。

（一）兩情相悅的企求

　　如前所述，楊宛詞集刊於16歲歸茅元儀之時，則詞中所述所感必爲少女時期的心緒。從詞中可看出正值青春年華的楊宛，對愛情滿是浪漫的憧憬，有詞可以爲證：

　　　　晚妝纔罷月初生。淡雲輕。拜雙星。怕人偷覷，佯做數流螢。又到愁來無意緒，人不見，露泠泠。（〈江城子·夏閨〉，頁293）

女詞人晚妝初罷，看見月華初生，雲淡風輕，忍不住拜起了雙星，祈禱愛情能夠長長久久。但又怕這樣的舉動被他人瞧見，於是佯裝數流螢。最終是不見情郎的來到，讓詞人滿懷愁緒。「淡雲輕。拜雙星。怕人偷覷，佯做數流螢。」將少女期待愛情且天真爛漫的情態描摹得維妙維肖。一個「又」字，表示這是一種重複的體驗，暗示如此的寡歡冷落之感是閨中常見的情緒，而以冷露結尾，則心中的淒冷已不言

〔註58〕鄧紅梅：《女性詞史》，頁230。

可喻。

再看其〈生查子‧閨情〉言：

> 儂家住石城，慣向蓮塘裏。時見並頭蓮，又見鴛鴦戲。　終
> 朝著意憐，一煞嬌嗔起。折卻並頭蓮，打起鴛鴦睡。（頁294）

這是一次蕩舟偶遇的經驗，看見花開並蒂的水蓮與成雙成對戲水的鴛
鴦，女詞人嫉妒的情緒油然生起。「折卻」與「打起」這兩個很平常
的動作，卻細膩地刻畫女主人嬌憨任性的性格與率性行事的作風，「因
情起妒」正表現女詞人對美好愛情的嚮往與熱烈追求。

當然，在《鍾山獻》詞中，亦有女詞人以愉悅的筆調，細訴與情
郎相會的歡愉，且看其〈更漏子‧與外坐月下〉言道：

> 夜涼時，風暗動。遠近荷香分送。論往事，敘新恩。月知
> 來睏人。　　私嘲戲，聲小小。翻被侍兒猜了。今夜箇，
> 勝雙星。溫存直到明。（頁294）

在荷香送清涼的夏夜裏，在花前月下，女詞人與情郎相偎相依，她盡
情享受著兩情相悅的歡愉，互訴衷曲，溫存直到天明。她認為這樣的
歡愉，勝過天上的牛郎織女相會，則幸福之感已是不言可喻。再看其
寫與情郎共採蓮花的歡樂場景：

> 月光如水正盈盈。與波平。棹聲輕。剛到蓮香，深處見郎
> 迎。忍笑伴羞防後伴，無一語，兩含情。（〈江城子‧采蓮〉，
> 頁293）

「剛到蓮香，深處見郎迎。忍笑伴羞防後伴，無一語，兩含情。」寫
盡男女歡愛的濃情蜜意。在愛情滋潤下的女詞人，正是水中嬌蓮的化
身。詞人的喜樂悲歡，只決定於兩情相悅的遇合與否。從詞意來看，
前詞之「外」與後詞之「郎」，均應是與女詞人情投意合的茅元儀。

在不見情郎的日子裏，女詞人甚至會認為生命失去了意義，致使
終日迷離恍惚：

> 愁見遙空帶露垂。半煙迷。悠悠蕩蕩欲斜欹。恨依依。　　展
> 轉風前無意緒。郎何處。烏絲闌上寫新題。倩誰持。（〈柳枝‧
> 本意〉，頁297）

情郎不在身邊，寫好的新詩亦不知要和誰分享？眼前所見，只是一片
迷濛。在風中擺動的柳絲，恰似自己對情郎不盡的思念。楊宛的深情，
在此可見一斑。但畢竟身而爲伎，又有著不受道德規範的泛愛性格，
〔註59〕所以她極力追求兩性相悅的遇合，也因此常體會被愛與被棄，
愛人與棄人的滋味。〔註60〕一顆無法安定的心，總是處於憧憬與擔憂
的矛盾之中，〈如夢令‧新歲〉即是這種心情如實地呈現：

> 酒暫將人圓溜。夢卻將人偏慫，不見去年人，又是去年時
> 候。搔首。搔首。一派春光消瘦。（頁293）

在酒與夢的拉鋸中，生動傳達了女詞人強烈的思念與爲情所困的無
奈，「不見去年人，又是去年時候」以質樸的語言，道盡歌伎送往迎
來的無奈，落花雖有意，流水卻不過是逢場作戲，徒留落花獨自藉酒
澆愁。此處的「去年人」所指究竟爲何，雖無從得知，但可想必是令
女詞人心動的異性。如此坦率的情感表白，帶有相當濃厚的北里風
味，也表現了楊宛對兩情相悅的嚮往與追求。

（二）情愛相思的纏綿

　　楊宛與柳如是、王微並稱天下風流佳麗之鼎足，〔註61〕16 歲嫁
武將茅元儀爲待詔，如此的際遇在傳統社會中對歌伎而言，應是最佳
的歸宿。正值青春年華的楊宛，對這分愛情亦是小心翼翼地經營。但
茅元儀身爲豪傑之士，長期參與孫承宗軍務，效命東北邊陲，有志彌
補時艱，〔註62〕故常無暇念及家中姬人的情況。在無數分離的日子
裏，楊宛即以詞作來傾訴她心中不盡的思念，浮現眼前的，盡是昔日

〔註59〕從〔清〕錢謙益《列朝詩集小傳‧閏集‧楊宛小傳》言其「多外遇，
　　　　心叛止生，止生以豪傑自命，知之而弗禁也」的描述可知。參閱氏
　　　　著：《列朝詩集小傳》下冊，頁 773。
〔註60〕此說法乃參閱張毅〈摯誠率直的楊宛詞〉，《龍岩師專學報》（社會科
　　　　學版）16 卷第 1 期（1998 年 3 月），頁 19 所言。
〔註61〕陳寅恪：《柳如是別傳》上冊，頁 3～4。
〔註62〕〔清〕錢謙益：《列朝詩集小傳‧丁集下‧茅待詔元儀》，見氏著：《列
　　　　朝詩集小傳》下冊，頁 591～592。

與情郎兩小無猜的纏綿：

> 最難忘。綠陰深處曾迷藏。曾迷藏。幾回和合，哄抱檀郎。
> 　一雙短楫沿蓮塘。歸來月已過重廊。過重廊。鐙殘獨
> 自，伊向誰行。（〈憶秦娥・即事〉，頁294）

在庭院中與情郎捉迷藏、相互哄抱是楊宛最深刻的回憶。如今景色依然美好，她獨划小舟，卻不知要行向何處？「鐙殘獨自，伊向誰行」所呈現的是詞人孤獨茫然的背影。少了愛人的相伴，楊宛頓感生活失去了意義。

再有〈長相思・本意〉言：

> 形也單。影也單。相挈梅花倚曲闌。怎禁幾夜寒。　　憶
> 歸難。恨歸難。月地雲階何處頑。不思花易殘。（頁297）

形單影隻的詞人覺得自己幾乎已失去生命的動力，難以抵擋漫漫寒夜的侵擾。長時間的回憶與等待，已令詞人愛恨交錯，她滿是嬌嗔地責怪情郎不知憐香惜玉，徒令思念催人憔悴。這易殘之花，正是苦候不到愛情滋潤的詞人形象的具體化。

再看其〈江城子・病中寄外〉言：

> 秋紅狼藉月難禁。獨悲吟。月沉沉。又送寒鐘，鴛夢卻難
> 尋。病也欺人孤另也，郎若在，敢相侵。（頁293）

在月照楓紅的美麗秋夜裏，詞人病了，無人相伴相守，只得獨自悲吟。「又送寒鐘，鴛夢卻難尋。」具體寫出詞人的徹夜難眠，最後以「病也欺人孤另也，郎若在，敢相侵。」作結，點明此病實因相思而生，情郎若在，病魔豈敢相侵？既柔弱又嬌嗔，是女詞人對自己需要被情郎保護的真情宣言。茅元儀接獲如此的寄外詞，優越與憐惜之情必是油然而生。

女詞人的喜樂悲歡，只決定於情郎是否重視自己，「他」是「她」生命的全部，楊宛朝思暮想的即是與情郎相會，且看其〈西溪子・夢外〉言：

> 一片綠陰深處。攪睡滿簾花雨。正朦朧，人靜悄。他來到。
> 纔把名兒廝叫。鸚鵡報人來。又驚回。（頁293）

在綠陰花雨的朦朧睡夢中，情郎悄然來到，讓詞人喜不自勝，纔剛呼喚情郎的名字，好夢已醒，徒留愕然的詞人輾轉難眠。既然孤枕難眠，女詞人乾脆披衣坐起，看著月照花林如畫，楊宛獨望夜景，盈滿心中的盡是昔日與情郎攜手同游的美好畫面，有詞可以敘明：

> 月照花林如畫。相望中庭時候。榆關那處眞難偶。人與月華相守。　　望行雲幾回低首。相拋久。固知國士家何有。棄置如衰柳。（〈秋蕊香・寄外塞上〉，頁295）

一樣是花好月圓，昔日是與情郎相偎相依，如今卻是徒留佳人空望行雲，與月華相守，悲凄之情自是不言可喻。值得注意的是詞人雖體認到「相拋久」，卻以「固知國士家何有。棄置如衰柳。」作結，傳達了女詞人對悲怨命運的自覺，但在強大的父權文化洗禮下，她除了怨嘆之外，卻也不認爲有任何不公與不義。〔註63〕「固知國士家何有」是每個女人應有的認知，雖遭冷落，卻只能默默承受，這是傳統社會中女人共同的宿命，自接受婚姻制約的那刻起。楊宛以明白如話的詞語傾訴自己對愛情的期盼與失望，生動地刻畫了女性在兩性關係中的弱勢與煎熬。

（三）傷離傷別的惆悵

　　好不容易盼到情郎來歸，眞正相會溫存時，楊宛掛心的卻是分離時的惆悵，她無法掌握何時能再度擁有幸福：

> 江南楊柳依依。望春暉。且喜春來憐取，共郎歸。　　黯然處。怕春去。又相催。試問這番歸也，更何期。（〈相見歡・本意〉，頁294）

才相會又擔心分離，詞人不明寫對再次離別的擔心，而是「試問這番歸也，更何期」，著急地問下次的歸期，足以證明她對離別的恐懼與

〔註63〕一般而言，在父權社會生活已久的女人是不會懷疑自己的「女性身分」的，這種以生理差異而形成的男女有別的觀念與社會結構，雖然常令女人怨嘆，卻不會認爲有什麼不公不義，更不易形成婦女運動者所強調的「女性身分」（女人與女人的集體認同）。李元貞：《女性詩學》（臺北：女書文化事業公司，2000年11月），頁123。

對期盼相聚的殷切。此時「郎」與「春」已是相同的符碼，「郎」至，則枯萎的生命頓時重獲滋潤。

因不屬於家庭的紐帶而被傳統社會歸為「賤」，[註64] 雖因才華美貌兼備，為英雄豪傑所欣賞，進而納之為妾，得以「從良」。但楊宛對這份感情仍是相當沒有信心，時常處於擔心被棄的驚疑之中，有詞可以為證：

> 花外樓邊難共。柳外池邊尋空。又為避東風，翻把至誠成哄。皇恐。皇恐。留下薄情愁種。(〈如夢令〉，頁293)

> 江流咽。既解還須暫時歇。人已將人撇。無恩無怨舟和楫。也催別。去尚不關情，說甚來時節。(〈望江怨・本意〉，頁293)

前詞所敘應是茅元儀因阻風耽誤返家行程，致使詞人空待。「又為避東風，翻把至誠成哄。皇恐。皇恐。留下薄情愁種。」是詞人對情郎的嬌嗔，也是害怕情郎變心的心情寫真。後詞則是終於盼得情郎歸來，但在短暫相聚後情郎又必須返回工作崗位，在江畔送別，滿懷不捨的詞人頓覺江流亦為自己的境遇而悲泣。「人已將人撇」，前面之「人」當指情郎茅元儀，後面之「人」當是詞人自謂。值得關注的是用「撇」字，明顯地詞人將自己視同為「物」，一個可以隨時被撇下的物，則詞人對己身孤立無助處境的無奈已是不言可喻。

再看其〈長相思・本意〉言道：

> 花影寒。月影寒。滿地蒼苔冷翠鬟。宛如香夢殘。　　這般般。那般般。偏是相思相見難。無情自等閒。(頁294)

花影、月影與蒼苔、翠鬟都是冷的，淒清之景已躍然呈現眼前，接以「宛如香夢殘」說明美麗的夢境終因夢醒而殘破，所有的希冀與美好都隨香夢而消逝，現實中的自己是落寞無助的。「偏是相思相見難。無情自等閒。」是全詞主要傳達的意旨，愈是相思，偏難相見；因難相見，便愈相思。如此情感的層次追疊，深刻而細膩地描摹女詞人內

[註64] 關於稱妓女為「賤」的說法，可參閱〔美〕高彥頤著、李志生譯：《閨塾師──明末清初江南的才女文化》，頁128。

心飽受煎熬的思念之苦。而對方呢？一句「無情自等閒」說明了他的不在乎，對離別愁緒漠然視之。如此強烈的情感反差，更進一步揭示了詞人被冷落、情感無處宣洩的淒苦心境。

　　傷離傷別的愁緒在楊宛詞作中俯拾即是，如「風急急，愁千縷。飛絮也隨春共去。獨自支頤香夢斷，不禁滿院梨花雨。」（〈搗練子‧春閨〉，頁 293）、「月教變成秋。情重荷花不自由。拋臙清香滿葉舟。祇添愁。一任西風吹散休。」（〈憶王孫‧初秋〉，頁 293）、「依稀還是昔時月，今來照、恁樣伶仃。還憑照與那無情。不枉費丁寧。」（〈月中行‧中秋〉，頁 295）……等等。雖然詞人所思所念的情郎不一定必是茅元儀，但為情所傷所困的情感卻是坦白真誠的。

　　「愛情」幾乎是楊宛生命的全部，她的喜樂與傷悲，完全決定於兩情相悅的是否遇合，她生命的榮枯是由男人來決定的，女人必須依附在男人的羽翼下方能享有人生的春天。如此矮化的自我意識，應是封建社會對女性思想行為整體規範的結果，在父權文化強勢的主導下，女性對自身的悲劇地位已長期認同，甚至已被約化成歷史深刻的集體無意識，深深烙印在心靈深處。〔註65〕如此令女性窒息的文化氛圍，在晚明才伎楊宛的詞作中得到了充分的證明。

三、《鍾山獻》詞的社會意義

　　現代女性主義文學評論者均認為女性作品具有「小題材」、「小人物」、「小事件」的寫作特色，並強調以小題材表現重大主題，從一個側面把握和反映時代的脈動。〔註66〕身為晚明色藝兼備的江南名伎，楊宛在寫作時不一定具有如此鮮明的創作意識，但因作品內容之情思與意境，本即與作者的生活背景有密切的相關，楊宛《鍾山獻》詞即深刻地表現了歌伎的身世遭遇，這在女性詞作中是相當罕見而且別具

〔註65〕任一鳴：《抗爭與超越──中國女性文學與美學衍論》（北京：九州出版社，2004 年 10 月），頁 54。
〔註66〕鄧利：《新時期女性主義文學批評的發展軌跡》（北京：中國社會科學出版社，2007 年 5 月），頁 50。

意義的。〔註67〕而其部分詞作亦是晚明士伎相親文化現象的反映；另外詞中對情感熱烈追求的表述，是當時思想界反對宋明儒學「存理滅欲」，以爲應正視人欲存在的事實，從而提倡「達情遂欲」的具體說明。〔註68〕

（一）深刻表現歌伎的身世遭遇

在楊宛詞作中，較能看出其身世之感的，是其詠花詞，且舉〈浪淘沙・茉莉〉爲例說明之：

> 盡日若含愁。別樣嬌羞。晚涼香散上簾鉤。此際開來明又落，一夜風流。　　脫煞恁輕柔。怎耐深秋。相攜閒對小妝樓。不忿淒涼伊似我，說甚風流。（頁295）

茉莉終日含苞待放，卻只在一夕之間綻放芳華，隨即凋落。茉莉短暫的生命，令詞人想到自己稍縱即逝的青春，怎耐終日無盡的守候？終必如落花般凋零。結句「不忿淒涼伊似我，說甚風流。」是說茉莉與自己均無法擺脫淒涼的命運，卻以「不忿」和「說甚風流」反詰之，曲折地揭示了女詞人內心無限的惆悵與憂傷，以易殘之花比況自我身世遭遇的深層含義，亦是不言可喻。

另有慢詞〈金人捧玉露・詠秋海棠〉亦是詞人藉詠秋海棠以寄寓身世之感的作品：

> 記春光，繁華日，萬花叢。正李衰、桃謝匆匆。儂家姊妹，妖枝嫩蕊占東風。薄情仍共，春光去、惆悵庭空。　　到如今，餘孤幹，羞桃李，一圍中。最憐嬌、妹沐新紅。恐傷姊意，含芳斂豔綺窗東。憐家不忿，伊偏占、放出芙蓉。
>
> （頁297）

表面看來是寫海棠在眾芳蕪穢的秋日裏，一枝獨秀的情景。細玩之，卻是處處寫人間之花──即金陵伎院中藝伎們的生活樣貌。「儂家姊

〔註67〕鄧紅梅：《女性詞史》，頁232。

〔註68〕有關明清儒學的轉型過程，可參閱鄭宗義：《明清儒學轉型探析──從劉蕺山到戴東原》（香港：中文大學出版社，2000年1月）。

妹，妖枝嫩蕊占東風。」所描述的是正值青春年華的伎女們爭奇鬥豔，相互爭寵獻媚的群芳譜相。然而好景不常，薄情郎一去便杳無蹤跡，春去秋來，徒留年弛色衰的歌伎們，對著門前冷落車馬稀的庭院空自惆悵。過片「餘孤幹」的「餘」字與「羞桃李」的「羞」字，有力地表現詞人對青春不再的落寞情懷，因爲她相當清楚，從妖枝嫩蕊到空庭孤幹，是身而爲伎的姊妹們無法擺脫的宿命。

　　另外此詞亦可視爲楊宛對自我處境極度不安的表述：這共占東風的妖枝嫩蕊，莫非即是其他色藝均足以與楊宛相提並論的才伎中的後起之秀？看著繡窗畔嬌豔的海棠恣意綻放芳華，再對照庭中衰落的桃李，詞人在追憶逝水年華之餘，對自己的境遇亦是充滿憂心。說「不忿」，卻又言「偏占」，其中透露的正是詞人幽微複雜的心緒。因伎女本是不受禮教束縛之人，故絲竹丹青，舞衫歌扇，盡態極妍，在取悅士人時任意舒發自己的才氣，張揚自己的個性，〔註69〕則彼此之間的爭奇鬥豔必是自然現象。楊宛此詞既切物性，又切人情，將身而爲伎的深刻感受，通過對秋海棠的吟詠，流暢地貫穿起來，使詠物詞不再成爲某種單純品格的象徵。

　　詠物詞之難工，在詞學上是一個公認的命題。如鄒祇謨《遠志齋詞衷》即言：「詠物固不可不似，尤忌刻意太似。取形不如取神，用事不若用意。」〔註70〕以爲詠物必須取其神與用其意。而沈祥龍《論詞隨筆》則以爲眞正有價値的詠物詞，應有寄託在其中：「詠物之作，在借物以寓性情。凡身世之感，君國之憂，隱然蘊於其內，斯寄託遙深，非沾沾爲詠一物矣。」〔註71〕細玩楊宛此二首詠花詞，既寫所詠之物的形貌，又巧妙地將個人身世之感傾注其中，深刻地表現了歌伎的身世遭遇。雖然僅限於身世之感，並不具君國之憂，且就字句而論，亦尙有可斟酌之處。但就其內涵意蘊而言，仍不失爲既切物性，又切

〔註69〕徐林：《明代中晚期江南士人社會交往研究》，頁136。
〔註70〕〔清〕鄒祇謨《遠志齋詞衷》，唐圭璋編：《詞話叢編》冊1，頁653。
〔註71〕〔清〕沈祥龍《論詞隨筆》，唐圭璋編：《詞話叢編》冊5，頁4058。

人情的詠物詞佳構。

其他如「競攀含蕊，早露芳心」（〈憶秦娥‧看人折桂花〉，頁294）、「儂家腸斷不須憐，怎想得、那廂愁騷。」（〈鵲橋仙‧本意〉，頁295～296）、「落葉分、飛散還有聚時節。」（〈陽關引‧秋思〉，頁297）……等均可嗅出明顯的藝伎風情。

楊宛詞作眞誠率直且全面地寫藝伎的生活感受，反映了青樓女子共同的遭遇，這在前代詞作中是未曾出現的。〔註72〕如此的詞作雖然沒有繁複的寫作技巧，但卻具有深刻的社會意義。

（二）反映晚明士伎相親的文化

晚明江南在商品經濟發達，市民階層興起與政治相對腐敗等因素交織下，士人已擺脫對政治權力的迷信和依附，不再重視研習儒家典籍與科舉求仕，而以文采風流、能詩詞書畫爲習尚，以結社攜伎交游爲盛事。〔註73〕但士人畢竟不是市井無賴之流，其馳聘於風月場上，亦並不僅是爲了欲望的滿足，更多的原因是來自心靈上的愉悅與情感上的相通。〔註74〕如前所述，明代歌伎在才藝上本就較前代藝伎出色，再加上與士人相交，在耳鬢廝磨、耳濡目染下，深受士人才情與言行的影響。現代明清史專家謝國楨對晚明江南名士與名伎交往，視爲「才子佳人」的風流韻事來欣賞，〔註75〕對此一士伎相親的文化意義，陳寅恪曾有過相當深入的觀察：

> 寅恪嘗謂河東君（按即柳如是）及其同時名姝，多善吟詠，
> 工書畫，與吳越黨社勝流交遊，以男女之情兼師友之誼，
> 記載流傳，今古樂道。推原其故，雖由於諸人天資明慧，
> 虛心向學所使然。但亦因其非閨房之閒處，無禮法之拘牽，

〔註72〕鄧紅梅：《女性詞史》，頁232。
〔註73〕袁墨卿、袁法周：〈晚明江南文化殊相——名士與名姝的豔情與悲劇〉，《棗莊學院學報》第22卷第1期（2005年2月），頁38。
〔註74〕徐林：《明代中晚期江南士人社會交往研究》，頁135。
〔註75〕謝國楨：《明清之際黨社運動考》（上海：上海古籍出版社，2004年1月），頁119。

遂得從容與一時名士往來，受其影響，有以致之也。〔註76〕
陳氏謂晚明江南青樓名伎為「名姝」，已具肯定意義在其中，超越原
來伎女以色事人的社會文化符號意義。身為江南風流佳麗的楊宛，所
具備的詩心慧性自不在話下。雖然十六歲即嫁給茅元儀為妾而享有安
定的家庭生活，但從其詞作中仍可看出此一士伎相親的文化縮影──
名士娶名伎為妾，並不以家庭子嗣繁衍為目的，而是在交游中吟賞山
水煙霞，濡染詞章翰墨，從而尋覓心靈上的相互契合。請看其〈長相
思‧外初歸，攜同伴酌三山門外小圃〉言：

> 憶花開。惜花殘。撩亂飛紅點暮山。從今禁夜寒。　　　月
> 已圓。人已圓。酒到花間意倍閒。歸鴉又捉還。（頁294）

從詞題可知這是記敘茅元儀難得返家，與家中眾家姬在郊外花圃的聚
會。從「憶花開，惜花殘」與「月圓人圓」可以想見詞人對於與夫君
相聚的喜悅。類似的場景，還可見於其〈滿宮花‧暑夜與諸女郎同外
家宴〉中：

> 山正曈，涼早早。青海月兒洗澡。花叢誰識幾多花，只覺
> 幽香重遠。　　　玉露猶輕人已悄。各各情精巧。盡從花裏
> 捉流螢，一半醉眠芳草。（頁295）

在涼風習習，月照花明的夏夜裏，茅元儀與眾多家姬同歡共樂，諸女郎
盡情對其曲意奉承，則一幅夏夜行樂圖宛然如現眼前。茅元儀身為戍守
邊防的國士，在政亂國危之時效命東北邊陲，有志彌補時艱，〔註77〕
卻亦豢養眾多家姬以供返家時娛其耳目，這也是晚明放誕任情，視聲色
為風流的士風之證明。

另外〈燕歸梁‧送夫子赴軍，和原調原韻〉也可看出詞人與夫君
相處的模式：

> 楊柳絲絲正滿林。難繫君心。一回腸斷一愁吟。小庭院，
> 少披襟。　　　青山何日共登臨。報明主、是而今。君心只

〔註76〕陳寅恪：《柳如是別傳》上冊，頁75。
〔註77〕〔清〕錢謙益：《列朝詩集小傳‧丁集下‧茅待詔元儀》下冊，頁591
　　　～592。

在夜光鐔。空羞煞，訴孤衾。(頁 295)

雖然對夫君再度赴軍滿是依依難捨，但詞人仍強忍兒女私情，期勉夫君爲國效力，以報明主知遇之恩，待功成返家時，再共同登臨青山。一句「報明主、是而今。」可以看出詞人強烈的國家民族觀念，有著名伎受名士影響的鮮明印記，從而間接證明士人納伎爲妾，固因歌伎多色藝兼美，更有對其操行品質的認可。〔註 78〕而「青山何日共登臨」已道盡茅元儀與楊宛之間同遊山林，心靈相契的夫妻生活情趣。

在楊宛詞中，另有如此既以國家民族爲重，又重心靈契合的表述：如「魂勞夢驚。孤鐙小檠。望君此去功成。郵人傳太平。」(〈醉太平·夫子赴軍臨歧再贈〉，頁 294)、「多半鵷班王與侯。忘卻君羞。忘卻身羞。夫君獨共汨羅愁。不爲人留，不爲花留。」(〈一翦梅·五日寄外長安〉，頁 296)……等等，雖然文字淺白不具文采，但在反映晚明士伎相親的時代文化上，無疑具有其深刻的意義與價值。

(三)對「存理滅欲」的反動

雖然身爲江南名伎的楊宛長時期與文士往來，並在觀念上受文士影響。但畢竟是身爲以聲色媚人，送往迎來的歌伎，且生性較一般人風流放蕩，極力追求情欲，故不能堅守與茅元儀的情緣，多外遇，未能如其女兄弟草衣道人王微般皎然出塵，論者並以「終墮落淤泥，爲人所姍笑，不亦傷乎！」〔註 79〕爲其定評。關於其對情感的熱烈追求已見前述，細細觀察楊宛率性任性，勇於追求愛情的行徑作風與直抒胸臆，大膽表達自己或思念、或怨恨、或不甘空負青春等諸種情懷的詞作，恰是明代中後期陸王心學興起，強調人的主觀意識與肯定欲望的本能性等哲學思潮的具體說明，亦是庶民文化對宋明理學「存天

〔註 78〕徐林：《明代中晚期江南士人社會交往研究》，頁 140。

〔註 79〕〔清〕錢謙益《列朝詩集小傳·閏集·楊宛小傳》言：「宛與草衣道人爲女兄弟，道人屢規切之，宛不能從。道人皎潔如青蓮花，亭亭出塵；而宛終墮落淤泥，爲人所姍笑，不亦傷乎！」見氏著：《列朝詩集小傳》下冊，頁 774。

理，滅人欲」反動的縮影。〔註80〕

　　請看其〈風中柳·送別〉云：

> 高柳陰陰，遮不斷郎歸路。倒教郎、情兒似絮。只般時侯，又催花微雨。湊成來、那般情緒。　　架冷鞦韆，嬾去閒去邀侶。要追尋、愁無尋處。將他丟下，又禁它拴住。不容我、暫將拋去。（頁296）

全詞敘寫對情郎離去的依依不捨。與情人分離後，詞人但感迷離恍惚，滿腹愁緒不容得片刻拋去。相同的情緒，還可見於其〈夢江南·送外東歸，時方從北還〉的小詞中：

> 無著處，徒草十離詩。相見未多時又別，夢魂依絮遠天涯。風定惹相思。（頁295）

好不容易期盼到情郎歸來，卻又離別在即，傷別之情自是不言可喻。詞人甚至希望自己的芳魂能如柳絮般伴隨夫君直到天涯，末句「風定惹相思」道出詞人情意的無限纏綿。如此一往情深與爲情所困，令人不禁想起同時代著名文學家湯顯祖（1550～1617）所謂「世總爲情，情生詩歌，而行於神。天下之聲音笑貌大小生死，不出乎是。」〔註81〕的崇尚至情至性理論，且與馮夢龍（1574～約1645）「六經皆情教也：《易》尊夫婦，《詩》有〈關雎〉，《書》序嬪虞之文，《禮》謹聘、奔之別，《春秋》于姬、姜之際詳然言之。」〔註82〕的新時代新思想不謀而合。

　　楊宛以全部的生命來擁抱愛情，她渴求被愛，但也擔心被棄，幾乎隨時處在憧憬與擔憂的矛盾之中。〔註83〕所以極力尋求情感與欲望

〔註80〕理學的人生價值上與儒家傳統的人生價值是相同的；但因理學家把修身過程中的「誠意」、「正心」強調到最高點，而提出主敬、存誠、致良知等純化動機的要求，故主張對各種情欲都要加以克制；只有純乎天理、「天命之謂性」的「性即理」，才能被理學家肯定爲純善。詳參張麗珠：《清代的義理學轉型》（臺北：里仁書局，2006年10月），頁241～242。

〔註81〕湯顯祖〈耳伯麻姑游詩序〉，致新主編：《歷代小品性靈》，頁111。

〔註82〕馮夢龍《《情史類略》序》，致新主編：《歷代小品性靈》，頁122。

〔註83〕關於楊宛隨時處在憧憬愛情與擔心被棄的矛盾之說法，乃參閱張毅〈摯誠率直的楊宛詞〉，《龍岩師專學報》（社會科學版）16卷第1期，

的寄託，也正因兩情相悅的不可求卻可遇，造就她泛愛而不受道德規範約束的性格，不願將全部的情感只投注於茅元儀的身上。且看其調寄〈一剪梅〉，題爲「見人手中芙蓉，求爲瓶供，遂賦此詞」的詞作：

> 靜色清分一束秋。有意相求。著意相求。露容粉態恁溫柔。
> 花自西流。水向東流。　　夜雨淒風掩畫樓。欲語低頭。
> 無情折卻有情留。猶在含愁。莫在含愁。（頁 297）

表面看來是詞人爲求得他人手中芙蓉以供瓶供而賦，細玩之，這「露容粉態恁溫柔」的芙蓉豈非詞人自謂？「花自西流。水向東流。」莫非詞人對自己「過盡千帆皆不是」的飄泊情感無奈的嘆息？「無情折卻有情留。猶在含愁。莫在含愁。」則是女詞人欲遇有情人眞心相待的深切期許。

再有〈卷珠簾‧月夜遙情〉亦是女詞人在月夜空閨獨守，寂寞難耐的意亂情迷之作：

> 門掩芙蓉誰是伴。遠信悠悠，望斷愁難判。墜葉因風急又
> 緩。清秋可惜無人管。　　層軒獨步情思亂。明月撩人，
> 簾卷腸應斷。遙憶玉郎今夜半。瑤階若箇同清玩。（頁 298）

在花好月圓的清秋之夜，縈繞詞人心頭的盡是昔日與情郎相依相偎的繾綣與纏綿。相同的月夜，卻再也無人相伴，只能獨在高樓望盡天涯路，眞教女詞人愁腸欲斷。楊宛的癡情與對愛情的執意求求，在此一覽無遺。

楊宛詞在藝術上的顯著特徵即是善於言情，每一首詞所詠的幾乎都是細膩眞切的情感，傷情緬懷、離愁別緒之作固然如此，即使是詠物詞亦含有眞摯婉曲的情感在其中。〔註84〕楊宛如此地歌詠眞情，正是明代自嘉靖後期開始強調文藝源於心靈，要求衝破理學羈絆，充分體現個性，不受束縛，以眞實、自然爲最高審美原則的文藝新思潮的具體實踐，〔註85〕更是庶民文化在商品經濟發達與個性解放的時代思

頁 19。
〔註84〕張毅：〈摯誠率直的楊宛詞〉，《龍岩師專學報》第 16 卷第 1 期，頁 21。
〔註85〕以上關於明代中後期文藝新思潮的說法，乃參閱張少康、劉三富：《中

潮中，對宋明理學「存理滅欲」說反動的突出反映。

四、《鍾山獻》詞的風格

　　作爲文體概念之「詞」，原即曲子的歌詞，其興起與繁榮，本即與歌伎有著密切的關係。〔註86〕歐陽炯《花間集・序》言：「綺筵公子，繡幌佳人，遞葉葉之花箋，文抽麗錦；舉纖纖之玉指，拍按香檀。不無清絕之辭，用助嬌妖之態。」〔註87〕歌伎對「詞」有一定程度的修養是其職業的必然結果。而晚明江南在商品經濟、才子與才女文化共同的推動下，成就了繁榮的青樓文化，這些活躍於秦淮風月場所的名伎，共同特色是集才、色、藝於一身，與名士有著密切的交往，〔註88〕而楊宛更是其中的佼佼者。因出身背景的關係，楊宛詞所呈現的是青樓歌伎誠摯率直的氣息，與同時代婉和典麗的閨秀詞風味截然不同。〔註89〕而女詞人長時間與文士相往來，在無形中也受到文士書寫的影響，致使其部分詞作展現言婉思深的別格。

（一）誠摯率直的基調

　　率性追求情欲的楊宛，以白描和口語化的方式，眞誠地抒發內心的點滴感受，使其詞作風味與情感內容帶有濃厚的北里生活烙印，且看其〈柳枝・春閨〉言：

　　　　倚遍朱闌詠柳枝。一絲絲。無端牽引薄情兒。效參差。　　拈
　　　　起幽懷誰共說。應難徹。悶教鸚鵡詠新詩。罵郎辭。（頁297）

情郎無暇陪伴，讓詞人頓感生活乏味，想藉題詠以解悶，寫下的全是對情郎的嬌嗔。結以「罵郎辭」，則歌伎對恩客打情罵俏的場景躍然

國文學理論批評發展史》，頁190。
〔註86〕張惠民：《宋代詞審美理想》，頁42。
〔註87〕歐陽炯《花間集・序》，金啓華、張惠民等編：《唐宋詞集序跋匯編》頁339。
〔註88〕袁墨卿、袁法周：〈晚明江南文化殊相——名士與名妹的豔情與悲劇〉，《棗莊學院學報》第22卷第1期，頁38。
〔註89〕晚明閨秀詞以典雅婉和爲其主要風格，相關論著可參閱鄧紅梅：《女性詞史》，頁183。

呈現眼前。再看她寫給情郎的小詞：

> 相近還相遠，相逢更覺難。來去恁多般。將人消瘦盡，試
> 看看。（〈南柯子·寄外〉，頁293）

一句「將人消瘦盡，試看看。」露骨且語帶威脅地表現爲相思所苦的
境況，期待情郎垂憐的用意不言可喻。如此直敘情感的表述方式在楊
宛詞中隨處可見，如「不見去年人，又是去年時候。搔首，搔首，一
派春光消瘦。」（〈如夢令，新歲〉，頁293）的人面桃花之嘆、「最恨
夢中分別。不似醒時還說。說尚不勝情，何況不言去也。拋折。拋折。
醒後煖香溫月。」的迷離恍惚之情、「病嬌空一身，更有誰相問。莫
道不聞聲，如遠還如近。」（〈生查子·病中〉，頁294）的徬徨無助
之感，……等等，寫情圖貌，直接生動。

　　楊宛直敘情感的小令，以樸實無華的語言，敘寫心中所思所感。
讀其僅有的2首長調亦眞誠地表現了身爲歌伎的獨特心理感受，其中
〈金人捧露盤·詠秋海棠〉的分析已如前述，試再看其〈賀新郎·本
意〉言：

> 纔喜春寒去。見簾前、榴花如火，遊人觀渡。一派笙歌何
> 處起，催得荷花半吐。量誰忍、把新香妒。不特鴛鴦花底
> 戲，畫閣開、映出新妝女。堪羨也，神仙侶。　　鬧花燭
> 下人無數。有薰風、時吹環佩，碧紗深處。偏是今宵拋卻
> 扇，故把傾城色露。只聽得、低低鶯語。不記粉香汗濕，
> 一霎時、梅子微微雨。佳景日，當探取。（頁297）

上片寫初夏時節清荷含苞待放，河畔榴花盛開、遊人觀渡的熱鬧景象。
細玩之，詞中半吐的荷花是否即是詞人自喻？在花底嬉戲的鴛鴦與畫閣
內新妝待嫁的閨女，豈非詞人心中最深切的嚮慕？「堪羨也，神仙侶」
是詞人不假雕飾的內心獨白。下片「鬧花燭下人無數」是寫昔日眾多恩
客對她的熱情眷顧，但偏偏今宵竟是門前冷落，所以她故意展現傾城芳
顏。而「只聽得、低低鶯語。」莫非眾人對自己的品頭論足？末句的「佳
景日，當探取。」是她對自我命運的深刻體會：要在生命展現最美芳華
的青春時刻，尋得終身的倚靠。如此眞誠的刻畫身而爲伎的點滴感受，

還表現在她的詠物詞上，且以〈隔浦蓮・詠茶〉為例說明之：

> 新茶盈壑滿岰。側有岰深窈。別樣春藏護，凝珠蘸雲嬌曉。輕步穿叢草。香縈鬧。待采還停爪。芽猶小。　　何如摘下，溫存留意纏繳。恐經它手，任意施顛倒。丁屬山靈人莫到。作踐新香罪過怎了。（頁296）

表面看來是寫新茶葉芽猶小，雖是新香洋溢，但尚未成熟，故詞人殷殷叮囑山靈，切莫讓人摘採。細究詞意，這待長成的新茶，莫非是伎院中正值荳蔻年華的青春少女或詞人自謂？上片言「待采還停爪。芽猶小」，下片又言「何如摘下，溫存留意纏繳。恐經它手，任意施顛倒。」如此複雜的心理感受正是歌伎最真實的心理寫照：不願未成熟的新芽被人蹧蹋，卻也期待能遇到真心珍惜自己的情人，給予最細心的呵護，免去日後無謂的擔憂。

　　楊宛將豐富的感受或用白描，或通過對物的吟詠流暢地貫穿起來，使人與物融合為一，而不再僅是某種品格的單純象徵。雖在不經意之間，卻恰符合詠物詞「詠物言志」的寫作意義與內涵。而其中最大的原動力，即是來自她誠摯率直地刻畫自我點滴的感受。

（二）言婉思深的別格

　　雖然以真誠的詞筆來刻畫內心的點滴感受，從而使詞作展現誠摯率直的基調。但因長期與文士相往來，受到傳統文化價值觀的影響，楊宛部分詞作所表現出的另一特質，即是言婉思深的審美傾向。且看其〈鵲橋仙・本意〉言：

> 妝成欲度，鵲飛難到，風動羅裳翦翦。儂家腸斷不須憐，怎想得、那廂愁靨。　　夜涼促駕，嫦娥羞見，只是半遮半掩。不知別際不勝情，反羨你、一生拋閃。（頁295～296）

全詞藉詠七夕牛郎織女鵲橋相會的本事，來敘說自己對情郎不盡的思念。「儂家腸斷不須憐，怎想得、那廂愁靨。」是對情郎的嬌嗔邀寵，也是性別文化中女性處於男性附屬地位的一種表現。一般男子對於女性之故作嬌嗔邀寵基本上是愛賞的，往往在此時更可證明自己在性別

文化中的絕對優勢地位。﹝註90﹞身爲以取悅男性爲目的的歌伎，楊宛
當然深諳此理。下闋詞人巧用結合織女打扮鮮麗卻反羨慕嫦娥獨居廣
寒宮，不爲情所苦的傳統意象作結，則溫婉深情，楚楚可憐的形象更
是宛然如在眼前，使得全詞在口語質樸的敘述外，別具耐人尋味的含
蓄蘊致，是歌伎書寫與文士書寫結合而兼具二者風格的佳作。

再有〈醉落魄・春閨〉言：

> 春來幾許。花明柳暗平分取。空中香亂群蜂舞。翠幄張天，
> 人在深深處。　　聲聲又聽催花雨。燕鶯空惹閒愁緒。啣
> 花早過東墻去。新水芳泥，莫使春風誤。（頁296）

全詞所敘乃閨女傷春惜春之情。上片寫春景，語言極富表現力，「空
中香亂群蜂舞」，一個「亂」字，將春意點染得如火如荼，亦說明所
以香亂，乃群蜂亂飛的緣故。接以「翠幄張天」狀寫春意盎然之景，
似畫家以大筆飽蘸綠色，向天地間抹去。而「人在深深處」恰與張天
翠幄形成大小鮮明的對比。下片由春景轉入春情，「新水芳泥，莫使
春風誤」表面寫春燕築巢，卻暗指閨中人對情人熱切的期待，在蘊藉
中不失多情，恰似北宋小令「言婉思深」的審美特質。﹝註91﹞

清代詞論家況周頤曾評宋代歌伎聶勝瓊〈鷓鴣天〉詞「玉慘花愁
出鳳城。蓮花樓下柳青青。尊前一唱陽關曲，別箇人人第幾程。　　尋
好夢，夢難成。有誰知我此時情。枕前淚共階前雨，隔箇窗兒滴到明。」
爲「純是至情語，自然妙造，不假雕琢，愈渾成，愈穠粹。於北宋名
家中，似六一、東山。」﹝註92﹞將楊宛此詞與之相較，會覺在寫景上
猶更勝一層，則從普遍性的審美角度言之，楊宛〈醉落魄・春閨〉確
可稱上是「音節諧美，情思柔婉」的好詞。

﹝註90﹞葉嘉瑩：〈女性語言與女性寫作——早期詞作中的歌伎之詞（中）〉，《天
津大學學報》（社會科學版）第8卷第5期（2006年9月），頁346。

﹝註91﹞宋代詞學論詞體之婉美乃得力於藝術表現的委婉含蓄，強調情感表
現的委婉曲深細膩，及情思意蘊的多層次和豐富性。詳參張惠民：《宋
代詞學審美理想》，頁105～108。

﹝註92﹞況周頤《蕙風詞話》卷1，唐圭璋編：《詞話叢編》冊5，頁4541～
4542。

　　但若從女性書寫特質觀察，〔註93〕會發現這實在是一首極端「文士化」的女性之詞，不僅詞中所用的語言及意象，均常見於文士詞中，且「新水芳泥，莫使春風誤」更是一般文士眼中的女子形象，因在傳統社會中的女子既無自我獨立謀生的能力，除婚姻外實無其他出路可供選擇，因而期盼能得到一個可以終身仰望而相愛不渝的人，便成了所有女子一生一世最大的願望。〔註94〕可見在傳統文化觀念的制約下，女性作品實不易跳出既定的語言框架。

　　另外再從詠物詞來看楊宛詞所受文士書寫的影響，其〈浣溪沙・詠白碧桃〉言：

　　　　挈伴唯應是海棠。喜同梅譜又同妝。芳心一點更幽長。

　　　　　　靜對冰姿深長詠，頻教掩戶暫留香。玉人徙倚碧紗窗。

　　　（頁297）

全詞以海棠和梅花作陪襯，將所詠之物的精神與外貌具體地表現出來，並委婉含蓄地將詞人的心志寄託其中，完全符合詠物詩詞「感物吟志」的傳統。〔註95〕如此的詞作若掩去作者姓名，當不能分辨作者的性別。而詠物之作本即是男性文士們在其詩文酒會時為逞才取樂所形成的風格，〔註96〕楊宛屬文化層次較高的藝伎，長時間與文士相浸濡，自然會受到文士寫作風格的影響。

〔註93〕此處所謂「女性書寫」是指女性在從事寫作時所表現的寫作方式和風格，與現代西方女性主義論者所致力的對男性父權中之二元化的解構是不一樣的。關於西方女性主義論者所言的「女性書寫」，葉嘉瑩曾有過精要的論述。參閱氏著：〈女性語言與女性書寫──早期詞作中的歌妓之詞（上）〉，《天津大學學報》（社會科學版）第8卷第4期，2006年7月，頁272～273。

〔註94〕葉嘉瑩：〈女性語言與女性寫作──早期詞作中的歌伎之詞（上）〉，《天津大學學報》第8卷第4期，頁275。

〔註95〕關於詠物之作的文學特質與歷史淵源，葉嘉瑩曾有詳細的論述，詳參氏著：〈王沂孫其人其詞〉，收入繆鉞、葉嘉瑩著：《詞學古今談》（臺北：萬卷樓圖書公司，1992年10月），頁528～532。

〔註96〕葉嘉瑩〈女性語言與女性寫作──早期詞作中的歌伎之詞（下）〉，《天津大學學報》（社會科學版）第8卷第6期，頁422。

　　觀其詞作中寫景之句如「綺陌春歸。一番廂雨，處處煙飛。」(〈柳梢青・春閨〉，頁 295)、「翠鑪煙裏香裊。紅燭雨中靜悄。」(〈洞天春・買妾〉，頁 295) ……等等，處處可見文士化書寫的痕跡。但觀其直抒性情的詞作與大部分的詠物詞，卻又是藝伎情感與生活感情的具體刻畫，楊宛詞作的文士化與歌伎書寫的審美傾向，由此可見一斑。

　　基本上，女性之詞與女性之詩，都是以敘寫個人的生活情思為主要的本質，與男性之詞的從歌曲之詞到抒情言志有著重大的背離。[註97] 楊宛詞自不例外，她或喃喃自語、或嬌嗔嘆惋、或藉物抒懷，其中所表露的中心思想不過是對一份真誠摯愛之情的嚮往與追求。而所有的責怨，不過是因期待落空而產生的負面情緒而已。楊宛對愛情的追求，所代表的正是傳統女性共同的情思和願望。而其文士化的書寫方式與對複雜情欲的細膩刻畫，所反映的亦是晚明商品經濟繁榮下，市民階層興起後士伎相親的文化現象與對宋明理學「存理滅欲」的反動。

　　楊宛受限於本身的識見與修養，其詞作在整體成就上無法與同時代的閨秀詞人如沈宜修、葉紈紈、葉小鸞母女，女俠詞人劉淑，甚至同為名伎的柳如是相提並論，但其以淺白質樸，不假雕飾的語言直述內心的點滴感受，在理解晚明獨樹一格的名伎文化與社會現象上，無疑具有一定程度的意義與價值。

第三節　柳如是

一、柳如是的生平與詞集

　　柳如是（1618～1664），本姓楊，名愛，字影憐，後改姓柳，名隱，又名是，字如是，一字蘼蕪；又因《心經》中有「如是我聞」之

[註97] 葉嘉瑩：〈女性語言與女性寫作──早期詞作中的歌伎之詞（上）〉，《天津大學學報》第 8 卷第 4 期，頁 274。

語而稱「我聞居士」。〔註98〕浙江嘉興（今湖州）人。

　　關於柳如是幼年的生涯，諸書多缺載或是語焉不詳，〔註99〕周采泉《柳如是雜論‧柳如是童年之推測》以爲從晚明社會環境與生活習尚考察，柳如是本出身書香門第，四、五歲時因遭逢變故，被人口販子從嘉興拐騙至吳江盛澤鎮歸家院之地。〔註100〕而陳寅恪亦認爲柳如是早年曾在盛澤歸家院名伎徐佛門下爲婢，並受其調教，後爲吳江故相周道登（生卒年不詳，萬曆26年進士，崇禎初年的禮部尚書兼東閣大學士）所中並鬻之爲妾，教其文藝；明慧的如是頗爲周氏所寵，但受群妾所妒，故設計譖之，如是遂遭放逐，復流落至北里，時如是年約十五。〔註101〕

　　再入風塵，柳如是以「相府下堂妾」的身份高自標置，獨張豔幟，自備畫舫，浪跡吳越間，開始浮家泛宅的游伎生涯。〔註102〕因其才色兼備，故很快就在松江地區的社交圈建立地位。錢肇鼇《質直談耳‧柳如是軼事》云：「扁舟一葉放浪湖山間。與高才名輩相遊處。其在雲間，則與宋轅文、李存我、陳臥子三先生交最密」。〔註103〕關於柳如是的風韻與才情，從陳子龍（字臥子，1608～1647）弟子王澐《輞川詩鈔》卷六之〈虞山竹枝詞〉第一首可得其梗概：

　　　　章臺十五喚卿卿，素影爭憐飛絮輕。白舫青蓮隨意住，淡
　　　　月微雲最含情。

〔註98〕　有關柳如是姓名之考證，可參閱陳寅恪：《柳如是別傳‧河東君最初姓氏名字之推測及其附帶問題》（北京，生活，讀書，新知三聯書店，2010年1月）上冊，頁16～37。
〔註99〕　劉燕遠：《柳如是詩詞評註‧柳如是年譜》（北京：北京古籍出版社，2000年1月），頁279。
〔註100〕周采泉《柳如是雜論》（上海：江蘇古籍出版社，1986年1月），頁10～12。
〔註101〕陳寅恪：《柳如是別傳》上冊，頁47～60。
〔註102〕劉燕遠：《柳如是詩詞評註‧柳如是年譜》，頁280。
〔註103〕〔清〕錢肇鼇《質直談耳‧柳如是軼事》，收入谷輝之輯：《柳如是詩文集‧附錄二》（北京：中華全國圖書館文獻縮微複製中心，1996年8月），頁250。

自注云：

> 姬少爲吳中大家婢，流落北里。楊氏，小字影憐，後自更
> 姓柳，名是。一時盛名，從吳越間諸名士游。〔註104〕

在柳如是與宋轅文（字徵輿，1618～1667）、李雯（字存我，1608～1647）和陳子龍等雲間三子交往的過程中，本最鍾情於同年的宋轅文，但卻受挫於宋母，松江府郡守方岳貢受宋母之託，以有傷風化欲逐如是，幸賴陳子龍仗義爲之解圍；而陳、柳亦因此而逐漸墜入情網。〔註105〕

關於柳如是與陳子龍之間的愛情，陳寅恪《柳如是別傳》與孫康宜《陳子龍柳如是詩詞情緣》均有詳細的考證與論述，茲不贅述。〔註105〕柳如是對弱冠即才高天下的陳子龍本即十分欽羨，〔註107〕而陳子龍對「新從吳江故相家流落人間，凡所敘述，感慨激昂，絕不類閨房語。」〔註108〕的柳如是亦特別的憐惜，兩人從相知、相惜到相戀，進而於崇禎八年（1635）春天，同居於松江城南門內徐氏的南園，〔註109〕濃情蜜意，形影相隨，柳如是在此度過她人生中最甜蜜的一段時光。是年夏天由於陳子龍室家張孺人的干預，〔註110〕柳如是只好黯然離開兩人雙棲雙宿的南園。

陳子龍本是動盪時代中的英雄，在政亂國危之日，他不但以不世

〔註104〕 〔清〕王義士：《輞川詩鈔》卷 6，收於《古今叢書集成新編》冊 72，頁 163。

〔註105〕 陳寅恪：《柳如是別傳》上冊，頁 68～83；劉燕遠：《柳如是詩詞評註‧柳如是年譜》，頁 281。

〔註105〕 陳寅恪：《柳如是別傳》上冊，頁 38～347；孫康宜著、李奭學譯：《陳子龍柳如是詩詞情緣》（臺北：允晨文化公司，1992 年 2 月）。

〔註107〕 夏允彝在陳子龍詩集《岳起堂稿‧序》贊美陳子龍之才曰：「臥子年弱冠，而才高天下。其學自經、史、百家，言無不窺；其才自騷、賦、詩歌、古文詞以下，迄博士業，無不精造而橫出。天下士，亦不得不震而尊之矣。」〔明〕陳子龍著、施蟄存、馬祖熙標校：《陳子龍詩集‧附錄三》（上海：上海古籍出版社，1983 年 7 月）下冊，頁 750。

〔註108〕 宋徵璧〈秋塘曲並序〉，〔清〕宋徵璧：《抱真堂詩稿‧卷四》（清康熙七年（1668）年刻本），頁 29。

〔註109〕 陳寅恪：《柳如是別傳》上冊，頁 282。

〔註110〕 陳寅恪：《柳如是別傳》上冊，頁 314。

出之才籌組幾社以論國政，最後更獻身反清復明的千秋聖業。〔註111〕
在與陳子龍遇合的這段時間裏，柳如是創作了許多動人的詞章詩篇，
她與陳子龍之間的情緣，甚至為晚明幾近衰竭的詞體注入新生的泉
源。〔註112〕

　　離開陳子龍後的柳如是，情感漂泊約六、七年，直至崇禎十三年
（1640），如是方在友人汪然明（字汝謙，1577～1655，杭州富商）的
引薦下，放舟至常熟虞山，幅巾弓鞋，初訪大學士錢謙益（1582～
1664）。錢謙益為其風采所折服，為其在十日內築成「我聞室」，並以
柳氏之郡望稱其為「河東君」，從此詩歌往來酬唱不斷，成為東南文壇
盛事。翌年經汪然明等人力牽紅線，錢、柳二人終於衝破重重阻力，
結為連理。時如是年二十四，謙益年六十。錢氏除以盛大婚禮迎娶如
是之外，並為愛妻修築「絳雲樓」，二人終日在樓內博覽群書，吟詩賦
詠，謙益對慧黠的如是相當讚賞，錢、柳的婚姻生活可稱美滿幸福。

　　但好景終是不常，甲申（1644）、乙酉（1645）之變後，清兵攻
陷南京，柳如是本力勸錢謙益殉國難以保名節，錢卻率群臣降清，而
成為千古憾事。如是本欲投水自盡，卻為家人所攔阻。錢謙益在新朝
僅五個月即悔變節而稱病南歸，並在如是的激勵下共同投入瞿式耜
（1590～1650）與鄭成功（1624～1662）反清復明的活動，以雪前愆。
後義軍相繼失敗，復明已是無望，絳雲樓又毀於大火，所藏萬卷珍本
祕籍盡付之一炬。錢、柳心灰意冷，如是在女兒出嫁後祝髮入道。而
康熙三年（1664）錢謙益病故，引發錢氏家難。如是不堪錢氏族人因
索逼財產而玷污人格，遂以三尺白綾結束自我 47 歲的英年生命，家
人以匹禮（即繼配身分）與錢氏合葬。〔註113〕

〔註111〕　關於陳子龍的生平，可詳參朱東潤：《陳子龍及其時代》（上海：東
　　　　　方出版中心，1999 年 1 月）；蘇菁媛：《陳子龍詞學理論及其詞研究・
　　　　　陳子龍的生平及著作概述》，頁 15～52。
〔註112〕　孫康宜著、李奭學譯：《陳子龍柳如是詩詞情緣》，頁 71。
〔註113〕　關於柳如是與錢謙益情緣的始末，可詳參陳寅恪：《柳如是別傳》
　　　　　中冊，頁 349～842。《牧齋遺事》，收入胡文楷：《錢夫人柳如是年

柳如是的一生不但充滿傳奇性的色彩，文才更為世人所津津樂道，如忠義兼資的陳子龍即稱美如是之詩：

> 遠而惻榮枯之變，悼蕭壯之勢，則有曼衍灘城之思；細而飾情於潛者婉者，林木之蕪蕩，山雪之脩阻，則有寒澹高涼之趣，大都備沉雄之致，進乎華驕之作者焉。〔註114〕

而鄒漪〈柳如是詩小引〉亦稱：

> 予論次閨閣諸名家詩，必以河東君為首……蓋閑情淡致，風度天然，盡洗鉛華，獨標素質。而又日侍騷雅鉅公，揚扢古今，吐納珠玉。宜其遺眾獨立，令粉黛無色爾爾。〔註115〕

但或許因柳如是出身卑微，又受累於一度降清的夫君錢謙益，致使其聲名幾乎淹沒在歷史的浪潮之中。近代幸賴史學大師陳寅恪（1890～1969）暮年在目盲足臏的艱難情況下，於殘闕禁毀中詳搜各類資料，耗盡十年的苦心孤詣，終成八十萬餘言的《柳如是別傳》，除讓柳如是的身世得以表出之外，陳氏對如是的詩詞文章並廣徵古典今事加以詮釋，為柳氏文學的研究開展了新的局面。對於柳如是的文采與人格，陳氏曾如此讚嘆道：

> 始知稟鈍之資，挾鄙陋之學，而欲論女俠名姝文宗國士於三百年之前，……雖然，披錢柳之篇什於殘篇毀禁之餘，往往見其孤懷遺恨，有可以令人感泣不能自己者焉。夫三戶亡秦之志，〈九章〉、〈哀郢〉之辭，即發自當日之士大夫，猶應珍惜引申，以表彰我民族獨立之精神，自由之思想。何況出於婉孌倚門之少女，綢繆鼓瑟之小婦，又為當時腐儒者所深詆，後世輕薄者所厚誣之人哉！〔註116〕

可見柳如是的清詞麗句、獨立人格與愛國精神都是陳氏所推崇的。至於

譜》（臺北：臺灣商務印書館，1981年4月），頁8～9；劉燕遠：《柳如是詩詞評註・柳如是年譜》，頁283～292。
〔註114〕陳子龍《戊寅草・序》，收入谷輝之輯：《柳如是詩文集》，頁10～12。
〔註115〕鄒漪〈柳如是詩小引〉，收入谷輝之輯：《柳如是詩文集・附錄二》，頁235。
〔註116〕陳寅恪：《柳如是別傳・緣起》上冊，頁3～4。

柳如是的著作，據收有柳如是詩文及資料較齊備的《柳如是詩文集》一書的責任編輯劉燕遠所言，〔註117〕其詩文結集鐫刻多在其生前，〔註118〕今試列表說明如後：

分類	著作名稱	鐫刻年代	內容大要	現今流通狀況
專著	《戊寅草》	崇禎 11 年（1638）	收詩 106 首，詞 31 首，賦 3 篇，前有陳子龍序。	刻本現藏於浙江圖書館，1996 年中華全國圖書館文獻縮微複製中心將其影印出版，收入《柳如是詩文集》。
	《湖上草》	崇禎 12 年（1639）	收詩 35 首，由汪然明依據如是本人的手寫本刊刻。	刻本現藏於浙江圖書館，1996 年中華全國圖書館文獻縮微複製中心將其影印出版，收入《柳如是詩文集》。
	《柳如是尺牘》	崇禎 14 年（1641）	共 31 通，均為柳氏致汪然明的書簡，前有林雪〈柳如是尺牘小引〉。	刻本現藏於浙江圖書館，1996 年中華全國圖書館文獻縮微複製中心將其影印出版，收入《柳如是詩文集》。
合著	《東山酬和集》	約崇禎 14、15 年（1941～1942）	收柳如是詩 18 首，錢謙益及錢、柳友朋唱和之詩數十首。	1996 年由浙江圖書館編輯，收入《柳如是詩文集》附編一。
補輯	《柳如是詩文補輯》	1996 年	主要輯自《牧齋初學集》、《牧齋有學集》與鄒漪《柳如是詩》，計詩 24 首，詞 2 首，遺囑 1 篇。	1996 年由浙江圖書館編輯，收入《柳如是詩文集》附編二。

　　由上表可知柳如是的詞作計有《戊寅草》中的 31 首與《柳如是

〔註117〕　《柳如是詩文集》的內容分《戊寅草》、《湖上草》、《柳如是尺牘》、《東山酬和集》、《柳如是詩文補輯》與〈附錄〉六部分，其中〈附錄〉含顧苓、沈虯等人所撰寫的柳如是傳紀四種，錢肇鰲《質直談耳・柳如是軼事》等雜記 35 則及林雲風、王國維、袁枚等題詠 78 首。詳見谷輝之輯：《柳如是詩文集》。
〔註118〕　劉燕遠：《柳如是詩詞評註・自序》，頁 8。

詩文補輯》中的 2 首，〔註 119〕合計 33 首，均收入谷輝之所輯的《柳如是詩文集》中。但相當遺憾的是對於柳如是的作品，除陳寅恪先生在《柳如是別傳》據之以詮述、考證其生平外，其餘版本皆未見任何注釋，而柳氏詩詞的高雅難解是眾所公認的，〔註 120〕可稱是明清古典文學中的陽春白雪之作。劉燕遠女士為使讀者通曉柳如是詩詞的意涵，特不憚繁瑣，自目前所能見的版本中選出具有代表性的柳如是詩102 首，詞 31 首，除廣引各類資料加以注釋之外，並用慧心巧思對所選詩詞進行簡評，著成《柳如是詩詞評注》，可稱是目前所能見的柳如是詩詞評注的最佳版本。而國內學界對柳如是的研究亦方興未艾，已有數本碩博士論文可供參考。〔註 121〕

　　本節立足在前賢研究的基礎上，茲以谷輝之所輯《柳如是詩文集》中所搜集的 33 首詞作為研究範圍，並參閱陳寅恪《柳如是別傳》、劉燕遠《柳如是詩詞評注》及諸先輩對柳如是詞的考證、注解與詮釋上，再加上個人的體會，從內容、形式技巧與風格等方面來對柳如是詞進行深入的探討與評析，盼能為曾淹沒在歷史浪潮中的女俠名姝詞作，尋回一分本即是屬於她的光彩。

二、柳如是詞的內容

　　柳如是詞幾乎是她與陳子龍之間愛情紀錄，從甜蜜愛情的追憶到

〔註 119〕　此二闋詞爲〈金明池・詠寒柳〉與〈垂楊碧〉，收入谷輝之輯：《柳如是詩文集・附編二》，頁 220～221。

〔註 120〕　如陳寅恪言：「豈意匪獨牧翁之高文雅什，多不得其解，即河東君之清詞麗句，亦有瞠目結舌，不知所云者。」陳寅恪：《柳如是別傳・緣起》上冊，頁 3；周采泉言：「她的詞雖流傳不多，卻如天馬行空，變幻莫測。」周采泉《柳如是雜論》，頁 62。

〔註 121〕　如高月娟：《柳如是《戊寅草》研究》（臺中：私立東海大學中文系碩士論文，2000 年）、李栩鈺：《河東君與《柳如是別傳》——接受觀點的考察》（桃園：國立中央大學中文系博士論文，2002 年）、沈伊玲：《柳如是及其詩詞研究》（臺南：國立臺南大學國語文學系碩士論文，2004 年）、郭香玲：《柳如是《湖上草》初探》（高雄：國立中山大學中文系碩士論文，2005 年）

黯然離分的悲泣，女詞人細細記下心中點滴的感懷。其中當然亦有與情郎陳子龍的唱和，爲晚明士伎相親的文化殊相譜下美麗鮮明的時代印記；而在更多的日子裏，女詞人對自己飄如浮萍的身世亦有著無限的慨嘆，從而寄寓詞作以吟詠之。

（一）甜蜜愛情的追憶

據陳寅恪的考證，柳如是與陳子龍的關係，同在蘇州與松江的時間是從崇禎五年（1632）起至崇禎八年（1635）深秋止，約可分爲三個時期：

> 第一期自崇禎五年至崇禎七年冬。此期臥子與河東君情感雖甚摯，似尚未達到成熟程度。第貳期爲崇禎八年春季並首夏一部分之時，此期兩人實已同居。第參期自崇禎八年首夏河東君不與臥子同居後，仍寓居松江之時，至是年秋深離去松江，移居盛澤止。〔註122〕

與陳子龍同居的時間雖僅有短短的一季，卻是柳如是生命中最美好的一段時光。移居盛澤的詞人，回憶這段甜蜜往事，懷著對陳子龍深深的眷戀，賦下了〈夢江南・懷人〉二十闋；陳寅恪以爲此組詞中的「南」字實指陳柳二人於崇禎八年春間同居的徐氏南樓及遊宴的陸氏南園而言，〔註123〕若依此解，則如是所夢之地與所懷之人便字字可以詳解。本組詞仿唐・劉禹錫〈憶江南〉開篇首句「春過也」的句式，〔註124〕前十首以「人去也」聯章疊唱，指自己離開了心愛情郎的離愁別緒；後十首則以「人何在」開頭，寫詞人在迷離惝恍中回憶昔日與情郎同遊共處的歡愉情景，深情地懷念與陳子龍的情愛生活，字字句句，均可看出詞人的一片眞心，如第一首云：

> 人去也，人去鳳城西。細雨溼將紅袖意，新燕深與翠眉低，蝴蝶最迷離。〔註125〕

〔註122〕　陳寅恪：《柳如是別傳》上冊，頁 106。
〔註123〕　陳寅恪：《柳如是別傳》上冊，頁 260。
〔註124〕　曾昭明、曹濟平等編：《全唐五代詞》上冊，頁 64。
〔註125〕　谷輝之輯：《柳如是詩文集》，頁 91。本文所引柳如是詞均引自該書，

因松江府內有鳳凰山，故鳳城即指松江府城。〔註 126〕離開與陳子龍
共築的愛巢之後，詞人幾乎是六神無主；走在迷濛細雨中，但感道旁
新生的細草與自己不願揚起的翠眉一樣柔弱。末句詞人巧用「莊周夢
蝶」的典故來說明自己此刻的心情：〔註 127〕不知所夢爲何，亦不知
誰在夢中，愛情，總是令人如此迷惘。而第九首言道：

　　人去也，人去夢偏多，憶昔見時多不語，而今偷悔更生疏。

　　夢裏自歡愉。（頁 93）

人已離去，卻偏多夢，正是爲情所苦的自然表白。「憶昔」兩句正是夢
醒時分的所思所怨：語少正因夢多，生疏實悔分離日久，夢境難留，致
使芳心更加孤寂。詞人以怨語傳遞癡情，頗耐人細細品味。而末句又轉
寫夢境之樂，卻是以「自」字的痛楚與「歡愉」相映襯，表面似樂詞，
實際則含有無限的淒楚在其中。本詞寫傷懷之情，既無矯情之語，亦無
襯情之景，全憑眞情在曩昔、今朝、夢幻與現實之間回環往復，頗得小
令「淡而豔，淺而深，近而遠」的神韻，〔註 128〕故陳寅恪贊之曰：「此
首爲二十首中之最佳者，河東君之才華，於此可窺見一斑也。」〔註 129〕

　　對柳如是而言，「愛」即是「記憶」，〔註 130〕故她逐一懷念過去與
情人相聚的每一場景：在香霧繚繞的繡房內脈脈含情、在明月照映下攜
手漫遊、甚至共乘木蘭舟渡江採蓮，……等等，如其中第十六首即言：

　　人何在？人在石秋棠。好是捉人狂耍事，幾回貪卻不須長。

　　多少又斜陽。（頁 95）

陳寅恪以爲「石秋棠」之義未解，若「棠」乃「堂」字的誤寫，則「石

　　爲避免繁複，爾後僅在引文後註明頁次，不再另外註明出處。

〔註 126〕 陳寅恪：《柳如是別傳》上冊，頁 95。

〔註 127〕 《莊子・齊物論》言：「昔莊周夢爲胡蝶，栩栩然胡蝶也，自喻適
　　　　　志與？不知周也。俄然覺，則蘧蘧然周也。不知周之夢爲胡蝶與，
　　　　　胡蝶之夢爲周與？」郭慶藩輯：《莊子集釋》，頁 112。

〔註 128〕 〔清〕田同之《西圃詞話》引「顧璟芳論小令」，唐圭璋編：《詞話
　　　　　叢編》冊 2，頁 1467。

〔註 129〕 陳寅恪：《柳如是別傳》上冊，頁 264。

〔註 130〕 孫康宜著、李奭學譯：《陳子龍柳如是詩詞情緣》，頁 148。

秋堂」應是南園中一建築物之名。〔註131〕「好是捉人狂要事」即指
玩捉迷藏的遊戲，詞人期盼在遊戲中能早點被情郎捉住，除了讓情郎
不必過度勞累外，自己也可以早點依偎在情郎的懷抱裏，享受愛情的
歡愉。而末句的「多少又斜陽」則是事過境遷，令人頓感無限的落寞。
再如第十八首言道：

> 人何在？人在玉階行。不是情癡還欲住，未曾憐處卻多心。
> 應是怕情深。（頁95）

詞人對南園往事反復追憶，不斷吟唱與陳子龍同居的愛情場景，藉以
安慰她寂寥的心情。玉階是他們從前攜手漫步之處，因為不想為難愛
人，故詞人選擇離開。此刻女詞人煢然一身，在迷離恍惚之中，她問
自己是否愛得太深了，否則不要多心，繼續留在情郎身邊，就不會落
得今日孤單的下場。一個「怕」字，細膩地刻畫詞人款款的深情，也
令人為她「多情總是為無情傷」的坎坷情路一掬同情之淚。

　　而其餘各篇如「道是情多還不是，若為少恨卻教猜。」（其四）、
「未信賺人腸斷曲，卻疑誤我字同心。」（其七）、「只有被頭無限淚，
一時偷拭又須牽。」（其二十）……等等，均是詞人失意多愁的寫實
紀錄。經由以上的論述，更可證明劉燕遠所評：「深情地懷念她與陳
子龍的愛情生活。一字一詞，沁人肺腑，可謂愛情詩篇的上乘之作。」
〔註132〕實為中肯之論。

（二）黯然離分的悲泣

　　陳子龍5歲慈母見背，19歲父親過世，由祖母高太安人扶養長
大，〔註133〕家境可想並非寬裕，且看子龍弟子王澐所撰的〈三世苦
節傳〉如此言道：

〔註131〕　陳寅恪：《柳如是別傳》上冊，頁268。
〔註132〕　劉燕遠：《柳如是詩詞評註》，頁167。
〔註133〕　據陳子龍《陳子龍譜》：「天啟六年丙寅，先君病日甚，至是竟不起。
　　　　　臨歿，惟勗予為善士，又公以不得終養老母為恨，諄諄以屬孤，今
　　　　　屈指二十年矣。」施蟄存、馬祖熙標校：《陳子龍詩集·附錄二》
　　　　　下冊，頁638。

> 高安人一女，篤愛之，贅諸氏婿，共宅而居。奉議公（按
> 即子龍之父）以寡兄弟而勿忍也。先生承先志，始終不替。
> 孺人承高安人歡，敬愛有加，撫其子女如同生，冠婚如禮，
> 安人爲之色喜。唐宜人（按即子龍繼母）生四女，次第及
> 笄，孺人爲設巾帨，治奩具而歸之，嫁禮稱盛，宜人忘其
> 疾，諸姑感而涕出，曰：「嫂，我母也。」〔註134〕

由此可見子龍正室張孺人在家中的地位與子龍家的人多屋狹。再加上
陳子龍此時仍是功名未就，〔註135〕實在沒有能力安置志在獨立門戶
的柳如是。

　　崇禎八年（1635）春天，柳如是雖與陳子龍同居，但因盡悉子龍
家庭的複雜與經濟上的窘迫，知道這段感情勢必無法持續下去，於是
漸漸表示其將離開。〔註136〕殘酷的現實打破了詞人欲與情郎長相廝
守，共度白首的美夢，如是將這種捨不得又不得不離開的矛盾心情，
以「憶夢」爲題，哀哀地賦下〈江城子〉，細細道出心中點滴的感受：

> 夢中本是傷心路，芙蓉淚，櫻桃語。滿簾花片，都受人心
> 誤。遮莫今宵風雨話，要他來，來得麼？　　安排無限銷
> 魂事。硏紅箋，青綾被。留他無計，去便隨他去。算來還
> 有許多時，人近也，愁回處。（頁97～98）

首句將夢中事說成傷心路，更見夢醒時分的淒楚；接著以「芙蓉淚，
櫻桃語」的工整對句，具體描繪自己此刻的愁顏。瞥見窗外受風雨襲
擊而凋零滿簾的片片落花，詞人更聯想到自己坎坷的姻緣路。在這樣
的風雨之夜，女詞人有太多的心緒想對情郎傾訴，但自己連他是否能
來都無法掌握，更遑論往後諸事？下闋詞人款款道出對情郎的一片癡
心，無論是吟詩作畫的硏紅箋或是枕席呢喃的青綾被，都已準備好

〔註134〕王澐〈三世苦節傳〉，施蟄存、馬祖熙標校：《陳子龍詩集‧附錄二》
　　　　下冊，頁738～739。
〔註135〕據〔明〕陳子龍《陳子龍譜》：「（崇禎四年辛未）試春官，罷歸。……
　　　　（崇禎七年甲戌）春，復下第罷歸。」施蟄存、馬祖熙標校：《陳
　　　　子龍詩集‧附錄二》下冊，頁646～650。
〔註136〕陳寅恪：《柳如是別傳》上冊，頁252。

了，不管他來了之後是否能留下，只要能在自己身邊就好，且讓積壓在心頭的哀愁回到它該去的地方吧！

全詞平白如話，不假任何雕飾，欲說還休的深情與不見容於正室的無奈，均在詞中表露無遺，也讓人重新審視對青樓女子「水性楊花」的傳統評價是否公允客觀？

如是離開陳子龍後，重返盛澤歸家院。在一個風雨的黃昏，風吹繡幕，雨打簾櫳，詞人看著微弱的燭光，千愁萬緒陡然湧上心頭。她推想她的心上人，此刻一定也和自己一樣，沉浸在傷心之中。於是她將兩地相思化為淺吟低唱，以〈更漏子〉為調，細訴雨中的思念：

> 鳳繡幕，雨簾櫳，好個淒涼時候。被兒裏，夢兒中，一樣
> 溼殘紅。　　香焰短，黃昏促，催得愁魂千簇。只怕是，
> 那人兒，浸在傷心綠。（頁96～97）

從風雨寫到夢中，又從黃昏寫到傷心的戀人，詞人將無限的哀思寄寓在淒風苦雨之中，題名為「聽雨」，著實撼人心絃。再看其〈訴衷情近‧添病〉言：

> 幾番春信，遮得香魂無影。銜來好夢難憑，碎處輕紅成陣。
> 任教日暮還添，相思近了，莫被花吹醒。　　雨絲零，又
> 早明簾人靜，輕輕分付，多個未曾經。畫樓心，東風去也，
> 無奈受他，一宵恩幸，愁甚病兒真。（頁98～99）

此詞題為「添病」，其實語涉雙關，詞人不僅生病，更添相思之病。她自問自答，是誰銜來好夢？當然是愛神，讓詞人徜徉在過去甜美的回憶之中，但好夢終是難憑，就像春天絢麗的花朵如今已是落紅成陣。詞人衷心祈禱，若真是因愛而生病，則她寧可再添一些，只是不要再讓花瓣吹醒美夢。下闋轉入清晨醒來的景況：窗外雨絲飄零，屋內簾明人靜，昨夜好夢已成追憶，詞人輕輕吩咐自己，所有的憐愛與恩幸均已遭不可抗拒的外力，而成過往雲煙，遙遠而模糊，徒留滿腹愁緒與相思病的真真切切、綿綿無期。

不僅如是思念子龍，子龍對如是亦是滿懷不捨，有詩可以為證，

其〈戊寅七夕病中〉曰：

> 又向佳期，金風動素波。碧樹凝月落，雕鵲犯星過。巧笑
> 明樓迴，幽暉清簞多。不堪同病夜，苦憶共秋河。〔註137〕

崇禎十一年（1640）七夕，陳子龍有感牛郎織女的故事，爲柳如是而
生病了，字裡行間，充滿對女詞人深情的眷戀。此時他們分手已有三
年，但仍是眞心地關懷著彼此。「不堪同病夜，苦憶共秋河」，深刻地
道出與女詞人的同病相憐，也令人爲這對愛侶有情相愛，無緣相守的
際遇，徒感造化弄人的無奈。

（三）與陳子龍的唱和

　　如是誠爲一代名伎，〔註138〕而晚明名伎共同的特徵即是集才、色、
藝三絕，卓而不群，精通琴棋書畫，文學造詣不讓鬚眉，做人上有俠肝
義膽，見識過人，〔註139〕而柳如是與陳子龍的詩詞所敘寫的浪漫情懷，
正是當時文士與歌伎士伎相親文化直接的迴響，〔註140〕他們以詩詞來
互訴衷曲，〔註141〕其中唱和的詞作，更是他們眞摯愛情的見證。

　　女詞人黯然離開陳子龍之後，二人內心皆是無比惆悵；兩地相
隔，僅能藉由魚雁往返來稍解相思之苦。陳子龍曾調寄〈踏莎行〉，
細訴他對佳人離去的不捨：

〔註137〕　施蟄存、馬祖熙標校：《陳子龍詩集》卷 12，下冊，頁 359。本書
乃是上海華東師範大學施蟄存與馬祖熙二位教授以王昶所編的《陳
忠裕公全集》卷 3 至卷 20 爲底本，並詳搜陳子龍生平傳記與評註
等相關史料，在詩詞校注上尤見用心，是研究陳子龍詩詞相當不錯
的文本。本文所引陳子龍詩詞均出自該書，爲免繁瑣，爾後只在引
文後註明書名與頁次，不另外註明出處。

〔註138〕　顧苓〈河東君小傳〉言：「宗伯（按即錢謙益）大喜，謂天下風流
佳麗，獨王修微、楊宛叔與君（按即柳如是）鼎足而三」，谷輝之
輯：《柳如是詩文集・附編二》，頁 225。

〔註139〕　袁墨卿、袁法高：〈晚明江南文化殊相──名士與名妹的豔情與悲
劇〉，《棗莊學院學報》第 22 卷第 1 期，頁 38。

〔註140〕　孫康宜著、李奭學譯：《陳子龍柳如是詩詞情緣》，頁 71。

〔註141〕　有關陳子龍詞的內涵，可參閱蘇菁媛：《陳子龍詞學理論及其詞研
究・陳子龍詞的內容》，頁 147～184。

　　無限心苗，鸞箋半截，寫成親襯胸前折。臨行檢點淚痕多，
　　重題小字三聲咽。　　兩地魂銷，一分難說，也須暗裏思
　　清切。歸來認取斷腸人，開緘應見紅文滅。(〈踏莎行·寄書〉，
　　《陳子龍詩集》下冊，頁 610)

子龍將綿綿相思寄意書信，剛提筆已是淚流滿面，重題小字，更是悲
戚難禁。雖是兩地銷魂，有苦難言，卻是相思清切，只期待佳人能早
日歸來。如此的情深意摯，看在如是眼中，真是字字催人淚下，於是
她以同調同題相和：

　　花痕月片，愁頭恨尾，臨書已是無多淚。寫成忽被巧風吹，
　　巧風吹碎人兒意。　　半簾燈焰，還如夢水，銷魂照個人
　　來矣。開時須索十分思，緣他小夢難尋你。(〈踏莎行·寄書〉，
　　頁 99～100)

「臨書已是無多淚」說明詞人在接獲愛人尺牘時，淚水早已流盡，較
陳詞的「臨行檢點淚痕多，重題小字三聲咽」更覺淒婉。而一陣風來，
吹散了信箋，也吹散了詞人的思緒。在昏黃的燈焰之中，多盼望情郎
能再度入夢來，但這樣的美夢，又何處尋得呢？

　　在五更花籠淡月的初曉時分，子龍輾轉反側，回想與伊人在紅樓
（按即南園）共處的美麗時光，[註 142] 不禁悲從中來，舉筆題詞，
賦下〈浣溪沙·五更〉寄予佳人：

　　半枕輕寒淚暗流，愁時如夢夢時愁，角聲初到小紅樓。
　　　　風動殘燈搖繡幕，花籠微月淡簾鉤，陡然舊恨上心頭。
　　(《陳子龍詩集》下冊，頁 598)

特喜早起，不畏寒冷，是柳如是的特性，[註 143] 故「五更」是陳、
柳情愛生活的特定時間用語，陳詞從淚流寫到夢憶，又從風中殘燭寫
到花籠微月，對紅樓的回憶既是甜蜜，也是痛苦，終於勾起「舊恨上
心頭」。而如是亦如此酬答道：

　　金猊春守簾兒暗，一點舊魂飛不起。幾分影夢難飄斷。

[註 142] 孫康宜著、李奭學譯：《陳子龍柳如是詩詞情緣》，頁 140。
[註 143] 陳寅恪：《柳如是別傳》上冊，頁 276。

醒時惱見小紅樓，朦朧更怕青青岸。薇風漲滿花階院。

（頁 100）

詞人從「金猊春守簾兒暗」著筆，說明與子龍相聚的無望，故舊魂再也難飛，但過去甜蜜的景象卻常入夢來。實在不願再夢到與情郎雙棲雙宿的紅樓，因會勾起無限的心酸，而「更怕青青岸」則說明了詞人對青樓生涯的恐懼厭倦，與渴求安定的心情，〔註 144〕陪伴詞人的，終究只有滿院的花香；縈繞陳、柳詞中的盡是無限的孤寂與落寞。

雖然陳、柳詞中同調同題之作只有〈踏莎行·寄書〉與〈浣溪沙·五更〉2 調 4 闋，但檢閱陳、柳詞作中，亦有著相當篇幅的題意相關之作，〔註 145〕如陳子龍的〈南鄉子·春閨〉2 首、〈南鄉子·春寒〉與〈浣溪沙·楊花〉盡是名士對佳人的依依眷戀，尤其是〈浣溪沙·楊花〉，對如是的處境寄予無限的同情，句句均是憐香惜玉的表露：

百尺章臺撩亂飛。重重簾幕弄春暉。憐他飄泊奈他飛。

淡日滾殘花影下，軟風吹送玉樓西。天涯心事少人知。

（《陳子龍詩集》下冊，頁 597）

明知所愛此去必是飄泊無依，卻又無力給予她安穩的歸宿，子龍只得將滿心的牽掛寄意飄零的楊花，傳遞他真誠的關懷。而如是亦以〈南鄉子·落花〉來酬和陳詞：

拂斷垂垂雨。傷心蕩盡春風語。況是櫻桃薇院也，堪悲。又有個人兒似你。　　莫道無歸處，點點香魂清夢裏。做殺多情留不得，飛去。願他少識相思路。（頁 102）

在櫻桃薇院之中，落花飄零，拂斷春雨，亦蕩盡和煦的春風之語。落花的命運令人悲悼，而有個人兒卻如落花般堪憐。在此詞人將自己與落花融而為一。下闋即是對陳詞的回答：莫道我無歸處，我的香魂就

〔註 144〕據周采泉考證柳如是害怕青青岸的心理，指出其淪落青樓，大半以船為家，而此時擇婿未成，身如萍飄梗浮，這種在飄泊顛沛中產生的羨慕、失望交結的複雜況味，並非身居華屋者所能體會的。周采泉《柳如是雜論》，頁 59。

〔註 145〕有關陳子龍詞作中與柳如是有關的情愛相思之作，可參閱蘇菁媛：《陳子龍詞學理論及其詞研究·陳子龍詞的內容》，頁 158～172。

在你的清夢裏。這樣的歸處，著實令人銷魂！既然多情尚且無法停留，那麼就讓我離你而去吧！詞人以「飛去」自勉，表現出其性格的剛毅，她要用慧劍斬斷情絲，不讓自己繼續陷入無法修成正果的迷情之中。但她也殷殷囑咐情郎，要善自珍重，不要再兩地相思，以免徒增感傷；在懇切的叮嚀中，表現出她對子龍真心誠意的深情關懷。

　　柳如是離開陳子龍之後，一直無法遇到心靈相契的伴侶；直到六、七年後，才尋得情感上真正的歸宿，這也間接證明與陳子龍之間刻骨銘心的戀情，在如是生命中的重要意義。

（四）飄零身世的詠嘆

　　柳如是出身卑微，在風塵中翻滾多年，好不容易遇到心靈相契的伴侶，卻沒有把握是否能共度白首？在風光明媚的新春時節，詞人與情郎在畫樓前共放風箏，望著風箏雙雙高翔於晴空萬里之中，她不免觸景生情，渴望與情郎亦能真愛相隨，無論天涯海角，永遠儷影成雙。她的〈聲聲令·詠風箏〉如此言道：

> 楊花還夢，春光誰主？晴空覓個顛狂處。尤雲殢雨，有時候，貼天飛，只恐怕，捉他不住。　　絲長風細，畫樓前，豔陽裏。天涯亦有影雙雙，總是纏綿，難得去。渾牽繫，時時愁對迷離樹。（頁96）

雖題名為詠風箏，細玩之，會發現其實是詞人自述身世之作。首句的「楊花還夢，春光誰主？」即透露出詞人對眼前幸福的不安全感，而望著豔陽下高低起伏的風箏，頓感恰似自己漂泊的人生。「只恐怕，捉他不住」是詞人對自己狂放不羈性格的真實寫照，〔註146〕而「天涯亦有影雙雙」則是寄託了如是對愛情的渴慕與追尋。全詞語涉雙關，不但情與景渾融為一，也使人對柳如是飄零如風箏的生命多了一分同情與理解。而詞情從滿懷希冀跌入難以言喻的感傷，令人覺知莫非此即是詞人將再度面對

〔註146〕　沈虯〈河東君傳〉言：「河東君柳如是者，吳中名佼也。美丰姿，性猥慧。知書善律，分題步韻，頃刻立就」。谷輝之輯：《柳如是詩文集·附編二》，頁227。

滄桑的預言？果然在賦畢此詞後的一季，柳如是迫於現實，不得不與陳子龍黯然分手，也使得「時時愁對迷離樹」一語成讖。

　　再度流落煙塵的柳如是，幾乎終日以畫舫爲家，並以其文才、外貌與識見，成爲吳江風月場所中新升起的閃亮明星，〔註147〕圍繞在她週遭的，盡是當時江南的名士，同時她也出版了《戊寅草》、《湖上草》等詩集。〔註148〕這樣的際遇，看似風華絕代，但在如是內心深處，卻極度厭倦這種送往迎來的生活，她渴求情感上的安定，更懷念與陳子龍之間眞摯的愛情。陳子龍亦一直關心著詞人，寫了〈上巳行〉寄予柳如是，其中有「垂柳無人臨古渡，娟娟獨立寒塘路」之句，〔註149〕即暗指柳如是當時的處境，令如是感慨萬千；但聰慧且堅毅的詞人思緒相當清澈，她知道必須徹底割斷與陳子龍之間的情絲，並且肯定自我，才能迎向新生。在崇禎十二年（1639）左右，她以個人罕用的長調，賦下了〈金明池・詠寒柳〉，細訴此身世遲暮之感：

> 有悵寒潮，無情殘照，正是蕭蕭南浦。更吹起，霜條孤影，還記得，舊時飛絮。況晚來，煙浪斜陽，見行客，特地瘦腰如舞。總一種淒涼，十分憔悴，尚有燕臺佳句。　　春日釀成秋日雨，念疇昔風流，暗傷如許。縱饒有，繞堤畫舸，冷落盡，水雲猶故。憶從前，一點東風，幾隔著重帘，眉兒愁苦。待約個梅魂，黃昏月淡，與伊深憐低語。（頁220～221）

起韻三句雖是描寫寒柳所處的環境，以作爲下文抒情的依據。但「有恨」與「無情」二詞卻已移情於物，凸顯詞人深沉的思緒；而「寒潮」、

〔註147〕　〔美〕高彥頤著、李志生譯：《閨塾師——明末清初江南的才女文化》，頁292。

〔註148〕　陳寅恪曾如此推論晚明名伎善吟詠、工書畫的原因道：「河東君及其同時名妹，多善吟詠，工書畫，與吳越當社勝流交遊，以男女之情兼師友之誼，記載流傳，今古樂道。推其原故，雖由於諸人天資明慧，虛心向學使然。但亦因其非閨房之閒處，無禮法之拘牽，遂得從容與一時名士往來，受其影響，有以致也。」陳寅恪：《柳如是別傳》上冊，頁75。

〔註149〕　陳子龍〈上巳行〉，施蟄存、馬祖熙標校：《陳子龍詩集》上冊，頁305。

「殘照」與「蕭蕭南浦」所構成的是一幅極為蕭颯的景象，強烈暗示詞人自身所處的黯淡景況，幾無任何生命熱力可言。接韻以「更」字領起，巧妙地加入了寒柳的意象；而寒柳以懷抱舊時回憶出場，更令人有著今非昔比的無限哀怨：今日是毫無生意的霜條孤影，昔日卻是漫天飛絮，占斷暮春光景的一時之盛。三韻以「況」字轉折領起，接續前面「殘照」與「霜條孤影」的情境，敘寫在秋暮昏沉、煙浪迷離的蕭瑟之中，憔悴寒柳瘦腰如舞，以迎送行人的可哀情狀。此處的語境十分淒婉，不僅寫出蕭蕭水畔寒柳迎風獨立的自然景象，更寫出女詞人身為風塵女子，不得不殷勤送往迎來的入骨淒涼。歇拍處詞人直述淒涼，並總結寒柳的可悲命運：雖然曾經有過令人迷戀的嫩枝冶葉，致使有詩人為其寫下如「燕臺佳句」般的美好往昔，但其命運不過是永遠的淒涼與完全的憔悴而已。詞人通過寒柳意象，所寄託的生意寥落與淒怨情懷，至此已到達極至。

過片意脈不斷，並引因果說以開啟另一個抒情的門戶，使人與柳在精神上渾然一體，運思巧妙且筆力萬鈞：一個「釀」字精密地連結了春與秋，因若無曩昔的越格風流，便無今日的深沉痛苦。而命運即是在偶然之中滲入必然，柳如是與陳子龍偶然的相戀，雖是兩情繾綣，卻終究難逃分離的宿命，詞人心中為此而有著難以言喻的幽怨。接韻遞進一層，先以「繞堤畫舫」隱喻表面的繁華，再以「水雲猶故」寄意自己如行雲流水般，飄泊無定的感情世界。一個「縱」字，將所有繁華提到最高點後一筆否定，表示在詞人的內心世界裏，對名伎生活表面繁華，內心卻無比空虛的極度厭倦。但儘管心中疲憊，與子龍纏綿悱惻的舊情，卻是歷歷如在眼前，故在「念從前」一韻裏，詞人借寒柳隔簾回憶昔日春意初臨，柳葉臨風搖曳的美好，來紀念自己曾經擁有過的青春歲月。這是懷舊的微妙情緒，在惆悵之中依然有著嘆息，故言「眉兒愁苦」。

但堅毅的詞人在歷經千回百折的情感糾葛之後，對自己出色的本質依舊有著高度的自信，故在結尾處創意出奇，推開所有煩憂，讓歷經生命波折、淒涼憔悴的寒柳，邀約在黃昏淡月中清香瘦逸的梅魂，

因他們同具清新高雅的品質。結拍在一片蕭條、萬般幽怨的詞境中透出溫馨疏朗，除具有洞天別開之妙外，也令人理解柳如是對自我命運的參悟、理解和追求。

或許是基於這樣的一分自信與追尋，柳如是約在賦畢此詞後的一年（即崇禎 13 年，1640），即在友人汪然明的引薦之下，放舟至常熟虞山，幅巾弓鞋，著男子裝，初訪大學士錢謙益的半野堂。錢謙益為其風采所折服，為如是在十日內築成「我聞室」，並稱其為「河東君」，彼此十分敬重，從此詩詞酬唱不絕，成為當時江南的文壇盛事。而翌年亦經汪然明極力撮和，錢柳二人衝破重重阻力，結為連理。〔註 150〕在歷經情感的無數波瀾之後，柳如是果然尋得自我的梅魂——即情感上安穩的歸宿。

另外尚有〈垂陽碧〉一詞，在內涵上與〈金明池·詠寒柳〉略同，均可視為詞人情感生活史上除舊迎新的轉折點，〔註 151〕茲不贅述，待論述柳詞的形式技巧時再行分析。

三、柳如是詞的形式技巧

讀柳如是詞，可感受到用語平白如話的北里風味。但因詞人善用古典今事，使讀者有時需細加玩味推敲，方能解讀其詞意，間接也造成柳詞的高雅與難解，而女詞人亦擅長營造景物意象。

（一）造語平白如話

讀柳如是詞，會發現她大量使用口語和虛詞，使全詞讀來明暢如話，而各種情感的表現亦不假任何雕飾，如實呈現眼前。如〈河傳·憶舊〉言：

> 花前雨後，暗香小病，真個思清切。夢時節，見他從不輕回，風動也，難尋覓。　　簡點枕痕剛半折。淚滴紅綿，又早春

〔註150〕　有關柳如是與錢謙益的關係，可參閱陳寅恪：《柳如是別傳·第四章》中冊，頁 349～842。劉燕遠：《柳如是詩詞評注·自序》，頁 4～5。
〔註151〕　周采泉：《柳如是雜論》，頁 58。

文滅。手兒臂兒，都是那有情人，故把人心搖拽。(頁101)

題名為「憶舊」，可以想知所憶者乃是與陳子龍共度的美好時光：無論花前雨後，或是小病微恙之時，盡是一個「思」字。而夢中的情人雖是濃情蜜意，卻不堪風吹夢醒，便杳然無蹤，徒留傷心的詞人淚溼紅綿。詞中「手兒臂兒，都是那有情人」以淺近之語，使當年與情郎勾臂攜手，燕好繾綣的情景如在目前，怎不令人心波搖拽？

再看其〈夢江南‧懷人〉其十五道：

人何在？人在綺筵時。香臂欲抬何處墮，片言吹去若為思。

況是口微脂。(頁94)

詞人追憶她與陳子龍等幾社才子文酒之會的歡愉場景，〔註152〕如是妙解音律，能歌善舞，詞中「香臂欲抬何處墮」似乎在問情郎「你可知我是為誰而舞」？而從淡施胭脂的小口中唱出的字字句句，均是對情郎不盡的傾慕之意。彼時陳柳情感雖深摯，但關係並不明朗，與宴之友未必明瞭詞人正是為陳子龍而歌舞。透過這樣真情的告白，更令人對陳柳坎坷的姻緣之路寄予無限的同情。

以口語入詞，有淺顯、易懂、活潑等好處，〔註153〕北宋柳永詞即以用字通俗而廣受歡迎，胡仔《苕溪漁隱叢話》即引《藝苑雌黃》言：「柳永之樂章，人多稱之。……彼其所以傳名者，直以言多近俗，俗子易悅故也。」〔註154〕劉若愚在論柳永詞時亦指出以口語入詞的好處：

像這些口語的字，和傳統的較為典麗的詩句交織在一起，增加了詞的生動而不拘泥的風格，如果一首詞以這些口語的字彙為主，又會使得全首都帶有談話的意味。〔註155〕

據此檢視柳如是〈河傳‧憶舊〉中「真個思清切」、「見他從不輕回」

〔註152〕 據〔明〕陳子龍《陳子龍譜》言：「文史之暇，流連聲酒」，施蟄存、馬祖熙標校：《陳子龍詩集‧附錄二》下冊，頁648。

〔註153〕 黃文吉：《北宋十大詞家》，頁143。

〔註154〕 〔宋〕胡仔《苕溪漁隱叢話》後集卷39，《叢書集成新編》冊78，頁583。

〔註155〕 劉若愚撰、王貴苓譯：《北宋六大詞家》(臺北：幼獅文化事業公司，1986年6月)，頁83～84。

與「手兒臂兒，都是那有情人」等口語，交織在「花前雨後，暗香小病」與「淚滴紅綿，又早春文滅」等較爲典麗的詞句中，確使全詞多了一分生動不拘的風格；而〈夢江南·懷人〉其十五即是詞人對陳子龍的愛情宣言。再看其〈兩同心·夜景，代人作〉云：

> 不脫鞋兒，剛剛扶起。渾笑語、燈兒廝守，心窩內、著實有些些憐愛。緣何昏黑，怕伊瞧地。　兩下糊塗情味。今宵醉裏。又塡河、風景堪思，況銷魂、一雙飛去。俏人兒，直恁多情，怎生忘你。(頁99)

全詞幾乎以口語爲主，敘寫情郎扶醉夜歸時，小女子既嗔又憐的嬌俏模樣，雖云代人作，實際上又何嘗不是詞人對子龍的憐愛與牽掛？這樣的詞句，讀來具有濃濃的青樓風味，除了與如是的身分相切合之外，亦符合詞源自於民間市井，北里歌場的初始形態。〔註156〕

另外如〈夢江南·懷人〉其二十所言：

> 人何在？人在枕函邊。只有被頭無限淚，一時偷拭又須牽。好否要他憐。(頁96)

這樣一個不斷拭淚，楚楚可憐的形象，及詞中所呈現出的似耍賴又撒嬌的小兒女心態，決非其他慣用以典雅文句來描繪內心世界的閨秀詞所能呈現出來的，則如是平白如話的語彙和直述的語氣，不但直接深刻地傳達其內心的眞正感受，增加詞作的生動性，也強化了詞作的北里風味。

其他如「有時候，貼天飛，只恐怕，捉他不住。」(〈聲聲令·詠風箏〉)、「遮莫今宵風雨話，要他來，來得麼？」(〈江城子·憶夢〉)、「做殺多情留不得，飛去。願他少識相思路。」(〈南鄉子·落花〉)……等均是如是詞中使用口語和虛詞的例證，這樣的形式技巧，除了使如是詞生動、活潑並增添少女的嬌媚之外，也使其詞展現了濃厚的元曲風格。〔註157〕

〔註156〕 張惠民：《宋代詞學審美理想》，頁43。
〔註157〕 賀超：〈論柳如是詩詞創作的女性心理〉，《贛南師範學院學報》(2002年第4期)，頁59。

（二）善用古典今事

　　如是詞雖是明白如話，但有時候卻不大容易讀懂，甚而連博學多聞的一代通儒陳寅恪先生在《柳如是別傳·緣起》中都如此言道：

> 蓋牧齋博通文史，旁涉梵夾道藏，寅恪平生才識學問固遠
> 不逮昔賢，而研治領域，則有略近似之處。豈意匪獨牧齋
> 之高文雅什，多不得其解，即河東君之清詞麗句，亦有瞠
> 目結舌，不知所云者。〔註158〕

究其原因，實在是因為柳如是詞或為避俗，或暗有所指，化用了相當多的古典今事，使讀者初讀時難以理解其中意旨，幾經尋繹之後，方才恍然大悟，亦不得不佩服柳如是的博學與善喻。茲以〈夢江南·懷人〉其十九為例說明之：

> 人何在？人在畫眉簾。鸚鵡夢回青獺尾，篆煙輕壓綠螺尖，
> 紅玉自纖纖。（頁95）

據《明皇雜錄》云：

> 開元中，嶺南獻白鸚鵡，養之宮中。歲久，頗聰慧，洞曉
> 言詞。上及貴妃皆呼之為雪衣女。性既馴擾，常縱其飲啄
> 飛鳴，然亦不離屏幃間。上令以近代詞臣詩篇授之，數遍
> 便可諷誦。〔註159〕

而芮挺章〈江南弄〉亦言「春江可憐事，最在美人家。鸚鵡能言鳥，芙蓉巧笑花。」〔註160〕則如是以鸚鵡自喻之意昭然若揭。另外「青獺」據揚雄〈羽獵賦〉言「蹈狚獺，據黿鼉，去靈蠵。」李善注引郭璞《三蒼解詁》：「狚似狐，青色，居水中，食魚。」〔註161〕《淮南子·兵略》則言：「夫畜池魚者，必去猵獺；養禽獸者，必去豺狼。」〔註162〕由此觀之，青獺必是破壞鸚鵡好夢者。而據陳寅恪的推測，

〔註158〕　陳寅恪：《柳如是別傳》上冊，頁3。

〔註159〕　〔唐〕鄭處晦《明皇雜錄·補遺》，《叢書集成新編》冊83，頁409。

〔註160〕　〔清〕聖祖御製、王全點校：《全唐詩》卷203，冊6，頁2127。

〔註161〕　〔梁〕蕭統編、〔唐〕李善注：《文選》，頁134。

〔註162〕　何寧撰：《淮南子集釋》（北京：中華書局，1998年10月）下冊，
　　　　　頁1046。

柳如是之所以不能長居南樓，是由於陳子龍之妻張孺人號稱奉祖母高安人與繼母唐孺人之命出面干涉之結果，〔註163〕則「青獺」所指，豈非張孺人？如是古典今事合用之，暗指兇狠如青獺的張孺人破壞爲子龍鍾愛如鸚鵡的詞人美好之夢。而末句的「篆煙輕壓綠螺尖，紅玉自纖纖。」則以屋內爐香裊裊輕襲眉尖，卻瞬間隨即消逝，徒留顏如紅玉的詞人顧影自憐，來說明自己的形單影隻與對愛人的思念。

細玩全詞，以物喻人，取譬新穎，巧妙地傳達了詞人心中對妒婦的怨懟與對情人的依戀，在哀哀細訴之外另有引人入勝的綺麗內蘊，充分表現了詞人精於借典與善製物象的功力。

再看前述如是以柳自詠身世的〈金明池·詠寒柳〉，在詠物詞的閱讀成規中，「典故」常含有深刻的意涵，讀者需深入去發掘以得全詞的眞義。〔註164〕據陳寅恪的說法，柳如是〈金明池·詠寒柳〉主要取材的古典有二：一是「尙有燕臺佳句」之語乃化用李商隱詩〈柳枝〉五首并序及〈燕臺〉四首，二是「約個梅魂」句之微旨，固由湯顯祖名劇《牡丹亭》中男主角「柳夢梅」之名啓悟而來，但其主典乃取自湯著的另一劇《紫釵記》。〔註165〕今擬從之並證諸原典，盼能進一步闡釋隱含在詞中的深意。

李商隱〈柳枝五首·序〉言：

> 柳枝，洛中里孃也。父饒好賈，風波死潮上。其母不念他兒子，獨念柳枝。……余從昆讓山，比柳枝居爲近。他日春曾陰，讓山下馬柳枝南柳下，詠余〈燕臺詩〉，柳枝驚問：「誰人有此？誰人爲是？」讓山謂曰：「此吾里中少年耳。」柳枝手斷長帶，結讓山爲贈叔乞詩。〔註166〕

若從此一層面來理解，則柳如是在此已化身爲柳枝，而受其傾慕之至

〔註163〕陳寅恪：《柳如是別傳》上冊，頁270。

〔註164〕孫康宜著、李奭學譯：《陳子龍柳如是詩詞情緣》，頁161。

〔註165〕陳寅恪：《柳如是別傳》上冊，頁344～346。

〔註166〕劉學鍇、余恕誠著：《李商隱詩歌集解》（漢口：中華書局，1996年2月）冊1，頁99。

的才子李商隱則是愛人陳子龍的化身。長期以來，柳如是與陳子龍相知相許，如是是子龍詩文創作的最佳讀者，則子龍是否也能相對地理解此闋為他而填的詞呢？

在全詞的收拍處，詞人堅毅地向情人公開她的追尋：「待約個梅魂，黃昏月淡，與伊深憐低語。」此處的梅魂固指的是湯顯祖名劇《牡丹亭》中男主角「柳夢梅」，而詞人所欲追求的亦是如《牡丹亭還魂記‧題辭》所言「情不知所起，一往而深。生者可以死，死者可以生。生而不可與死，死而不可復生者，皆非情之至也。」的無悔深情，〔註167〕但觀其中的遣詞用語，卻更是來自《紫釵記》，其中第8齣〈佳期議允〉是寫在某除夕夜，女主角霍小玉在微月半遮寒梅的景況下，愛上詩人李益，並以玉燕釵為信物，曲文〈薄倖〉曰：

> （旦上，薄妝凝態）試煖弄寒天色，是誰向殘燈淡月，仔
> 細端詳無奈。憑墜釵飛燕徘徊，恨重簾，礙約何時再。（浣）
> 似中酒心情，羞花意緒，誰人會，懨懨睡起，兀自梅梢月
> 在。〔註168〕

雖然霍小玉與李益兩位有情人曾經歷幾度分合的挫折，但最後他們終於團圓，此時他們相互贈鈿唱和，第53齣「節鎮宣恩」中的〈催拍〉云：

> （生）是當年天街上元。絳籠紗燈一面，兩下留連。兩下
> 留連，幸好淡月梅花，拾取釵鈿。將去納采牽紅，成就良
> 緣。（合）今日紫誥皇宣。夫和婦永團圓。〔註169〕

柳詞收拍處所期待的正是在黃昏淡月下，與有情人（即梅魂）深憐低語。情景鋪設與遣詞用語都化用自湯劇，除了劇中女主角霍小玉出身與詞人相似，詞人用以自喻外，更可看出美人遲暮的感傷。尋得人生的良侶實在是已屆婚配之齡，〔註170〕而情感仍是飄泊無依的柳如是

〔註167〕〔明〕湯顯祖著、俞為民校注：《杜丹亭校注》，頁1。
〔註168〕林侑蒔主編：《全明傳奇‧紫釵記》（臺北：天一出版社，出版年月未註明），頁16。
〔註169〕林侑蒔主編：《全明傳奇‧紫釵記》，頁77。
〔註170〕據陳寅恪所言，當日社會女子婚嫁之期，大約逾二十歲，即謂之晚。陳寅恪：《柳如是別傳》上冊，頁342。

心中最大的企盼，故陳寅恪以為此詞實是陳楊關係及錢柳因緣的轉捩點。〔註171〕

另外沈雄《古今詞話‧詞話》下卷「諸家豔詞」引黃九煙之言曰：「雲間宋徵輿、李雯，共拈春閨風雨諸什。」〔註172〕而陳子龍詞中題為「春雨」與「春閨風雨」者共有三首，由詞意判斷，應都是在陳柳關係最密切的崇禎八年（1635）為柳如是而作，〔註173〕而崇禎八年春天正是多雨之時，〔註174〕則更可明白柳詞中所謂「春日釀成秋日雨，念疇昔風流，暗傷如許。」之深意：原來當年幾社諸名士為自己所作的春閨風雨豔詞，竟成今日飄零的預兆；且更可與上闋「燕臺佳句」的思想相貫通，則柳如是〈金明池‧詠寒柳〉含義之深刻，由此可見一斑。

其餘如〈夢江南‧懷人〉其三中「不是尾涎人散漫，何須紅粉玉玲瓏。」以《漢書‧外戚傳‧孝成趙皇后傳》中所載童謠：「燕燕，尾涎涎，張公子，時相見。木門倉琅根，燕飛來，啄皇孫。皇孫死，燕啄矢。」的典故，〔註175〕暗指自己的愛情若非遭到他人蓄意的破壞，又何須以紅粉和玉飾來刻意裝飾打扮，因她與陳子龍之間的愛情本就是建立在心靈相互的契合之上。而〈少年遊‧重遊〉中所言「絲絲碧樹何曾捲？又是梨花晚。」雖是寫景，但細細品味，這未曾捲的碧樹與向暮下孤伶伶的梨花，莫非即是詞人「過盡千帆皆不是」的深深慨嘆？如是因善用古典今事，使乍讀之下平白如話的詞句多了一分耐人尋味的深層內蘊，此亦是詞人才華過人的突出表現。

（三）突出景物意象

所謂「意象」，依心理學家的解釋是指人們在過去的感覺，或已

〔註171〕陳寅恪：《柳如是別傳》上冊，頁343。
〔註172〕唐圭璋編：《詞話叢編》冊1，頁817。
〔註173〕蘇菁媛：《陳子龍詞學理論及其詞研究》，頁170。
〔註174〕陳寅恪：《柳如是別傳》上冊，頁244。
〔註175〕〔漢〕班固《漢書‧外戚傳‧孝成趙皇后傳》，楊家駱主編：《新校本漢書并附編二種》（臺北：鼎文書局，1979年2月）冊5，頁3999。

被知解的經驗在心裡再現或記起的「心靈現象」。〔註176〕而表層之象與深層之意的滲透，是意象的構成機制。吾人賞析文學作品，面對繽紛多采的意象行列時，必定要透過色彩、線條、聲響、形態、質地、動作等感性形態，方能深入體會其內層意蘊。〔註177〕

翻閱柳如是詞，會發現她相當擅長營造景物意象，透過這些意象的詮釋，當更能發掘柳詞的深層內蘊。如其〈夢江南・懷人〉其二言：

> 人去也，人去鷺鷥洲。菡萏結爲翡翠恨，柳絲飛上鈿箏愁。
> 羅幕早驚秋。（頁91）

「菡萏」即是「荷花」、「蓮花」，但後者較爲淺近通俗，以「菡萏」代之，即予人莊嚴珍貴之感。〔註178〕在與愛人黯然分手的早秋時節，詞人望向鷺鷥洲上碧葉紅荷相配，而自己卻是孤單一人，不由得對翡翠般的綠葉生出恨意。而「鈿箏」是嵌金爲飾之箏，常爲閨女所彈，詞人想起往昔與戀人彈箏奏歌的情景已不復再有，如今鈿箏閒置，徒讓柳絲飛掠，怎不令人心生感傷？

詞中「菡萏結爲翡翠恨，柳絲飛上鈿箏愁」的句子，令人聯想到李璟〈浣溪沙〉「菡萏香消翠葉殘，西風愁起綠波間」，〔註179〕與馮延巳〈鵲踏枝〉「六曲闌干偎碧樹。楊柳風輕，展盡黃金縷。誰把鈿箏移玉柱？穿簾海燕驚飛去。」的名句。〔註180〕前者極得王國維之清賞，以爲「大有眾芳蕪穢，美人遲暮之感」，〔註181〕而後者則予人愛情已逝，冷清獨處的寂寞淒涼。詞人巧妙地結合此二意來敘寫離情，不但道出自身品格高潔如菡萏，也泣訴美人遲暮的滄桑；在這樣的氛圍之下，看到羅幕被風吹起，不禁感慨秋風陡降，使得

〔註176〕　王夢鷗：《中國文學理論與實踐》（臺北：時報文化出版公司，1995年11月），頁164。
〔註177〕　嚴雲受：《詩詞意象的魅力》，頁33。
〔註178〕　葉嘉瑩：〈李璟〈山花子〉（菡萏香消翠葉殘）賞析〉，唐圭璋等撰寫：《唐宋詞鑑賞》上冊，頁139。
〔註179〕　曾昭岷、曹濟民等編著：《全唐五代詞》上冊，頁726。
〔註180〕　曾昭岷、曹濟民等編著：《全唐五代詞》上冊，頁658。
〔註181〕　王國維《人間詞話》，唐圭璋編：《詞話叢編》冊5，頁4242。

寒氣令人心驚。而這「秋」，又何嘗不是詞人生命困挫的「人生之秋」呢？

再看前所述酬和陳子龍相關詞作的〈南鄉子・落花〉，基本上「落花」一詞的情感色彩屬於中性，客觀地表述了自然界花卉飄零的現象，忽略花的形狀與色彩，概述性較強，因此在意蘊上更適合表現低迴、深沉的情緒，更易容納多義性。〔註182〕開篇即以「拂斷垂垂雨」來形容落花凋零的景象，令人震懾！在這樣的情景下，她無法不引發愛情已逝與青春蹉跎的悲哀，故這裏的落花意象，即是作者自我生命的暗示。而堅毅的詞人對自己高潔的品格終究是有信心，雖然她的命運飄零如落花，但她深信她終會有屬於自己的真正歸處。故其過片處即言「莫道無歸處，點點香魂清夢裏」，她情願將香魂留在清夢之中，並叮囑陳子龍莫再為情所困，應化悲憤為力量，她要「飛去」，迎向「落紅不是無情物，化作春泥更護花」的嶄新人生！

詞人以為她終將如適應環境能力強韌的楊柳，面對各種艱難，都能保有生命活力，從而衝破險阻，平安地成長、茁壯。〔註183〕以楊柳入詞，實源於詞人對楊柳意象的偏愛，〔註184〕在如是詞中，以柳自喻是其相當重要的託寓技巧，除名字象徵法之外，更建立在名物的隱喻關係上。〔註185〕檢閱柳詞中以柳自喻的篇章，除前述的〈金明池・詠寒柳〉外，另有〈垂陽碧〉一詞：

> 空回首，筠管榴箋依舊。裂卻紫簫愁最陡，顛倒鸞釵久。
>
> 羨殺枝頭荳蔻，悶殺風前楊柳。一夜金溝催葉走，細腰空自守。（頁221）

陳寅恪以為此詞應作於如是離開陳子龍後，詞意與〈金明池・詠寒柳〉略同。〔註186〕詞人在離開陳子龍後的六、七年間，均未覓得真正契

〔註182〕 嚴雲受：《詩詞意象的魅力》，頁348。

〔註183〕 嚴雲受：《詩詞意象的魅力》，頁93。

〔註184〕 劉燕遠：《柳如是詩詞評注》，頁278。

〔註185〕 孫康宜著、李奭學譯：《陳子龍柳如是詩詞情緣》，頁160。

〔註186〕 陳寅恪：《柳如是別傳》上冊，頁109。

合的心靈伴侶，難免有身世遲暮之悵。〔註 187〕如是向以能詩善畫著
稱，〔註 188〕在落寞之時，看到自己寫詩作畫的筠管及榴箋絢麗依舊，
對照閒置已久的鸞釵，更顯詞人思緒的茫然。但周采泉卻以為「玉簫
吹裂」正是全詞的詞眼所在，本詞正是其生活史上除舊迎新的轉折
點。〔註 189〕雖然詞人欣羨正值荳蔻年華的青春少女，也慨嘆過盡千
帆皆不是的風塵歲月，但詞人依然潔身自愛，堅持在滾滾紅塵中尋覓
自己真正的幸福。

　　細玩全詞雖以詠柳為主，但上片用「筠管」、「榴箋」等意象強化
詞人的才華，而以鸞釵顛倒形容名花仍未尋得主人的憂戚外，卻伴以紫
簫吹裂，來說明自我決意迎向新生的決心。下片詞人以「荳蔻」和「楊
柳」相對照，坦誠自己芳華不再的事實，卻以「金溝吹葉走，細腰空自
守」來強調自己對理想的執著。「筠管」、「榴箋」、「紫簫」、「荳蔻」、「楊
柳」是用文字展現出來的顯意象，讀者卻能從這些意象的組合中體會到
詞人所欲傳達的言外之意，此即柳如是詞突出景物意象的功力所在。

四、柳如是詞的風格：蘊藉幽微

　　柳如是詞雖是造語平白如話，但因其善用古典今事與擅長營造景
物意象，故其詞作的整體風格是蘊藉幽微的。自來眾多文論家均強調
詩文創作要有言外意，即「言有盡而意無窮」，如南宋詠物詞大家姜
夔即言：

　　　　語貴含蓄。東坡云「言有盡而意無窮者，天下之至言也。」
　　　　山谷尤謹於此。清廟之瑟，一唱三嘆，遠矣哉！後之學詩

〔註 187〕　據顧苓〈河東君傳〉言及柳如是與錢謙益：「定情之夕在辛巳六月七
　　　　　　日。君年二十四矣」。則柳如是年 24 方歸錢謙益，以當時社會女子婚
　　　　　　嫁之年言之已過晚矣。谷輝之輯：《柳如是詩文集‧附編二》，頁 225。
〔註 188〕　〔清〕汪砢玉：《珊瑚網名畫題跋‧黃媛介畫跋語》言：「松陵盛澤
　　　　　　有楊影憐，能詩善畫。余見其所作山水竹石，淡墨淋漓，不減元吉
　　　　　　子固。書法亦佳。今歸錢蓉江學士矣。」《影印文淵閣四庫全書‧
　　　　　　子部藝術類》冊 818，頁 802。
〔註 189〕　周采泉：《柳如是雜論》，頁 58。

> 者可不務乎？若句中無餘字，篇中無長語，非善之善者也。
> 句中有餘意，善之善者也。〔註190〕

文學作品若無法耐人尋味，不能含不盡之意於言外，即非佳作。而晚清詞論家況周頤在論述詞境時，亦強調要以「深靜」為尚，讀者透過淺近的文字表象，卻能因審美興味的不同而各有深層的體會，此方是由淺見深的佳作：

> 詞境以深靜為至。韓持國〈胡搗練令〉過拍云：「燕子漸歸春悄，簾幕垂清曉」境至靜矣，而此中有人，如隔蓬山，思之思之，遂由淺而見深。〔註191〕

雖然柳如是詞造語平白如話，但因善用古典今事與突出景物意象的寫作技巧，使其詞具有蘊藉幽微的意境，令人咀嚼再三。如其〈更漏子·聽雨〉之二云：

> 花夢滑，杏絲飛，又在冷和風處。合歡被，水晶幃，總是相思塊。　　影落盡，人歸去。間點昨宵紅淚。都寄與，有些兒，卻是今宵雨。(頁97)

在淒風冷雨交加的風雨之夜，窗外飄飛的柳絲更顯落寞，而屋內人兒如花的美夢亦已遠逝。輾轉反側之際，望見曾與愛人依偎共眠的合歡被與水晶簾，詞人更是百感交集；只覺得昨夜流淌的傷心淚，都已化作今宵紛飛的細雨。這樣的詞作，令人黯然。尤其收拍處「都寄與，有些兒，卻是今宵雨。」不但在如話的陳述中已蘊含深深的幽怨，更回應起拍的「花夢滑，杏絲飛，又在冷和風處。」那在風雨之中獨自飄零的青青柳絲，莫非就是失去心靈依靠的詞人自我的寫照？

再看看〈夢江南·懷人〉詞組中的兩首云：

> 人去也，人去小池臺。道是情多還不是，若為恨少卻教猜。一望損莓苔。(其四，頁92)

〔註190〕〔宋〕姜夔《白石道人詩說》，〔清〕何文煥輯《歷代詩話》冊2，頁681。
〔註191〕〔清〕況周頤《蕙風詞話》卷2，唐圭璋編：《詞話叢編》冊5，頁4425。

> 人去也，人去綠窗紗。贏得病愁輸燕子，禁憐模樣隔天涯。
>
> 好處暗相遮。(其五，頁92)

前闋中的「道是情多還不是，若為恨少卻教猜。」似是詞人對她與陳子龍的愛情悲劇所作的註解，她明明是為人事所迫，不得已才離開南園，可是她偏說不是多情；但若以為對陳子龍有所怨恨，也未必相合。陳寅恪以為此種情懷正是柳如是〈別賦〉所言「雖知己而必別，縱暫別其必深」，與子龍〈長相思〉七古所言「別時餘香在君袖，香若有情尚依舊。但令君心識故人，綺窗何必常相守。」之意旨。〔註192〕這樣的情感表述，讓人很容易聯想到秦觀〈鵲橋仙〉(纖雲弄巧)中的名句「兩情若是久長時，又豈在朝朝暮暮？」〔註193〕只要彼此曾經真心相愛，雖不能長相廝守，但已足夠讓此生永遠回憶。這樣的文字，雖是白話如散文，卻顯得溫婉蘊藉，餘味盎然。

　　後一首據陳寅恪考證乃如是在離開子龍之後，燕子重來的次年春天所作。〔註194〕詞人懷著極大的憂傷離開愛人，身心交瘁。看到燕子秋去春又回，而自己卻是愁病纏身，故言「贏得病愁輸燕子」。詞人不願愛人擔心自己憔悴幽索的容顏，只好躲在暗處遮掩，故又接著言「禁憐模樣隔天涯，好處暗相遮」。全詞直述失愛的悵然，不假任何雕飾，而接受者的審美思維活動亦不須作任何停頓，直與「詞心」相通，此正是所謂「豔而清，微而遠，語不深而情至。」〔註195〕讀者在淺唱吟哦之際，眼前亦出現繡窗下佳人對燕空嗟的畫面，而畫中人究竟該何去何從？頗令人費盡思量。

　　其餘如前述所論的〈聲聲令・詠風箏〉，以風箏喻自家身世、〈更漏子・聽雨〉的寄無窮幽怨於淒風苦雨之中、〈浣溪沙・五更〉的迷濛思緒、〈金明池・詠寒柳〉中的深情縈繞……等等，均是含不盡之

〔註192〕陳寅恪：《柳如是別傳》上冊，頁329。

〔註193〕唐圭璋編：《全宋詞》冊1，頁459。

〔註194〕陳寅恪：《柳如是別傳》上冊，頁262。

〔註195〕〔清〕陳廷焯《詞壇叢話》評王小山詞語，唐圭璋編：《詞話叢編》冊4，頁3733。

意於言外的蘊藉幽微之作，如是的聰穎慧黠，亦在此展露無遺。

　　從內容而言，柳如是詞幾乎是她與陳子龍兩情繾綣的忠實紀錄：從甜蜜愛情的追憶到黯然離分的悲泣，詞人以眞誠的詞筆，記下心中的點滴感受。當然，才子佳人亦有唱和之作；而回憶這段無疾而終的露水姻緣，詞人對自己飄零的身世不免感觸良多；但詞人對自己高潔的品格有著深厚的自信，她深信終能尋得一份屬於自己的眞正幸福。果然，在離開陳子龍後的六、七年，詞人終於遇到能眞心待她、憐她、並包容她的大學士錢謙益，兩人過著書史校讎的愉悅生活。但或許是因爲生活的安逸，致使創作靈感不再，〔註196〕在如是現存的作品中，並未見此一時期的詞作。

　　在形式技巧上，平白如話的敘述固是柳詞迥異於同時代閨秀詞的一大特色，但因其精於取典用譬與藉物抒懷，使其詞能融身世之感於其中，從而形成耐人咀嚼的蘊藉詞境，避免了口語行文所造成的俚俗傾向，並進而提升其詞雅緻的情思，但在某一程度上也造成了柳詞的高雅與難解。

　　在中國千年的詞史上，柳如是詞囿於題材的狹窄與形式技巧運用的未臻成熟，致使不能如李清照與愛人陳子龍般留下斑斕的印記；但詞人眞誠的詞筆，卻是她慧黠情深與獨立人格的最佳註記。另外從文學發展的視角言之，柳詞固然是私情領域的發揮：或獨自低吟、或同題共作、或相互酬答，在形式與技巧上卻是對陳子龍等雲間派詞人理論的實踐，也因此延續了幾已不復再見的詞體書寫傳統。這種文學傳統與私情領域交疊對話所形成的特殊書寫樣態，不但是柳如是詞創作的極大特色，對爾後清詞的中興亦有著不可忽視的推波助瀾之功。

〔註196〕鄧紅梅言：「安定的生活對許多人來說都是感受力的戕殺者，對這位曾有過漂泊難定、前途難測的生活經歷的女子，似乎亦未能例外，所以她不再作詩填詞，也還有這方面的原因。」鄧紅梅：《女性詞史》，頁 236。

第四節　李　因

一、李因的生平與詞集

　　李因（1616～1686），字今是，一字今生，號是庵，又號龕山逸史，浙江錢塘（今杭州）人，一作會稽（今浙江紹興）人。李因初為晚明名伎，「資性警敏，耽讀書、恥事鉛粉，間作韻語以自適。顧家貧落魄，積苔為紙，掃柿為書，帷螢為燈，世未有知之者。」〔註197〕因其不凡的才情，故與柳如是、王微有鼎足之譽。〔註198〕海寧光祿寺卿葛徵奇（？～1645）偶得其詠梅詩，有「一枝留待晚春開」句，異而言曰：「吾當為渠此詩讖。」遂迎為副室。

　　李因與葛徵奇結褵後，徵奇愛其聰穎賢慧，伉儷情深，二人相與溯太湖、渡金焦、涉黃河、汎濟水、達幽燕，遊跡幾遍及中土。李因工詩善畫，葛徵奇稱其詩「清揚婉孌，如晨霧初桐，又如微雲疏雨，自成逸品。」稱其畫「獨摹大小米，具體而微，所謂以煙霞供養也。」〔註199〕不僅詩畫，李因對古器唐碑亦有相當修養，夫婦相對摩玩舒卷，直如李清照與趙明誠閨房情趣的再現。

　　崇禎初年，葛徵奇官京師，李因同行，因禁邸清嚴，故李因終日周旋硯匣，夫婦自為師友。至崇禎末年朱明國勢已愈益腐敗不可為，李因每扼腕時事，義憤激烈，幾為鬚眉所不能逮。癸未年（1643）夫婦出京，至宿遷，猝遇兵譁，因以身幛葛徵奇，兵子驚其明麗，不敢加害。經歷此番兵變之後，葛徵奇再無仕宦之意，於是琴臺花塢，風軒月榭，絲竹管絃之聲不絕。李因亦以翰墨潤色其間，琴瑟

〔註197〕葛徵奇〈笑竹軒吟草序略〉，胡文楷編著、張宏生等增訂：《歷代婦女著作考》，頁109。

〔註198〕黃宗羲〈李因傳〉言：「當是時，虞山有柳如是，雲間有王修微，皆以唱隨風雅聞於天下，是庵為之鼎足。儓父擔板，亦豔為佳話。」收入氏著《南雷詩文集》上冊，沈善洪主編：《黃宗羲全集》（杭州：浙江古籍出版社，1987年9月）冊10，頁584。

〔註199〕葛徵奇〈笑竹軒吟草序略〉，胡文楷編著、張宏生等增訂：《歷代婦女著作考》，頁108～109。

和鳴，可謂神仙眷屬。可惜好景不常，葛徵奇於乙酉年（1645）抗
清殉國，李因家道喪失，故資畫以爲生，寡居守節超過 40 年。關
於李因的生平，明清賢達黃宗羲（1610～1695）曾作〈李因傳〉以
讚譽之，稱其「抱故國黍離之感，淒楚蘊結，長夜佛燈，老尼酬對，
亡國之音，與鼓吹之曲，共留天壤！」〔註200〕對於李因的節操給
予極高的評價。〔註201〕

　　關於李因的著作，胡文楷《歷代婦女著作考》言葛徵奇曾於崇禎
癸未年（1643）爲其刊刻《笑竹軒吟草》1 卷與《笑竹軒續草》1 卷，
其中《吟草》有詩 156 首，《續草》有詩 107 首，前有盧傳、吳本泰
與葛徵奇的序。〔註202〕《中國詞學大辭典》則言其「著有《笑竹軒
吟草》前集、二集、三集，康熙刊本。《三集》後有《詩餘》1 卷，
計 22 首。」〔註203〕胡文楷所言之《吟草》與《續草》，應即《中國
詞學大辭典》所言之前集與二集，即葛徵奇爲其所刊刻之崇禎癸未
本，但不論崇禎本或康熙本，今皆已罕傳。胡文楷《歷代婦女著作考》
收有葛徵奇的序文，其中曾言及李因著作刊刻的緣由：

> 道經宿州，譁兵變起倉卒，同舟者皆鳥獸散。是庵獨徘徊
> 跡余所在，鳴鏑攢體，相見猶且訊且慰。手抱一編，曰簪
> 珥罄矣。猶幸青氈亡恙，此大雄氏所謂無罣礙恐怖也。于
> 是趨授之剞劂，懼一旦投諸水火，則嘔心枯血，不又爲巾
> 幗兒女子所笑耶？余憫其志，亟爲芟其繁蕪，選刻如干首，
> 以代名山之藏。〔註204〕

〔註200〕 黃宗羲〈李因傳〉，沈善洪主編：《黃宗羲全集》冊 10，頁 585。
〔註201〕 以上關於李因的生平，乃參閱葛徵奇〈笑竹軒吟草序略〉，胡文楷
　　　　 編著、張宏生等增訂：《歷代婦女著作考》，頁 108～109；黃宗羲〈李
　　　　 因傳〉，沈善洪主編：《黃宗羲全集》冊 10，頁 584～585；馬興榮、
　　　　 吳熊和等編：《中國詞學大詞典》，頁 186。
〔註202〕 胡文楷編著、張宏生等增訂：《歷代婦女著作考》，頁 108。
〔註203〕 馬興榮、吳熊和等編：《中國詞學大詞典》，頁 186。
〔註204〕 葛徵奇〈笑竹軒吟草序略〉，胡文楷編著、張宏生等增訂：《歷代婦
　　　　 女著作考》，頁 109。

從這段敘述中，可以知道李因在兵難危急之中所展現出的凜然大
義，與對自我作品的珍視。也因著這份不凡的智慧與才情，感動了
夫婿葛徵奇，故葛徵奇即在是年秋天為其著作刊刻發行。合理推斷
三集應成於乙酉年（1645）葛徵奇殉國之後，李因詞作即附於三集
末，計 1 卷 22 首。2004 年出版的《全明詞》，即從《笑竹軒吟草》
中析出李因的 22 首詞作，輯入冊 5。〔註 205〕對於李因的詞學成就，
歷來詞評家均給予相當高的評價，如吳衡照《蓮子居詞話》言其：「是
庵畫法陳白陽，工詩及詩餘，語短情長，去北宋未遠。」〔註 206〕嚴
迪昌《清詞史》言：「在清初眾多女詞人中，浙江紹興人李因也是值
得提出的一位。」〔註 207〕黃拔荊《中國詞史》言：「李因在清初女
詞人中，屬佼佼者，但因詞集散佚，所以流下來的作品極少。」〔註
208〕鄧紅梅《女性詞史》言：「從李因的詞作裏，可以窺見亂世離鴻
的悲哀絕叫，及其於心緒不寧之際發抒於紙面的那一捻『鄉愁』。……
而也正是這一點，將她推到了清初女性詞壇的前沿。」〔註 209〕但相
當遺憾的是前述諸家對李因的詞作僅有評語，或只提出寥寥數首進
行評論，未能全面且深入地對李因詞作進行探究，故所得難免較屬
於浮光掠影式的概論。

　　為不讓李因的詞學成就淹沒於歷史的塵埃之中，本節擬以《全明
詞》冊 5 所蒐之 22 首詞作為研究範圍，仍稱為《笑竹軒》詞。分別
從內容、形式技巧與風格來討論李因的詞作，除希望能以詞作來詮釋
李因身處滄桑動亂的時代中，從名伎、愛妾到未亡人的傳奇人生與不
凡才情外，也能為拓展明清女性文學的研究版圖貢獻些許心力。為免
繁瑣，僅在引文後註明《全明詞》冊 5 之頁次，不另外註明出處。

〔註 205〕　饒宗頤初纂、張璋總纂：《全明詞》冊 5，頁 2390～2392。
〔註 206〕　〔清〕吳衡照《蓮子居詞話》卷 3，唐圭璋編：《詞話叢編》冊 3，
　　　　　　頁 2465。
〔註 207〕　嚴迪昌：《清詞史》（南京：江蘇古籍出版社，1999 年 8 月），頁 599。
〔註 208〕　黃拔荊：《中國詞史》下冊，頁 501。
〔註 209〕　鄧紅梅：《女性詞史》，頁 239。

二、《笑竹軒》詞的內容

如前所述，李因《笑竹軒》詞輯於入清之後，存詞雖少，但細玩其內容，會發現是女詞人從倍受寵愛的青樓如夫人，經時代動亂，到國破家亡的哀哀未亡人，前段美麗，後段寥落的漫長人生歷程裏，誠摯心音的表述。

（一）前期富貴閑雅的閨情詞

在朱明乙酉之難前，李因與葛徵奇過的是心靈相契的神仙眷屬生活。在這段時期中，女詞人筆下所呈現的是常見的閨閣題材，雖仍是傳統傷春情懷的再現，但基本上卻是優游不迫的。且以其〈點絳唇·暮春〉爲例說明之：

> 繡幕輕寒，春眠不覺紗窗曉。牡丹開了。蜂蝶尋香繞。　　爲惜韶華，愁緒添多少。荷錢早。妒花風掃。林外鶯聲悄。（頁2390）

先看其背景：繡幕、紗窗、牡丹、錢荷、蜂蝶尋香繞、春眠初醒的睡美人；再品味其節奏：淡淡愁緒、細細落花與悄悄鶯聲。兩者相合，予人舒緩輕徐的美感體驗。詞中女主人翁所展現的形象，與李白〈怨情〉所描繪的「美人捲珠簾，深坐蹙蛾眉。但見淚痕濕，不知心恨誰。」〔註210〕有幾分神似；因著時序遞嬗，讓多愁善感的美人有著淡淡的哀愁，雖是怨恨，但卻是溫婉含蓄的。這應也是李因前期優渥富裕生活在詞作中的反映。

再看下列三首調寄〈長相思〉，分別寫「春閨」、「春雨」與「春遊」的詞作：

> 曉鶯啼。暮鶯啼。啼得花開春半歸。流光又早催。　　桃花飛。李花飛。陣陣隨風逐馬蹄。紅稀綠漸肥。（〈長相思·春閨〉，頁2390）

> 草初齊。燕初歸。水漲平橋花繞堤。尋芳香逕迷。　　風

<hr>

〔註210〕 李白〈怨情〉，〔清〕聖祖御製、王全點校：《全唐詩》卷184，冊6，頁1882。

　　凄凄。雨霏霏。紫陌垂楊繫馬嘶。留春酒滿卮。（〈長相思・

春雨〉，頁 2390）

　　曉風淒。曉煙迷。麗景融和睡起遲。魂驚蝴蝶飛。　　　試

春衣。步花蹊。恰恰流鶯不住啼。東皇且莫歸。（〈長相思・

春遊〉，頁 2390）

基本上，這三首詞所表現的情調都是細膩和婉的，恰符合作者的性別
與身分。身為生活清悠無塵，怡然自適的上層知識婦女，李因本即有
著較男性更為豐富細膩的情感，所以她更能敏睿地感知到閨閣內外節
候風物的變化。前詞寫閨女在朝夕鶯聲的啼叫與紛飛的落花中，感到
春光的逝去，結以「紅稀綠漸肥」，委婉訴說惜春人的無奈。第二首
映入眼簾的是由新草、乳燕、小橋、紫陌、垂楊、駿馬等怡人的景物，
再加上細雨霏霏背景所構成的江南春景圖。後詞則寫女詞人在淒迷的
春天氣候中有著一夜好眠，一睜眼卻為窗外飛舞的蝴蝶所吸引，於是
著上春衣，在鳥語花香中尋覓春天的身影。一句「東皇且莫歸」深刻
說明尋春人不盡的眷戀。上面這些詞作共同的特色是色調柔和溫婉，
字裏行間流露出女主人翁悠閒自得的生活情趣，雖不明言富貴，但仍
可感受到其中所流露的富貴氣息。

　　李因夫婿葛徵奇在〈笑竹軒吟草序略〉中曾記敘其與李因的閨房
雅趣：

　　時於花之晨，月之夕，或嵐色晴好，或雨聲滴瀝，則分鬥角

韻，甲乙鉛黃。意思相合，便拍案叫絕，率以為娛。〔註211〕

雖然在李因現存的詞作中，看不到其夫婦分鬥角韻的伉儷情深之作，
但從前述諸作中，亦可窺得李因吟花草、弄風月，富貴且閑雅的閨閣
生活情趣。

（二）鸞鏡影孤的沉吟

　　相當遺憾的是隨著葛徵奇在乙酉年（1945）的抗清殉國，李因富

〔註211〕　葛徵奇〈笑竹軒吟草序略〉，胡文楷編著、張宏生等增訂：《歷代婦
　　　　　女著作考》，頁 109

貴閑雅的閨閣生活也告一段落——「光祿捐館，家道喪失，而是庵煢然一身，酸心骨折，其發之爲詩，尚有三世相韓之痛。」〔註212〕發之於詞，亦見鸞鏡影孤的沉吟。且看其調寄〈浣溪沙〉，並題爲「閨怨」的詞作言道：

寒勒梅花雪未消。林梢啼鳥語偏嬌。纔知春到是明朝。

鸞鏡影孤慵整鬢，繡裙寬褪減纖腰。此時情緒更無聊。

（頁2391）

一樣是林梢啼鳥的春晨，女詞人再也沒有心緒試著春衣，更遑論步花蹊，取而代之的是慵整衫鬢。所謂「女爲悅己者容」，昔日畫眉共賞春景的情郎如今已不復存在，雖然又是春到人間，但生命中的春天卻已不復再來。下片「鸞鏡影孤慵整鬢，繡裙寬褪減纖腰」是女詞人對自我憂傷憔悴形貌的具體描述，再對照上片結以「纔知春到是明朝」，則予人以無限的想像空間：是否只有在朱明王朝的庇護之下，女詞人才能享有人生的春天？與亡國前的詞作相比較，雖同是閨閣情懷的敘寫，但前者富貴閑雅，後者悲傷寥落，一場國難，竟是女詞人人生春天與寒冬永遠的分野。

女詞人鸞鏡影孤的悲愁，在〈菩薩蠻·春歸〉裏有更明顯的抒發：

鶯聲漸老春歸去。遊絲著意留花住。獨自倚空樓。珠簾懶上鉤。　妒他雙宿燕。故把重門鍵。月照小欄干。羅衣怯暮寒。（頁2391）

空樓獨處，重門幽閉的女詞人，面對春老花殘，紫燕雙宿的暮春景象，不由得在心中生出絲絲寒意。想著她人生的春天，已隨夫君殉國而消逝，餘生悠長，她卻只能在「獨」、「空」、「妒」、「怯」等詞彙所營造出的感傷氣氛中慢慢捱過，則一場國難，帶給女詞人的打擊簡直是毀滅性的。若往這樣想去，會發現開頭兩句其實是女詞人心意之所託，她期盼此刻氣若游絲的反清復明勢力能持續下去，讓她的人生之花能夠永不凋殘。但這一切，終歸是無法改變的事實，縈繞女詞人心頭的，

〔註212〕黃宗羲〈李因傳〉，沈善洪主編：《黃宗羲全集》冊10，頁584。

仍是夫亡國破的無限傷痛。

　　另有〈鷓鴣天‧秋閨〉一詞，亦是李因自比失偶孤雁的哀鳴之作：

　　傍檻蕭蕭疏竹橫。秋窗風雨釀愁成。感懷獨是天邊雁，嘹
　　嚦哀音失隊鳴。　　燈半減，睡頻驚。譙樓鐘鼓夜三更。
　　繡幃寂寞爐煙冷，增得階前落葉聲。（頁 2392）

開篇所呈現的即是「秋風秋雨愁煞人」的寥落氛圍，與前期詞作的明
媚春光相較，顯然有很大的差別。女詞人覺得自己彷彿是離群的孤
雁，只能哀哀悲鳴。下片即是作者對自我景況的陳述：在淒風苦雨中，
想到自己原本飄泊於風塵之中，幸遇佳偶共度人生。沒想到一場國
難，讓自己成了繡幃寂寞爐煙冷的未亡人，孤枕從此再無好眠，常在
譙樓鐘鼓的夜半三更驚醒，聽階前的雨聲與落葉聲，點滴到天明。

　　這樣的詞作，沒有任何濃重的彩筆，卻是女詞人誠摯心音的表
述。細究李因的人生，更可明白夫婿葛徵奇在她生命中所扮演的重要
角色，失去了丈夫，讓她幾乎失去了生活的動力。寂寞空閨，鸞鏡影
孤，女詞人撫今追昔，當歡愉的追憶與冰冷的現實踫撞在一起，自是
首首感人肺腑的哀歌。

（三）國破家亡的悲悽

　　清代史學家趙翼（1727～1814）在評元好問作品時曾言：「國家
不幸詩家幸，賦到滄桑句便工。」〔註 213〕移之以論李因詞作，亦可
以得到印證。若非經歷葛徵奇殉難的國破家亡之痛，李因應是生活安
適閑雅的大臣愛妾，並以詩詞書畫作為閨閣生活的點綴，無法使其詞
作展現亂世離鴻的哀鳴，從而深具詞史的意義與價值。誠如黃宗羲對
她的推崇：「是庵方抱故國黍離之感，淒楚蘊結，長夜佛燈，老尼酬
對，亡國之音，與鼓吹之曲，共留天壤。」〔註 214〕李因詞作的突出

〔註 213〕趙翼〈題元遺山集〉言：「身閱興亡浩劫空，兩朝文獻一衰翁。無
　　　　　官未害餐周粟，有史深愁失楚弓。行殿幽蘭悲夜火，故都喬木泣秋
　　　　　風。國家不幸詩家幸，賦到滄桑句便工。」收入徐世昌編：《清詩
　　　　　匯》中冊，頁 1367。
〔註 214〕黃宗羲〈李因傳〉，沈善洪主編：《黃宗羲全集》冊 10，頁 585。

之處，就在於她深刻地表現了亡國之音。

因爲李因的喪偶失親與國破家亡是相連結的，所以在李因感人的詞作中，除了鸞鏡影孤的低吟外，更可感受到她對國破家亡的深層慨嘆。且看以下兩首調寄〈臨江仙〉，並題爲「九日」的詞作：

> 重九催開黃花早，霜林染就丹楓。何須直上最高峰。紫萸仍遍插，令節古今同。　　把盞籬邊供獨醉，不勞餽酒王弘。遙看秋色月朦朧。欲將亡國恨，細說與歸鴻。（其一，頁 2392）
> 信步登高頻整帽，恐防先露秋霜。扶筇著屐到籬傍。疏林樹黯淡，野色樹蒼茫。　　笑把黃花何處酒，前村新釀開缸。仰天長歎感時傷。閒評今古事，默坐記興亡。（其二，頁 2392～2393）

兩詞均寫女詞人在遍地黃花，與霜染楓紅的重九時節登高的情思。前詞寫女詞人無心登上最高峰，因茱萸雖遍插，卻永遠無法喚回生命中最重要的人。縱使節令習俗不會因朝代更迭而改變，但當時漫步攜手的同心人如今已是天人永隔，一樣的美景當前，只能讓人徒增悲切。女詞人也想學陶淵明把酒採菊籬下，卻無法體會任何眞意，只能獨望朦朧月色，將滿腹國破家亡之恨，訴與天邊鴻雁知道。後詞則寫女詞人在登高時頻頻整帽，唯恐露出斑白的鬢髮，在蒼茫鄉野中得知前村新釀開缸，於是與眾人同飲菊花酒，在閒評今古事時，讓女詞人感嘆的，仍是亡國的無限悲涼。

在淺白眞樸的文字中，老態龍鍾，踽踽獨行，時而仰頭悲嘆，時而默坐無語的女詞人形象清晰呈現眼前，讀來會覺得較王維「遙知兄弟登高處，遍插茱萸少一人」與元稹「白頭宮女在，閒坐說玄宗」的境界更加淒清與悲涼，〔註215〕因王維尚有故鄉兄弟可思念，白頭宮女更只是閒聊過往，而李因呢？她已無家可憶，更無國可繫，一場國難，讓她失去人生的一切，面對寂寞無聊的漫漫餘生，

〔註215〕王維〈九月九日憶山東兄弟〉與元稹〈行宮〉，分見〔清〕聖祖御製、王全點校：《全唐詩》卷128，冊4，頁1306；卷410，冊12，頁4552。

除了悲嘆與感傷，她又能如何呢？這樣的詞作，眞是亂世孤鴻的深深哀鳴，不但是李因個人苦難遭遇的輓歌，更是明清之交眾多丈夫殉國的孀妻共同的心聲。若從這樣的層面來理解，當更能體會李因詞作的時代意義與價值。

三、《笑竹軒》詞的形式技巧

讀李因的《笑竹軒》詞，會發現女詞人善借外在節令景物以抒發內心深處的情感，另外李因現存的 22 首詞作全爲小令與常用調，可見女詞人對詞調的探索並沒有太大的興趣。

（一）善藉節令景物以抒感

如一般的閨秀詞，李因亦善借外在節令景物的變化，來抒發內心幽微的情感。筆者統計現存 22 首詞作，發現以春天爲抒情背景的有 16 首，〔註216〕其餘 6 首則是以秋天爲背景，〔註217〕所抒發者大多爲相思之情，恰符合「春去秋復來，相思幾時歇」〔註218〕的抒情文學傳統。

且看女詞人在美好的春天裏所敘寫的春閨情懷：

> 寶鏡塵蒙懶理妝。柳絲縷縷繫愁長。怪他雙燕語雕梁。
>
> 　暖日薰成芳草色，和風吹出百花香。難留春住意傍徨。
>
> （〈浣溪沙・春閨〉，頁 2391）

> 百舌朝啼綠樹幽。啼將心事上眉頭。一春花鳥關愁處，花鳥無情豈解愁。　　閒繡幕，冷燻篝。沒情沒緒倚妝樓。
>
> 輕寒輕暖和風雨，簾捲簾垂響玉鉤。（〈鷓鴣天・閨怨〉，頁 2391）

<hr />

〔註216〕此 16 首爲〈長相思・春閨〉、〈長相思・春雨〉、〈長相思・春遊〉、〈長相思・春思〉、〈點絳唇・春歸〉、〈點絳唇・暮春其一〉、〈點絳唇・暮春其二〉、〈浣溪沙・送春〉、〈浣溪沙・暮春〉、〈浣溪沙・閨怨〉、〈浣溪沙・春閨〉、〈菩薩蠻・春歸〉、〈鷓鴣天・閨怨〉、〈虞美人・暮春〉、〈南鄉子・暮春〉、〈南鄉子・詠梅〉。

〔註217〕此 6 首爲〈搗練子・秋夜〉、〈卜算子・秋雨〉、〈鷓鴣天・秋閨〉、〈南鄉子・聞雁〉、〈臨江仙・九日其一〉、〈臨江仙・九日其二〉。

〔註218〕李白〈望夫山〉，〔清〕聖祖御製、王全點校：《全唐詩》卷 181，冊 6，頁 1851。

在鳥語花香的暖春時節，女詞人的心緒卻是徨徬寥落的。她無意理妝，任由寶鏡蒙塵。獨倚妝樓，迎風搖曳的柳絲與綿延芳草，在她眼中竟成愁緒的化身。她甚至責怪鶯燕語呢喃，因除使心煩意亂外，成雙成對翻飛的紫燕，更讓詞人想起自身的形單影隻。前詞結以「難留春住意傍徨」，後詞道以「花鳥無情豈解愁」，均是將自我意識外化於自然景物的鮮明表現。

陽春美景原本賞心悅目，但女詞人因夫喪國亡而欠缺賞美的基礎，於是外在的觀照便更強烈撼動她的內心，從而轉成對自我哀哀人生，殘酷無情的深沉慨嘆。〔註219〕前述二詞，便是如此的春恨傷感之作。

而在草木黃落雁南歸的秋天，亦易觸動李因內心深處的情緒，且看其調寄〈南鄉子〉的「聞雁」言道：

嘹嚦過南樓。字字橫空引起愁。欲作家書何處寄，誰投。目送孤鴻淚暗流。　　憶昔共追遊。荻岸漁汀繫小舟。又是那年時候也，休休。開到黃花知幾秋。（頁2392）

本詞在嘹亮的雁鳴聲中拉開序幕，接著映入眼簾的是成字形的北雁南飛景象。女詞人想請雁兒代為傳書，卻不知要寄到何處，要寄給誰？正在落寞之際，看到離群落伍的孤雁，彷彿就是自己的化身，國破家不存，欲寄家書卻無處投遞，這是何等不堪的事實！下片詞人款款追憶過往的歡樂時光：一樣的深秋時節，與情郎共乘小舟，同賞荻湖風光。如今景物依舊，但人事已然全非。休休，且莫再想，隨它如今已是與夫婿天人永隔後的第幾個黃花盛開之秋。

上片採比興手法，從孤雁聯想到自身的境況，貼切且感傷。而下片看似灑脫，實際上卻有著深沉的無奈，與辛棄疾「如今識盡愁滋味。欲說還休，欲說還休，卻道天涼好個秋。」〔註220〕有著相同的悲涼，

〔註219〕 以上關於「春恨」的成因，乃參考王立：《中國古代文學十大主題》（臺北：文史哲出版社，1994年7月），頁149。

〔註220〕 辛棄疾〈醜奴兒・書博山道中壁〉（少年不識愁滋味），唐圭璋編：《全宋詞》冊3，頁1920。

而結以「開到黃花知幾秋」則令人聯想到李清照「人似黃花瘦」〔註221〕的意境，其中隱然有著女詞人悲悽憂鬱的身影。李因以此結束她的聞雁感懷，也爲全詞淒涼抑鬱的基調寫定最後一筆。

另外尚有〈搗練子‧秋夜〉言：「何處戍，一更更。風送簷鈴夢又驚。自是惱人愁裏聽，怪他偏會弄秋聲。」（頁2390）當是好夢爲風鈴所擾的閨閣閒愁之作，與前詞相較，在情感容量上顯然有相當程度的落差。

細究李因《笑竹軒》詞中的傷春與悲秋詞，除前期是屬於富貴閒雅的淡淡哀愁外，其餘均是寓有深刻身世之感的觸景生情之作，不必濃筆重彩，卻自有感人的能量。

（二）全為小令與常用調

李因現存22首詞作全爲小令，且所使用的10調全爲宋代使用率最高的常用調，〔註222〕茲列表如下：

詞調名稱	闋數	詞調名稱	闋數	詞調名稱	闋數	詞調名稱	闋數
〈搗練子〉	1	〈菩薩蠻〉	1	〈南鄉子〉	3	〈虞美人〉	1
〈長相思〉	4	〈卜算子〉	1	〈臨江仙〉	2	〈浣溪沙〉	4
〈點絳唇〉	3	〈鷓鴣天〉	2	合計：10調22首			

其中〈長相思〉、〈點絳唇〉與〈浣溪沙〉3調計有11首之多，佔其現存詞作的一半，可見女詞人對詞調的探索並沒有太大的興趣，她喜歡用熟悉的詞調來填詞，以確保情思之流暢，且以其使用量最高的三調來說明之。

先看其〈長相思‧春思〉言：

> 柳絲絲。雨絲絲。織就園林花滿枝。春遊乏酒貲。　　　惜

〔註221〕　李清照〈醉花陰〉（薄霧濃雲永愁晝），唐圭璋編：《全宋詞》冊2，頁929。

〔註222〕　此處所言的宋詞常用調乃王兆鵬據南京師範大學研製之《全宋詞》計算機檢索系統統計所得，使用頻率超過100首以上者而言。詳參氏著：《唐宋詞史論》，頁106～108。

花詩。餞花詞。爲問繁華能幾時。低頭無限思。(頁 2390)

〈長相思〉本爲唐教坊曲，用作詞調。《詞律》卷 2、《詞譜》卷 2 均以白居易所作（汴水流）爲正體，雙調，36 字，上下片各 4 句 3 平韻 1 疊韻。〔註 223〕唐人在填曲時，多詠其曲名，使詞意與聲情常相諧會，〔註 224〕故〈長相思〉多寫閨婦對遠行夫婿的無限思念。細玩李因此詞，除在句式與詞意上符合格律與閨怨情懷外，另有著「情中有思」的特色：一句「爲問繁華能幾時」既是女詞人對美景難留的感觸，但又何嘗不能解爲對人生無常的體認呢？深厚而耐人咀嚼的詞境，於是生焉。

再看其〈點絳唇·暮春其二〉言：

暖日薰風，雙柑斗酒聽黃鳥。荼蘼開早。花落休教掃。　　拾翠尋芳，美景晴時少。青梅小。柳綿飛繞。春色催人老。(頁 2391)

〈點絳唇〉調名取自江淹〈詠美人春游〉詩之「白雪凝瓊貌，明珠點絳唇」句，《詞譜》卷 4 列馮延巳（陰綠圍紅）爲正體。〔註 225〕一如調名緣由與馮詞正體，李因詞作亦記一己春游之所悟所感。在短小的體制中，首句以「暖日薰風」開展暮春美景，過片以「拾翠尋芳」切合「美人春游」的本意，而結以「春色催人老」，則是女詞人對暮春美景之體悟。言短意長，完全符合小令的寫作範式。

另外〈浣溪沙〉是小令中比較簡單樸素的形式，最宜於以清淡之筆作素描式的抒寫。〔註 226〕李因《笑竹軒》詞中的 22 首作品中即有 4 首〈浣溪沙〉，與〈長相思〉同是其使用量最高的詞調。細究這 4 首分別題爲「送春」、「暮春」、「閨怨」與「春閨」的〈浣溪沙〉，均是女詞

〔註 223〕馬興榮、吳熊和編：《中國詞學大辭典》，頁 489。

〔註 224〕沈括《夢溪筆談·樂律》言：「唐人填曲，多詠其曲名，所以意與聲，常相諧會。」收入黃杰、林柏壽主編：《中國子學名集成》（臺北：中國子學名著集成編印委員會，1987 年 12 月）冊 96，頁 87。

〔註 225〕〔清〕陳廷敬、王奕清等編：《康熙詞譜》上冊，頁 113。。

〔註 226〕孫映逵對孫光憲〈浣溪沙〉（半踏長裾宛約行）之賞析，收入唐圭璋等編：《唐宋詞鑒賞》上冊，頁 300。

人以淡筆細細刻畫其傷春情懷，頗能表現此調的本色，其中「閨怨」與「春閨」的分析已如前述，今再以〈浣溪沙・暮春〉爲例說明之：

　　花繞簾櫳水繞堤。隔林嬌鳥數聲啼。十分春色到薔薇。

　　　　欲擬海棠添畫譜，閒許芍藥補詩題。韶光雖好夕陽西。

　　（頁 2391）

隨著女詞人蘊藉的詞筆，上片呈現眼前的是賞心悅目的江南暮春圖；下片則寫女詞人在此良辰美景中所進行的活動。以「韶光雖好夕陽西」之景語結束全篇，看似突然，卻不知一切景語盡是情語，〔註 227〕此正是女詞人對自然與人生的體驗，除符合「其妙盡於卒章，語盡而意不盡，意盡而情不盡」的文體特性外，〔註 228〕亦是詞體情感表現的深長細膩，及情思意蘊的多層次性與豐富性的婉美特質之呈現。

　　從上述說明，可知李因《笑竹軒》詞存詞雖少，且全爲小令與常用調。但因女詞人能掌握詞調特色與小令言婉思深的特質，故仍具有相當的可讀性。

四、《笑竹軒》詞的風格：清疏哀婉

　　李因《笑竹軒》詞言婉思深的特質分析已如前述，整體而言，雖然李因現存詞作均是無法包含較多寫作能量的小令，但因深深注入身世之感，故有著清疏哀婉的風格。且以其〈南鄉子・暮春〉爲例說明之：

　　睡起曉寒輕。倚遍欄干獨聽鶯。可惜春光將盡也，傷情。

　　燕子新來認舊庭。　　忽聽賣花聲。驚散鴛鴦過別汀。繡

　　幕湘簾無意捲，淒清。香斷薰爐冷畫屏。（頁 2391）

女詞人在料峭春寒中清醒，獨倚欄杆聽鳥鳴，本想欣賞暮春美景，可惜眼前呈現的卻是殘春之景，尤其看到昔日燕兒又飛來，更令女詞人觸景傷情。在悵惘之中突然傳來賣花聲，驚散了汀洲上成雙棲息的鴛鴦，彷彿就像自己與恩愛的夫婿突遭拆散。想到這兒，女詞人再也提

〔註 227〕　王國維《人間詞話・刪稿》，唐圭璋編：《詞話叢編》冊 5，頁 4257。

〔註 228〕　李之儀〈跋吳思道小詞〉，金啓華、張惠民等編：《唐宋詞集序跋匯
　　　　　編》，頁 36。

不起勁做任何事，結以「香斷薰爐冷畫屏」，則空閨夢斷的愁苦與抑鬱，已是不言可喻。

相同的情感，還可以在另一首調寄〈虞美人〉的暮春詞中得到印證：

> 楊花落盡鶯聲老。綠遍庭前草。捲簾閒自數殘紅。只怕春歸依舊怨東風。　　多情恨不留花住。偏是連朝雨。水添新漲浴鴛鴦，又見一雙飛過小池塘。（頁2392）

儘管詞寫得相當含蓄，但熒獨淒清的情狀仍是清晰可見。雖不言悼亡，但盈滿紙面的，盡是對先夫的懷念之情。女詞人很喜歡寫暮春意象，筆者統計在李因現存的22首詞作中以「暮春」、「春歸」、「送春」為題者即有8首，超過其全部詞作的三分之一，而如「留春無計今宵。獨對殘燈愁夜短」（〈浣溪沙・送春〉）、「柳絲縷縷繫愁長。怪他雙燕語雕梁」（浣溪沙・春閨）、「鶯聲漸老春歸去。遊絲著意留花住」……等抒發傷春之情的句子更是俯拾皆是。因女詞人人生的春天已隨夫亡而逝，故這些傷春小詞雖寫得含蓄蘊藉，卻呈現清疏哀婉的風格。

再看其筆下的「秋雨」與「梅花」：

> 滴碎五更心，偏是芭蕉雨。葉葉隨風響紙窗，點點添愁緒，
> 　　慣作送秋聲，何不隨秋住。捱過今宵明日晴，依舊愁
> 難去。（〈卜算子・秋雨〉，頁239）

> 春報早梅知。開向茅簷竹逕西。曾伴孤山林處士，幽棲。
> 不許枝頭粉蝶窺。　　瘦影照清池。馥馥輕風香逼衣。笛
> 裏休吹花落去，追隨。月下閒吟費品題。（〈南鄉子・詠梅〉，
> 頁2392）

前詞以「滴碎五更心」起篇，已令「秋風秋雨愁煞人」的感傷情懷氤氳紙面。下片的「慣作」、「捱過」及「依舊」等詞語，更明顯透露此為女詞人閨中常見的情緒。餘生悠悠，陪伴女詞人的竟只有愁緒而已。後詞則是對梅花的吟詠，一句「幽棲」與「追隨」是女詞人心意的表白，她要學習梅花凌風霜傲雨雪的精神，堅強地挺立在這已不復見溫暖的天地。全詞既寫梅花，更是女詞人雪操冰襟的自我宣言。

　　以上兩詞均爲詠物詞，不但寫出秋雨與梅花的形貌與神態，亦注入女詞人的深情，恰如清代詞論家劉熙載所言：「昔人詞詠古詠物，隱然只是詠懷，蓋其中有我在也。」〔註229〕詞人將所思所感注入所詠之物，使得物皆著我之色彩，此爲有我之境，〔註230〕亦與詞體「要眇宜修」的文類特質相符合。〔註231〕

　　沈祥龍《論詞隨筆》論及詞中比興與小令的作法時曾言道：「詩有賦比興，詞則比興多於賦。或借景以引其情，興也。或借物以寓其意，比也。蓋心中幽約怨悱，不能直言，必低徊要眇以出之，而後可感動人。」〔註232〕「小令須突然而來，悠然而去，數語曲折含蓄，有言外不盡之致。」〔註233〕細玩李因《笑竹軒》詞的22首小令，不論早期的富貴閑雅之作，或是晚期寄寓家國之痛的作品，皆屬借景引情或是借物以寓己意的曲折含蓄之作，故自有清疏哀婉的風格在其中。

　　李因《笑竹軒》詞從內容而言是其從倍受寵愛的青樓如夫人，經時代動亂，到國破家亡的哀哀未亡人的個人自傳，亦是時代女子的人生滄桑史。雖然女詞人存詞量極少，且全爲小令與常用調，但因女詞人能掌握熟悉詞調的寫作範式，又能將眞性情注入其中，故其詞仍具有相當的可讀性，整體而言，所表現的是曲折含蓄的清疏哀婉風格。

　　無可否認的，單一的寫作形式與風格，相對地限制了李因的詞學成就。但女詞人與天壤共留存的亡國之音與冰雪節操，仍有其時代的意義與價值。衷心希望經由以上的討論，能從歷史塵灰中稍顯李因《笑

〔註229〕〔清〕劉熙載《詞概》，唐圭璋編：《詞話叢編》冊4，頁3704。
〔註230〕王國維《人間詞話》言：「有我之境，以我觀物，故物皆著我之色彩。」唐圭璋編：《詞話叢編》冊5，頁4239。
〔註231〕王國維《人間詞話》言：「詞之爲體，要眇宜修。能言詩之所不能言，不能盡言詩之所能言。詩之境闊，詞之言長。」唐圭璋編：《詞話叢編》冊5，頁4258。
〔註232〕〔清〕沈祥龍《論詞隨筆》，唐圭璋編：《詞話叢編》冊5，頁4050。
〔註233〕〔清〕沈祥龍《論詞隨筆》，唐圭璋編：《詞話叢編》冊5，頁4048。

竹軒》詞的深層幽光，讓後人對這位鐫刻時代印記的青樓奇女之詞作
與氣節，能多一分認識。

第五節　劉　淑

一、劉淑的生平與詞集

　　劉淑（1620～約 1660），字靜婉，〔註234〕江西安福人，是天啓
年間揚州知府劉鐸（1573～1627）的女兒。劉淑之所以在詩文、人品
與氣節上有所成就，是深受其父親的影響。

　　劉鐸於萬曆元年（1616）進士及第，工詩善畫，學識淵博，膽識
過人。天啓年間初授刑部郎中，因忤觸閹黨魏忠賢而被貶爲揚州知
府，後又因訕謗罪而慘遭殺害，時劉淑年方七歲。思宗即位後，魏忠
賢受誅，劉鐸案得以平反，並追贈太僕寺少卿，賜諭祭葬。〔註235〕

　　劉鐸陷詔獄時，妻子蕭氏攜女跋涉千里至京探監營救，母女目睹
劉鐸遍體鱗傷，心痛如絞。劉鐸自度無法生還，慨然赴義，臨刑，鐸
指幼女言：「是異日爲媛中英，可授以書。」劉鐸既得平反，蕭氏攜
女歷盡千辛萬苦，扶柩返鄉臥側，劉淑朝夕哭臨之。〔註236〕

〔註234〕　劉淑在風雨飄搖的末世從事反清復明的志業，雖然詩文皆有可觀，
　　　　　但在清初文字獄盛行的情況下無人敢刊刻其作品，致使其生平事跡
　　　　　漸爲歷史所埋，甚至名字也發生錯誤。長久以來記述其相關事跡的
　　　　　典籍或記其名爲淑英，或以爲一名淑英，或以爲一字淑英，甚或以
　　　　　劉淑與淑英分作兩人者亦所在多有。幸近年來有心人士的搜集
　　　　　下，劉淑遺著《個山集》得以重見於世，其中書影上有「南明安福
　　　　　劉淑著」與《個山集》卷七〈訂鐫父太僕公來復齋稿小引〉後署「不
　　　　　肖女淑謹書」可證明劉淑之名。關於劉淑姓名的詳細論證可參閱趙
　　　　　伯陶〈明末奇女子劉淑及其《個山集》〉，《文史知識》（北京：中華
　　　　　書局主辦，301 期，2006 年 7 期），頁 90～92。
〔註235〕　有關劉鐸的事蹟可參考張廷玉《明史・列傳133》，楊家駱主編：《新
　　　　　校本明史并附編六種》冊 9，頁 6369。
〔註236〕　〔清〕姚濬昌、周立瀛等修纂：《同治安福縣志・藝文》卷十八，《中
　　　　　國地方志集成，江西府縣志輯》（上海：江蘇古籍出版社，1996 年
　　　　　5 月），頁 482～483。

　　劉淑在母親的教育下成長，因其自幼聰慧過人，且能矢志苦讀，
不僅工於詩詞，揮筆立就，且通曉兵法與劍術，甚至在佛藏道經上亦有
較深的造詣。〔註237〕淑十七歲與父親好友王振奇（曾任工部主事，官
至寧夏巡撫）的次子王藹結婚，夫妻感情深厚，並生一子王文度（字永
詮）。崇禎12年（1639），清兵入關，進逼山東，劉淑謂其夫曰：「先忠
烈與撫軍兩姓皆世祿，吾恨非男子，不能東見滄海君，借錐報韓。然願
興一旅，從諸侯擊楚之弒義帝者。」〔註238〕王藹深受感動，慷慨從軍。
在王藹北征期間，劉淑寫下不少思夫小詩，如〈秋思〉云：

　　　　恨秋颿，雙鯉催歸期。年年苦盼還衣錦，漁陽鼙鼓息何時？
　　　　悵秋颿，祇自知。〔註239〕

相當遺憾的是愛妻的聲聲呼喚，並未催回遠行的游子。翌年（1640）
王藹在北方以身殉國，噩耗傳來，劉淑悲傷至極，寫下血淚交織的〈痛
哭〉詩：

　　　　未說心先脆，聞風膽自寒。自知覆霜急，不信涉水殘。魂
　　　　續勞臣節，血凝志士鞍。王門幸不屈，哭罷反成歡。（頁219）

是年劉淑僅 20 歲，在極度悲傷之後反為丈夫的為國捐軀而感到自
豪，故言「王門幸不屈，哭罷反成歡。」矢志復國，決不向敵人投降，
是劉淑心中最堅持的抉擇。

　　甲申之變（1644）明社傾覆之後，她在清順治3年（1646）傾家

〔註237〕　李瑤《南疆繹史・列女傳・劉氏淑英》言：「母氏蕭，陳其父書自
　　　　　　課之；旁及司馬兵法、公孫劍術至普門經咒，莫不精貫。」〔清〕
　　　　　　李瑤《南疆繹史》（臺北：大通書局，1986年10月）下冊，頁657。

〔註238〕　〔清〕陳維崧《婦人集・劉淑小傳》，《叢書集成新編》冊101，頁
　　　　　　708。

〔註239〕　王泗原校注：《劉鐸劉淑父女詩文》（北京：人民教育出版社，1999
　　　　　　年5月），頁338。本書校注者王泗原乃劉淑之同鄉子姪，奉父親王
　　　　　　仁照遺志，為表彰其鄉先賢而作。該書除收有劉淑為父親劉鐸所編
　　　　　　輯的《來復齋稿》與劉淑所著的《個山集》外，王氏父子對所輯詩
　　　　　　文並詳加校注，是研究劉鐸劉淑父女相當完備的文本。本文所引用
　　　　　　的劉鐸劉淑父女詩文均引自該書，為免繁瑣，爾後只在引文後註明
　　　　　　頁次，不再另外註明出處。

資招募一旅千人以上的義軍，自己披甲訓練，志圖入楚，會何騰蛟將軍，以報效明社。當時南明總兵張先璧駐軍江西永新（按即禾川），劉淑率所部前往求見，並向張部慷慨陳述大義，軍士無不動容。但張先璧膽小怕事，除避談戰事外，甚至流露出欲納劉淑爲妾的意圖；劉淑大怒，拔劍欲斬張首，張畏而環柱遁逃。因雙方眾寡懸殊，劉淑最後爲張的部下所囚禁。但劉淑毫無所懼，怒叱張曰：「汝曹何也！怯如是，而能赴湯蹈火乎！此吾自不明，吾自誤；吾一女子耳，又安事甲！」並大書壁上云：「消磨鐵膽甘吞劍，扶卻雙瞳欲挂門！」〔註240〕賦下激壯的決心後，劉淑從容向北再拜曰：「臣妾將從先國母周皇后在天左右矣！」張先璧既悔且懼，率眾叩頭請死。劉淑仍以凜然口吻告誡張曰：「婦言不出閫。吾以國難蒙恥以至於此，事不濟，天也。將軍好自爲之。」遂跨馬馳去，盡散所部歸回田里。〔註241〕

　　永新事件之後，劉淑爲逃避清廷的迫害並伺機再起，輾轉寄跡在山谷之間，有個山、梭山、木平等處，難得安寧。因個山乃其較常居住之處，故自號「個山人」，亦以志其國變身孤之痛。〔註242〕最後回到安福老家，獨闢一小庵曰「蓮庵」，迎母歸養，並以之爲棲身掩護之所。〔註243〕劉淑以餘力安葬父親，並搜集父親遺集曰《來復齋稿》

〔註240〕　此即〈禾川題壁〉，詩云：「憑空呵氣補乾坤，礪志徒懷報國恩。麟閣許登功未建，玉樓待詔夢先騫。消磨鐵膽甘吞劍，扶卻雙瞳欲挂門。爲棄此身全節義，何妨碎剮裂芳魂。」王泗原校注：《劉鐸劉淑父女詩文》，頁295～296。

〔註241〕　關於此事諸書皆有記載，詳見李瑤《南疆繹史》下冊，頁657～658。〔清〕徐鼒：《小腆紀傳・列女》（臺北：大通書局，1986年10月）下冊，頁852～853。〔清〕陳維崧：《婦人集・劉淑小傳》，《叢書集成新編》冊101，頁708。

〔註242〕　王泗原〈1992年重印後記〉，王泗原校注：《劉鐸劉淑父女詩文・附錄》，頁386。

〔註243〕　王泗原注李瑤《南疆繹史・劉淑傳》所言「獨闢一小庵曰蓮舫，迎其母歸養，奉佛以終。」言道：「蓮舫在縣城城南門外，管家村之東，東去鶴塘王家二里。乃淑姑爲伺時歸王家省姑，掩護息身之所。淑姑起兵事敗，展轉寄跡山谷間，並未皈依佛門。」王泗原校注：《劉鐸劉淑父女詩文》，頁383。

付梓。完成多年未了的心願後，劉淑終在遺憾中與世長辭，時年約四十。〔註244〕

　　幽居歲月，劉淑致力於文學創作，以大量的詩詞來明志，凡游山泛舟、訴月吟風、憶夢訴病、侍佛參禪，無不慨宗社之云亡，痛山河之非舊。現存詩915首、詞40首、雜文14篇，在其生前已親手按五言詩（卷一）、七言詩（卷二至卷四）、雜言詩（卷五）、詞（卷六）、雜文（卷七）等文體分類編成《個山集》七卷。〔註245〕集前並有自敘，對自己作品的內涵進行相當形象化的描述：

　　　　剚月剞天，不假蠹魚故紙；墨陣管鋒，弗窺公孫擊劍。嗟乎，
　　　　錦水沉仙，塞雲泣雁，自斷此生。天問奚答，乃細礦霜慈，
　　　　函之冰笈。愧補齋壇之風雪，聊寄漆室之悲操耳。〔註246〕

除了「墨陣管鋒，弗窺公孫擊劍」是對書法作品的表述外，其餘均是對自我文學品格的界定，生動地傳達她偉大的抱負與失路英雄的悲憤。

　　因劉淑詩文多寓其黍離故國之悲與壯志未酬之慨，故在清朝無人敢承刻，直至民國3年（1914）安南同鄉士人王仁照方集資刊行面世，其在敘中曾詳述劉淑著書之志與其訪書校稿的經過曰：

　　　　淑姑以一女子，欲提一旅以靖國難。事雖不成，志足悲矣。
　　　　出師未二百里，而狂且肆侮。淑姑挺身奮劍，僅得全節而歸。
　　　　遂遯跡山間，吟詩自遣。詩多傷時事，詈斥胡虜，固不可刊
　　　　於前清盛時也。余求得《個山集》三舍劉氏鈔本兩部，蟲蛀
　　　　殘缺，不可卒讀；游楚南，得湘鄉劉氏鈔本，尚完整。惟行
　　　　草小字，謬誤亦多。爰此三本比勘，校理累年，漸有次序，
　　　　謹以付梓。……從邑志錄入訂鐫父太濮公《來復齋稿》小引

〔註244〕　《安福縣志·人物·節婦》言：「劉親為文祭父，會葬禮成，又搜
　　　　　父遺集授梓。未竟而卒，時年三十五。」王泗源校注曰：「淑姑訂
　　　　　鐫遺稿，於南明永曆五年刻成。……時姑已年三十八。」王泗原校
　　　　　注：《劉鐸劉淑父女詩文·附錄》，頁381。
〔註245〕　《安福縣志·人物·節婦》言：「子文度，為邑諸生，搜其詩文遺稿
　　　　　十餘卷，未及刻而歿。」王泗源校注曰：「《個山集》，經淑姑親手訂
　　　　　成，有自敘。」王泗原校注：《劉鐸劉淑父女詩文·附錄》，頁381。
〔註246〕　王泗原校注：《劉鐸劉淑父女詩文》，頁199。

及葬父祭文。……《詩》三百篇大抵聖賢發憤之所爲作也，
今傳淑姑之詩，不敢背史公言詩之意焉。〔註247〕

從此可見劉淑藉著述以抒孤臣無力回天之慨，與《劉鐸劉淑父女詩文》
付梓面世之不易。因王仁照爲一貧士，1914 年藉鄉邑賢士捐輸之助，
方用小版勉強使劉鐸劉淑父女詩文得以付梓，〔註 248〕成書之後，仍
時作覆校，且命其子王泗原記錄之。1992 年王泗原總檢父女兩集，
就故實及語文有疑難處加以注解，並由北京人民教育出版社出版發
行，乃今所見之重印本。〔註 249〕本文即以此爲研究的底本，對劉淑
《個山集》卷六的 41 首詞作進行深入探究，期能彰顯一代女傑之氣
節與詞才。爲免繁瑣，僅在引文後註明頁數，不另外標明出處。

二、《個山》詞所呈現的詞人品格

作爲抒情載體的詞，所表現的即是作者的內心世界，〔註 250〕觀
《個山》詞可析出詞人慷慨不凡的抱負與堅苦自持的意志，足令人爲
之動容。

（一）揮斥人間的識力

劉淑畢生以反清復明爲職志，心裏自藏有一股其他女子所罕見的
奇氣，發而爲詞，則展現揮斥人間的英雄氣概。如〈雨霖鈴‧責雨〉言：
野笛停咽。爲犁雲、春索連天結。奔月狂牛誰繫，霧長嵐
深，滿空枝節。幾欲盡掃山陰，又礙茶麋雪。恨落魄、岩
前清明過也，奈飛紅切切。　　山川雖蕩豈沉溺。日將雛、
莫把浮煙冽。問桃李依然否，也應把、龍兒歸蟄。門墻重
整，纔逐英雄，半生青血。紫皇笑、倒何曾泣，慈宮和伊

〔註247〕 王仁照《個山集‧敘》，王泗原校注：《劉鐸劉淑父女詩文》，頁 197
　　　　 ～198。
〔註248〕 有關王仁照校刻《個山集》之過程，可詳參氏著〈校刻個山集緣起〉，
　　　　 王泗原校注：《劉鐸劉淑父女詩文》，頁 384～385。
〔註249〕 王泗原〈1992 年重印後記〉，王泗原校注：《劉鐸劉淑父女詩文》，
　　　　 頁 389。
〔註250〕 楊海明：《唐宋詞史》，頁 511～512。

説。（頁358）

在細雨紛飛的清明時節，看著片片落紅，劉淑所感受到的不是所謂「無可奈何花落去，似曾相識燕歸來」的哲理式體悟，〔註251〕而是「山川雖蕩豈沉溺，日將雛、莫把浮煙冽。」的凌雲壯志。雖然眼前暫時是霧長嵐深，致使無法駕馭奔月狂牛的渾沌景象，但詞人深信總有一天，她能成爲斬妖降龍、重整漢家宮闕的復國英雄。

正因爲懷抱著這樣崇高的復國理想與強烈的使命感，故劉淑作品所展現出來的胸襟與氣度，是同時代的其他女性所無法望其項背的。

詞人積極的信念也帶給週遭親友相當大的鼓舞，其〈喜遷鶯・劉表弟之楚，姑氏倚閭終日，作此少慰〉言道：

> 春雲微暖，方梨花舞雪，紫燕歌巢。青山小松，蘿試銀瓶，初點一勺香濤。閒棋獨整，笑東園、風雨生潮。猛驚起，楚煙無緒，飛來落絮偏驕。　　相探問天涯，信更何時，長鳴銅柱連標。念倚閭盼劬勞。況庭瘦椿萱，階冷蘭苕。跬蟠遠塞，應隨分枕藉環刀。歸期事，不須重卜，寬心待等扶搖。（頁352）

雖然表弟入楚多日未歸，致使娘親倚閭終日，但劉淑相信在鳥語花香，新綠滿園的新春佳景之中，表弟必會帶回戰勝的訊息，故要姑氏寬心等待扶搖。〔註252〕看其中「閒棋獨整，笑東園、風雨生潮。猛驚起，楚煙無緒，飛來落絮偏驕。」、「長鳴銅柱連標」與「跬蟠遠塞，應隨分枕藉環刀」的豪氣，直可媲美歷史上的英雄本色之作。王國維《人間詞話》曾贊美辛棄疾之詞曰：「幼安之佳處，在有性情、有境界。即以氣象論，亦有『傍素波、干青雲』之概。寧後世齷齪小生所可擬耶？」〔註253〕這樣的話語，似乎亦可用在對晚明女豪劉淑詞的

〔註251〕　晏殊〈浣溪紗〉（一曲新詞酒一杯），唐圭璋編：《全宋詞》冊1，頁89。

〔註252〕　《個山集》卷1有〈聞楚捷〉，卷5有〈喜聞楚捷〉，可爲此證。王泗原校注：《劉鐸劉淑父女詩文》，頁214、348。

〔註253〕　王國維《人間詞話》，唐圭璋編：《詞話叢編》冊5，頁4249。

評論上。正因有著力圖復國的赤誠忠心，展現於外，即是登天攬月、俯視人世的壯闊境界。

就算在萬物皆寂的冷秋時節，詞人亦欲追霞琢月，冀盼能拭出璀璨的青天。且看其在〈青年樂・秋意呈峨人叔〉中所呈現的意氣與識力：〔註254〕

> 追霞琢月，欲把青天拭。閒身且向虛空立，況是黃花時節。
>
> 　　節意也解相關，花信豈失初顏。忽將懶雲拘住，付與
> 一半秋山。(頁356)

雖然幽居秋山之中，所見者皆是眾芳蕪穢的衰敗景象，但詞人深信只要有堅定的志節，必能度過秋冬的考驗，待明春來時，花信終會再展芳顏。詞中隨女主人翁所欲追隨和雕琢的霞月，豈非明清鼎革之際，眾多愛國志士的凌雲壯志？所欲拭亮的，莫非不是晚明晦暗衰頹的國祚？

（二）堅苦卓絕的意志

劉淑堅毅的人品與志節，是來自父親劉鐸的啓悟與影響，《安福縣志・劉淑事略》言：

> 明年，新天子立，魏璫見戮，上贈公，諭祭葬。母女南還，停公臥側，女必朝夕哭臨，從是矢志刻勵讀書。不獨女史母訓口誦心慕，更博通經傳，精其大義，操筆為文，蔚然可觀。〔註255〕

可以說明父親是女兒永遠的心靈導師。劉淑縱有著揮斥人間的識力，但壯志卻屢屢受挫，此時支持詞人繼續勇往直前的，即是父親偉大的人格。觀其〈蝶戀花・端陽焚寄先君〉與〈踏莎行・盼月效先君作〉即可得知其中梗概：

> 淒淒風雨殘春決，慘淡雲山，又弔瀟湘節。梅榴厭煞人頭白，多應汨散珊瑚結。　　懸蘿不繫長遊客，刺破丹心，一寸金流血。今宵愁上雨花臺，何時得赴青蓮榻。(〈蝶戀花・

〔註254〕　〈青年樂〉即〈清平樂〉，饒宗頤初纂、張璋總纂：《全明詞》冊5，頁2664。

〔註255〕　〔清〕姚濬昌、周立瀛等修纂：《同治安福縣志・藝文》，頁482。

端陽焚寄先君〉，頁 355）

　　半縷鑪煙，一簾殘霧。無端雲繞前山樹。望裏人家晝掩扉，
皎月狂日吹愁渡。　　　露冷瑤宮，斗橫桂路，雖教有夢還
耽誤。從來不解理蕉桐，嬋娟那得知其故。（〈踏莎行·盼月
效先君作〉，頁 355）

在捻香祭祖的端陽佳節，孝女劉淑所要告訴父親的，是時不我予的深
沉慨嘆：她朝夕哭臨，從未忘記父親遺命，卻深怕她的赤膽忠心終將
如屈原般抱憾瀟湘。她虔心祝禱，期盼父親能祐她在流血報國之後，
得駕青蓮仙舟，再與慈父共聚首。而在流徙的山居歲月裏，劉淑仍需
照顧王門之姑與劉家老母，〈踏莎行·盼月效先君作〉前有小序云：「家
慈往返滁溪，是日江風大放，山雨夜霏，因感而詠。」可以爲證。在
山雨夜霏，江風大放的迷茫中，劉淑只能靠明月來指引方向。雖然天
地之間是一片迷濛，但詞人毫不畏懼，她深信父親的英靈將會引導她
走向康莊大道。

　　劉淑堅強的意志，也反映在她對獨子王文度的教導上。丈夫王藹
殉國難時孤子尙不及二歲，〔註 256〕劉淑獨力撫子成長，自是備嘗艱
辛。其間或自課，或延師，或與親戚之子同讀，〔註 257〕避居山中，
她甚至攜兒就讀於曠野之中。有詞可以爲證，其〈眼兒媚·攜兒就讀
於黃田之野〉言道：

　　紫雲新種點春工。晴舒苢蕊紅。半籃皎月，雨寒玉露，幾
盞清風。　　　含笑攜兒入桂叢，秋光掩碧空。萬卷龍文，

〔註 256〕　《個山集》卷 2 有〈謁注生閣〉詩八首，前有序曰：「戊寅之季，
　　　　　遊螺水，謁注生閣。閣飛望鷟院，爭波如翼，朱欄欲浮。……復有
　　　　　村姑老嫗抱孫攜子而來，……忽曰：『何處郎君娘子，恰如一雙玉
　　　　　樹。』相率投果盈車，分花滿袖，且曰：『兆君家必產麟兒』次年
　　　　　果生子。」王泗原校注：《劉鐸劉淑父女詩文》，頁 243。按戊寅爲
　　　　　明崇禎 11 年（1638），而二年後（1640）王藹即以身殉國，則知孤
　　　　　子尙未及二歲。
〔註 257〕　以上諸種情況均有詩可以爲證，詳見〈課子〉、〈延又坡叔課章兒吟
　　　　　此呈敬〉、〈王耐菴表兄以二表姪同兒讀書因原韻奉答〉等詩，王泗
　　　　　原校注：《劉鐸劉淑父女詩文》，頁 311、294、314。

千里斗帳，一畝儒宮。（頁 355）

在清風皎月下，詞人含笑攜兒入桂叢，她要教給孩子的，正是鋪陳在這千里斗帳下的萬卷龍文，而這廣闊的天地，即是她培養孩子泱泱大度的最佳處所。另外有〈命兒就讀鏡林〉詩二首，亦可看出劉淑對獨子的苦心孤詣：

翠微深處欲生霜，風雨相從腕下來。禹穴有根終作浪，雲門無鑰用心開。（頁 272）

忠清家世貴承先，門祚祗傳一線延。鍊冶超心爐點雪，終身臨履慎冰淵。（頁 272）

她要孩子繼承王、劉兩姓的忠肝義膽，在蒼茫的天地之間，雖然雲門無鑰，但期用心開啟，詞人終身孜孜矻矻，以復國爲職志，期能以眞心銷融眼前固若霜雪的層層阻礙。雖然時局已愈益不可爲，但劉淑心中仍有著爲理想而不惜獻身的執著。觀其〈踏莎行・驚秋〉，即可明白她對故國的無限深情：

影失嬋娟，香述蘭渡，長空雁燕相逢處。不堪寒額破春山，且將健羽敲秋暮。　　風寄霜花，雲傳雪素，阻來隄上紅無數。隄邊孤域水半邊，爲誰流下天涯去。（頁 359〜360）

乍讀之下，會覺得與秦觀同調名作（霧失樓臺，月迷津渡）有幾分神似，[註258] 同是以淒厲的自然之景來烘托生命的無奈。細玩之，所感受到的卻是較秦觀身世之慨更爲沉痛的家國之愛：這不堪回首的春山，莫非即是遭女眞鐵騎肆虐的朱明江山？而這欲敲秋暮的健羽，豈非孤女劉淑的自喻？但時局終是無可挽回，在悲憤抑鬱之餘，詞人只得縱目城畔江水，傾注自己對復國心願無法實現的喟然長嘆。

三、《個山》詞的內容

讀《個山》詞，縈繞其中的盡是劉淑深切自許與事實不偶，相互交迭的深層慨嘆：有撫時感事的悲憤，也有自我憑弔的慨嘆。而在大

〔註258〕唐圭璋編：《全宋詞》冊 1，頁 460。

勢已去的幽居山中歲月裏，詞人只得將這份悲情，寄託在山水之間。

（一）撫時感事的悲憤

對於起兵受挫之事，劉淑不免耿耿於懷。在《個山集》中，隨處可見這種來自不凡抱負與不偶命運之間劇烈矛盾的深層悲憤，如其〈黃鶯兒・感懷禾川歸作〉言：

> 洒淚別秦關，木蘭舟，寄小灣。丹心不逐出籠鵬。桃花馬殷，屠龍劍閒。長袪片月裏羞顏，病屏屏。豈堪殉國？宜臥首陽山。　孤生天地寧有幾？已占了天之二。從容冷瞰塵寰事，半縷佯狂，一函憤烈，惱得天憔悴，買刀載酒空游世，笑看他蜉蟲負李。長天難卷野無據，惟有孤生是。（頁361）

復國既已無望，她的一片赤膽只能蜷曲於心，欲用來馳騁疆場，揮斬敵首的桃花馬與屠龍劍，如今亦已失去用世的機會，徒剩一身病痛與滿懷憤烈。她只得佯狂游世，冷看此非復當時的人間，在眾人皆醉的塵世裏，她是無人能解的孤獨者。這樣的詞作，滿是無處拋洒的憤懣，既是失敗豪傑慷慨的沉吟，亦是不肯向現實環境屈服的狂放悲歌。

《論語・子路》云：「狂者進取，狷者有所不為。」孔安國注曰：「狂者，志極高而行不掩。」〔註259〕充溢劉淑詞中的，滿是如此因復國理想無法實現而佯狂的倨傲，故其既可如前詞所言的「買刀載酒空遊世」，亦可請「傲人明月助清狂」（〈鷓鴣天・秋詠〉，頁 353）、吩咐「朝雲送行步」（〈小重山・送峨人叔歸〉，頁 352）……，更可如哭還如笑地揮劍指天，令天地為其抑鬱情懷下一場濃雨：

> 亂紅飛盡春山小，瘦鍔彈雲，如哭還如笑。可堪芳草連天杳，夢魂空曳長安道。　乳梅滴滴鶯聲老，病怪貧魔，馳逐無休了。濃雨送春歌到曉，愁心都倩碧天稿。（〈蝶戀花・季春雨〉，頁358）

雖是傳統的傷春題材，但所抒發的卻是撼動天地的強烈亡國之悲：令詞人舉劍指天，如哭還如笑的正是魂牽夢繫的長安故國；以病怪貧魔

〔註259〕　《論語・子路》，〔宋〕朱熹撰：《四書集註》，頁338。

無休止的糾纏，作為遭受如此重大政治打擊的反應。詞人長歌當哭，但覺滿懷幽情只有碧天了解，故能藉此送春的濃雨來為她下一場痛淚。末句的「槁」字下得雖澀卻巧，〔註260〕將詞人無語問蒼天的無邊傷痛，傳達得淋漓盡致。

　　諸如上述的詞作，若掩去作者姓名，讀者實在很難想像會是出自女子之手。劉淑身當朱明末造，身負管、樂之才卻不能盡展其用，滿腔忠憤，無處發洩，只得將此慷慨抑鬱之氣寄於詞作。這不僅是生平不平事的沉痛表述，更是反映某一程度的歷史事實。南宋末年劉辰翁論辛棄疾詞時曾言道：

> 陷絕失望，花時中酒，託之陶寫，淋漓慷慨，此意何可復道。而或者以流連光景、志業之終恨之，豈可向癡人說夢哉。為我楚舞，吾為若楚歌，英雄感愴，有在常情之外，其難言者未必區區婦人孺子間也。〔註261〕

移之以論劉淑撫時感事之詞，似亦有異曲同工之妙。慷慨憤烈而託之花酒，佯狂而中難言之隱，其思想情感內容，乃是來自欲一肩挑起黑暗，迎向黎明，卻備受讒擯銷阻而產生的巨大張力。

（二）自我憑弔的慨歎

　　因強烈希望的破滅，造成劉淑心中莫大的創傷，發而為詞，便形成類似自我憑弔的深層慨歎。且看其〈眼兒媚・夢妹〉言：

> 雨裏秋人夢裏身，拈筆自成評。丹桂名淡，芙蓉家冷，蘆花命輕。　　懸岩落月無些礙，著影似關情。半聯殘句，幾疊雲和，一弄瓊笙。（頁357）

雖題為「夢妹」，細究之，卻是詞人對自我的定評。開篇一筆包籠，已營構出「秋風秋雨愁煞人」的悲涼情境，接著以丹桂、芙蓉與蘆花三種花卉意象進一步詮釋，點透生命的零落憂傷。過片「懸岩落月無

〔註260〕　鄧紅梅：《女性詞史》，頁218。
〔註261〕　劉辰翁〈辛稼軒詞序〉，金啓華、張惠民等編：《唐宋詞集序跋彙編》，頁174。

些礙，著影似關情」則化用杜甫名篇〈夢李白〉中「落月滿屋梁，猶疑照顏色」的句意，〔註262〕眞切傳達她夢妹和思妹之情。結韻寫夢醒後難以排遣的愁緒，含蓄敘明與妹妹的精神相感；則以上「自成評」亦是詞人對妹妹的同懷之感。

陸時雍評杜甫〈夢李白〉言：「是魂是人，是夢是睹，都覺恍惚無定，親情苦意，無不備極矣。」〔註263〕移之以論劉淑〈眼兒媚·夢妹〉，但覺在恍惚無定，親情苦意之外，更多了一分時不我予的沉痛哀號。

再看其〈踏莎行·薄命詞爲寵微表嫂作〉，亦是藉他人酒杯以澆自己心中塊壘之作：

> 廿載于飛，十年作客。如雲似夢成吳越。堂中白髮斷青絲，階前江樹啼黃葉。　　銀管無憑，朱弦難說。兒女相從欲化石。幾番落日漱寒霜，詞人薄命還同妾。（頁354）

此詞前有序言：「嫂年三十四矣。兵竄荒窖，屢經流離，而養葬婚嫁之事，皆嫂以一身任之。不勝同病之感，賦此以代遠雁。」（頁354）已清楚敘明劉淑作此詞之意。證諸其他詩文，如「雲間雪際一身輕，竄遍荒巖隱姓名」（卷三〈偶成〉，頁271）、「十載爲得仇人首，衣冰餐雪住世間」（卷五〈山中小築〉，頁344）、「箕踞窮谷，悲除，散髮顧影，與水天詠嘯。」（卷五〈奇桂銘〉，頁373）似更能體會詞人寄寓在其中的自我憑弔情懷。

再有〈西江月·感故〉更是詞人撫今追昔後痛楚「心音」的表述：

> 塵鎖半窗槐夢，壁羅幾字虹愁。幾年苔滑不堪游，翻作綠離紅瘦。　　鏡裏湘波難掬，卷中玉樹空秋。瑤琴且漫賦江流，蘭下鏗然一奏。（頁355～356）

此處所呈現的是一個極端孤寂的抒情形象：詞人原本有著極爲恢弘的抱負，爲此她可以輾轉山谷、幽居窮壑。但如今局勢已益不可爲，槐夢已鎖塵中，徒留壁羅上幾字虹愁。整個宇宙似乎已將她當作失敗者

〔註262〕　〔清〕聖祖御製，王全點校：《全唐詩》卷218，冊7，頁2289。
〔註263〕　〔明〕陸時雍《唐詩鏡》卷21，《影印文淵閣四庫全書》冊1411，頁502。

而棄置一旁，故言「幾年苔滑不堪遊，間作綠離紅瘦。」但詞人的情感仍在掙扎，愈掙扎就愈感痛楚、愈感迷惘。如此的矛盾抑塞，便先化爲「鏡裏湘波難掬，卷中玉樹空秋」的意象，然後在懺悔與追憶的糾結中，終於爆發了「瑤琴漫且賦江流，蘭下鏗然一奏」的慘痛之音。如此由鬱結沉著開始，到以奔放飛動收尾的寫法，正表現詞人內心巨大的感情落差，與大開大合的沉雄筆勢。已從一己一身的身世之感，擴展昇華到對天地萬物的悲憫。如此的一首小令，篇幅雖小內容卻極大，具有強大的概括力與深邃的哲理在其中。

歐陽修〈秋聲賦〉言道：「草木無情，有時飄零。人爲動物，惟物之靈。百憂感其心，萬事勞其形，有動於中，必搖其精。」〔註264〕劉淑詞之所以感人，就在於她從親身經歷出發，深刻細膩地傳達了身爲萬物之靈的人類所無法逃避的憂患情緒。讀這些情感分量巨大且抒情氣勢洶湧的自我憑弔之作，將會有「屈子問天」式的感受，因「人窮則返本，故勞苦倦極，未嘗不呼天也。」〔註265〕

（三）寄情景物的吟詠

因長期避處山中，慣看秋月春風與鳥木魚蟲等自然景物，故劉淑詞中亦有部分內容是對自然風物的吟詠。詞人在詠物時，將自我獨特的人生體驗、情思感受與人格精神融注在所詠之物中，從而產生相當鮮明的個性色彩。茲以〈踏莎行‧梅〉爲例說明之：

> 珠萼將成，香緣幾送。冰霜繪就驚春意。含英不與牡丹開，傾心原共山茶醉。　　古幹蟠天，孤根託地。扶搖風雪添豪氣。問連枝可許調羹，遙遞到春光千里。（頁359）

作者與梅花的生命情懷融合爲一，如此「含英不與牡丹開，傾心原共山茶醉」的是我之心，還是梅之心？既然難以分辨，毋寧說兩者皆是，

〔註264〕〔宋〕歐陽修《居士集》卷15，楊家駱主編：《歐陽修全集》（臺北：世界書局，1991年10月）上冊，頁112。

〔註265〕〔漢〕司馬遷《史記‧屈原賈生列傳》，〔日〕瀧川龜太郎：《史記會注考證》，頁1009。

我化身於梅中去體驗梅心，恍悟梅我之相融，恰似宋末畫家曾無疑所言：「方其落筆之際，不知我之爲草蟲耶，草蟲之爲我也，此與造化生物之機緘，蓋無以異。」〔註266〕的確，「古幹蟠天，孤根託地。扶搖風雪添豪氣。」的勁梅，不正是詞人獨與天地精神往來的人格象徵嗎？劉淑巧妙地通過梅品來寫人品，並將梅品與人品不露痕跡地合而爲一。

再看其詠紡織娘的〈一落索·絡緯娘〉如此言道：

> 蕭索精神冷淡格，直奪嬋娟幽魄。當閣理晨工，絡絲絲秋雨成績。　　病裏休文無色澤，頓緯枯腸相易。輕狂也非昔，芒鞋疏影誰爲客。（頁357）

朱明王朝已如夢幻般逝去，但縈繞詞人心中的仍是刻骨銘心的亡國之痛。百感交集之下，詞人不知不覺地將自己比喻爲絡緯娘，「當閣理晨工，絡絲絲秋雨成績」豈非詞人在風雨飄搖時局中的自我堅持？然而既經變故，嬋娟幽魄已遭奪滅，獨剩枯槁的形影佇立在天地之間，又能如何呢？「病裏休文無色澤，頓緯枯腸相易。輕狂也非昔，芒鞋疏影誰爲客。」正是詞人以絡緯娘身世，寄寓蒼涼的黍離之悲。

再有〈行香子·風花雪月四首〉與〈如夢令·雪〉兩首，亦是劉淑藉詠物以抒懷的作品，其中〈行香子〉據序中所言乃「效中峰禪師游戲三昧，題於月山禪林。」（頁360），故充滿濃厚的禪意，如詠風曰：「舉動皆顚，非鬼非仙。無拘束、爲覓姻緣。狂來竟入，清也知還。問誰能捉，誰能度，誰能傳。」（頁360）詠花言：「虛空色相，實節靈根。笑天兒小，地兒窄，水兒渾。」（頁361）在歷經人生的風浪之後，詞人冷眼旁觀世事塵寰，但覺雲過風輕，一切終歸虛空。

劉淑起兵失敗後雖曾闢一小菴曰「蓮舫」，並迎母歸養，〔註267〕但正如王泗原所言：「爰知其城南蓮舫之闢，非在奉佛，僅爲伺時還

〔註266〕〔宋〕羅大經撰、王來點校：《鶴林玉露·畫馬》（北京：中華書局，1997年12月）卷6，頁343。
〔註267〕李瑤《南疆繹史》下冊，頁658。

王家省姑，以佛門爲掩護，暫棲身之所。……竊以南明士大夫或寄跡
方外，意尤在於屛胡服，緇黃在身，即所以自保。」〔註268〕由此可
明劉淑上述〈行香子‧風花雪月四首〉雖有濃厚禪意，但終仍是一時
游戲之作，不能代表其詠物詞的主體風格。事實上，縈繞詞人心頭的，
仍是壯志未酬的抑鬱與悲憤，且看其〈如夢令‧雪〉二首言道：

> 戶外梅花欲亂，戶內爐煙欲斷。恰自冷爐煙，又把梅花鎖
> 絆。且看，且看，是處冰蠶縈遍。（頁362）

> 門外雨山眉皺，林下春風影瘦。珠炊翠作蔬，也當調羹妙
> 手。知否。知否。纔是佯狂消受。（頁362）

詞人藉冰封的雪景，象徵自己有志難伸的意圖相當明顯。雖是冰蠶縈
遍，但詞人仍不願放棄，故言欲佯狂以珠炊翠作蔬，作天地的調羹妙
手。或許只有如此，才能讓她忘卻亡國的痛苦。總之，無論表現何種
詞情，令人感受到的都是強烈的復國希望幻滅之後帶她的心理創傷。

鄒祇謨《遠志齋詞衷》曾引王士禛論詞道：「詩人之詞，自然引
勝，托意高曠，……詞人之詞，纏綿蕩往，窮纖極隱，……此理正難
簡會。」〔註269〕以此觀劉淑詠物詞，或借孤傲勁梅的形象敘寫自我
襟懷，或將絡緯娘視爲觸發我悲我感的媒介，或直接將所思所感寄寓
在蒼茫的雪景之中。無論直訴衷腸，或是曲折道來，均是寓意深厚，
極盡委婉巧思之致；既有眞切熱烈的情感抒發，亦有沈鬱頓挫的章法
安排，可謂兼具詩人之詞與詞人之詞的特長。

四、《個山》詞的形式技巧

劉淑詞或直敘襟懷，或寄慨於物，隨處吐露著偉大抱負與殘酷現
實之間，巨大衝突的慨嘆，悲天呼地，自然能突破詞體客觀形式的限
制，從而展現開闊的詞體風貌與不同凡響的詞境營構。

〔註268〕 王泗原〈一九九二年重印後記〉，王泗原校注：《劉鐸劉淑父女詩
　　　　　文》，頁387。
〔註269〕 〔清〕鄒祇謨《遠志齋詞衷》，唐圭璋編《詞話叢編》冊1，頁656。

（一）客觀形式的突破

　　詞本是應歌之制，經過五代兩宋的發展後，之所以能與詩分庭抗禮，即是同具抒情言志的功能，甚至能言詩之所不能言。即王國維《人間詞話・刪稿》所言：「詞之為體，要眇宜修，能言詩之所不能言，而不能盡言詩之所能言。詩之境闊，詞之言長。」〔註 270〕而充分表現出主體情性的思想與精神，正是詞能突破其初始範式形態並擁有開闊風貌，從而能在文學史上占有一席之地的最主要原因。蘇軾以詩入詞直抒胸臆，辛棄疾以氣入詞，抒發其執著於用世，卻受限於現實的抑鬱與悲憤，均是開闊詞體風貌的大功臣。

　　劉淑的學養襟抱可稱繼蘇軾之後，且人生際遇又與辛棄疾有幾分相似，其愁其恨皆同為時為世為國為君而發，故亦以詞直抒懷抱，展現恢宏的氣勢與深厚的內涵，同具開闊的詞體風貌。茲以其〈喜遷鶯・晴復雨〉為例說明之：

> 晴矣又雨，問天際美人，是何意注。蜃彩樓臺，煙霞徑路，那更東風生妒。天跳海翻，攬得落雲飛絮無緒。結珠盟，倩月姊星姨，群姑來聚。　　訴與家無處。九十春輝，都為晴耽誤。一種癡愁，幾番險病，宜爾黃鸝送語。欲績花蘭氛氳，借彼天機經緯。待織成。裁就作如天錦幔垂護。（頁 358～359）

詞人除了要「倩月姊星姨，群姑來聚」外，更欲「借彼天機經緯。待織成。裁就作如天錦幔垂護。」這種欲登天攬月、俯視人世的豪氣，即是胸中憤懣之氣的發抒。正因「蜃彩樓臺，煙霞徑路，那更東風生妒。」與「九十春輝，都為晴耽誤。」故詞人要「問天際，美人究為何意」？這樣的問天，令人不禁想起屈原的悲憤鬱結之問，〔註 271〕也想起〈離騷〉中所言的「惟草木之零落兮，恐美人之遲暮。」〔註 272〕因人生理

〔註 270〕　王國維《人間詞話・刪稿》，唐圭璋編：《詞話叢編》冊 5，頁 4258。
〔註 271〕　屈原〈天問〉共七十餘問，據王逸所言乃原原「以洩憤悶，舒洩愁思」之作也。〔宋〕洪興祖：《楚辭補注》，頁 75。
〔註 272〕　〔宋〕洪興祖：《楚辭補注》，頁 5。

想無法實現，故劉淑只能將心中的長恨化爲小詞，盡情揮灑。表現在形式上，便是信手拈來，從而開闊詞體的風貌。

再看其〈憶秦娥・秋意〉云：

> 香凝盼，蘭英蕙節相傾晏。相傾晏，數枝弱翠，一聲新雁。
> 　　淡秋繚繞金丸綻，瘦紅不染冰絲幔。冰絲幔，朝來無語，幾曾經慣。（頁354）

在殘酷肅颯的現實政治環境下，詞人無法直訴對奸佞小人的憤慨，便如碰撞到厚牆般被迫折入詞中，形成筆力跳躍動蕩且沉鬱頓挫的詞境。如上述小令雖僅有短短42字，卻是失路英雄對沉淪世局的悲訴，「相傾晏」與「冰絲幔」的連句重複，令人感受到的是愛國志士起義的相繼失敗，與詞人心中熱烈希望的逐漸冷卻，最後以「朝來無語，幾曾經慣」作結，則是無限的蒼涼，將胸中鬱悶憤懣之氣表現得淋漓盡致。雖然是傳統悲秋的題材，但因詞人以氣入詞，自能大幅提昇其表達功能，從而達到「無意不可入，無事不可言」的「如詩如文」境界。

再看詞人對著父親遺稿，調寄〈西江月〉所發出的喟然長嘆：

> 丹璋璘璘珠吐，青節崱崱玉立。乾坤留此孤忠烈，《來復》
> 蕭條一笈。　　兩淚幾行點次，飛花天外輯評。誰爲畫著
> 籌邊冊。屈父蹁然嗚咽。（〈西江月・感先君遺稿〉，頁356～357）

據劉淑在《來復齋稿・小引》所言：

> 先皇帝愍念孤忠，許櫬南還，於時母女栖栖，萬里招魂。
> 僅有遺稿一車，蓋先君生平廓落高寄，坎壈遐託，君國之
> 所鑒涕，忠憤之所絓結，盡憑式於兹也。〔註273〕

可見劉鐸遺稿之豐富，是其生平忠義人格之所繫。公遇難之後，劉淑母女攜回遺稿，行經大湖時，不幸沉沒，後由母親再簡尋遺帙，交由劉淑攜歸王門。淑與夫婿日夕整理之，稍有頭緒時卻又遇夫婿殉國與別業大火，所有文稿幾付之一炬，劉淑在痛心之餘，終日以父集未傳

〔註273〕劉淑《來復齋稿・小引》，王泗原校注：《劉鐸劉淑父女詩文》，頁
　　　　20。

爲恨。復國既已無望，於是劉淑又搜父親遺稿於敗篋塵案之中，並廣
求親友之所藏，終於勉強付梓。〔註274〕劉淑言曰：「誠弗忍此片簡隻
語同盡於寒浪冷灰，而若存若瞀之間尚以棲先君浩浩之魄耳。」〔註275〕

　　《來復齋稿》成書過程既是如此艱辛，再對照詞中所言，更能明
白其中所寄寓，對父親偉大人格的推崇與身後蕭條，家難紛披的無盡
感傷，眞情流露，令人動容。清代著名詞論家陳廷焯對詞之可貴處，
即在表現主體的情性時曾有過一段精闢的論述：

> 情有所感，不能無所寄，意有所鬱，不能無所泄。古之爲詞
> 者，多抒其性情，所以悅己也。今之爲詞者，多爲其粉飾，
> 務以悅人，而不恤其喪己，而卒不值有識者一噱。〔註276〕

以此論劉淑詞，正因其以詞直抒性情：或寄其家國之愛，或抒其孤女
無力回天之慨，讀來坦蕩磊落，恰似其嶔崎人格的呈現。故詞人雖不
刻意爲詞，卻能賦予詞體開闊的風貌。雖然劉淑在歷史未能成就功
業，但在文學史上，她卻留下了絢麗的光芒。

（二）主體情志的寄託

　　正因劉淑眞摯的愛國赤忱，使得她無論表現什麼樣的題材，都能
顯出主體情志的寄託與深透的詞筆內蘊，從而引起讀者在情感上的強
烈共鳴。茲舉其〈臨江仙・早春暮遠〉爲例說明之：

> 樓外山川渾入畫，東風醉煞朝霞。遠岸嫩碧吐萌芽，半簾
> 微雨意，一澄漫銀紗。　　鏡匣人孤輕比目，羅衣點染群
> 花，馬蹄聲遍白門斜。亂鴉驚曉渡，日底是京華。（頁360）

上片詞人所鋪敘的是一幅怡人的早春朝景圖：氣息芳潤，草木初青，
東風與朝霞共醉，簾外細雨紛飛，恰似爲穹蒼鋪上銀紗。當詞人正沉

〔註274〕以上關於劉鐸遺稿的成書過程，詳參劉淑《來復齋稿・小引》，王
　　　　泗原校注：《劉鐸劉淑父女詩文》，頁20～21。
〔註275〕劉淑《來復齋稿・小引》，王泗原校注：《劉鐸劉淑父女詩文》，頁
　　　　21。
〔註276〕〔清〕陳廷焯《白雨齋詞話》卷8，唐圭璋編：《詞話叢編》冊4，
　　　　頁3968。

浸在此一如畫的樓外美景時，過片筆鋒一轉，卻轉入鏡匣中自我孤單
的形象：「羅衣點染群花」與「馬蹄聲遍白門斜」，正敘明詞人已陷入
昔日爲理想而勞苦奔波的回憶之中。但如此的忙碌換得的終是難掩的
落寞——「亂鴉驚曉渡，日底是京華」，以光景來傳達心緒，隱約之
中，似有難言的酸楚，則上片所鋪陳的美景，也深隱著複雜的情緒。

再看其〈西江月‧戲歌〉之一言：

> 蛙語東湖消息，蚓歌西浦豪華。眠雲人自不思家，一任殘
> 鐙深夜。　　聒耳蟲吟莫辨，蛾飛撲面頻遮。無聊靜倚玉
> 衡斜，曉色峰梢微挂。（頁 356）

表面看來，詞中所敘的是悠閒的山居生活情趣：因無法入眠，故靜聽東
湖蛙語與西浦蚓歌。女主人翁似乎陶醉在這樣的蟲吟蛙語之中，故直至
東方已漸露曙色，詞人仍靜默佇立。但仔細玩味，在殘燈深夜之中，詞
人爲何不能成寐，無非是在等待東湖消息。無奈西浦蚓歌氣勢如此強
盛，竟讓人無法分辨。而「蛾飛撲面頻遮」，豈非暗指起義軍前仆後繼
的犧牲？若從這個面向去思考，則「無聊靜依玉衡斜，曉色峰梢微挂」
的詞境其實是相當悲涼的。南宋末年愛國詞人林景熙曾言：「悲涼於殘
山剩水，豪放於明月清風。酒酣耳熱，往往自爲而歌之。」〔註 277〕劉
淑此詞題名爲「戲歌」，正是豪放表面而悲涼其質，故戲而歌之，其傷
心懷抱乃生於對殘山剩水恢復的遙遙無期，抑鬱之氣難以卷舒所致。

另外尙有〈巫山一段雲‧喜雨〉亦可感受到主體情志的深切寄託：

> 一水蓮楫笑，兩岸葉帆薰。微翻煙雨帶朝雲，隨意訪湘君。
> 　　晉代才華渺，唐家滄海濆。逸民無繫放歌耘，移植北
> 山文。（頁 357）

在煙雨微幽的清晨，詞人獨駕扁舟欲訪湘君。湘君即湘水之神，屈原
《楚辭‧九歌》有〈湘君〉，詞人欲訪湘君，莫非心中存有和屈原相
同的孤臣之慨？南宋黃機〈西江月‧泛洞庭青草〉謂「短棹擬攜西子，

〔註 277〕　〔宋林景熙〈胡汲古樂府序〉，載氏著：《霽山先生集》卷五，《叢
　　　　　書集成新編》冊 65，頁 218。

長吟時弔湘靈。白鷗容我作同盟，占取兩湖清影。」〔註278〕以「弔湘靈」切合湘中泛舟的情景，並寓示作者看破塵世，擬求隱居的悲涼意緒。觀劉淑此詞下闋言「晉代才華渺，唐家滄海濆。逸民無繫放歌耘，移植北山文。」除與黃機之作同寓悲涼情懷外，更會令人想到李白〈登金陵鳳凰臺〉所言「吳宮花草埋幽徑，晉代衣冠成古丘」的名句，〔註279〕以朝廷的興廢寄寓對已逝故國的無限深情。既已無根可繫，故逸民只好隨舟之所至，失志地漂泊一生。這樣的心境，無疑是滄桑悲涼的。劉勰《文心雕龍‧時序》論東漢末年建安風骨的悲壯特色言：「觀其時文，雅好慷慨，良由世積亂離，風衰俗怨，並志深而筆長，故梗慨而多氣也。」〔註280〕借此以論晚明愛國女詞人劉淑深透的詞筆內蘊及其與社會現實精神的關聯，無疑是相當適切的。

（三）藝術造境的營構

所謂意境，乃是「情」與「景」的結晶，在藝術表現中情與景交融互滲，因而發掘出最深的情，層層更深的情中亦透入最深、最晶瑩的景，致使景中全是情，情具象而為景。〔註281〕劉淑因不平凡的際遇，使得她在面對自然景物時，竟不自覺地將心中濃烈的情感投射其中，使得一草一木，甚而一丘一壑，皆為孤女靈想所獨闢，竟非人間所有。且看其〈清平樂‧菡萏〉如此言道：

> 幾年瀝血，猶在花梢滴。流光初潤標天筆，聊記野史豪傑。
> 　　碧箋稿閱千章，拈來無那成行。散作一池霞霧，空餘水月生香。（頁354）

詞人因菡萏所生的情感與南唐中主李璟〈浣溪沙〉所言的「菡萏香消翠葉殘，西風愁起綠波間」〔註282〕的懷思嚮往之情，顯然是完全不同的，

〔註278〕唐圭璋編：《全宋詞》冊4，頁2537。

〔註279〕〔清〕聖祖御製，王全點校：《全唐詩》卷180，冊6，頁1836。

〔註280〕劉勰《文心雕龍‧時序》，黃叔琳：《文心雕龍注》卷9，頁24。

〔註281〕宗白華：《藝境》（北京：北京大學出版社，2000年8月），頁139～140。

〔註282〕李璟〈浣溪沙〉（菡萏香消翠葉殘），曾昭岷、曹濟平等編：《全唐

劉淑所看見的是由自己的心血所濡養出來的精神花朵。因著壯志未酬的
餘痛，使得詞人內心洶湧澎湃，她覺得破曉時分下的花朵，竟如一枝枝
醒目的標天巨筆，正要將如自己般未竟事功的豪傑記入野史。由此靈感
的開展，她認為滿池的荷葉正像與巨筆相配的千章野史書稿，她甚至可
以一行一行地去閱讀。儘管烈士們的碧血已散作霞霧，但池中的水月卻
仍有菡萏散不盡的餘香。劉淑以深透的筆力，寫出自己舉兵失敗後，無
人理解而終歸蒼茫的悲慟，著實引起讀著相當強烈的震撼。

　　再看詞人對雨的描述，亦有其獨特的意境在其中，其〈踏莎行・
多雨〉言道：

> 雲沼新開，雨林深種。風枝嵐葉森橫動，倚閣不耐捲簾看，
> 溶溶偏向簾間送。　　芭蕚銀花，蕊苔珠鳳，滿空煙銷平
> 湖夢。如絲如網結愁筌，若嗔若喜傾天甕。（頁 358）

連日的淫雨霏霏，讓詞人頗生煩悶，故其言「倚閣不耐捲簾看，溶溶
偏向簾間送」。既無法推卻，只得在此獨闢靈境，詞人意念一轉，但
覺滿天雨絲竟似銀花珠鳳，而過往的喜樂悲歡，也內蘊在其中，一齊
呈現在眼前。末句的「如絲如網結愁筌，若嗔若喜傾天甕。」以詩人
句法，表現主體情性的創作思想，正是因為「其天資不凡，辭氣邁往，
故落筆皆絕塵耳。」〔註283〕

　　再有〈菩薩蠻・秋夜〉，是詞人在寂寥秋夜裏落寞的獨白，讀來
令人感受到的是滿腔難以紓解的抑鬱：

> 離離碧徑重域掩，長天無那癡愁展。意欲學寒梅，梅花況
> 不開。　　唾壺清興滿，野外居人散，落影似霜飄，孤星
> 吐寂寥。（頁 353）

此詞顯然是作於詞人舉兵失敗之後。首句「離離碧徑重域掩，長天無
那癡愁展。」已道盡窮途末路之慨，生機概已遭遮掩，只能無奈對天
嗟嘆。想學寒梅愈冷愈開花，不料梅花竟連開花的機會都沒有，則此

五代詞》上冊，頁 726。

〔註283〕 王若虛《滹南詩話》卷 2 評蘇軾以詩為詞語，〔清〕丁福保輯：《歷
　　　　 代詩話續編》上冊，頁 517。

寒梅豈非詞人英雄無用武之地的自喻？而茫然失意的詞人踽踽獨行
於荒野之中，只覺自己孤單的身影如霜飄落，令人不寒而慄；也像天
邊獨自閃爍的星星，在眾人皆醉我獨醒的寂寥之中，又能如何呢？全
詞寓情於景，言婉而思深，充分表現了詞人內在幽憤深隱的亡國之傷。

五、《個山》詞的風格

　　劉淑《個山》詞是理想與現實之間的矛盾與掙扎，充分反映出時
代精神，即以沉鬱現實形成其詞作的基本風格。另外因其情感的濃
烈，投射在詞作中，便形成獨具隻眼的美感經驗呈現。

（一）沉鬱現實的基調

　　身處國家危急存亡之秋，空有理想抱負卻無法實現心願的劉淑，
滿腔忠憤無處發洩，寄之於詞，便成為理想與苦悶在文學領域的形象
化，充滿沉鬱的現實品格。且看其〈小重山・春曉〉道：

> 山光忽動微風皺，春咽新煙，香穿花岫。於今芳草又依舊。
> 沒來由、還把王孫咒。　　浪數芳時候，嘆故園佳節，真
> 迤逗。海棠錯認芙蓉瘦。劣東風，苦與梨花鬥。（頁357）

表面看來，此不過是閨怨傷春的小詞。細玩之，詞人正是以香草美人
的方式，來寄寓她憂國傷時的悲憤之感，這吞咽新煙、穿過花岫，沒
來由還把王孫咒的惡劣東風，豈非來自東北，噬去大明江山的女真胡
人？而正與春風苦鬥的梨花，不正是在艱難環境下孤軍奮鬥的詞人自
比嗎？詞人既有激蕩的豪氣，又有健峭的筆力，融於一體，自然成就
了「能於刻紅剪翠之外，屹然別立一宗」〔註284〕的新詞境了。

　　再有〈醉薰風・采蓮曲〉言：

> 美人如畫臨風唱，翠幄香帆側欹蕩。獨買小舟輕輕漾。呼
> 儂上，沉醉花間不肯放。　　酒醒明月波心訪，并語碧流，
> 猛觸心頭壯。人生四海任所之，空惆悵，勻水浮沉何足量。

<hr>

〔註284〕〔清〕永瑢、紀昀等撰：《四庫全書總目提要・集部・評稼軒詞》（臺
　　北：臺灣商務印書館，2001年2月）冊5，頁302。

（頁 356）

此詞是劉淑精神風貌的直接投射。這沉醉花間不肯放的，莫非詞人一心復國的弘願？而「空惆悵，勻水浮沉何足量」的不正是酒醒之後，茫然無所之的心緒？劉淑多希望自己也能躋身青史之林，成爲無愧江山的忠誠兒女，可惜卻是事與願違，只好藉酒伴狂。

　　讀劉淑詞會發現帶有相當濃烈的政治關懷，寓有深刻的現實感受性在其中，如此植基於當代社會沃壤的鮮花，可謂生香眞色，〔註 285〕正是沉鬱之作。〔註 286〕茲再舉〈減字木蘭花・秋暮憐怨，次韻寄康夫人〉中第二首爲例說明之：

> 秋懷盈尺，一縷那禁千百結。組織悠悠，難向江頭繫遠舟。
>
> 　得魚欲縱，回竿拂動滄浪夢，覺後鳴琴，怯指彈來不
> 是音。（頁 354～355）

雖題名爲「秋暮憐怨，次韻寄康夫人」，細玩之，會覺在秋暮念遠之中令詞人怯指，無法成音的正是內心深處沉痛的亡國之悲，故言「一縷那禁千百結」、「回竿拂動滄浪夢」。清代詞論家陳廷焯曾謂：

> 所謂沉鬱者，意在筆先，神餘言外，寫怨夫思婦之懷，寓孤臣孽子之感。凡交情之冷淡，身世之飄零，皆可於一草一木發之。而發之又必若隱若現，欲露不露，反復纏綿，終不許一語道破。匪獨體格之高，亦見性情之厚。〔註 287〕

以此觀劉淑詞，寄寓筆端的不僅是詞人自我身世之飄零，更是孤臣無力可回天的深層感慨，曲折而纏綿地表達了對已亡故國的深深眷念。則劉淑詞品之高與性情之厚，自是不言可喻。

〔註 285〕 王國維《人間詞話・刪稿》謂：「唐五代北宋之詞，可謂生香眞色。若雲間諸公，則綵花耳。湘眞且然，況其次也者乎。」以鮮花與綵花相對舉。唐圭璋編：《詞話叢編》冊 5，頁 4260。

〔註 286〕 〔清〕陳廷焯《白雨齋詞話》卷 1 言：「所謂沉鬱者，意在筆先，神餘言外，寫怨夫思婦之懷，寓孽子孤臣之感。」唐圭璋編：《詞話叢編》冊 4，頁 3777。

〔註 287〕 〔清〕陳廷焯《白雨齋詞話》卷 1，唐圭璋編：《詞話叢編》冊 4，頁 3777。

（二）美感經驗的體現

　　如前所述，劉淑詞有著深厚的詞筆底蘊，亦有著頗為特別的抒情與意境營構方式，這些均來自於她有著超乎尋常的美感體驗，故能以創造性極為明顯的意象，傳達內心強烈的情感，從而強化抒情的魅力。今試以其〈鷓鴣天·秋詠〉為例來說明：

　　　　小閣翻詩字字香，傲人明月助清狂。君來笑指雙峰繡，我
　　　　嬾猶憐半蕊裝。　　珠作韻，玉為腔，玲瓏宛轉度瀟湘。
　　　　可能吹入關山耳，占斷班家翰墨床。（頁353）

詞人眼裏的秋月，既不似李白「舉頭望明月，低頭思故鄉」〔註288〕般引人鄉愁，亦沒有蘇軾「但願人長久，千里共嬋娟」〔註289〕的懷人之想，而是為詞人增添豪氣，讓她可以笑指天地，期待留名青史，占斷班家翰墨床。此詞正是劉淑內在熾熱情感的傾露，充滿波瀾壯闊的氣勢。因「器大者聲必閎，志高者意必遠」，〔註290〕詞人本是一代巾幗英雄，向以氣節與功業自許，並無意於歌詞，但因氣之所充，蓄之所發，故立論自高。

　　因內心情感的澎湃，故劉淑筆下經常驅使著天地自然，彷彿唯有如此，才能傳達胸中的豪邁之氣，這樣的詞筆也間接顯示出詞人非凡的美感經驗，如上述〈鷓鴣天·秋詠〉即是如此。再如其〈小重山·送峨人叔歸〉言：

　　　　雨催芳菲山欲著，新鞝揮鞭，老鶯銜絮。淡煙盡捲溪頭翠。
　　　　問明日，可帶春回去。　　我已家無處，誰賦歸來句。待
　　　　斟取，薄酒不解歸釀。已吩咐，朝雲送行步。（頁352）

上片所鋪敘的是殘春之景，但詞人卻以鳥瞰方式大筆帶過，而不著力於具體細節的描繪，顯示出外境的描繪並非詞人關心之所在。而末句

〔註288〕 李白〈靜夜思〉，〔清〕聖祖御製，王全點校：《全唐詩》卷165，冊5，頁1709。
〔註289〕 蘇軾〈水調歌頭〉（明月幾時有），唐圭璋編：《全宋詞》冊1，頁280。
〔註290〕 范開〈稼軒詞序〉，金啟華、張惠民等著：《唐宋詞集序跋匯編》，頁172。

的「問明日、可帶春回去」與過片的「我已家無處」已相當明確的說明，亡國之悲才是她的情感之所繫。這樣的「問」，無論是問蒼天或是詞人自問，都可以說得通。既不同於屈子〈問天〉的憤懣之問，也不同於著名女詞人李清照〈如夢令〉（昨夜雨疏風驟）「知否。知否。應是綠肥紅瘦。」〔註291〕的傷春之問。詞人對未來仍是充滿鬥志，故其結句云「已吩咐，朝雲送行步」，既與送客歸家的意旨相符合，亦充分傳達她內心最誠摯的期盼。

另外〈臨江仙·慰愁〉則是詞人在江山易主之後，試圖自我安慰的獨白。寓悲愴於景物之中，表現了深層且卓越的美感體驗：

> 燕子傳言幽更杳，佳人且教愁消。分封正欲報瓊瑤。白頭吟大早，桐葉不狂飄。　　上林杏蕊須知好，未若綠野藏嬌。摽梅宜爾綴春條，舊調工一闋，新書遣寂寥。（頁360）

上片所鋪敘的是一種看似安定的景象：燕子所帶來幽杳的傳言，讓佳人不再憂愁。為回報這樣的信息，詞人刻意在一大早即書下好句，而原本飄零的桐葉也不再飄落。但詞中的「白頭」卻透露出些許不安的線索，佳人為何頭白？是因昔日為國事奔忙，或是為了往後無法預知的命運？若往這樣去想，則句中的「桐葉」豈非詞人自謂？因復國已是無望，再也不必四處奔波，當然不必「狂飄」。但這樣的安定豈是詞人願意看到的？故下片所敘皆是今不如昔的感慨，新秋雖好，卻不若昔春溫暖，綠野平疇仍須在春天才能藏有嬌客，寒梅亦要有春天的滋潤，才能抵擋寒冬的考驗。則此不復再有的春天，豈非朱明失去的大好江山？末句的「舊調工一闋，新書遣寂寥。」更是寄寓詞人無限的感傷：欲書好音卻還是喜用舊調，而信筆所至，就只有陣陣的寂寥。走筆至此，則全詞所繫之情究竟是喜是悲？當不言可喻。

清代詞論家陳廷焯稱許南宋姜夔寄其家國感愴於詞中時，曾言：「感慨時事，發為詩歌便已力據上游，特不宜說破，只可用比興體，

〔註291〕　〔宋〕李清照〈如夢令〉（昨夜雨疏風驟），唐圭璋編：《全宋詞》冊2，頁927。

即比興中亦須含蓄不露，斯爲沉鬱，斯爲忠厚。」〔註292〕移之以論
劉淑詞，詞人心緒沉痛至極，下筆卻是溫厚平和，不露鋒芒。如前述
〈臨江仙・慰愁〉粗看去只是自我調適心境，細讀之下方見滿紙悲愴
抑鬱，迷離惝恍之中，別具含蓄蘊藉的藝術效果與沉鬱頓挫的渾厚之
美。

　　劉淑一生以反清復明爲職志，滿懷壯志卻未能如願；她的心裏自
藏著一般女子少見的奇氣與悲憤。如此不凡的功業自許，與事實不偶
的落寞在心中衝突不已，化爲詞作，便形成急切悲鳴的抒情方式，與
歷史上的英雄本色之作相近，卻與一般女子文學的抒情方式迥然不
同。

　　讀《個山》詞，感受到的盡是詞人揮斥人間的識力，與堅苦卓絕
的高尚品格。但來自殘酷現實的打擊，讓她直訴撫時感事的悲憤，甚
至有著自我憑弔的慨嘆在其中。而在遁居山中的幽幽歲月裏，詞人只
得寄情於自然風物，並藉之以寓壯志未酬的憤懣。

　　在形式技巧方面，因劉淑有著深厚的家國之愛與傲人奇氣，故能
突破詞體客觀形式的限制，以深透的詞筆內蘊，來展現主體情志的寄
託，和與眾不同的藝術造境。如此來自理想與現實之間的巨烈衝擊，
便形成《個山》詞沉鬱現實的基調，而詞人唯取己意與己境相融的抒
情方式，亦使女性詞有新的美感體驗。

　　綜觀劉淑現存的詞作，雖僅占其文學作品《個山集》七卷中的一
卷，可見詞人並不刻意爲詞。但其不凡的人格與襟抱，卻賦予其詞獨
具的光采與內涵。雖然如此的成就高度仍不足以和詞史上眾多的詞壇
作手相提並論，但劉淑以眞誠的詞筆作爲她投身國族歷史的見證，在
詞史（尤其是女性詞史）上，自有其不容抹滅的意義與價值。

〔註292〕〔清〕陳廷焯《白雨齋詞話》卷2，唐圭璋編：《詞話叢編》冊4，
　　　　頁 3797。

第六章　晚明女詞人的作品特色

　　本論文在第三、四、五章共選出晚明具代表性的女詞人 19 名，分別以吳江午夢堂詞人、一般閨秀與閨塾師詞人、青樓寵妾與女俠詞人爲分類，個別論述其作品之內涵與寫作特色，對其作品之得失，亦給予客觀的剖析指陳。本章擬再從內容、形式技巧與風格三方面來總結歸納晚明女詞人的作品特色。

第一節　內容特色

　　整體而言，晚明女詞人以最適合抒發心中幽微情思的詞體，深刻反映知識婦女的精神風貌。而身處晚明如此一個無論在政治、社會與文化均有著重大變遷的時代裏，女詞人的作品亦鐫刻有時代色彩的鮮明印記。

一、深刻反映晚明知識婦女的精神風貌

　　因女詞人的作品本即其個別心音的表述，在首首情眞意摯的心曲中，可以發現因境遇的不同，晚明女詞人藉詞作以表現的內心世界亦有著不同的樣貌，從其中可以窺見包含傳統女性對兩性之愛的期盼與怨尤，在閒暇時分女性以其細膩的心思表現對節令風物的清賞與沉吟，當期盼落空時自我意義的尋覓，與歷盡滄桑後對身世家國的悼念。總之，晚明女詞人的詞作可說是當時知識婦女精神風貌的深度呈現。

（一）對兩性之愛的期盼與怨尤

傳統中國社會本即建立在父權文化上，女子自小即被要求要順從男性，於是對兩性之愛的期盼與怨尤，便成為青春女子的永恆之音。在晚明女詞人的作品中，當然可以看到此一屬於女性文學的顯著特點。

伉儷情深的沈宜修、張倩倩與商景蘭，均是才子與佳人的結合，是人人稱羨的神仙眷屬。在這些女詞人的作品中，看到了沈宜修不僅以小令來抒發她對迫於生計，不得不遠行的夫婿葉紹袁的濃郁思念，更以長調盡情鋪敘她對夫妻分離的不捨與情愛相思的纏綿。張倩倩傳世詞作雖僅有 3 首，卻盡是對北游夫婿沈自徵不盡的深情。商景蘭在夫婿祁彪佳自沉殉國之後，即以詞作細訴其孤鸞獨舞的悲傷，強化君臣大義與夫婦情愛之間的矛盾。

若所遇非人，則氤氳詞面的，必是女詞人沉重無奈的嗟嘆。端莊妍麗的葉紈紈所嫁的是薄倖無行的蕩子，致使她在婚姻生活中只能坐困愁城。她不僅以小令來敘寫她在不諧婚姻中的哀愁，更以長調盡情宣洩深沉的悲痛。正如一般的女子，吳綃對婚姻本亦是充滿期待，豈料風流的丈夫李瑤回報給她的竟是多外寵與徹夜不歸，致使深情的女詞人終日獨守空閨，只得藉詞作細細道出多情竟遭無情傷害的莫大悲哀。

而讀青樓名伎的詞作，會發現更是以愛情為主要內容。如王微與楊宛同侍茅元儀，王微以詞作細道她與茅元儀之間從情愛相思的纏綿到傷離怨別的低吟。楊宛的詞作則深刻表現她對兩情相悅的嚮往、追求與無奈。而柳如是的詞作更是她與陳子龍之間愛情的忠實紀錄：從甜蜜愛情的追憶到黯然離分的悲泣，女詞人細細記下心中的點滴感懷。

凡此種種均可具體說明雖然身分地位與處境的不同，但對兩性之愛的期盼與怨尤，確實是身受傳統文化桎梏的晚明女詞人詞作中所呈現的重要特色之一。

（二）寄寓節令風物的清賞與沉吟

晚明女詞人既以大家閨秀為主要的創作群體，因大家閨秀的生活

本即清悠無塵，故能有充分的時間，以其敏睿的心思對週遭景物進行細膩的觀賞。而才情兼備的名伎對週遭景物本即有其獨特的感觸，常會觸物以興懷。至於女俠劉淑，更是將自己悲憤的情緒寄託在景物的吟詠之中。在這種主客觀條件下，寄寓節令風物的清賞與沉吟亦成為晚明女詞人創作的一大主題，甚至成就了超越前代的寫景詠物詞。

午夢堂詞人本即有著深厚的文藝造詣，在處理傷春悲秋這類常見的題材時，常能將書卷經驗融入其中，從而展現婉轉流利的特質。如大家長沈宜修不僅以其出色的工筆描摹景物，使圖畫般的美景如現眼前，更將對節令特別的感受以長調加以鋪敘，為傳統題材創造出動人的詞境。女兒們則是融情入景，以具體可感的物象來映照或寄寓內心難以名狀的情感，除藉以記錄生命歷程中的悲歡之外，亦表現出別樣的審美情趣。

生活富裕的商景蘭、吳綃與歸淑芬皆以閨閣生活的敘寫為其詞作的主要內容，商景蘭雖因題材狹隘與形式單一而限制了她在詞學上的成就，但其寫景小令具有形象、層次鮮明的特點，表現出詞中有畫的美感體驗。吳綃則將其睿敏的思緒表現在對季節風光的關注上，其詞作雖仍是以傷離怨別為基調，但其筆下的風物仍有著歡愉熱情的呈現。歸淑芬更是以數量龐大的詠花詞獨步傳統女性詞壇。

至於名伎的詞作雖然是以愛情為主要內容，但因其本即睿敏多情，易緣物以寄情，將外在景物與自身境況進行聯繫，故不論王微、柳如是或楊宛皆有可讀的觸物興感之作。另外志在復國的女俠劉淑，舉兵失敗後避居山中，在慣看秋月春風與自然景物之餘，將獨特的人生體驗與人格精神融注在所詠之物中，從而呈現出獨具隻眼的美感特質。

（三）自我意義的尋覓

傳統文學本即以抒寫心靈為主流。晚明女詞人雖能靠讀書創作以充實閨閣生活，但在時代氛圍與自身經歷等各種因素交織下，詞作亦成為女詞人為生命尋找出口與寄託的重要管道，她們藉詞作以尋覓心

靈的寄託，並以之肯定自我存在的意義與價值。

　　長期浸染文藝的午夢堂詞人對人生的諸種煩憂，本即有著較一般人更爲敏感的體驗，故在沈宜修的詞作中，可以看到她不僅透過小令來傳達她的知性巧約之美，更以巨幅的長調來表現她洞明世事的理性，與對自我存在意義的肯定。坐困婚姻愁城的葉紈紈則選擇皈依佛法來減輕人生的痛苦，她期望能遁入無憂無塵的仙境，於是寫出了前代少見的向佛望仙之作。相同的題材也見於稟性夙慧的葉小鸞詞作，小鸞所嚮往的本即是精神上的閒適，但早熟的她竟認爲真正的清閒不存在於人間，再加上親眼目睹大姊婚姻的不幸，於是她對現實中的女性角色感到厭煩與畏懼，化爲詞作，便成爲對無拘束、無性別束縛的仙境熱情的呼喚。

　　與葉紈紈一樣因婚姻不諧，致使現實生活不稱意的吳綃，亦歸心於佛道，爲自己的生命尋找出口與寄託，在其部分詞作中，亦具體表現出對潔淨無瑕的精神空間之追尋。至於經歷國破家亡巨變的吳琪，亦選擇遁入空門，雖然在離亂中漂泊，但堅毅的女詞人並沒有因此而氣餒，反而不斷地追求精神上的超越。隨著對佛理的參悟，在吳琪後期的詞作中也發現她已將自我精神提煉至寧靜淡泊的境界。

　　雖然晚明女詞人大多選擇皈依仙佛世界，以撫平心靈的創傷，或爲不安的靈魂取得寄託。雖然這樣的方法以現今的眼光來看，或恐不夠積極與高明，但卻是當時女子在多讀書識字之後，以自我能力擺脫現實羈絆，從而追求精神愉悅與肯定的具體表現。

（四）身世家國的悼念

　　因部分女詞人有著喪子失親的悲慘遭遇，部分女詞人則身歷明清交替的重大巨變，這些人生重大的挫折，皆致使女詞人生活樣貌全然改觀，或由和樂融融到憂傷憔悴，或由琴瑟和鳴到孤鸞獨泣，甚至由生活清新無虞到無以爲繼。在歷經人世滄桑與國破家亡的背景下，女詞人這類自敘身世家國之痛的詞作，往往帶有相當程度的情感張力，

讀來令人為之動容。於是對身世家國的悼念，便成為晚明女詞人作品的重要特色之一。

崇禎 5 年（1632）沈宜修三女葉小鸞與長女葉紈紈在三個月內連續亡故，是沈氏生命中無法承受的巨大傷痛，在其《鸝吹》詞中隨處可見對此傷痛的沉重表述，字字血淚，令人幾乎不忍卒睹。姊妹、母親與其他家族成員的相繼凋零，讓二女葉小紈終身抑鬱寡歡，她以詞作深刻追悼家族的苦難，滿是黯淡幽婉的情調。另外後成為宜修三媳的姪女沈憲英，亦在韶華之年即連遭喪夫失女的傷痛，她的詞作存量雖少，卻大多寄寓對滄桑人世的悲嘆。

一場國難，讓商景蘭從夫唱婦隨、子女有成，享受美好人生的貴婦變成夫死子亡、天倫夢斷的孀妻寡母，因身分地位的特殊，讓她的命運與國家的興亡相連結。雖然在君臣大義與夫婦情分之間，她曾有過掙扎，但她仍終身以朱明遺民自居，教導子孫在亂世中要堅守氣節，並以詞作細訴她孤鸞獨舞的未亡人之悲，和對故國亡子的深切思念。

另外飄零紅塵的名伎李因，因幸逢佳偶葛徵奇而擁有閒適富貴的人生。但如此幸運的人生卻隨著葛徵奇的殉國而畫上句點，取而代之的是家道中落與生活無以為繼。雖然堅毅的女詞人終憑一己的書畫才華勉強維生，並守節稱未亡人達四十年，但仍將內心最沉痛的夫亡家破之感藉詞作以道出，深刻地表現了亡國之音。

二、鐫刻時代色彩的鮮明印記

晚明女詞人正處於新舊交替的大時代，從其作品中可以發現鐫刻有時代色彩的鮮明印記，包含對傳統深閨制度的順從與逃離，而隨著社會風氣的逐漸開放，女詞人們亦突破「女子無才便是德」的封建禁錮，開始有了文士化的生活趨向。而原本不相往來的閨秀與名伎兩大陣營，亦開始逐漸融合，除了新的女德已被重新定義之外，新的婦女文化亦已展開。另外在經歷天崩地坼的國難之後，部分女詞人的作品亦呈現亂世離鴻的深層哀鳴與慷慨悲歌。

（一）深閨制度的順從與逃離

傳統深閨制度以依順父權的婦德為貴，於是以大家閨秀為中堅的晚明女詞人，便將才情寄託在對自然美景的清賞，與夫妻關係的經營上。但當女詞人們以受過完善教育的心靈，發現順從深閨制度並不能讓她們的生命獲得滿足，甚至是在無情地銷蝕著她們的生命時，她們便自覺地對之產生了反動，如此的反動，在女性文學史上，是前所未見的。

因為對深閨制度的順從，所以生活本是清悠無塵的大家閨秀便能有充分的時間，以其睿敏的心緒對周遭景物進行細膩的清賞與觀察，並以詩詞歌賦或琴棋書畫等才華自賞。故在晚明女詞人的作品中，常可見到順從深閨制度的女子，對其閨閣生活進行或是節令風物的吟詠、或是紅顏薄命的感傷等各類敘寫，也因著這份閒情與多愁善感，讓晚明女詞人成就了超越前代的寫景詠物詞。

另外在兩性關係的經營上，不僅是大家閨秀，甚至連從良的名伎均是以夫婿為生命的重心。當兩情繾綣相悅時，女詞人的生命閃耀著幸福的光芒，相反地，當期盼不能獲得滿足時，流露詞面的，必是聲聲無奈的咨嗟與嘆息。生命的榮枯，幾乎完全掌握在相對的異性手中。

對於如此的深閨制度，在部分女詞人的詞作中亦開始出現了反動的跡象，既然所遇非人，從苦心經營的婚姻中得不到任何肯定，於是她們自覺地否定婚姻的價值，以哀怨的詞筆，道出昔日婚姻無法自主，只得聽任宿命安排的傳統女性悲歌，對於禁錮女性心靈的深閨制度，也以自身的經歷做了強而有力的控訴。為了逃離不幸的婚姻，她們大多選擇宗教與文藝上的寄託，除了終日靜坐蒲團，臨摹《金剛》、《楞嚴》諸經，不再為俗世梳妝外，她們也致力於文藝上的創作，試圖從精神上的超脫與文藝上的肯定，尋得自我存在的意義的價值。以自身所受的教育方式來對深閨制度進行反動，是晚明女詞人詞作中鮮明的時代色彩之一。

（二）文士化的生活趨向

　　從晚明女詞人的詞作中，亦可發現在時代風氣的影響下，女性的生活方式已有了新的轉向，她們不再像傳統的婦女在閨閣中專務女紅，相對地，她們只好詩書吟詠。不但組成家居式或公眾性的社團，與當時的文士交往，甚至與當時的名士相同，與志同道合之友組成交際性的社團，不但於良辰美景之時舉行文會，彼此間還常以詩文時相唱和。而長時間與名士交往的名伎，在耳濡目染之下的文士化趨向更是不言可喻。

　　晚明女詞人中的家居式社團首推吳江午夢堂詞人，在大家長沈宜修的帶領下，不但母女相與題花賦草、鏤月裁雲，從而有質量俱精的詩文創作，影響所及，沈宜修儼然成為當時吳江婦女詩壇的中心，圍繞在她周圍的女作家有數十人。為了保存這些女性的作品，沈宜修還以自身與家族的能力編成《伊人思》，為當時女子文藝繁盛的情形留下珍貴的紀錄。

　　會稽商景蘭亦以其自身所擁有的優越條件，組成跨越性別與社會階級的詩社。細觀商景蘭現存詞作，有接近三分之一是代人與贈寄之作，另有部分是遊賞私人林園及與方外之士往來的紀錄，皆是其活絡群己關係的具體證明。另外在歸淑芬的詞作中，則看見了她與當代名媛黃月輝及徐燦的相和之作，在閒暇之餘，她亦泛舟出遊訪友，甚至走向佛寺尋求身心的安頓。在欲以詞名傳世的吳綃作品中，則出現了與當時詞壇作手曹爾堪的和作，可見他們之間是以文相會的文友，而吳綃與當時江左名士如吳偉業與錢謙益等人亦有往來。

　　至於色藝兼備的名伎，本即擁有較閨秀更為廣闊的社會空間，與名士相結合後，更是相互酬唱，共賞煙霞，追求心靈上的契合。凡此皆足以說明當時知識婦女的生活已具體表現文士化的趨向。

（三）閨秀與名伎文化的融合

　　閨秀與名伎在傳統上是壁壘分明的兩大陣營，因自小身受禮教規約的大家閨秀遵循深閨制度，冰清玉潔，視貞操為第二生命，與送往

迎來的伎女無論在身分與社會地位上，均有著天壤之別。但隨著晚明社會風氣的開放，閨秀與名伎因同具過人才華，名伎扁舟載書遨遊與開闊社會空間的形象，亦讓受禮教約束的閨秀不勝欣羨，除仿之而使閨秀有出遊與結社等文士化的生活傾向外，閨秀對名伎之落入風塵亦能有更多的同情與了解；而大家閨秀重視節操氣節的觀念亦對名伎產生相當程度的影響。兩種文化逐漸融合成新型的女性文化型式，而如此特色鮮明的時代色彩，在晚明女詞人的作品中亦清楚呈現。

黃媛介以寒門才女與貧士相結合，以自身的書畫才華，顛倒傳統的夫妻關係，輾轉漫遊於江南各城鎮，出入名門與社交場合，尋求各種謀生的機會。她不但擔任閨秀的塾師，亦是名伎的摯友，是兩種文化融合的重要橋梁。對於黃媛介與時代風氣相違背的行止，當代社會各界均給予相當程度的支持，如商景蘭邀請其至家中擔任閨中女兒與子媳的塾師，從媛介現存的作品中亦可發現她與眾多閨秀均有往來的紀錄，她以豐富的社會經歷，帶給這些閨秀們的應不只是才學上的指導，更有視野上的擴展。黃媛介也是名伎柳如是情歸錢謙益後的摯友，柳如是除在金錢上給予黃媛介支持外，在情感上亦是漂泊的黃媛介極大的依靠，此從兩人相唱和的詞作中可略知端倪。而錢謙益、吳偉業、王士禎等文壇巨擘與黃媛介亦多有往來。

經由如黃媛介如此的塾師溝通閨秀與才伎兩大陣營，讓兩者間的文化相互交流，不但閨秀能擁有更廣闊的社會空間，名伎亦如閨秀般忠於自我的情感歸宿，如王微之於許譽卿、李因之於葛徵奇，新的女德與女子社會地位不但已被重新定義，亦已被重新實踐。

（四）亂世離鴻的哀鳴與悲歌

甲申、乙酉之難，讓朱明王朝易幟，也使許多晚明女詞人原本幸福美滿的生活徹底變調。在這些由明入清的晚明女詞人部分作品中，深刻呈現國破家亡的背景下，亂世離鴻的哀鳴。讀她們的作品，一幕幕失去家國依恃，煢煢獨守餘生的亂世婦女生活血淚史歷歷如現眼

前。另外志在復國的女俠劉淑，則以其跨越性別藩籬的豪情，深刻道盡末路英雄的慷慨悲歌。這樣的詞作，在前代女性詞中幾乎是未曾看過的。

　　李因本是飄零紅塵的落花，幸遇葛徵奇而有美滿幸福的人生。清兵入關後葛徵奇的殉國，對李因而言是生命中難以承受的打擊，在其現存不多的詞作中，有一大部分即是以亂世離鴻自比的深切哀鳴。相同的情感，亦可在商景蘭、吳山、吳琪等人融合黍離之悲的感傷身世作品中得到印證，她們將個人的人生際遇與國家的命運結合在一起，或借前代興亡衰落的往事傳達自我悲涼人生的無奈，或借失色的景物反映內心深處難以言喻的哀愁，基本上，這些詞情都是黯淡悲涼的。

　　晚明女詞人作品中失路英雄的悲憤表現，則集中在女俠劉淑的詞作上。劉淑本是明末英烈劉鐸之女，受父親氣節所影響，她終身以反清復明爲職志，甚至親組義軍，披甲訓練。在舉兵失敗後，她爲逃避清廷的迫害並伺機再起，只得輾轉避居山中。幽居歲月，她藉大量的詩文以明志，讀劉淑的《個山》詞，會被女詞人揮斥人間的識力與堅苦卓絕的意志所感動，在客觀局勢已愈益不可爲的情況下，女詞人仍有著爲理想而不惜獻身的執著，故《個山》詞中隨處可見來自不凡抱負與不偶命運之間衝突而成的巨大悲憤，既是末路英雄的狂放悲歌，亦是自我憑弔的深層慨嘆。

　　如此融合遺民心緒與黍離滄桑之慨的亂世離鴻哀鳴，與末路英雄的悲歌，是身處易代之際的晚明女詞人作品的重要內容之一，既具前代女性詞作少見的鮮明時代烙印，亦在真誠的敘述中擴大詞體的容量。

第二節　形式技巧特色

　　細讀晚明女詞人的詞作，會發現女詞人的詞作雖然在形式上仍以小令和常用調爲主，但在豐厚的文藝素養與誠摯心音的表述下，晚明女詞人在寫作技巧上仍展現了不凡的成就。

一、以小令和常用調爲主

筆者整理 19 名晚明女詞人各家的詞調使用情形（詳見附錄），統計出出晚明女詞人共以 166 調填就 807 首詞作，[註1] 茲依各詞調使用的情形，由多到少列表如下：

詞調名稱	闋數	屬性	詞調名稱	闋數	屬性	詞調名稱	闋數	屬性
〈浣溪沙〉	83	小令	〈菩薩蠻〉	61	小令	〈望江南〉	30	小令
〈蝶戀花〉	30	小令	〈如夢令〉	28	小令	〈踏莎行〉	28	小令
〈憶秦娥〉	28	小令	〈長相思〉	24	小令	〈夢江南〉	23	小令
〈點絳唇〉	22	小令	〈烏夜啼〉	20	小令	〈水龍吟〉	17	長調
〈憶王孫〉	17	小令	〈臨江仙〉	14	小令	〈鷓鴣天〉	14	小令
〈搗練子〉	13	小令	〈虞美人〉	11	小令	〈鵲橋仙〉	11	小令
〈卜算子〉	9	小令	〈生查子〉	9	小令	〈玉蝴蝶〉	8	長調
〈江城子〉	8	小令	〈清平樂〉	8	小令	〈減字木蘭花〉	8	小令
〈滿庭芳〉	8	長調	〈玉樓春〉	7	小令	〈西江月〉	7	小令
〈滿江紅〉	7	長調	〈更漏子〉	6	小令	〈浪淘沙〉	6	小令
〈南鄉子〉	5	小令	〈眼兒媚〉	5	小令	〈一剪梅〉	4	小令
〈千秋歲〉	4	小令	〈行香子〉	4	小令	〈巫山一段雲〉	4	小令
〈杏花天〉	4	小令	〈東坡引〉	4	小令	〈河傳〉	4	小令
〈青玉案〉	4	小令	〈南柯子〉	4	小令	〈柳枝〉	4	小令
〈海棠春〉	4	小令	〈憶江南〉	4	小令	〈小重山〉	3	小令
〈天仙子〉	3	小令	〈少年遊〉	3	小令	〈百字令〉	3	長調
〈春光好〉	3	小令	〈洞天春〉	3	小令	〈風中柳〉	3	小令
〈畫堂春〉	3	小令	〈賀新郎〉	3	長調	〈滿宮花〉	3	小令
〈漁家傲〉	3	小令	〈鳳凰臺上憶吹簫〉	3	長調	〈醉春風〉	3	小令
〈謁金門〉	3	小令	〈一斛珠〉	2	小令	〈一叢花〉	2	長調
〈十六字令〉	2	小令	〈三字令〉	2	小令	〈上陽春〉	2	小令

[註1] 其中〈黃鶯兒〉有小令與長調 2 種，故視爲 2 調。

〈竹枝〉	2	小令	〈江南春〉	2	小令	〈阮郎歸〉	2	小令
〈兩同心〉	2	小令	〈金菊對芙蓉〉	2	長調	〈思帝鄉〉	2	小令
〈後庭花〉	2	小令	〈柳梢青〉	2	小令	〈洞仙歌〉	2	小令
〈秋蕊香〉	2	小令	〈剔銀燈〉	2	小令	〈桃源憶故人〉	2	小令
〈惜分飛〉	2	小令	〈疏簾淡月〉	2	長調	〈喜遷鶯〉	2	長調
〈訴衷情近〉	2	小令	〈黃鶯兒〉〔註2〕	1 / 1	長調 / 小令	〈傳言玉女〉	2	長調
〈隔浦蓮〉	2	長調	〈瑤池燕〉	2	小令	〈鳳來朝〉	2	小令
〈鳳凰閣〉	2	小令	〈醉太平〉	2	小令	〈醉紅妝〉	2	小令
〈醉落魄〉	2	小令	〈錦堂春〉	2	小令	〈聲聲慢〉	2	長調
〈雙雙燕〉	2	長調	〈繫裙腰〉	2	小令	〈羅敷令〉	2	小令
〈一落索〉	1	小令	〈金明池〉	1	長調	〈醉花陰〉	1	小令
〈上西樓〉	1	小令	〈金蕉葉〉	1	小令	〈醉花間〉	1	小令
〈女冠子〉	1	小令	〈雨霖鈴〉	1	長調	〈醉薰風〉	1	小令
〈千秋歲引〉	1	小令	〈垂楊碧〉	1	小令	〈憶漢月〉	1	小令
〈丹鳳吟〉	1	長調	〈思佳客〉	1	小令	〈憶舊遊〉	1	長調
〈月中行〉	1	小令	〈洛陽春〉	1	小令	〈燕歸梁〉	1	小令
〈木蘭花〉	1	小令	〈相見歡〉	1	小令	〈應天長〉	1	小令
〈四犯玲瓏〉	1	長調	〈風入松〉	1	小令	〈燭影搖紅〉	1	長調
〈伊川令〉	1	小令	〈風捲雲〉	1	小令	〈聲聲令〉	1	小令
〈百尺樓〉	1	小令	〈唐多令〉	1	小令	〈霜葉飛〉	1	長調
〈西溪子〉	1	小令	〈鬥百花〉	1	長調	〈歸自謠〉	1	小令

〔註2〕 以〈黃鶯兒〉為調者計有歸淑芬〈黃鶯兒・桃花〉（香被嶺梅多占了）
　　　 與劉淑〈黃鶯兒・感懷禾川歸作〉（洒淚別秦關）2 詞，但歸作為小
　　　 令，劉作為長調。《詞譜》則以柳永（園林畫誰為主）一詞共雙調，
　　　 96 字之長調為正格。則歸淑芬詞調當別視為一調。關於〈黃鶯兒〉
　　　 之詞調說明，詳參〔清〕陳廷敬、王奕清等編：《康熙詞譜》卷24，
　　　 下冊，頁 716。
　　　 按歸淑芬所為之〈黃鶯兒〉，又名〈黃鶯兒令〉、〈黃嬰兒〉、〈水雲游〉，
　　　 與柳永〈黃鶯兒〉慢詞無涉。詳參馬興榮、吳熊和等編：《中國詞學
　　　 大辭典》，頁 563。

〈卷珠簾〉	1	小令	〈偷聲木蘭花〉	1	小令	〈繞佛閣〉	1	長調
〈夜遊宮〉	1	小令	〈探春令〉	1	小令	〈繡帶子〉	1	小令
〈念奴嬌〉	1	長調	〈望江怨〉	1	小令	〈鎖窗寒〉	1	長調
〈法曲獻仙音〉	1	長調	〈梅花引〉	1	小令	〈漢宮春〉	1	長調
〈河滿子〉	1	長調	〈望梅花〉	1	小令	〈碧芙蓉〉	1	長調
〈法駕導引〉	1	小令	〈深深院〉	1	小令	〈蝴蝶兒〉	1	小令
〈花心動〉	1	長調	〈釵頭鳳〉	1	小令	〈醉公子〉	1	小令
〈金人捧玉露〉	1	長調	〈畫屏秋色〉	1	長調	〈漁歌子〉	1	小令
〈雨中花〉	1	小令	〈畫樓春〉〔註3〕	1	小令	〈滴滴金〉	1	小令
〈瑞鷓鴣〉	1	小令	〈絲桃紅〉	1	小令	〈虞美人影〉	1	小令
〈萬年歡〉	1	長調	〈絳都春〉	1	長調	〈摘得新〉	1	小令
〈萬斯年〉	1	小令	〈訴衷情〉	1	小令	〈滿園花〉	1	長調
〈楊柳〉	1	小令	〈陽關引〉	1	長調	〈感恩多〉	1	小令

　　從上表可以發現，19 名女詞人共填 20 首以上之詞調分別為〈浣溪沙〉83 首、〈菩薩蠻〉61 首、〈望江南〉30 首、〈蝶戀花〉30 首、〈如夢令〉28 首、〈踏莎行〉28 首、〈憶秦娥〉28 首、〈長相思〉24 首、〈夢江南〉23 首、〈點絳唇〉22 首、〈烏夜啼〉20 首，合計有 11 調 377 首，占全部 807 首詞作的 46.72%，比例不可謂不高。細究這 11 首詞作，不但皆為小令，且除〈憶秦娥〉、〈夢江南〉與〈烏夜啼〉3 調外，其餘諸調均在王兆鵬所統計的宋詞使用率最高的詞調之列。〔註4〕而〈夢江南〉即〈憶江南〉，〔註5〕列《詞譜》卷 1，〔註6〕〈憶秦娥〉列《詞譜》

〔註3〕 按：《詞譜》並未見〈畫樓春〉一調，此調見於商景蘭《錦囊詞》。《全明詞》編者言此調名格律與《詞譜》中〈畫堂春〉一致。饒宗頤初纂、張璋總纂：《全明詞》冊 4，頁 1869。則〈畫樓春〉或為女詞人誤置。

〔註4〕 此處所謂「宋詞使用率最高」定義是以王兆鵬依南京師範大學研製的《全宋詞》計算機檢索系統統計，每 1 調填詞 100 首以上者而言，計有〈浣溪沙〉、〈水調歌頭〉、〈鷓鴣天〉……等 48 調。詳參王兆鵬：《唐宋詞史論》，頁 106～108。

〔註5〕 〈憶江南〉有〈謝秋娘〉、〈春去也〉、〈憶江南〉……等多種異名，

卷 5，﹝註7﹞〈烏夜啼〉則列《詞譜》卷 6，﹝註8﹞雖不在宋詞使用率最高的 48 詞調之內，但亦非罕見之僻調，分別有白居易〈憶江南〉（江南好）、﹝註9﹞李白〈憶秦娥〉（簫聲咽）、﹝註10﹞與李煜（後主）〈烏夜啼〉（昨夜風兼雨）﹝註11﹞等名作可供學習。所以從詞調使用情形來看，晚明女詞人除歸淑芬嘗試用各種不同的詞調來詠花之外，其餘諸人仍習慣使用自己所熟悉的詞調，以確保情思表現的婉轉流暢。

另外筆者統計晚明女詞人所填的長調共 38 調 86 首，只占總詞作的 10.66%，且其中屬於王兆鵬所統計的宋詞常用調〈水龍吟〉即有17 首，幾占長調總數的 5 分之 1，其餘諸長調除〈滿庭芳〉與〈滿江紅〉各有 8 首與 7 首的數量之外，其餘諸長調均僅有零星的情況出現。甚至從附錄一的晚明各家女詞人詞調使用情形一覽表，可以看出張倩倩、李玉照、吳琪、李因等人所填的全是小令，並沒有任何長調的創作。凡此皆可說明在崇尚小令和以範古為美的時代風潮下，﹝註12﹞晚明女詞人在詞調的使用上仍以小令和常用調為主。

二、突出的寫作技巧

雖然晚明女詞人在創作上受限於時代風潮，仍以小令和常用調為主，但因晚明女詞人本即以受有良好養成教育的大家閨秀為主，所以

　　　　　詳參《康熙詞譜》引《樂府雜錄》所言。〔清〕陳廷敬、王奕清等編：《康熙詞譜》卷 1，上冊，頁 20。
﹝註6﹞　〔清〕陳廷敬、王奕清等編：《康熙詞譜》卷 1，上冊，頁 20。
﹝註7﹞　〔清〕陳廷敬、王奕清等編：《康熙詞譜》卷 5，上冊，頁 154。
﹝註8﹞　〔清〕陳廷敬、王奕清等編：《康熙詞譜》卷 6，上冊，頁 178。
﹝註9﹞　白居易〈憶江南〉（江南好），曾昭岷、曹濟平等編：《全唐五代詞》上冊，頁 72，
﹝註10﹞李白〈憶秦娥〉（簫聲咽），曾昭岷、曹濟平等編：《全唐五代詞》上冊，頁 16。
﹝註11﹞李煜〈烏夜啼〉（昨夜風兼雨），曾昭岷、曹濟平等編：《全唐五代詞》上冊，頁 742。
﹝註12﹞晚明詞壇以陳子龍所領導的雲間詞派為主，陳子龍的詞學主張主要是標舉南唐、北宋的令詞，並以婉約為宗。詳參蘇菁媛：《陳子龍詞學理論及其詞研究》，頁 53～145。

她們能以精練優美的語言，將書卷經驗與實際生活經驗相融合，從而創造出與詞體美感特質相符合的自我抒情語境。至於青樓、閨塾師與女俠詞人，她們的詞作亦是首首誠摯心音的表述；另外在修辭技巧上，各類女詞人均有傑出的成就。

（一）精練優美的語言

晚明閨秀詞人以吳江午夢堂詞人為翹楚，大家長沈宜修大量使用她所熟悉的詞調，來分寫不同的題材，不論小令或長調，均能符合詞調特性，並表現出宜修詞一貫的空靈婉約之風。宜修在情感的表現上尤有過人的技巧，她總能以出色的工筆，將抽象的情感改扮為具體的形象，除情景交融外亦見深美精約。三女葉小鸞亦喜以同詞調來歌詠同類題材，但卻能以其敏睿的感受力和卓越的文字駕御能力，賦予同類題材不同的風貌。用春花秋月所構成的纖美細緻語言，在《返生香》詞中俯拾皆是，用以傳達葉小鸞纖細哀怨的情感，故清代詞評家陳廷焯稱小鸞「詞筆哀豔，不減朱淑真。」〔註13〕子媳張倩倩現存詞作雖僅有 3 首，卻皆是講究遣詞用字的精心之作。至於外孫女沈樹榮，在詞作上亦有著午夢堂家族一貫的清新婉麗之風。

會稽閨秀商景蘭囿於形式與題材，致使其《錦囊》詞有成就上的限制；但讀她的寫景詞，會感受到色澤調融的明秀天然韻致。吳綃是婚姻生活不如意的大家閨秀，故她致力於精神生活的追尋，她以慧心獨具的隻眼來看待世間萬物，將個人的精神丰采納入所詠之物，且毫無忸怩之態，故成就了多首言語精練的緣物寄情之作。另外致力於反清復明的女俠劉淑，因胸襟與氣度的不平凡，故常以創造性極為明顯的語言來傳達其內心激烈的情感，從而表現了深層且卓越的美感體驗。細細品嘗其詞作，常可感受到含蓄蘊藉的藝術效果與隱含在其中的沉鬱渾厚之美。

〔註13〕〔清〕陳廷焯《白雨齋詞話》卷 3，唐圭璋編：《詞話叢編》冊 4，頁 3825。

　　另外吳琪詞作雖然皆是不能包含較多寫作能量的小令，但在藝術表現上卻能做到「一切景言皆情語」，〔註14〕展現語淡情深的抒情特質。柳如是雖是未受過良好養成教育的一代煙花，但卻極擅長以精練的語言來營造景物意象，讓讀者從意象組合中，來細加體會詞人所欲傳達的言外之意。總之，讀晚明女詞人作品，常能爲其精練優美的語言所感動。

（二）書卷經驗的融合

　　書卷經驗的融合亦是晚明女詞人重要的寫作技巧，不僅是大家閨秀，青樓詞人亦善於將書卷經驗與生活經驗相融合，從而形成自我的抒情方式。

　　讀沈宜修的詞作，會發現她擅長將前人的詩詞典故融入作品之中，使書卷經驗與眞實情感融合無間，讓讀者在熟悉和陌生的交迭中，產生清新典雅的感受，從而咀嚼再三。葉紈紈的詞作雖不出傳統閨秀的題材，但卻有著來自深厚文學根柢，與淵源家學薰陶孕育而出的天然韻致，用事用典如鹽溶入水而無跡可尋，在其《愁言》詞中，隨處可見雅致流暢的文辭。葉小鸞終其一生只是稟性夙慧的早熟少女，雖擁有深厚的文藝修養，卻欠缺眞實生活的體驗。但她卻能借重書卷經驗，將之融入創作的實踐中，不但強化抒情主題的內涵，亦賦予讀者耳目一新的別樣體會。

　　吳綃自幼飽讀詩書，她將書卷經驗與身世感懷相結合，乍讀之下只覺溫厚平和，待細細品味後，方能體會隱含在其中的惆悵與落寞。不但提高詞作的意境，也相對突出詞體含蓄不露的抒情特質。晚明詞苑中的百花仙子歸淑芬，以花意象來詮釋所詠之花，她熟稔文史典故，故能以最貼切的詞調與詞句，向讀者介紹她花園中群芳競秀的眾生百相。

　　一代名伎楊宛的《鍾山獻》詞雖以誠摯率直爲基調，但因長時期與文士相處，故其部分詠物詞亦借重書卷經驗，委婉含蓄地將自我心志寄託在所詠之物中，完全符合詠物詩詞「感物吟志」的寫作傳統。同爲

〔註14〕王國維《人間詞話・刪稿》，唐圭璋編：《詞話叢編》冊5，頁4257。

名伎的柳如是詞雖是造語平白如話，但卻亦善用典故來豐富詞作的深層內蘊。合理推斷，善用書卷經驗，亦應是欠缺良好養成教育的名伎與名士密切交往，名伎受名士文藝薰陶，從而表現在詞作上的具體證明。

（三）情真意摯的詞筆

如前所述，晚明女詞人作品的重要特色，即是深刻反映當時知識婦女的精神風貌，與鐫刻時代色彩的鮮明印記。達致此特色的重要條件，即是女詞人們情眞意摯的詞筆。

夫妻感情彌篤的沈宜修，藉由詞作來抒發她對夫婿葉紹袁的款款深情，讀來韻致有味；而在連續遭到喪女失親的打擊後，她亦以長調盡情宣洩心中的悲痛，隨著詞作浮現眼前的，已由期盼夫婿早日歸家的思婦轉爲夜夜迴腸的哀哀慈母。身受婚姻桎梏的葉紈紈與吳綃則將她們對人生的悲劇體驗，藉外在景物以眞實呈現，往往強烈地撼動讀者。

讀商景蘭與李因詞，會爲她們因成就君臣大義，而使鸞鏡影孤的人生遭遇感到不捨。葉小紈、沈憲英和沈樹榮均以詞作來寄寓對滄桑人世的追悼，溢滿詞面的，盡是融合家破人亡與朝代興迭的未亡人與遺民之悲涼。讀黃媛介詞，會爲她毅然扛起家計的決心所感動。而終身致力於反清復明大業的女俠劉淑，則以詞作寄寓她無法達成理想的深層慨歎，揮劍指天，如哭還如笑的凄涼形象，栩栩然如現眼前。

讀王微的詞作，彷彿看到她載書單身遠游，與多情換得無情傷的憔悴身影。楊宛詞則盡是她對兩性之愛的期盼，深刻道盡身而爲伎的點滴感受。柳如是詞不但是她與陳子龍之間從甜蜜相處到黯然分離的完整愛情紀錄，更有她對飄零身世的詠歎。讀這些名伎的詞作，讓吾人對晚明名伎的內心世界，多了一分同情與理解。

基本上，女詞人以詞作細細道出她們心中的所思所感，是其閨閣生活的忠實反映與紀錄，藉由她們首首誠摯動人的心曲，爲後人理解繁複的明清婦女文化，開啓一扇具體的觀察視窗。

（四）善用修辭技巧

在文藝修養與誠摯心音表述的交織影響下，不論閨秀或青樓詞人，在修辭技巧上均有可觀的成績。

沈宜修善用各種修辭技巧，恰如其分地表現心中所思所感，從而達到情景交融的詞境；而 17 首綿密迴旋、情感真摯的迴文詞，更是沈宜修不凡文學造詣的具體表現。葉小紈現存詞作雖僅 12 首，但在自幼的文藝薰陶與不幸遭遇的交互影響下，其詞作亦有情景相稱、長於修辭的可觀之處。葉小鸞自幼善感多情，故在其詠物寫景詞中常見以擬人、譬喻等修辭法，讓客觀景物增添主觀生動的色彩，並使抽象的情感具體化；而在《返生香》詞中常見的對句與用典，更是小鸞御筆功力深厚的證明。

吳綃既有意以詞為名，又工於長調的鋪敘與勾勒，故其修辭技巧亦燦然可觀。除了以擬人化的手法將自我情感投射到景物上，使物皆著我之色彩外，她亦常用譬喻、類疊、映襯、對比等方式，強化語意生動鮮明的力量，並提昇詞作的內蘊意涵。歸淑芬在介紹各種花卉時，除了融合文史典故外，亦活用各種修辭技巧，使百花盎然如現眼前。甚至連不易見到的陌生花卉，在歸淑芬善用譬喻、摹寫等修辭法的引導下，讀者亦能循線掌握植株的外形與特性。

青樓詞作基本上雖以誠摯率直為基調，少見功力高深的寫作技巧，但在柳如是的詞作中，亦可發現她精於用典的寫作技巧，有時是語典，有時是事典，讓讀者在初讀時幾乎不解其意，幾經尋思後，方悟得詞中真意，在恍然大悟之餘，亦佩服女詞人的博學善喻。李因詞雖均為言婉思深的小令，但亦善用譬喻法將自身境況與外在景物進行聯繫，從而注入深刻的身世之感。不必濃墨重彩，卻自有感人的能量在其中。

第三節　風格特色

大體言之，晚明女詞人的作品仍展現傳統女性詞細緻纖婉的特

質，但在身歷人世滄桑與國破家亡的女詞人部分詞作中，亦展現了深沉開闊的別樣風貌。

一、細緻纖婉的基調

傳統女性基本上有著較男性相對單純的生活空間與創作動機，而以詞作將其特有的睿敏心緒細細表出，便形成委婉曲折的抒情方式。再加上詞作中常見的輕約優美意象，便形成女性詞作與男性詞作迥然不同的細緻纖婉風格。基本上，晚明女詞人的詞作仍延續傳統女性詞作的主體風格。

晚明女詞人大多是受過良好家庭教育的大家閨秀，在當時文化氛圍的影響下，詩詞創作成為其閨閣生活主要的活動之一。因傳統文化加諸女性的基本認知是三從四德，故女性無需如男性般需以文藝創作，成為自我的晉身之階。再加上詞本來即是以表現內心深處幽微的情感為主，特別適合以之敘寫女性敏感的思緒，於是一首首閨女吟詠自我情懷的詞作便因此而產生。另外青樓詞人的鋪敘雖然較為白描與口語化，但因其善感與多情，並與文士長時間相浸濡，在無形中亦深受傳統審美理想之影響，故亦能賦予平白如話的詞句以耐人尋味的深層內蘊，從而展現含蓄蘊藉的詞體本色之美。

細看閨秀詞人的作品，會發現無論表現何種詞情，她們大多會選擇自己所熟悉的詞調，以委婉曲折的方式，來強化情思意蘊表現的多層次性與豐富性：或融合書卷經驗，以增加詞作的深廣度；或善用各種修辭技巧，以恰如其分地表現詞體的情、韻、氣三要素；或從各種不同的視角，深曲婉轉地展現自我內心世界與所見所感。總之，閨女以真誠的詞筆細細描摹其慧心獨具的體悟，故基本上均呈現不落俗塵的清麗婉約特質。

沈宜修《鸝吹》詞即以醇正的情思、典雅的意境與流麗婉轉的詞風，為午夢堂女詞人立定基本的寫作範式：長女葉紈紈與次女葉小紈的詞作雖以黯淡幽婉為基調，仍多藉委婉蘊藉的詞筆以傳達；三女葉

小鸞則以哀豔相濟的詞筆構成其《返生香》詞清空秀逸的主導風格。在欲以詞作成名的吳綃作品中，則見她以委婉含蓄之筆，表現雅正高華的情思，午夢堂家族其他女詞人如張倩倩、李玉照等人與蘇州另一閨秀吳琪，存詞量雖然不多且幾全為小令，但亦多屬言婉思深之作。

青樓詞人在養成教育上不若閨秀嚴謹，故在其詞作中少見出色的工筆與技巧，但卻多了幾分真摯與浪漫。既以情愛相思為共同內容，亦以白描口語為共同的表達技巧。在王微的詞作中，見其以明慧的筆致細訴睿敏思緒下的點滴感受；楊宛的《鍾山獻》詞雖因誠摯率直的詞筆，而呈現出與同時代閨秀詞截然不同的北里風味。但因其與文士長時間的往來，故其部分詞作亦展現言婉思深的審美傾向；至於豔冠群芳的秦淮名伎柳如是，在平白如話的敘述中亦精於取典用譬與營造景物意象，故成就了耐人咀嚼的蘊藉詞境。

總之，晚明女詞人的作品不論閨秀詞或青樓詞，其內容題材與表述方式容或有些許的差異，但整體而言，仍延續傳統女性詞作細緻纖婉的主體風格。

二、深沉開闊的別格

如前所述，女詞人本即有著較男性單純的生活空間與創作動機，故其寫作題材大多不離閨閣生活的所見所感，所呈現的亦是女性特有的細緻纖婉詞風。但文學創作與生活環境本即有著密切的關聯，一個優秀詞家的作品，亦會因主體情志感受的不同，而有不同風貌的呈現。在身歷人世滄桑或時代苦難的晚明女詞人部分作品中，即發現女詞人藉風物之悲以寓身世飄零或國破家亡之慨，故展現出有別於閨閣香奩細緻纖婉的厚重情致，從而有深沉開闊的別樣風格呈現。雖然除了女俠劉淑之作是以沉鬱現實為基調外，其餘女詞人開闊風貌之作仍占其本身作品的少數。但因深沉開闊之作往往即其詞作重要的意義價值之所在，故仍有提出之必要。

一心以反清復明為己任的女俠劉淑，空有滿腹理想卻無法實現，

寄之於詞，便成為理想與現實間的矛盾與掙扎，充滿強烈的政治關懷，既有激蕩的豪氣，又有健峭的筆力，讀其《個山》詞，會被其濃烈的愛國情懷所感動。也由於這樣的壯志豪情，讓她的詞作能直指天地，以深透的筆力來展現與同時代其他女詞人作品迥然相異的藝術造境與沉鬱現實的色彩，與歷史上的英雄本色之作相近。

　　雖然午夢堂詞人作品的一貫風格是清麗婉約，但母親沈宜修在痛失愛女的心緒下亦寫出如〈百字令・重午悼亡兼感懷〉(傷心時候)、〈水龍吟〉(空明擊碎流光)等蕩氣迴腸，真情撼動天地的詞作；長女葉紈紈在飽嘗婚姻不諧之苦下亦有令人為之一掬同情之淚的詞作；葉小紈、沈憲英、沈樹榮等人身受家族苦難所影響，均終身悲傷抑鬱，故在她們為數不多的詞作中，隨處可見對滄桑人世的感慨與追悼。吳綃亦曾以沉重的筆力，為自己在不如意的現實生活中的情狀進行了形象化的控訴，如〈滿江紅・訴懷〉。

　　在身歷甲申、乙酉之難的女詞人作品中，更可感受到融黍離之悲與身世之感為一的遺民心緒，如李因與吳山後期的詞作，均是在國破家亡的背景下敘寫飄零的身世之感；商景蘭亦將其孤鸞獨舞的悲泣與對故國亡子的思念，以詞作細細表出。閨塾師黃媛介的詞作本即其轉蓬人生的紀錄，在身負家庭重擔的情況下，亦不見如傳統女性詞的婉轉纏綿，取而代之的是對無奈人生的寂寞悲歌。而一代名伎柳如是之作雖不離對愛情的吟詠，但一首長調〈金明池・詠寒柳〉卻亦寫出對自我命運的參悟、理解與追求。

　　雖然前述諸女之作除劉淑《個山》詞是表現迥異於女性詞的剛健豪放詞風之外，其餘諸人在整體上仍不脫纖婉柔麗的女性詞特質，但她們用真摯的詞筆將心中的波濤娓娓道出，亦使其詞作展現意在筆先，神餘言外，有久而知味的開闊氣韻，也由於如此的深沉與開闊，強化了晚明女詞人在詞史上的意義與價值。

第七章　結　論

　　晚明女詞人成群湧現確實是詞史上相當值得關注的現象，其發生之時代背景已在二章進行分析，代表性詞家的作品個性與共性亦已在三至六章詳細陳述。本章擬從晚明女詞人在詞史上的意義與價值兩部分，來總結個人對晚明女詞人的研究心得。

第一節　晚明女詞人在詞史上的意義

　　晚明女詞人的作品深刻反映當時知識婦女的精神風貌，且鐫刻有在明清交替的動盪時代裏鮮明的印記。雖然基本上她們的作品仍不離傳統女性詞細緻纖婉的風格，但在相對單純的生活空間與寫作動機下，因人世的滄桑與時代的苦難，很容易讓睿敏的女詞人進行主體情志的盡情抒發，故其詞作中亦有深沉開闊的別樣風格出現。細究晚明女詞人在詞史上的意義，會發現她們接續了曾經中斷的女性詞創作傳統，且在各種因素交織影響下，她們也突破了以往女性詞偏好以情愛相思為主的寫作傳統，從而擴大了女性詞的容量。

一、接續女性詞創作的傳統

　　詞本是合樂而歌的文體，其婉美的本色就來自於它聲情渾然一體的藝術形式。歐陽炯（895～971）〈花間集序〉所言「則有綺筵公子，

繡幌佳人，遞葉葉之花箋，文抽麗錦；舉纖纖之玉指，拍按香檀。不無清絕之辭，用助嬌妖之態。」﹝註1﹞即相當形象化地說明詞的社會功用，即是士大夫或市民階層用以娛賓遣興、聊佐清歡的工具，並結合有藝伎伴唱的聲色耳目之娛，其音樂表現的婉轉嬌軟與歌詞的風花雪月，共同形成了詞體的清麗綺靡之美。

　　雖然無法證明最早的詞作是出於藝伎，但色藝兼備的藝伎在耳濡目染與職業需求下，從事詞的創作是可以想像的，此從《全唐五代詞》中搜有吳二娘、武昌伎詞可以得到證明。另外在同書中亦可見花蕊夫人（？～976）、陳金鳳、柳氏、魚玄機（約844～871）、姚月華等從后妃、寵妾、女冠到民間女子等不同身分的女性創作。而在二十世紀發現的《敦煌卷》中亦出現了同時期的一個女性詞創作隊伍，雖然作者姓名已無從考，但從其淺白真樸的語言特質，與思念征夫的情感內容，可以判斷她們是來自民間的婦女。凡此皆可說明在唐五代詞體初發展的階段，不同階層的女性均曾嘗試參與詞的創作。

　　詞體的發展至宋代在社會安定、歌舞昇平的情況下達到高峰，但與文壇流行情形相對的，是在強大禮教道德的約束下，閨秀從事文藝創作的行為並未受到鼓勵，甚至受到相當程度的箝制，此從南宋女子朱淑真（約1131年前後在世）〈自責〉詩言：「女子弄文誠可罪，那堪詠月更吟風！」﹝註2﹞可略窺一二。但即使在如此的社會氛圍之下，細閱《全宋詞》，仍可發現除藝伎外的閨閣女性如魏夫人（1040～1103）、孫道絢（約1131年前後在世）、朱淑真……等人從事詞的創作，在數量龐大的宋代詞人與詞作中雖只能算是零星的點綴，但這些閨閣之作不論在內容或形式技巧上，均較唐五代的女性作品出色，甚至出現詞藝壓倒鬚眉的李清照如此傑出的女性詞人。可見女性詞作雖然在大環境不甚友善的情況下，仍有長足的進展，女性詞已逐漸展現

﹝註1﹞金啓華、張惠民等編：《唐宋詞集序跋匯編》，頁339。
﹝註2﹞〔宋〕朱淑真〈自責詩〉，《朱淑真集・詩集前集》卷10，北京大學古文獻研究所編：全宋詩》冊28，頁17978。

出自我獨特的意蘊內涵與表達方式，與男子而作閨音的文人矯揉之作相較，有著相對自然的清新風韻。

　　本來在如此穩定的創作經驗中，應可期待女性詞在後來能有更加繁榮豐碩的成果出現，可惜在持續以理學為基礎的社會文化禁錮下，逐漸澆熄女子對文學的熱情，再加上詞體本身的發展，也因詞樂失傳而失去其在民間生存的力量——漸為可歌且有精采故事情節與舞台演出的戲曲所取代。

　　放眼整個金元與明代嘉靖以前的詞壇，除元初受南宋宗風影響的張玉娘（1250～1276），能以精雕細琢的語言與巧妙的典故，反復訴說她失愛的悲情之外，在寥寥可數的女詞人中，竟再無能深刻表現個體內在情感與可比美前代藝術創造力的詞作出現，整體而言，此時期的女性詞壇是呈現倒退的情況。

　　所幸在晚明萬曆之後，由於時代思潮與社會風氣的轉移、詞譜的大量修訂、市民經濟的蓬勃發展、女性生活與視野的擴展、社會對女子文才的多加肯定與女性自我的追尋等因素支持下，女性詞壇終於結束凋零的狀態，從而呈現前所未有的熱鬧景象。不但戮力為詞的閨秀、藝伎等人數遠遠超越前代，且在題材的開拓與整體創作水準上，亦較前代有更顯著的提昇，對於金元與明代中期幾已無力為繼的女性創作詞統而言，晚明女詞人的成群湧現與超卓的詞藝，無疑具有相當難能可貴的詞史意義。

二、擴大女性詞的容量

　　唐五代的女性詞作，大體上仍屬於嘗試階段，雖然各階層的女性均有創作，但其形式仍是粗具詞體形態的詩歌，內容上亦以敘寫自我愛情為主要題材。到了宋元詞壇，雖有魏夫人寫姐妹情誼、孫道絢寫生存的苦悶，更有李清照以詞作細細道出她一生複雜深幽的心緒，並以卓越的詞筆，表現出極富創造力的曲折層深詞境。但持平而論，魏夫人詞作仍以自我對情愛生活的感受為主，其所寫的姊妹情誼之作，

若略去題目不看，會發現和兒女之作相去不遠。其詞作無論就形式或題材而言，均與《花間集》的文人之作相仿，從女性詞發展的角度言之，她仍屬於學習男性詞的階段。孫道絢表現生存苦悶的作品，基本上是掩去性別感受，看不出女性對自身處境的自覺，而與士大夫性格相似，這與當時社會對女性的桎梏當然有密切的關聯。至於在詞藝極佳的李清照作品中，則看到了對個人生命情感的深度刻畫與藝術表現，但若對照其所生存的大環境，總會覺得欠缺對當時國仇家恨的社會寫實，女性詞的題材，仍只侷限於自身生活感受的敘寫。

到了晚明女性詞壇，拜社會風氣逐漸開放與詞韻、詞譜建立之賜，不但閨閣女子的生活體驗與社會能見度較前代豐富，青樓女子亦因與文士的相濡以沫，懷抱與才情更是較前代突出。於是不但閨閣女子作詩填詞成為常態，名士與名伎的往來，更是一代風流韻事。在如此有利的時代環境下，不但閨閣、青樓等女性詞人成群湧現，其筆下所敘寫的內容亦較前代豐富，不但深刻表現當時知識婦女不同層面的精神風貌，且烙有深刻的時代印記，晚明女詞人在其單純的寫作動機下，真實地表現生活情感的內涵，竟不自覺地擴大了女性詞的容量。

基本上晚明閨秀詞人所敘寫的內容，已很少如《花間》諸作，強調對女性體態美的刻畫，與對愛情場景的流連。她們所敘寫的，大多是細膩情感的抒發：或是對兩性之愛的期盼與怨尤、或是對自然美景的清賞、或是深化對自我存在的懷疑、或是對不諧婚姻的抵抗、甚至是對身世家國的悼念。總之，是她們自我生活感受的真實呈現。而青樓詞作雖然以愛情為主體，但她們亦以不假雕琢的語言，細細刻畫點滴的感受，在理解當時特有的名伎文化上，自有其不容抹滅的意義與價值。

且看從對知性哲理的體悟到別具慧心的觀物；從家庭內母女姊妹間的唱和到同性社團的交游，再到文士化的交往模式，與跨越性別藩籬的酬唱；從多愁善感的閨怨情懷到身世家國的悼念；從閨閣生活的紀錄到女德新定義的重新實踐者；從以詞作為閨閣生活的點綴到戮力從事創作，欲以文名彰顯後世；更有俠女劉淑以詞作寄寓她壯志復國

的豪情與時不我予的悲憤……等等。凡此皆是晚明女詞人在內容上對前代女性詞作既有題材的繼承與開拓。她們以女性特有的立場與觀點，眞誠抒發所思所感，不論是對愛情期盼的深度與純度，或是在不如意現實生活中的載浮載沉，以及對週遭景物與人事變遷所流露的關懷與體認，或是在動盪時局下的離群失偶之嘆，如此深層的精神空間，不但是同時期的男性所無法觸摸與表現的，更是在特定的時空背景下超越前代女性詞所能涵蓋的內容。可見晚明女詞人在擴大女性詞的容量上，確實有其不容抹滅的意義存在。

第二節　晚明女詞人在詞史上的價値

　　細究晚明女詞人在詞史上的價値，可以發現在情眞意摯的創作動機，與濃厚的文藝薰陶下，她們在詞藝上的表現達到了相當卓越的程度，不但爲女性詞立下了明確的寫作範式，更爲後來女性詞在清代的高度，奠定良好的基礎。

一、詞藝的卓越化

　　晚明女詞人以受過良好養成教育的大家閨秀爲主體，她們以豐厚的學養，熟練地掌握詞體的語言規範，精鍊優美，不但創造出與詞體美感特質相符合的自我的抒情語境，亦以明媚含蓄的美感傾向，表現出大家閨秀特具的審美情調。她們卓越的詞藝，直可與女性詞史上最傑出的李清照相媲美。

　　吳江午夢堂詞人是晚明閨秀詞人的典型代表，她們習慣使用自己熟悉的詞、調，來確保情思表現的優美與流暢；在豐厚的文學素養且專力於寫作的情境下，她們擅長將書卷經驗與眞實感受進行結合，使詞作在熟悉與陌生的踫撞中，產生典雅精緻的感受。另外她們亦善用各種修辭技巧，掌握恰如其分的表現形式。且看沈宜修以醇正的情思、典雅的意境與流麗婉轉的詞風，爲其所帶領的午夢堂詞人立下基本的寫作範式；長女葉紈紈則以典雅高華的寫作技巧，表現她的大家

閨秀風範;三女葉小鸞以纖美精緻的語言與哀豔相濟的詞筆,表現她
對人生獨特的感受與追尋;存活最久的二女葉小紈,則以詞作寄寓她
對滄桑人世的悲悼。在題材上,午夢堂詞人並未能有超越前代的表
現,但因創作內容與生活經驗本即是一體的兩面,雖然她們身處在對
女子德才色全面肯定的家庭環境中,但基本上她們的閨閣經驗與前代
實在相差無幾,若以題材的褊狹苛責她們,實亦有欠公允。

　　另一有意以文成名成名的女詞人吳綃,其詞藝亦燦然可觀。除與
午夢堂詞人一樣善於融合書卷經驗與運用修辭技巧外,她亦致力於調名
的吟詠,企圖恢復聲情與詞意,兩相諧暢的詞作初始風尚;尤其突出的
是在長調的創作上,她以鋪敘縝密,變化多方的雅健詞筆,勾勒敘寫角
度,並增加抒感層次,使其筆下的藝術形象亦愈形飽滿。而在俠女劉淑
的詞作中,則看到了她以豐富的學養與偉大的抱負為基礎,直抒胸臆,
開展主體情志的深刻寄託,以雄健的筆力,將心中濃烈的情感或借眼前
景,或託週遭物以深刻道出,不但突破詞體婉媚的本色形式,亦以創造
力極為明顯的意象,強化其詞作的抒情魅力,從而使《個山》詞在豪邁
開放的基調外,亦展現了卓越的美感體驗。從劉淑的詞作中可以知道,
在一定的條件下,女性仍有寫出沉鬱雄渾之作的可能。

　　至於青樓與其他女詞人,或囿於養成教育,或囿於生活體驗,或
囿於對詞體美感的掌握,致使其詞作在藝術表現上,不能與前述詞人
相提並論。但她們以真誠的詞筆,細細道出自己的感受,亦使其詞作
表現豐富深刻的意蘊內涵。如王微、楊宛與柳如是詞作,雖不離恣意
暢情與白描口語的青樓詞調,但王微層層轉深的議論、楊宛對愛情的
嬌嗔嘆惋、柳如是善用古典今事與突出景物意象,均使其詞作展現不
同層面的意義。而在商景蘭、吳山、吳琪、李因、沈憲英、沈樹榮等
身歷明清易幟的女詞人作品中,則看到了她們在國破家亡背景下的深
層慨嘆,除吳山之作因未能掌握詞體規範,而表現出過於顯露的美感
傾向外,其餘諸人均在要眇宜修的詞體之美下,傳達沈痛的未亡人之
悲,令人咀嚼再三。可見晚明女詞人出於女性細膩本真的情感體悟

力，與卓越的詞藝表現力，已爲女性詞立下明確的寫作範式。

二、爲女性詞在清代的高度立下良好的基礎

晚明女詞人在社會與文化均有利的環境下蓬勃發展，接續了女性詞在金元與明代前期，幾已斷絕的創作傳統。她們不但以眞誠的詞筆，深入刻畫當時知識婦女不同層面的精神風貌，從而擴大了女性詞的容量，並以其卓越的詞藝，爲女性詞建立了風格鮮明的審美傾向。而此傾向，恰與詞體本具的婉柔纏綿特點不謀而合。無論從題材內容的深廣度與寫作技巧的純熟度而言，晚明女詞人均爲女性詞在清代的高度立下良好的基礎。

清代從順治、康熙到外患養成的道光前期，約有百年的時間，女性詞在晚明良好的基礎下，獲得了平順發展的好時光，不但有如朱中媚、顧貞立（約 1675 年前後在世）、徐燦等名家出現，且具有多樣化與深刻的內容，而這些情蘊與內容，在晚明女詞人的作品中均已觸及，甚至已有卓越的表述。對兩性之愛的盼望與怨尤，基本是女性詞的基調。但經晚明至清代，已發展成更強烈深刻的性別苦悶；寄寓節令景物的沉吟，則持續表現女性細膩纖敏的審美傾向；自我意義的尋覓已深化爲對自我存在強烈的懷疑；而對身世家國的悼念在清初多位女詞人的作品中均有延續，到了晚清國力衰微、外患頻仍的年代裏，更強化爲對世局艱難與歷史空幻的嘆惋，如秋瑾之作即是。

清初朱中媚詞作基本上是沿襲吳山、李因等人弔古傷今的情調，但因身爲朱明宗室之胄，故在傷痛的表現上，也就更爲強烈而深刻；顧貞立以其孤傲激憤的詞筆，來表現對人生際遇與女性命運的掙扎反省，而這樣的內涵，在葉紈紈與葉小鸞遺世望仙的詞作中，是可以尋得蛛絲馬跡的；徐燦則將她絕倫的才情與悲慘複雜的身世際遇相結合，以深沉渾厚的詞境，融合痛楚淒咽的詞心，從而創造出超越前代成就的境深神秀之作。晚明女詞人雖無人可達徐燦之境，但在沈宜修、吳綃等細訴身世遭遇之慘的作品中，是可以感受到如此的傾向，

只因欠缺國事多難與夫君入仕新朝，並慘遭發配邊疆的生活經歷，故在憂生患世的情感表述上便不若徐燦來得深刻。至於讀清末衰世，志在革命救國救民的巾幗英雄秋瑾之作，會覺得彷彿重見劉淑滿腔復國熱忱與不偶現實相衝擊的深沉慨嘆，且在社會環境的變遷與時代思潮的衝擊下，秋瑾已不再如劉淑般擁護行將就木的腐敗王朝，她要揮劍獨舞，迎向自由與民主。這樣的詞情，當然是在劉淑的基礎上融合時代色彩，從而有別開生面的展現。

另外在寫作技巧與風格的呈現上，晚明女詞人經過長久以來的探索，已以豐富的學養與真誠且細膩的詞筆，為女性詞確立了基本的寫作範式與風格，基本上這樣的風格仍延續女性詞細緻纖婉的基調，但在時空環境的衝激下，亦開展出深沉開闊的別樣風格。清初經歷江山變色的女性詞壇，即延續晚明女詞人注入身世時代滄桑的寫作方式，在禾黍之悲與易代之痛的背景下，以女性特有的纖敏立場，細道個人的身世遭遇，使詞境顯得哀深且富感染力。而在新朝沃土成長下的女詞人，因未背負時代歷史的包袱，故其詞作即在兩性之愛的期待、怨尤與寄寓節令景物的女性詞基調上求發展，使纖婉的閨音原唱有更明顯的呈現。

綜合上述，可知晚明女詞人確實以其深刻多樣化的情蘊內涵，與高卓不凡的詞藝，為隨之而來的清代女性詞壇，奠下良好的發展基礎。

附錄：晚明女詞人各家詞調使用情形一覽表

一、沈宜修《鸝吹》詞共 37 調 190 首，小令 168 首，長調 22 首。

詞調名稱	闋數	屬性	詞調名稱	闋數	屬性	詞調名稱	闋數	屬性
〈浣溪沙〉	35	小令	〈菩薩蠻〉	31	小令	〈望江南〉	20	小令
〈蝶戀花〉	12	小令	〈憶王孫〉	11	小令	〈烏夜啼〉	10	小令
〈如夢令〉	7	小令	〈踏莎行〉	7	小令	〈水龍吟〉	7	長調
〈清平樂〉	5	小令	〈點絳唇〉	4	小令	〈憶秦娥〉	4	小令
〈虞美人〉	4	小令	〈滿庭芳〉	4	長調	〈長相思〉	2	小令
〈桃源憶故人〉	2	小令	〈瑤池燕〉	2	小令	〈鵲橋仙〉	2	小令
〈江城子〉	2	小令	〈鳳凰臺上憶吹簫〉	2	長調	〈更漏子〉	1	小令
〈三字令〉	1	小令	〈柳梢青〉	1	小令	〈南鄉子〉	1	小令
〈臨江仙〉	1	小令	〈繫裙腰〉	1	小令	〈風中柳〉	1	小令
〈風入松〉	1	小令	〈聲聲慢〉	1	長調	〈金菊對芙蓉〉	1	長調
〈玉蝴蝶〉	1	長調	〈念奴嬌〉	1	長調	〈百字令〉	1	長調
〈絳都春〉	1	長調	〈憶舊遊〉	1	長調	〈花心動〉	1	長調
〈霜葉飛〉	1	長調						

二、葉紈紈《愁言》詞共 13 調 48 首（含冀勤所輯佚詞），小令
　　35 首，長調 13 首。

詞調名稱	闋數	屬性	詞調名稱	闋數	屬性	詞調名稱	闋數	屬性
〈浣溪沙〉	17	小令	〈菩薩蠻〉	9	小令	〈玉蝴蝶〉	6	長調
〈踏莎行〉	3	小令	〈點絳唇〉	2	小令	〈滿江紅〉	3	長調
〈水龍吟〉	2	長調	〈玉樓春〉	1	小令	〈鎖窗寒〉	1	長調
〈三字令〉	1	小令	〈蝶戀花〉	1	小令	〈繫裙腰〉	1	小令
〈百字令〉	1	長調						

三、葉小紈詞共 7 調 12 首，小令 11 首，長調 1 首。

詞調名稱	闋數	屬性	詞調名稱	闋數	屬性	詞調名稱	闋數	屬性
〈浣溪沙〉	4	小令	〈菩薩蠻〉	2	小令	〈踏莎行〉	2	小令
〈蝶戀花〉	1	小令	〈虞美人〉	1	小令	〈臨江仙〉	1	小令
〈水龍吟〉	1	長調						

四、葉小鸞《返生香》詞共 36 調 91 首（含冀勤所輯佚詞），小
　　令 85 首，長調 6 首。

詞調名稱	闋數	屬性	詞調名稱	闋數	屬性	詞調名稱	闋數	屬性
〈浣溪沙〉	14	小令	〈菩薩蠻〉	7	小令	〈鷓鴣天〉	7	小令
〈踏莎行〉	6	小令	〈蝶戀花〉	6	小令	〈烏夜啼〉	10	小令
〈點絳唇〉	4	小令	〈浪淘沙〉	4	小令	〈虞美人〉	4	小令
〈南柯子〉	3	小令	〈河傳〉	3	小令	〈水龍吟〉	3	長調
〈如夢令〉	2	小令	〈減字木蘭花〉	2	小令	〈謁金門〉	2	小令
〈上陽春〉	2	小令	〈阮郎歸〉	2	小令	〈後庭花〉	1	小令
〈生查子〉	1	小令	〈卜算子〉	1	小令	〈清平樂〉	1	小令
〈憶秦娥〉	1	小令	〈虞美人影〉	1	小令	〈鳳來朝〉	1	小令
〈滿宮花〉	1	小令	〈杏花天〉	1	小令	〈雨中花〉	1	小令
〈玉樓春〉	1	小令	〈鵲橋仙〉	1	小令	〈臨江仙〉	1	小令
〈小重山〉	1	小令	〈唐多令〉	1	小令	〈千秋歲〉	1	小令
〈碧芙蓉〉	1	長調	〈玉蝴蝶〉	1	長調	〈疏簾淡月〉	1	長調

五、張倩倩詞共 3 調 3 首，全為小令。

詞調名稱	闋數	屬性	詞調名稱	闋數	屬性	詞調名稱	闋數	屬性
〈浣溪沙〉	1	小令	〈憶秦娥〉	1	小令	〈蝶戀花〉	1	小令

六、李玉照詞共 4 調 4 首，全為小令。

詞調名稱	闋數	屬性	詞調名稱	闋數	屬性	詞調名稱	闋數	屬性
〈漁歌子〉	1	小令	〈憶王孫〉	1	小令	〈如夢令〉	1	小令
〈醉公子〉	1	小令						

七、沈憲英詞共 4 調 6 首，小令 3 首，長調 3 首。

詞調名稱	闋數	屬性	詞調名稱	闋數	屬性	詞調名稱	闋數	屬性
〈點絳唇〉	2	小令	〈水龍吟〉	2	長調	〈虞美人〉	1	小令
〈滿庭芳〉	1	長調						

八、沈樹榮詞共 5 調 5 首，小令 3 首，長調 2 首。

詞調名稱	闋數	屬性	詞調名稱	闋數	屬性	詞調名稱	闋數	屬性
〈點絳唇〉	1	小令	〈水龍吟〉	1	長調	〈臨江仙〉	1	小令
〈滿庭芳〉	1	長調	〈如夢令〉	1	小令			

九、商景蘭《錦囊》詞共 31 調 56 首，小令 55 首，長調 1 首。

詞調名稱	闋數	屬性	詞調名稱	闋數	屬性	詞調名稱	闋數	屬性
〈長相思〉	7	小令	〈憶秦娥〉	6	小令	〈搗練子〉	4	小令
〈菩薩蠻〉	3	小令	〈海棠春〉	3	小令	〈春光好〉	2	小令
〈如夢令〉	2	小令	〈浣溪紗〉	2	小令	〈點絳唇〉	2	小令
〈臨江仙〉	2	小令	〈更漏子〉	2	小令	〈卜算子〉	2	小令
〈十六字令〉	1	小令	〈浪淘沙〉	1	小令	〈眼兒媚〉	1	小令
〈少年遊〉	1	小令	〈上西樓〉	1	小令	〈畫樓春〉〔註1〕	1	小令

〔註 1〕按：《詞譜》並未見〈畫樓春〉一調。《全明詞》編者言此調名格律
與《詞譜》中〈畫堂春〉一致。饒宗頤初纂、張璋總纂：《全明詞》
冊 4，頁 1869。則〈畫樓春〉或為女詞人誤置。

〈探春令〉	1	小令	〈釵頭鳳〉	1	小令	〈醉春風〉	1	小令
〈思帝鄉〉	1	小令	〈漁家傲〉	1	小令	〈憶王孫〉	1	小令
〈醉太平〉	1	小令	〈醉花間〉	1	小令	〈訴衷情〉	1	小令
〈生查子〉	1	小令	〈洞天春〉	1	小令	〈青玉案〉	1	小令
〈燭影搖紅〉	1	長調						

十、吳綃《嘯雪庵》詞共 39 調 56 首，小令 40 首，長調 16 首。

詞調名稱	闋數	屬性	詞調名稱	闋數	屬性	詞調名稱	闋數	屬性
〈憶秦娥〉	5	小令	〈滿江紅〉	4	長調	〈憶江南〉	4	小令
〈蝶戀花〉	3	小令	〈鵲橋仙〉	2	小令	〈憶王孫〉	2	小令
〈雙雙燕〉	2	長調	〈一叢花〉	2	長調	〈減字木蘭花〉	2	小令
〈四犯玲瓏〉	1	長調	〈梅花引〉	1	小令	〈東坡引〉	1	小令
〈瑞鷓鴣〉	1	小令	〈千秋歲引〉	1	小令	〈漢宮春〉	1	長調
〈杏花天〉	1	小令	〈聲聲慢〉	1	長調	〈菩薩蠻〉	1	小令
〈畫堂春〉	1	小令	〈浣溪沙〉	1	小令	〈漁家傲〉	1	小令
〈江城子〉	1	小令	〈春光好〉	1	小令	〈醉花陰〉	1	小令
〈疏簾淡月〉	1	長調	〈賀新郎〉	1	長調	〈卜算子〉	1	小令
〈玉樓春〉	1	小令	〈一斛珠〉	1	小令	〈河滿子〉	1	長調
〈鳳凰臺上憶吹簫〉	1	長調	〈青玉案〉	1	小令	〈憶漢月〉	1	小令
〈如夢令〉	1	小令	〈點絳唇〉	1	小令	〈繡帶子〉	1	小令
〈長相思〉	1	小令	〈醉落魄〉	1	小令	〈鬥百花〉	1	長調

十一、歸淑芬詞共 63 調 78 首，小令 72 首，長調 6 首。

詞調名稱	闋數	屬性	詞調名稱	闋數	屬性	詞調名稱	闋數	屬性
〈如夢令〉	5	小令	〈東坡引〉	3	小令	〈憶秦娥〉	3	小令
〈鷓鴣天〉	3	小令	〈點絳唇〉	2	小令	〈醉紅妝〉	2	小令
〈剔銀燈〉	2	小令	〈天仙子〉	2	小令	〈踏莎行〉	2	小令
〈鳳凰閣〉	2	小令	〈卜算子〉	2	小令	〈生查子〉	1	小令
〈萬斯年〉	1	小令	〈錦帳春〉	1	小令	〈繞佛閣〉	1	長調
〈深深院〉	1	小令	〈青玉案〉	1	小令	〈木蘭花〉	1	小令

〈菩薩蠻〉	1	小令	〈絲桃紅〉	1	小令	〈一斛珠〉	1	小令
〈應天長〉	1	小令	〈滿宮花〉	1	小令	〈杏花天〉	1	小令
〈後庭花〉	1	小令	〈滴滴金〉	1	小令	〈黃鶯兒〉	1	小令
〈訴衷情近〉	1	小令	〈望梅花〉	1	小令	〈鳳來朝〉	1	小令
〈蝴蝶兒〉	1	小令	〈摘得新〉	1	小令	〈傳言玉女〉	1	小令
〈女冠子〉	1	小令	〈巫山一段雲〉	1	小令	〈夜遊宮〉	1	小令
〈西江月〉	1	小令	〈謁金門〉	1	小令	〈鵲橋仙〉	1	小令
〈洞天春〉	1	小令	〈搗練子〉	1	小令	〈洞仙歌〉	1	小令
〈臨江仙〉	1	小令	〈風捲雲〉	1	小令	〈歸自謠〉	1	小令
〈感恩多〉	1	小令	〈海棠春〉	1	小令	〈伊川令〉	1	小令
〈思帝鄉〉	1	小令	〈秋蕊香〉	1	小令	〈洛陽春〉	1	小令
〈百尺樓〉	1	小令	〈畫屏秋色〉	1	長調	〈隔浦蓮〉	1	長調
〈丹鳳吟〉	1	長調	〈金蕉葉〉	1	小令	〈一剪梅〉	1	小令
〈長相思〉	1	小令	〈滿園花〉	1	長調	〈法駕導引〉	1	小令
〈千秋歲〉	1	小令	〈漁家傲〉	1	小令	〈萬年歡〉	1	長調

十二、吳山《青山》詞共 11 調 15 首，小令 12 首，長調 3 首。

詞調名稱	闋數	屬性	詞調名稱	闋數	屬性	詞調名稱	闋數	屬性
〈菩薩蠻〉	2	小令	〈減字木蘭花〉	2	小令	〈羅敷令〉	2	小令
〈鵲橋仙〉	2	小令	〈畫堂春〉	1	小令	〈鷓鴣天〉	1	小令
〈玉樓春〉	1	小令	〈青玉案〉	1	小令	〈法曲獻仙音〉	1	長調
〈滿庭芳〉	1	長調	〈百字令〉	1				

十三、吳琪詞共 8 調 10 首，全為小令。

詞調名稱	闋數	屬性	詞調名稱	闋數	屬性	詞調名稱	闋數	屬性
〈玉樓春〉	2	小令	〈夢江南〉	2	小令	〈浣溪沙〉	1	小令
〈惜分飛〉	1	小令	〈少年遊〉	1	小令	〈踏莎行〉	1	小令
〈蝶戀花〉	1	小令	〈搗練子〉	1	小令			

十四、黃媛介詞共 11 調 17 首，小令 16 首，長調 1 首。

詞調名稱	闋數	屬性	詞調名稱	闋數	屬性	詞調名稱	闋數	屬性
〈臨江仙〉	3	小令	〈長相思〉	2	小令	〈菩薩蠻〉	2	小令
〈眼兒媚〉	2	小令	〈搗練子〉	2	小令	〈憶秦娥〉	1	小令
〈一剪梅〉	1	小令	〈蝶戀花〉	1	小令	〈金菊對芙蓉〉	1	長調
〈西江月〉	1	小令	〈踏莎行〉	1	小令			

十五、王微詞共 23 調 51 首（含斷句），小令 48 首，長調 3 首。

詞調名稱	闋數	屬性	詞調名稱	闋數	屬性	詞調名稱	闋數	屬性
〈望江南〉	10	小令	〈如夢令〉	4	小令	〈生查子〉	4	小令
〈憶秦娥〉	4	小令	〈搗練子〉	3	小令	〈竹枝〉	2	小令
〈江南春〉	2	小令	〈長相思〉	2	小令	〈浣溪沙〉	2	小令
〈卜算子〉	2	小令	〈巫山一段雲〉	2	小令	〈鵲橋仙〉	2	小令
〈醉春風〉	2	小令	〈菩薩蠻〉	1	小令	〈錦堂春〉	1	小令
〈玉樓春〉	1	小令	〈蝶戀花〉	1	小令	〈天仙子〉	1	小令
〈風中柳〉	1	小令	〈滿庭芳〉	1	長調	〈水龍吟〉	1	長調
〈賀新郎〉	1	長調	〈西江月〉	1	小令			

十六、楊宛《鍾山獻》詞共 42 調 56 首，小令 51 首，長調 5 首。

詞調名稱	闋數	屬性	詞調名稱	闋數	屬性	詞調名稱	闋數	屬性
〈長相思〉	5	小令	〈江城子〉	4	小令	〈如夢令〉	3	小令
〈憶王孫〉	2	小令	〈生查子〉	2	小令	〈憶秦娥〉	2	小令
〈一剪梅〉	2	小令	〈柳枝〉	2	小令	〈十六字令〉	1	小令
〈南柯子〉	1	小令	〈搗練子〉	1	小令	〈望江怨〉	1	小令
〈西溪子〉	1	小令	〈相見歡〉	1	小令	〈醉太平〉	1	小令
〈點絳唇〉	1	小令	〈更漏子〉	1	小令	〈洞天春〉	1	小令
〈秋蕊香〉	1	小令	〈柳梢青〉	1	小令	〈燕歸梁〉	1	小令
〈滿宮花〉	1	小令	〈月中行〉	1	小令	〈偷聲木蘭花〉	1	小令
〈惜分飛〉	1	小令	〈浪淘沙〉	1	小令	〈夢江南〉	1	小令
〈鵲橋仙〉	1	小令	〈醉落魄〉	1	小令	〈風中柳〉	1	小令
〈兩同心〉	1	小令	〈千秋歲〉	1	小令	〈隔浦蓮〉	1	長調

〈傳言玉女〉	1	長調	〈陽關引〉	1	長調	〈金人捧玉露〉	1	長調
〈賀新郎〉	1	長調	〈杏花天〉	1	小令	〈浣溪沙〉	1	小令
〈柳枝〉	2	小令	〈卷珠簾〉	1	小令	〈思佳客〉	1	小令
〈楊柳〉	1	小令						

十七、柳如是詞共 13 調 33 首，小令 32 首，長調 1 首。

詞調名稱	闋數	屬性	詞調名稱	闋數	屬性	詞調名稱	闋數	屬性
〈夢江南〉	20	小令	〈更漏子〉	2	小令	〈聲聲令〉	1	小令
〈江城子〉	1	小令	〈訴衷情近〉	1	小令	〈兩同心〉	1	小令
〈踏莎行〉	1	小令	〈浣溪沙〉	1	小令	〈河傳〉	1	小令
〈少年遊〉	1	小令	〈南鄉子〉	1	小令	〈垂楊碧〉	1	小令
〈金明池〉	1	長調						

十八、李因《笑竹軒》詞共 10 調 22 首，全為小令。

詞調名稱	闋數	屬性	詞調名稱	闋數	屬性	詞調名稱	闋數	屬性
〈長相思〉	4	小令	〈浣溪沙〉	4	小令	〈點絳唇〉	3	小令
〈南鄉子〉	3	小令	〈鷓鴣天〉	2	小令	〈臨江仙〉	2	小令
〈搗練子〉	1	小令	〈菩薩蠻〉	1	小令	〈卜算子〉	1	小令
〈虞美人〉	1	小令						

十九、劉淑《個山》詞共 22 調 41 首，小令 36 首，長調 5 首。

詞調名稱	闋數	屬性	詞調名稱	闋數	屬性	詞調名稱	闋數	屬性
〈踏莎行〉	5	小令	〈西江月〉	4	小令	〈行香子〉	4	小令
〈蝶戀花〉	3	小令	〈小重山〉	2	小令	〈減字木蘭花〉	2	小令
〈眼兒媚〉	2	小令	〈臨江仙〉	2	小令	〈如夢令〉	2	小令
〈喜遷鶯〉	2	長調	〈清平樂〉	2	小令	〈憶秦娥〉	1	小令
〈鷓鴣天〉	1	小令	〈醉薰風〉	1	小令	〈一落索〉	1	小令
〈巫山一段雲〉	1	小令	〈雨霖鈴〉	1	長調	〈洞仙歌〉	1	小令
〈畫堂春〉	1	小令	〈黃鶯兒〉	1	長調	〈千秋歲〉	1	小令
〈菩薩蠻〉	1	小令						

說明：本表所言各詞家之詞作數量，皆以本論文所討論之結果為依據。

重要參考書目

一、晚明女詞人著作

1. 《午夢堂集》，〔明〕葉紹袁原編、冀勤輯校，北京，中華書局，1998年。

2. 《鸝吹》詞，〔明〕沈宜修撰，《明詞彙刊》本，上海，上海古籍出版社，1992年。

3. 《鸝吹》詞，〔明〕沈宜修撰，《午夢堂集》本，北京，中華書局，1998年。

4. 《鸝吹》詞，〔明〕沈宜修撰，《全明詞》本，北京，中華書局，2004年。

5. 《伊人思》，〔明〕沈宜修編，《午夢堂集》本，北京，中華書局，1998年。

6. 《芳雪軒詞》，〔明〕葉紈紈撰，《明詞彙刊》本，上海，上海古籍出版社，1992年。

7. 《愁言》詞，〔明〕葉紈紈撰，《午夢堂集》本，北京，中華書局，1998年。

8. 《芳雪軒》詞，〔明〕葉紈紈撰，《全明詞》本，北京，中華書局，2004年。

9. 葉小紈詞，〔明〕葉小紈撰，《午夢堂集補遺》本，北京，中華書局，1998年。

10. 葉小紈詞，〔明〕葉小紈撰，《全明詞》本，北京，中華書局，2004年。

11. 《存餘草》，〔明〕葉小紈撰，《午夢堂集》本，北京，中華書局，

1998 年。

12. 《鴛鴦夢》，〔明〕葉小紈撰，《午夢堂集》本，北京，中華書局，
1998 年。

13. 《返生香》詞，〔明〕葉小鸞撰，《明詞彙刊》本，上海，上海古籍
出版社，1992 年。

14. 《返生香》詞，〔明〕葉小鸞撰，《午夢堂集》本，北京，中華書局，
1998 年。

15. 《返生香》詞，〔明〕葉小鸞撰，《全明詞》本，北京，中華書局，
2004 年。

16. 張倩倩詞，〔明〕張倩倩撰，《午夢堂集》本，北京，中華書局，1998
年。

17. 張倩倩詞，〔明〕張倩倩撰，《全明詞》本，北京，中華書局，2004
年。

18. 李玉照詞，〔明〕李玉照撰，《午夢堂集續輯》本，北京，中華書局，
1998 年。

19. 李玉照詞，〔明〕李玉照撰，《全明詞》本，北京，中華書局，2004
年。

20. 沈憲英詞，〔明〕沈憲英撰，《午夢堂集續輯》本，北京，中華書局，
1998 年。

21. 沈憲英詞，〔明〕沈憲英撰，《全明詞》本，北京，中華書局，2004
年。

22. 沈樹榮詞，〔明〕沈樹榮撰，《午夢堂集續輯》本，北京，中華書局，
1998 年。

23. 沈樹榮詞，〔明〕沈樹榮撰，《全明詞》本，北京，中華書局，2004
年。

24. 《錦囊集》，〔明〕商景蘭撰，《祁彪佳集附編》本，北京，中華書
局，1960 年。

25. 《錦囊詩餘》，〔明〕商景蘭撰，《明詞彙刊》本，上海，上海古籍
出版社，1992 年。

26. 《錦囊》詞，〔明〕商景蘭撰，《全明詞》本，北京，中華書局，2004
年。

27. 《嘯雪庵詩餘》，〔明〕吳綃撰，《明詞彙刊》本，上海，上海古籍
出版社，1992 年。

28. 《嘯雪庵詩集》，〔明〕吳綃撰，《四庫未收書輯刊》本，北京，北
京出版社，2002 年。

29. 《嘯雪庵》詞，〔明〕吳綃撰，《全明詞》本，北京，中華書局，2004年。

30. 歸淑芬詞，〔明〕歸淑芬撰，全清詞順康卷本，北京，中華書局，2002年。

31. 歸淑芬詞，〔明〕歸淑芬撰，《全明詞》本，北京，中華書局，2004年。

32. 歸淑芬詞，〔明〕歸淑芬撰，《全清詞順康卷補編》本，南京，南京大學出版社，2008年。

33. 吳山詞，〔明〕吳山撰，《午夢堂集續輯》本，北京，中華書局，1998年。

34. 吳山詞，〔明〕吳山撰，《全明詞》本，北京，中華書局，2004年。

35. 吳琪詞，〔明〕吳琪撰，《全明詞》本，北京，中華書局，2004年。

36. 黃媛介詞，〔明〕黃媛介撰，《全明詞》本，北京，中華書局，2004年。

37. 王微詞，〔明〕王微撰，《精選古今詩餘醉》本，瀋陽，遼寧教育出版社，2003年。

38. 王微詞，〔明〕王微撰，《全明詞》本，北京，中華書局，2004年。

39. 王微詞，〔明〕王微撰，王秋文王微詞補輯本，臺北，東吳大學中國文學系碩士論文附錄五，2005年。

40. 《鍾山獻詩餘》，〔明〕楊宛撰，《明詞彙刊》本，上海，上海古籍出版社，1992年。

41. 楊宛詞，〔明〕楊宛撰，《全明詞》本，北京，中華書局，2004年。

42. 柳如是詩文集，谷之輝輯，北京，中華全國圖書館文獻縮微複製中心1996年。

43. 柳如是詞，〔明〕柳如是撰，《柳如是詩文集》本，北京，中華全國圖書館文獻縮微複製中心，1996年。

44. 柳如是詞，〔明〕柳如是撰，《全明詞》本，北京，中華書局，2004年。

45. 《竹笑軒吟草》，〔明〕李因撰，李書田點校，瀋陽，遼陽教育出版社，2003年。

46. 李因詞，〔明〕李因撰，《全明詞》本，北京，中華書局，2004年。

47. 《劉鐸劉淑父女詩文》，王泗原校注，北京，人民教育出版社，1999年。

48. 《個山》詞，《劉鐸劉淑父女詩文》本，北京，人民教育出版社，1999

年。

49. 劉淑詞，〔明〕劉淑撰，《全明詞》本，北京，中華書局，2004 年。

50. 絡緯吟，〔明〕徐媛撰，《明詞彙刊》本，上海，上海古籍出版社，1992 年。

51. 徐媛詞，〔明〕徐媛撰，《全明詞》本，北京，中華書局，2004 年。

52. 《臥月軒集》，〔明〕顧若璞撰，武陵往哲遺著第八函，淮陰，廣陵古籍出版社，1985 年。

53. 《顧若璞詞》，〔明〕顧若璞撰，《全明詞》本，北京，中華書局，2004 年。

二、晚明女詞人相關研究論著

1. 《婦人集》，〔清〕陳維崧，《叢書集成新編》本，臺北，新文豐出版公司，1984 年。

2. 《歷代婦女著作考》，胡文楷編著、張宏生等增訂，上海，上海古籍出版 2008 年。

3. 《中國古代女作家集》，王延梯輯，濟南，山東大學出版社，1999 年。

4. 《名媛詩緯》，〔明〕王端淑，臺北，國立中央圖書館，1975 年。據清康熙間清音堂刊本攝製之微縮資料

5. 《名媛詩話》，〔清〕沈善寶，《清詩話訪佚初編》本，臺北，新文豐出版公司 1987 年。

6. 《名媛詩歸》，〔明〕鍾惺，《四庫全書存目叢書》本，臺南，莊嚴事業文化有限公司，1995 年。

7. 《古典與現代的女性闡釋》，孫康宜，臺北，聯合文學出版社有限公司，1998 年。

8. 《女性詞史》，鄧紅梅，濟南，山東教育出版社，2002 年。

9. 《物‧性別‧觀看》，毛文芳，臺北，臺灣學生書局，2001 年。

10. 《才女徹夜未眠：近代中國文性敘事文學的興起》，胡曉真，臺北，麥田出版公司，2003 年。

11. 《中國傳統婦女與家庭教育》，周愚文、洪仁進主編，臺北，師大書苑公司，2005 年。

12. 《中國名妓藝術史》，嚴明，臺北，文津出版社，1992 年。

13. 《閨塾師——明末清初江南的才女文化》，〔美〕高彥頤著、李志生譯，南京，江蘇人民出版社，2005 年。

14. 《明末清初女詞人研究》，趙雪沛，北京，首都師範大學出版社，2008年。

15. 《明清婦女之戲曲創作與批評》，華瑋，臺北，中央研究院中國文哲研 2004 年。

16. 《晚明名伎文化研究》，柳素平，武漢，武漢大學出版社，2008 年。

17. 《清代婦女文學史》，梁乙眞，臺北，臺灣商務印書館，1968 年。

18. 《清代閨閣詩人徵略》，〔清〕施淑儀，《清代傳記叢刊》本，臺北，明文書局，1985 年。

19. 《清代女詩人研究》，鍾慧玲，臺北，里仁書局，2000 年。

20. 《午夢堂集女性作品研究》，李栩鈺，臺北，里仁書局，1997 年。

21. 《錢夫人柳如是年。譜》，胡文楷，臺北，臺灣商務印書館，1981 年。

22. 《柳如是雜著》，周采泉，上海，江蘇古籍出版社，1986 年。

23. 《陳子龍柳如是詩詞情緣》，孫康宜著，李奭學譯，臺北，允晨文化實業公司，1992 年。2 月

24. 《柳如是詩詞評著》，劉燕遠，北京，北京古籍出版社，2000 年。

25. 《柳如是別傳》，陳寅恪，北京，生活·讀書·新知三聯書店，2001年。

三、詞　集

1. 《全唐五代詞》，曾昭岷、曹濟平等編，北京，中華書局，1999 年。

2. 《全唐五代詞》，張璋、黃畬，臺北，文史哲出版社，1986 年。

3. 《全宋詞》，唐圭璋編，北京，中華書局，1998 年。

4. 《宋詞三百首箋注》，〔清〕朱祖謀選輯、唐圭璋箋注，臺北，漢京文化事業公司，1983 年。

5. 《全明詞》，饒宗頤初纂，張璋總纂，北京，中華書局，2004 年。

6. 《全明詞補編》，周明初、葉曄，杭州，浙江大學出版社，2007 年。

7. 《明詞彙刊》，趙尊嶽輯，上海，上海古籍出版社，1992 年。

8. 《明詞綜》，〔清〕王昶，四部備要本，臺北，中華書局，1970 年。

9. 《唐宋元明百家詞》，〔明〕吳訥編，影印文淵閣四庫全書本，臺北，臺灣商務務書館，1985 年。

10. 《精選古今詩餘醉》，〔明〕潘游龍輯、梁穎校點，瀋陽，遼寧教育出版社，2003 年。

11. 《全清詞鈔》，葉公綽編，臺北，河洛圖書出版社，1975 年。

12. 《全清詞順康卷》，南京大學中國語言文學系美清詞編纂研究室編，北京，中華書局，2002 年。

13. 《全清詞順康卷補編》，張宏生主編、馮乾、沙先一副主編，南京，南京大學出版社，2008 年。

14. 《詞則》，〔清〕陳廷焯，上海，上海古籍出版社，1984 年。

15. 《元明清詞三百首》，龐堅編選，羅立剛注評，上海，上海古籍出版社，2002 年。

16. 《清詞別集百三十四種》，楊家駱主編，臺北，鼎文書局，1976 年。

17. 《名媛詩緯初編詩餘》，〔清〕王端淑選輯，《明詞彙刊》本，上海，上海古籍出版社，1992 年。

18. 《林下詞選》，〔清〕周銘選，《明詞彙刊》本，上海，上海古籍出版社，1992 年。

19. 《小檀欒室匯刻閨秀詞》，〔清〕徐乃昌輯，臺北，富之江書局，1997 年。

20. 《眾香集》，〔清〕徐敏樹、錢岳選輯，臺北，富之江書局，1997 年。

21. 《閨秀詞三百首》，龔學文編注，桂林，漓江出版社，1996 年。

22. 《分調好詞——浣溪沙》，竺金藏選注，北京，東方出版社，2001 年。

23. 《詞苑英華》，黃瑞雲選編，武漢，湖北教育出版社，2005 年。

四、詞　話

1. 《詞話叢編》，唐圭璋編，臺北，新文豐出版公司，1988 年。

2. 《碧雞漫志》，〔宋〕王灼，《詞話叢編》本，臺北，新文豐出版社，1998 年。

3. 《詞源》，〔宋〕張炎，《詞話叢編》本，臺北，新文豐出版社，1998 年。

4. 《詞旨》，〔元〕陸輔之，《詞話叢編》本，臺北，新文豐出版社，1998 年。

5. 《渚山堂詞話》，〔明〕陳霆，《詞話叢編》本，臺北，新文豐出版社，1998 年。

6. 《詞品》，〔明〕楊慎，《詞話叢編》本，臺北，新文豐出版社，1998 年。

7. 《窺詞管見》，〔清〕李漁，《詞話叢編》本，臺北，新文豐出版社，1998 年。

8. 《西河詞話》，〔清〕毛奇齡，《詞話叢編》本，臺北，新文豐出版

社，1998 年。

9. 《填詞雜說》，〔清〕沈謙，《詞話叢編》本，臺北，新文豐出版社，1998 年。

10. 《遠志齋詞衷》，〔清〕鄒祇謨，《詞話叢編》本，臺北，新文豐出版社，1998 年。

11. 《花草蒙拾》，〔清〕王士禎，《詞話叢編》本，臺北，新文豐出版社，1998 年。

12. 《金粟詞話》，〔清〕彭孫遹，《詞話叢編》本，臺北，新文豐出版社，1998 年。

13. 《古今詞話》，〔清〕沈雄，《詞話叢編》本，臺北，新文豐出版社，1998 年。

14. 《歷代詞話》，〔清〕王弈清等撰，《詞話叢編》本，臺北，新文豐出版社，1998 年。

15. 《西圃詞說》，〔清〕田同之，《詞話叢編》本，臺北，新文豐出版社，1998

16. 《銅鼓書堂詞話》，〔清〕查禮，《詞話叢編》本，臺北，新文豐出版社，1998 年。

17. 《張惠言論詞》，〔清〕張惠言撰，《詞話叢編》本，臺北，新文豐出版社，1998 年。

18. 《介存齋論詞雜著》，〔清〕周濟，《詞話叢編》本，臺北，新文豐出版公司，1988 年。

19. 《宋四家詞選目錄序論》，〔清〕周濟，《詞話叢編》本，臺北，新文豐出版社，1998 年。

20. 《詞苑萃編》，〔清〕馮金伯，《詞話叢編》本，臺北，新文豐出版社，1998 年。

21. 《蓮子居詞話》，〔清〕吳照衡，《詞話叢編》本，臺北，新文豐出版社，1998 年。

22. 《聽秋聲館詞話》，〔清〕丁紹儀，《詞話叢編》本，臺北，新文豐出版社，1998 年。

23. 《寥園詞評》，〔清〕黃氏，《詞話叢編》本，臺北，新文豐出版社，1998 年。

24. 《蒿庵論詞》，〔清〕馮煦，《詞話叢編》本，臺北，新文豐出版社，1998 年。

25. 《賭棋山莊詞話》，〔清〕謝章鋌，《詞話叢編》本，臺北，新文豐出版社，1998 年。

26. 《菌閣瑣談》，〔清〕沈曾植，《詞話叢編》本，臺北，新文豐出版社，1998 年。

27. 《詞概》，〔清〕劉熙載撰，《詞話叢編》本，臺北，新文豐出版社，1998 年。

28. 《詞壇叢話》，〔清〕陳廷焯，《詞話叢編》本，臺北，新文豐出版社，1998 年。

29. 《白雨齋詞話足校本》，〔清〕陳廷焯撰，屈興國校注，濟南，齊魯書社，1983 年。

30. 《白雨齋詞話》，〔清〕陳廷焯撰，《詞話叢編》本，臺北，新文豐出版社，1998 年。

31. 《復堂詞話》，〔清〕譚獻撰，《詞話叢編》本，臺北，新文豐出版社，1998 年。

32. 《論詞隨筆》，〔清〕沈祥龍，《詞話叢編》本，臺北，新文豐出版社，1998 年。

33. 《人間詞話》，王國維，《詞話叢編》本，臺北，新文豐出版公司，1988 年。

34. 《人間詞話新注》（修訂本），王國維撰，滕咸惠校注，濟南，齊魯書社，1989 年。

35. 《人間詞話譯註》，王國維，臺北，貫雅文化事業公司，1991 年。

36. 《蕙風詞話》，〔清〕況周頤，《詞話叢編》本，臺北，新文豐出版社，1998 年。

五、詞史、詞論

1. 《從詩到曲》，鄭騫，臺北，中國文化雜誌社，1971 年。

2. 《詞史》，劉子庚，臺北，臺灣學生書局，1972 年。

3. 《中國詞學史》，謝桃坊，成都，巴蜀書社，1993 年。

4. 《詞曲史》，王易，北京，東方出版社，1996 年。

5. 《中國詞史》，黃拔荊，福州，福建人民出版社，2003 年。

6. 《唐宋詞史》，楊海明，天津，天津古籍出版社，1998 年。

7. 《唐宋詞史論》，王兆鵬，北京，人民文學出版社，2000 年。

8. 《明詞史》，張仲謀，北京，人民文學出版社，2002 年。

9. 《清詞史》，嚴迪昌，南京，江蘇古籍出版社，2001

10. 《詞學通論》，吳梅，臺北，臺灣商務印書館，1972 年。

11. 《詞學論稿》，華東師範大學中文系中國古典文學研究室主編，上海，

華東師範大學出版社，1986 年。

12. 《袖珍詞學》，張麗珠，臺北，里仁書局，2001 年。

13. 《中國詞學批評史》，方智範等，北京，中國社會科學出版社，1994 年。

14. 《詞學論薈》，趙爲民、程郁綴選輯，臺北，五南圖書公司，1989 年。

15. 《詞學考詮》，林玫儀，臺北，聯經出版事業公司，1987 年。

16. 《詞學研究論文集》（1911～1949），華東師範大學中文系中國古典文學研究室編，上海，上海古籍出版社，1988 年。

17. 《詞學研究論文集》（1949～1979），華東師範大學中文系中國古典文學研究室編，上海，上海古籍出版社，1982 年。

18. 《詞學研究書目》（1912～1992），黃文吉主編，臺北，文津出版社，1993 年。

19. 《迦陵論詞叢稿》，葉嘉瑩，臺北，明文書局，1981 年。

20. 《詞苑叢談》，〔清〕徐釚撰，臺北，木鐸出版社，1982 年。

21. 《詞苑叢談校箋》，〔清〕徐釚，王百里校箋，北京，人民文學出版社，1988 年。

22. 《中國詞學的現代觀》，葉嘉瑩，臺北，大安出版社，1988 年。

23. 《靈谿詞說》，繆鉞、葉嘉瑩，臺北，國文天地雜誌社，1989 年。

24. 《詞集序跋匯編》，施蟄存主編，北京，中國社會科學出版社，1994 年。

25. 《詞學古今談》，繆鉞、葉嘉瑩，臺北，萬卷樓圖書公司，1992 年。

26. 《詞的審美特性》，孫立，臺北，文津出版社，1995 年。

27. 《龍榆生詞學論文集》，龍榆生，上海，上海古籍出版社，1997 年。

28. 《中國歷代詞學論著選》，陳良運主編，南昌，百花文藝出版社，1998 年。

29. 《詞林屐步》，方智范等編選，南昌，江西教育出版社，1999 年。

30. 《唐宋詞主題探索》，楊海明，高雄，麗文文化事業股份有限公司，1995 年。

31. 《唐宋詞集序跋匯編》，金啓華等編，臺北，臺灣商務印書館，1993 年。

32. 《唐宋詞美學》，鄧喬彬，濟南，齊魯書社，2004 年。

33. 《北宋六大詞家》，劉若愚撰、王貴苓譯，臺北，幼獅文化事業公司，1986 年。

34. 《北宋十大詞家研究》，黃文吉，臺北，文史哲出版社，1996 年。

35. 《宋南渡詞人》，黃文吉，臺北，臺灣學生書局，1985 年。

36. 《唐宋詞主題探索》，楊海明，高雄，麗文文化事業股份有限公司，1995 年。

37. 《唐詩宋詞文化解讀》，蔡鎮楚、龍宿莽，北京，北京圖書館出版社，2004 年。

38. 《宋代詞學審美理想》，張惠民，北京，人民文學出版社，1995 年。

39. 《宋韻──宋詞人文精神與審美形態探論》，孫維城，合肥，安徽大學出版社 2005 年。

40. 《金元明清詩詞理論史》，丁放，合肥，安徽大學出版社，2000 年。

41. 《明詞紀事會評》，尤振中、尤以丁，合肥，黃山書社，1995 年。

42. 《明清之際江南詞學思想研究》，李康化，成都，巴蜀書社，2001 年。

43. 《明清詞譜史》，江合友，上海，上海古籍出版社，2008 年。

44. 《清代前中期詞學思想研究》，陳水雲，武漢，武漢大學出版社，1999 年。

45. 《清詞論說》，艾治平，上海，學林出版社，1999 年。

46. 《詩詞曲藝術論》，趙山林，杭州，浙江教育出版社，1988 年。

47. 《詩學美論與詩詞美境》，韓經太，北京，北京語言文化大學出版社，2000 年。

48. 《詩詞意象的魅力》，嚴雲受，合肥，安徽教育出版社，2003 年。

六、詞律及工具書

1. 《御製詞譜》，〔清〕聖祖敕撰，臺北，閭汝賢據殿本縮印，1976

2. 《康熙詞譜》，〔清〕陳廷敬主編，長沙，嶽麓書社，2000 年。

3. 《詞律》，〔清〕萬樹撰、徐本立拾遺、杜文瀾補遺，臺北，廣文書局，1988 年。

4. 《詞林正韻》，〔清〕戈載，臺北，世界書局，1982 年。

5. 《塡詞名解》，〔清〕毛先舒四庫全書存目叢書本，臺南，莊嚴出版社，1997 年。

6. 《詞律探源》，張夢機，臺北，文史哲出版社，1981 年。

7. 《詞調溯源》，夏敬觀，臺北，臺灣商務印書館，1972 年。

8. 《曲律》，王驥德，收在歷代詩史長編二輯，臺北，鼎文書局，1974 年。

9. 《唐宋詞格律》，龍沐勛，臺北，里仁書局，1979 年。

10. 《漢語詩律學》，王力，上海，新知識出版社，1958 年。

11. 《中國詞學大辭典》，馬興榮、吳熊和等編，杭州，浙江教育出版社，1996 年。

12. 《唐宋詞鑑賞集成》，唐圭璋等編，臺北，五南圖書出版股份有限公司，2001 年。

13. 《全宋詞典故辭典》，范之麟之編，武漢，湖北辭書出版社，2001 年。

14. 《金元明清詞鑒賞辭典》，王步高主編，南京，南京大學出版社，1989 年。

15. 《金元明清詞鑒賞辭典》，唐圭璋主編，南京，江蘇古籍出版社，1989 年。

16. 《金元明清詩詞曲鑒賞辭典》，田軍等主編，北京，光明日報出版社，1990 年。

17. 《元明清詞鑒賞詞典》，上海辭書出版社主編，上海，上海辭書出版社，2002 年。

18. 《元明清詞鑒賞辭典》，錢仲聯等撰，上海，上海辭書出版社，2002 年。

七、詩文集、詩文評

1. 《中國歷代文論選》，郭紹虞，香港，中華書局，1979 年。

2. 《中國文學史初稿》，王忠林等，臺北，福記文化圖書公司，1985 年。

3. 《中國文學發展史》，劉大杰，臺北，華正書局，1986 年。

4. 《中國詩歌藝術研究》，袁行霈，臺北，五南圖書出版公司，1889 年。

5. 《中國文學批評史》，王運熙、顧易生，臺北，五南圖書出版公司，1993 年。

6. 《中國文學理論與實踐》，王夢鷗，臺北，時報出版公司，1995 年。

7. 《中國文學理論批評發展史》，張少康、劉三富，北京，北京大學出版社，2001 年。

8. 《楚辭集註》，〔宋〕朱熹，臺北，藝文印書館，1983 年。

9. 《楚辭補注》，〔宋〕洪興祖補注，南京，鳳凰出版社，2007 年。

10. 《歷代詩話》，〔清〕何文煥輯，北京，中華書局，2004 年。

11. 《近古詩歌研究》，張仲謀，北京，中國社會出版社，2002 年。

12. 《文選》，〔梁〕蕭統編、〔唐〕李善注，臺北，華正書局，1987 年。

13. 《樂府詩集》，〔宋〕郭茂倩編撰，上海，上海古籍出版社，1998 年。

14. 《青樓韻語》，朱元亮輯，臺北，廣文書局，1980 年。

15. 《全唐詩》，〔清〕聖祖御製，王全點校，北京，中華書局，1992 年。

16. 《唐詩鏡》，〔清〕陸時雍，影印文淵閣四庫全書本，臺北，臺灣商務印書館，1984 年。

17. 《唐詩選注》，歐麗娟，臺北，里仁書局，1995 年。

18. 《明詩綜》，〔清〕朱彝尊，影印文淵閣四庫全書本，臺北，臺灣商務印書館，1984 年。

19. 《中國明代文學史》，趙景雲、何賢鋒，北京，人民出版社，1993 年。

20. 《明代文學研究》，鄧紹基、史鐵良主編，北京，北京出版社，2001 年。

21. 《全明傳奇》，林侑蒔主編，臺北，天一出版社，出版年月未註明。

22. 《明代中晚期江南士人社會交往研究》，徐林，上海，上海世紀出版股份有限公司，2006 年。

23. 《晚明文學新探》，馬美信，臺北，聖環圖書有限公司，1994 年。

24. 《晚明士風與文學》，夏咸淳，北京，中國社會學出版社，1994 年。

25. 《復古派與明代文學思潮》，廖可斌，臺北，文津出版社，1994 年。

26. 《浪漫精神與宗教精神——晚明文學與文化思潮》，王崗，香港，天地圖書公司，1999 年。

27. 《晚明文學思潮研究》，吳承學、李光摩編，武漢，湖北教育出版社，2001 年。

28. 《明清性靈小品》，致新主編，漢口，湖北辭書出版社，1994 年。

29. 《明清生活掠影》，王凱旋、李洪權編著，瀋陽，瀋陽出版社，2002 年。

30. 《列朝詩集小傳》，〔清〕錢謙益，上海，上海古籍出版社，2008 年。

31. 《詩觀初集》，〔清〕鄧漢儀，四庫禁燬書叢刊本，北京，北京出版社，2000 年。

32. 《清文匯》，王文濡編，臺北，世界書局，1961 年。

33. 《清詩話》，丁福保編，臺北，西南書局，1979 年。

34. 《清詩匯》，徐世昌，北京，北京出版社，1996 年。

35. 《南吳舊話錄》，趙郡西園老人口授、蔣烈編，臺北，廣文書局，1971 年。

36. 《臺灣學術新視野——中國文學之部》（一），臺北，五南圖書公司，2007年。

37. 《箋註陶淵明集》，〔晉〕陶淵明撰、〔宋〕李公煥箋註，臺北，國立中央圖書館善本叢刊第七種，1991年。

38. 《文心雕龍》，〔梁〕劉勰，臺北，臺灣開明書店，1993年。

39. 《歲華紀麗》，〔唐〕韓鄂，叢書集成新編本，臺北，新文豐出版公司，1984年。

40. 《李商隱詩歌集解》，劉學鍇、余恕誠著，北京，中華書局，1996年。

41. 《居士集》，〔宋〕歐陽修，《歐陽修全集》本，臺北，世界書局，1991年。

42. 《苕溪漁隱叢話》，〔宋〕胡仔，《叢書集成新編》本，臺北，新文豐出版公1984年。

43. 《鶴林玉露》，〔宋〕羅大經撰、王來點校，北京，中華書局，1997年。

44. 《朱淑真集》，〔宋〕朱淑真，《全宋詩》本，北京，北京大學出版社，1998年。

45. 《霽山先生集》，〔宋〕林景熙，《叢書集成新編》本，臺北，新文豐出版公司，1986年。

46. 《馬致遠全集校注，傅麗英、馬恒君校注，北京，語文出版社，2002年。

47. 《牡丹亭校注》，〔明〕湯顯祖著、俞爲民校注，臺北，華正書局，1996年。

48. 《桃花扇》，〔明〕孔尚任著、俞爲民校註，臺北，華正書局，1994年。

49. 《袁宏道集箋校》，〔明〕，袁宏道著、錢伯城箋校，上海，上海古籍出版社，1981年。

50. 《晚香堂小品》，〔明〕陳繼儒著、施蟄存點校，上海，貝葉山房，1936年。

51. 《祁彪佳集》，〔明〕祁彪佳，北京，中華書局，1960年。

52. 《陳子龍詩集》，〔明〕陳子龍著、施蟄存、馬祖熙標校，上海，上海古籍出版社，1983年。

53. 《南雷詩文集》，〔明〕黃宗羲，《黃宗羲全集》本，杭州，浙江古籍出版社1987年。

54. 《陶庵夢憶》，〔明〕張岱，《叢書集成新編》本，臺北，新文豐出

版公司，1986 年。

55. 《新譯顧亭林文集》，〔明〕，顧炎武撰，劉九洲注釋、黃俊郎校閱，臺北，三民書局，2000 年。

56. 《輞川詩鈔》，〔清〕王義士，《叢書集成新編》本，臺北，新文豐出版公司，1985 年。

57. 《抱真堂詩稿》，〔清〕宋徵璧，清康熙七年。(1668)刻本

58. 《幽夢影》，〔清〕張潮，臺北，西南書局，1976 年。

59. 《閒情偶寄》，〔清〕李漁，天津，天津古籍出版社，1996 年。

60. 《秋錦山房集》，〔清〕李良年，《四庫全書存目叢書》本，臺南，莊嚴文化事業公司，1996 年。

61. 《西河集》，〔清〕毛奇齡，《影印文淵閣四庫全書》本，臺北，臺灣商務印書館，1984 年。

62. 《池北偶談》，〔清〕王士禛，《影印文淵閣四庫全書》本，臺北，臺灣商務印書館，1984 年。

63. 《牧齋初學集》，〔清〕錢謙益，《四部叢刊初編》本，上海，商務印書館縮編崇禎癸未刻本

64. 《牧齋有學集》，〔清〕錢謙益，《四部叢刊初編》本，上海，商務印書館縮編崇禎癸未刻本

65. 《靜志居詩話》，〔清〕朱彝尊，《明代傳記叢刊》本，臺北，明文書局，1991 年。

66. 《曝書亭集》，〔清〕朱彝尊，《四部叢刊》本，臺北，商務印書館

67. 《隨園詩話補遺》，〔清〕袁枚，臺北，廣文書局，1971 年。

68. 《觚賸》，〔清〕鈕琇，《四庫全書存目叢書》本，臺南，莊嚴文化事業公司，1996 年。

69. 《續玉臺文苑》，〔清〕江元祚編，《四庫存目叢書》本，臺南，莊嚴文化事業有限公司，1996 年。

70. 《景午叢編》，鄭騫，臺北，臺灣中華書局，1972 年。3 月

71. 《文藝心理學》，朱光潛，臺北，臺灣開明書店，1996 年。

72. 《修辭學》，黃慶萱，臺北，三民書局，1988 年。

73. 《藝境》，宗白華，北京，北京大學出版社，2000 年。

74. 《女性主義文學批評》，格蕾‧格林、考比里亞‧庫恩編，陳引馳譯，臺北，駱駝出版社，1995 年。

75. 《性別越界──女性主義文學理論與批評》，張小虹，臺北，聯合文學出版，1995 年。

76. 《女性主義文學批評在中國》，林樹明著，貴陽，貴州人民出版社，1995 年。

77. 《女性詩學》，李元貞，臺北，女書文化事業公司，2000 年。

78. 《心有千千結──青樓文化與中國文學研究》，龔斌，上海，漢語詞典出版社，2001 年。

79. 《反抗與困境》，女性主義文學批評在中國，陳志紅，杭州，中國美術學院出版社，2002 年。

80. 《女性主義文學理論》，唐荷，臺北，揚智文化出版公司，2003 年。

81. 《當代中國女性文學史論》，林丹亞，廈門，廈門大學出版社，2003 年。

82. 《抗爭與超越──中國女性文學與美學衍論》，任一鳴，北京，九州出版社 2004 年。

83. 《新時期女性主義文學批評的發展軌跡》，鄧利，北京，中國社會科學出版社 2007 年。

八、經、史、子部

1. 《四庫全書總目提要》，〔清〕永瑢、紀昀等撰，臺北，臺灣商務印書館，2001 年。

2. 《四庫全書總目提要》，〔清〕紀昀總纂，石家庄，河北人民出版社，2000 年。

3. 《周禮》，《十三經注疏》本，臺北，藝文印書館，1997 年。

4. 《禮記》，《十三經注疏》本，臺北，藝文印書館，1997 年。

5. 《毛詩正義》，《十三經注疏》本，臺北，藝文印書館，1973 年。

6. 《詩經注疏》，〔清〕阮元，《十三經注疏》本，臺北，藝文印書館，1997 年。

7. 《四書集註》，〔宋〕朱熹撰，臺北，文津出版社，1985 年。

8. 《史記會注考證》，〔漢〕司馬遷撰、〔日〕瀧川龜太郎考證，臺北，洪氏出版社，1986 年。

9. 《列仙傳》，〔漢〕劉向，《影印文淵閣四庫全書》本，臺北，臺灣商務印書館，1985 年。

10. 《漢書》，〔東漢〕班固，《新校本漢書并附編二種》本，臺北，鼎文書局，1979 年。

11. 《後漢書》，〔晉〕范曄，《二十五史》本，臺北，藝文印書館，1994 年。

12. 《三國志》,〔晉〕陳壽,《新校本三國志注附索引》本,臺北,鼎文書局,1978 年。

13. 《晉書》,〔唐〕房玄齡等撰,《新校本晉書并附編六種》本,臺北,鼎文書局 1979 年。

14. 《晉書》,〔唐〕房玄齡等撰,《二十五史》本,臺北,藝文印書館,1994 年。

15. 《明皇雜錄》,〔五代〕鄭處晦,《叢書集成新編》本,臺北,新文豐出版公司,1986 年。

16. 《開元天寶遺事》,〔五代〕王仁裕,《叢書集成新編》本,臺北,新文豐出版公司 1986 年。

17. 《宋史》,〔元〕脫脫,《新校本宋史并附編三種》本,臺北,鼎文書局,1978 年。

18. 《明史》,〔清〕張廷玉,《二十五史》本,臺北,藝文印書館,1994 年。

19. 《明史》,〔清〕張廷玉,臺北,鼎文書局,1970 年。

20. 《晚明史》(1573——1644),樊樹志,上海,復旦大學出版社,2003 年。

21. 《石匱書後集列傳》,〔明〕張岱,《明代傳記叢刊》本,臺北,明文書局,1991 年。

22. 《明季南略》,〔清〕計六奇輯,臺北,大通書局,1986 年。

23. 《南疆繹史》,〔清〕李瑤,臺北,大通書局,1986 年。

24. 《小腆紀傳》,〔清〕徐鼒,臺北,大通書局,1986 年。

25. 《明清之際黨社運動考》,謝國楨,上海,上海古籍出版社,2004 年。

26. 《同治安福縣志》,〔清〕姚濬昌、周立瀛等修纂,《中國地方志集成》本,上海,江蘇古籍出版社,1996 年。

27. 《安福縣志》,〔清〕周立瀛、趙廷愷編,《中國方志集成》本,上海,江蘇古籍出版社,1996 年。

28. 《安福縣志》,〔清〕姚濬昌、周立瀛、趙廷愷編,《中國方志集成》本,上海,江蘇古籍出版社,1996 年。

29. 《金壇縣志》,〔清〕乾隆修,臺北,成文出版社,1960 年。

30. 《盛湖志》,〔清〕仲廷機纂,《中國方志集成》本,南京,江蘇古籍出版社,1992 年。

31. 《嘉禾徵獻錄》,〔清〕盛楓撰,《四庫存目叢書》本,臺南,莊嚴事業文化公司,1995 年。

32. 《文史通義》,〔清〕章學誠,臺北,鼎文書局,1977 年。

33. 《中國娼妓史》,王書奴,北京,團結出版社,2004 年。

34. 《莊子集釋》,郭慶藩輯,臺北,華正書局,1982 年。

35. 《呂氏春秋》,〔先秦〕呂不韋撰,《百子叢書》本,臺北,黎明文化事業公司,1996 年。

36. 《淮南子集釋》,何寧撰,北京,中華書局,1998 年。

37. 《續齊諧記》,〔梁〕吳均,《影印文淵閣四庫全書》本,臺北,臺灣商務印書館,1984 年。

38. 《金石錄》,〔宋〕趙明誠,《影印文淵閣四庫全書》本,臺北,商務印書館,1985 年。

39. 《夢溪筆談》,〔宋〕沈括,《中國子學名著集成》本,臺北,中國子學名著集成編印委員會,1978 年。

40. 《心齋約言》,〔明〕王艮,《叢書集成新編》本,臺北,新文豐出版公司,1986 年。

41. 《四友齋叢說》,〔明〕何良俊,《四庫全書存目叢書》本,臺南,莊嚴事業文化公司,1996 年。

42. 《焚書》,〔明〕李贄,《海外藏書中國珍》本,北京,中國戲劇出版社,2000 年。

43. 《日知錄集釋》,〔明〕顧炎武撰、〔清〕黃汝成集釋,臺北,世界書局,1991 年。

44. 《明儒學案》,〔明〕黃宗羲,臺北,河洛圖書出版社,1974 年。

45. 《陶庵夢憶》,〔明〕張岱,《叢書集成新編》本,臺北,新文豐出版公司,1986 年。

46. 《幽夢影》,〔清〕張潮,臺北,西南書局,1976 年。

47. 《露書》,〔清〕姚旅,《四庫全書存目叢書》本,臺南,莊嚴文化事業公司,1996 年。

48. 《五雜俎》,〔清〕謝肇淛,《四庫禁燬叢書》本,北京,北京出版社,2000 年。,

49. 《棗林雜俎》,〔清〕談遷,《四庫全書存目叢書》本,臺南,莊嚴事業文化公司,1995 年。

50. 《珊瑚網名畫題跋》,〔清〕汪砢玉,《影印文淵閣四庫全書》本,臺北,臺灣商務印書館,1985 年。

51. 《板橋雜記》,〔清〕余懷,《四庫全書存目叢書》本,臺南,莊嚴文化事業公司,1995 年。

52. 《德才色權論》，劉詠聰，臺北，麥田出版公司，1998 年。

53. 《陳子龍及其時代》，朱東潤，上海，東方出版中心，1999 年。

54. 《明清儒學轉型探折——從劉蕺山到戴東原》，鄭宗義，香港，中文大學出版社，2000 年。

55. 《心學思潮》，翁紹軍，上海，上海社會科學院出版社，2006 年。

56. 《清代的義理學轉型》，張麗珠，臺北，里仁書局，2006 年。

九、學位論文

1. 《宋人擇調之翹楚——浣溪沙詞調研究》，林鍾勇，彰化，國立彰化師範大學國文研究碩士論文，2002 年。

2. 《明代詞論研究》，朴永珠，臺北，中國文化大學中國文學研究所碩士論文，1970 年。

3. 《明代詞選研究》，陶子珍，臺北，東吳大學中國文學研究所博士論文，2000 年。

4. 《明代女詞人群體關係研究》，王秋文，臺北，私立東吳大學中國文學系碩士論文，2004 年。

5. 《明代女詩人的主體性研究》，孫敏娟，南投，國立暨南大學中國文學系碩士論文，2004 年。

6. 《晚明性靈文學思想研究》，陳萬益，臺北，國立臺灣大學中文研究所，博士論文，1997 年。

7. 《晚明曲論主情思想之研究》，徐曉瑩，臺北，私立東吳大學中國文學研究所碩士論文，1995 年。

8. 《晚明吳中地區名門女詩人研究》，黃郁晴，高雄，國立中山大學中國文學系碩士論文，2006 年。

9. 《明末清初詩詞正變觀研究——以陳、王、朱為對象之考察》，陳美朱，臺南，國立成功大學中國文學研究所博士論文，2000 年。

10. 《明末清初吳中詩學研究——以分解為中心》，江仰婉，嘉義，國立中正大學中國文學研究所博士論文，2001 年。

11. 《明末清初江南才女身世背景之研究》，王慧瑜，桃園，國立中央大學歷史系碩士論文，2004 年。

12. 《明末忠義詞人研究》，陳美，臺北，東吳大學中國文學研究所碩士論文，1985 年。

13. 《清初女性詞選集研究》，陳建男，臺北，國立政治大學中國文學系碩士論文，2005 年。

14. 《晚明至盛清女性題畫詩研究——以閱讀社群及其自我呈現爲主》，黃冠儀，臺北，國立政治大學中國文學研究所碩士論文，1998 年。

15. 《雲間詞派研究》，鄔秀容，臺北，國立臺北大學中文研究所碩士論文，1997 年。

16. 《劉基寫情集研究》，潘麗琳，臺北，東吳大學中國文學研究所碩士論文，1999 年。

17. 《楊基眉菴詞研究》，雷佩怡，高雄師範大學國文研究所碩士論文，1999 年。

18. 《高啓扣舷詞研究》，李雅雲，臺北，東吳大學中國文學研究所碩士論文，1999 年。

19. 《陳霆詞學研究》，杜靜鶴，臺北，東吳大學中國文學研究所碩士論文，1999 年。

20. 《楊慎及其詞研究》，江俊亮，臺中，東海大學中國文學研究所碩士論文，1997 年。

21. 《陳大樽詞的研究》，涂茂齡，高雄，高雄師範大學國文研究所碩士論文，1991 年。

22. 《陳子龍詞學理論及其詞研究》，蘇菁媛，彰化，國立彰化師範大學，國文研究所碩士論文，2004 年。

23. 《沈宜修及《鸝吹》詩研究》，胡慧南，臺中，私立東海大學中國文學系，碩士論文，2005 年。

24. 《賢媛之冠——商景蘭研究》，謝愛珠，桃園，國立中央大學歷史研究所，碩士專班論文，2006 年。

25. 《柳如是《戊寅草》研究》，高月娟，臺中，私立東海大學中文系碩士論文，2000 年。

26. 《河東君與《柳如是別傳》——接受觀點的考察》，李栩鈺，桃園，國立中央大學中文系博士論文，2002 年。

27. 《柳如是及其詩詞研究》，沈伊玲，臺南，國立臺南大學國語文學系碩士論文，2004 年。

28. 《柳如是《湖上草》初探》，郭香玲，高雄，國立中山大學中文系碩士論文，2005 年。

十、期刊論文

1. 〈女性詞綜論〉，鄧紅梅，《文學評論》，2002 年第 1 期。

2. 〈女性語言與女性寫作——早期詞作中的歌伎之詞〉（上）、（中）、（下），葉嘉瑩，《天津大學學報》（社會科學版）2006 年 7、9、11

月。

3. 〈元明詞評議〉，黃天驥、李恒伯，《文學遺產》，1994 年第 4 期。

4. 〈金元明詞簡論〉，鐘東，《廣東師院學報社會科學版》，1996 年第 3 期。

5. 〈論元明清詞及詞的鑒賞〉，馬興榮，《楚雄師專學報》，第 15 卷第 1 期，2000 年 1 月。

6. 〈明詞衰落的原因〉，鄭騫，臺北，《大陸雜誌》，1957 年 10 月。

7. 〈論詞衰於明曲興於清〉，鄭騫，收入《從詩到曲》，臺北，中國文化雜誌社，1971 年 3 月。

8. 〈明詞不可抹殺〉，張璋，《光明日報》，1984 年 12 月 25 日。

9. 〈十七世紀中國才女的書信世界〉，劉裘蒂譯，《中外文學》，1993 年 11 月。

10. 〈淺論明代文學尊情觀的發展脈絡〉，曾東輝，《江西師範大學學報》（社學社會科學版），第 31 卷第 1 期，1998 年 2 月。

11. 〈明詞綜論〉，鄧紅梅，《中國韻文學刊》，1999 年第 1 期。

12. 〈無限傷心夕照中——試論明詞中的愛國思想〉，《社會科學》，1999 年第 6 期。

13. 〈明詞簡論〉，任耕耘，《安徽師範大學人文社會科學報》，27 卷第 4 期，1999 年 11 月。

14. 〈論明詞衰敝的原因〉，孫家政，《寧波大學學報》，12 卷第 4 期，1999 年 12 月。

15. 〈聽我說句公道話——論明代的詞及《全明詞》的編纂〉，張璋，《國文天地》，6 卷 2 期，1990 年 7 月。

16. 〈《全明詞》的缺失訂補〉，王兆鵬、吳麗娜，《中國文化研究》，2005 年春之卷。

17. 〈明末江南世族對女性詞學發展影響〉，米彥青，《呂梁高等專科學校學報》，20 卷第 2 期，2004 年 6 月。

18. 〈晚明江南文化殊相——名士與名妓的豔情與悲劇〉，袁墨卿、袁法周，《棗莊學院學報》，2005 年 2 月。

19. 〈從《名媛詩話》看家庭對清代才媛的影響〉，王力堅，《長江學術》，2006 年 3 月。

20. 〈論明末清初才女文化的特點〉，宋清秀，《求索》，2006 年 3 月。

21. 〈中晚明女性詩總集編刊宗旨及選錄標準的文化解讀〉，陳廣宏，《中國典籍與文化》，60 期。

22. 〈《春星堂詩集》中的才女群象〉，曹淑娟，《臺灣學術新視野——中國文學之部》（一），臺北，五南圖書出版公司，2007 年 6 月。

23. 〈論明啓蒙思潮與晚明人的覺醒〉，高建立，《河南大學學報社會科學版》，第 47 卷第 5 期，2007 年 9 月。

24. 〈心學與中晚明詞學主情論〉，鄭海濤，《人文雜誌》，2008 年第 4 期

25. 〈論清詞中興的原因〉，周絢隆，《東岳論叢》，1997 年第 6 期。

26. 〈清初「蕉園詩社」形成原因初探〉，張遠鳳，《金陵科技學院學報社會科學版》2008 年 8 月。

27. 〈李清照與柳如是：離亂時代成長起來的女詩人〉，吳儀，《武漢大學學報——人文社會科學版》，21 卷第 6 期，2002 年 12 月。

28. 〈休憐吳地有飛花——沈宜修《鸝吹》詞研究〉，蘇菁媛，《中學教育學報》，2005 年 6 月，第 12 期。

29. 〈人世不稱意，多向夢中求——論葉小紈《鴛鴦夢》的主題傾向與藝術特色〉，陳雪，《古代戲曲研究叢刊》，第三輯，2005 年。

30. 〈葉小紈生平及作品小考〉，關春燕，《江南大學學報人文社會科學版》，第 5 卷第 3 期，2006 年 6 月。

31. 〈鴛鴦驚散，人琴痛深——葉小紈《鴛鴦夢》賞析〉，劉召明，《文史知識》，2008 年第 1 期。

32. 〈葉小鸞及其詞〉，區宗坤，《廈大周刊》，12 卷 8 期，1932 年 11 月。

33. 〈絕世才女——葉小鸞〉，《大華晚報》，1975 年 4 月 20 日、17 日、5 月 4 日。

34. 〈不禁憔悴一春中——葉小鸞《返生香》詞研究〉，蘇菁媛，《東方人文學誌》，臺北，文津出版社，2004 年 12 月。

35. 〈亂離中的「玉女」——明末才女商景蘭及其婚姻與家庭〉，石旻，《中國典籍與文化》，38 期。

36. 〈商景蘭《錦囊集》內容思想探究〉，蘇菁媛，《屏東教育大學學報——人文社會類》，29 期，2007 年 12 月。

37. 〈黃媛介——名妓文化與閨秀文化融合的橋梁〉，宋清秀，《中國典籍與文化》，59 期。

38. 〈女詞人王微及其期山草詞〉，馬祖熙，《中國國學》22 期，1994 年 10 月。

39. 〈摯誠率直的楊宛詞〉，張毅，《龍岩師專學報社會科學版》，16 卷第 1 期 1998 年 3 月。

40. 〈試論《柳如是別傳》的醒世作用〉，雷戈，《安徽史學》，1998 年第

3 期。

41. 〈論柳如是詩詞創作的女性心理〉，賀超，《贛南歸範學院學報》，2002
   年第 4 期。

42. 〈明末奇女子劉淑及其《個山集》〉，趙伯陶，《文史知識》，301 期，
   2006 年 7 月。